suhrkamp taschenbuch 1923

Hans Mayer, geboren am 19. März 1907 in Köln, studierte Jura, Geschichte und Philosophie, emigrierte von 1935 bis 1945 nach Frankreich und in die Schweiz und lehrte von 1948 bis 1963 Literaturgeschichte in Leipzig. 1965 wurde er als Professor für deutsche Literatur und Sprache an die Technische Universität Hannover berufen. Als einer der bedeutendsten marxistischen Literaturhistoriker vermittelte er vielen jungen Autoren und Wissenschaftlern in der DDR und der BRD entscheidende Anregungen für eine kritische Aneignung europäischer Literatur in der Tradition europäischer Aufklärung. Hans Mayers Werk im Suhrkamp Verlag und im Insel Verlag ist auf den Seiten 253 und 254 verzeichnet.

Der »große alte Mann« der deutschen Literatur (*Die Zeit*) legt hier den ersten von zwei Bänden seines Berichts über die deutschsprachige Literatur nach der Katastrophe zweier Weltkriege vor. Am Anfang steht der mächtige »Überhang der Tradition«, das Spätwerk von Thomas Mann und Hesse, von Döblin, Brecht und Benn.

Während im Lande selbst die Trümmerliteratur nach Ausdruck ringt, beherrschen der *Doktor Faustus*, das *Glasperlenspiel, Mutter Courage* und das *Doppelleben* die literarische Szene. Es ist für die nach einer neuen Sprache Suchenden schwer, dagegen anzukommen. Zwischen diesem Willen zum Neuen und dem Wirtschaftswunder Adenauers und Erhards klafft ein Widerspruch. Es braucht fast ein Jahrzehnt, bis eine unverwechselbare neue deutsche Literatur erscheint, die in den Werken von Böll, Grass, Uwe Johnson und Arno Schmidt europäischen Rang gewinnt und schon in den sechziger Jahren von Stockholm und Paris bis nach Mailand und New York als die führende europäische Literatur angesehen wird.

»Hans Mayers scharfsichtiger, einem Urteil nie aus dem Weg gehender, von souveräner Stoffkenntnis getragener ›Literaturbericht‹ läßt uns erkennen, wie früh jeweils Zukunft beginnt und wie leicht sie bei Mangel an antizipatorischer Vernunft verstellt werden kann.«

Frankfurter Rundschau

Hans Mayer

Die umerzogene Literatur

Deutsche Schriftsteller
und Bücher
1945-1967

Suhrkamp

Umschlagfoto: Alexander Beck

suhrkamp taschenbuch 1923
Erste Auflage 1991

Lizenzausgabe mit freundlicher Genehmigung der
Wolf Jobst Siedler Verlags GmbH, Berlin
Suhrkamp Taschenbuch Verlag

Druck: Nomos Verlagsgesellschaft, Baden-Baden
Printed in Germany
Umschlag nach Entwürfen von
Willy Fleckhaus und Rolf Staudt

1 2 3 4 5 6 – 96 95 94 93 92 91

Inhalt

Ob wir davonkommen, ohne gefoltert zu werden,
ob wir eines natürlichen Todes sterben,
ob wir nicht wieder hungern,
die Abfalleimer nach Kartoffelschalen durchsuchen,
ob wir getrieben werden in Rudeln, wir haben's gesehen.
Ob wir nicht noch die Zellenklopfsprache lernen,
den Nächsten belauern, vom Nächsten belauert werden,
und bei dem Wort Freiheit weinen müssen.
Ob wir uns fortstehlen rechtzeitig auf ein weißes Bett
oder zugrundegehen am hundertfachen Atomblitz,
ob wir es fertigbringen mit einer Hoffnung zu sterben,
steht noch dahin, steht alles noch da hin.

Marie Luise Kaschnitz

Vorwort

Dies ist keine Geschichte dessen, was man in akademischer Sprache als Neueste Deutsche oder gar als Zeitgenössische Literatur bezeichnet. Es ist auch kein Traktat über Stile, Moden und Ismen. Die Sehnsucht vieler Leser (und Buchhändler) nach einer »Deutschen Literaturgeschichte« ist ein Residuum des historistischen neunzehnten Jahrhunderts, das so fasziniert schien von allem Geschichtlichen, und das so viel geschichtliche Bauten, Landschaften, Kunstwerke und Traditionen zerstört hat. Dem Historismus war alles gleich lieb und unwichtig. Er hütete sich – scheinbar – vor aller Wertung. Die Sehnsucht nach einer als normativ geltenden Literaturgeschichte bedeutet gleichzeitig Indifferenz und nachlässigen Totenkult.

Der sozio-politische und sozio-literarische Traktat aber pflegt sich kaum um Einzelheiten der Werke und Künstler zu kümmern. Ihm kommt es an auf »große Linien«. Die freilich bedeuten fast immer Planierungsarbeit. Freilich sind die meisten literarischen Texte, wie sich für die Nachwelt herausstellt, vor allem Ausdruck und Reflex gewesen einstiger Ordnungen, Riten, Verhaltensweisen und Empfindungsweisen. Dergleichen läßt sich nicht mehr nachvollziehen: auch wenn es noch nicht lange zurückliegt. Das gilt für die Ossianschwärmerei unserer Stürmer und Dränger im achtzehnten, für Gustav Freytags hochgerühmte bürgerliche Heroik im neunzehnten wie für das Psychologisieren im zwanzigsten Jahrhundert oder auch für das markig-treudeutsche Draufloserzählen von Schriftstellern einer Reichsschrifttumskammer. Dergleichen bleibt Forschungsthema. An irgendeine Renaissance ist kaum zu denken. Vor Texten solcher Art kann sich die Literatursoziologie bewähren.

Sie versagt bei all jenen Schreibern und Texten, die mehr sind als Zeitreaktion: weil sie nicht Ordnung reflektieren, sondern neue Ordnungen stiften. Goethe hat das, als einer, der sich selbst als »inkommensurabel« empfand, immer wieder, und ärgerlich, konstatiert. Solange ein neues Schreibwerk nicht öffentlich vorliege, habe keiner eine Idee davon. So hat er wiederholt geäußert. Mit Recht, und wohl auch immer aus gegebenem Anlaß. Etwa wenn sich die Leute Gedanken machten über die – mögliche – Dramaturgie und Handlungsfolge des noch unvollendeten Zweiten Faust. Den Goethe schließlich, als es soweit war, versiegelte, weil er keine Lust hatte, törichte Verrisse zu lesen. Die nicht ausblieben. Die Selbstschreiber haben es schwer. Allein sie sorgen für Überraschungen.

Niemand in der deutschen Nachkriegsära war am Ende der fröhlich-restaurativen Fünfziger Jahre auf ein Werk wie die »Blechtrommel« gefaßt. Die Leute von der Gruppe 47 freilich begriffen schon 1958, ein Jahr vor Erscheinen des Romans, was hier entstanden war. Man kannte Günter Grass als einen offenbar begabten Bildhauer und Zeichner, der zwei interessante Lyrikbände veröffentlicht hatte. Nun aber Auftritt Oskar Matzerath. Solange ein Werk nicht in der Welt ist...

Beides mußte in unserem Falle vermieden werden: die hoffnungslose, nie erreichbare »Lückenlosigkeit« bei Aufzählung der Bücher und Autoren wie die planierende Flurbereinigung, der oftmals, man hat es erlebt, das Wertvolle zum Opfer fällt. Planierer haben von jeher vor unvermuteten Hindernissen auf der literarischen Fahrbahn an Zerstörung gedacht. Vor der »Blechtrommel« und den »Maulwürfen« von Günter Eich; vor Arno Schmidt und Uwe Johnson (den selbst Kenner wie Robert Neumann oder Hermann Kesten einfach für unbegabt hielten); vor Hubert Fichte und Thomas Bernhard.

Der hier schreibt, kann weder den Indifferenten spielen noch den Mann der großen Linien, die sich allzuleicht in Richtlinien zu verwandeln pflegen. Er spricht notwendigerweise von sich selbst. Die deutsche Literaturentwicklung seit dem Kriegsende von 1945, das für ihn zugleich ein Ende des Exils bedeutet hat, gehört zur eigenen Lebensgeschichte. Hinter den Büchertiteln und Verfassernamen stehen Begegnungen, Menschen mit Sprachklang und Augensprache, mit Feindseligkeit, gutem wie ungutem Gelächter. Erinnerung an Verstorbene und Erinnerungsgespräche mit Noch-Lebenden. Wie kann es unter solchen Bewandtnissen eine Rückschau oder gar eine Bilanzierung geben?

Auswahl war geboten, was immer Willkür bedeutet. Manches hatte man niemals gelesen: sollte man es jetzt nachholen? In einigen Fällen war es unabdingbar. So ergab sich die Faustregel:

Lesen. Neulesen, Wiederlesen. So entstand (und entsteht) das vorliegende Buch. Es wurde leichtfertig geplant: als eine nicht allzu umfangreiche, überschaubare, reizvolle Arbeit. Davon konnte, als die Arbeit begann, die Rede nicht mehr sein. Zwei Bände müssen es werden. Die Zäsur ist diesmal das *Jahr 1968.* Das kann begründet werden. Die Schriftsteller und auch die Bücher sind anders geworden seit 1968. Besser oder schlechter? Das ist eine andere Frage.

Vorerst will es scheinen, als seien die wichtigeren dauerhafteren, kühneren Texte erst nach der Zäsur von 1968 entstanden. Ist das eine Sehtäuschung aus zu großer Nähe? Vielleicht doch nicht. Die »Jahrestage« von Uwe Johnson, das Spätwerk von Arno Schmidt, Christa Wolf und Heiner Müller, die »Geschichte der Empfindlichkeit« von Hubert Fichte, Elias Canettis Erinnerungen und aphoristische Aufzeichnungen: dazu gibt es kaum Gegentexte zwischen 1945 und 1967.

Das Kapitel »Überhang der Tradition« will bloß an einigen bekannten Beispielen von Thomas Mann, Hesse oder Döblin auf Bücher des Exils hinweisen, die wichtig wurden seit dem Kriegsende. Sonderkapitel über Kafka, Anna Seghers, Brecht und viele andere gehörten nicht zum Plan eines Buches über die »umerzogene« Literatur.

Jeder Versuch, die Entwicklung des *deutschen Gedichts* seit 1945 zu »integrieren«, mußte mißlingen. Das hängt mit der lyrischen Sphäre und Kreativität zusammen. Ein Gedicht ist stets ein »Gelegenheitsgedicht«. Der große französische Lyriker Paul Eluard hat das in einem Essay mit eben diesem Titel »Das Gelegenheitsgedicht« überzeugend demonstriert. Kein Zufall auch, daß der nicht minder bedeutende deutsche Lyriker Peter Huchel den Text von Eluard in der Zeitschrift »Sinn und Form« in deutscher Übersetzung abdruckte. Andererseits widersteht das Gedicht (das wirkliche!) aller Planierung. Es »bleibt«: wie Hölderlin mitgeteilt hat.

Das Kapitel über *Dramatik und Dramaturgie,* weitgehend entworfen, muß warten bis zum Abschluß des zweiten Bandes. Da kann es noch Überraschungen geben, vielleicht.

Wurden sie umerzogen, die deutschen Schriftsteller und Bücher seit dem Jahre 1945? Wie hätte das geschehen können?

Umerzogen durch wen und »zu welchem Ende«, mit Friedrich Schiller zu reden? Prozesse mit Spruchkammern und mit Hauptschuldigen, Minderbelasteten, Mitläufern haben nichts bewirkt. Verordnete Entnazifizierung, gleichzeitig freies Geleit und Überlebensgarantie für die Mengele und Barbie: was konnte dabei bewirkt werden? So entstand, in den Fünfziger Jahren, eine Literatur innerhalb einer Epoche der Fröhlichen Restauration. Zwanzig Jahre später entfaltete sich, auch für die Schriftsteller und Bücher, eine triste zweite Restauration.

Nach kurzer und heftiger, recht folgenloser Trauerarbeit der Schriftsteller um 1947, zur Zeit eines ersten deutschen Schriftstellerkongresses in Berlin, trat Amnesie an die Stelle der Anamnese. Erst zwanzig Jahre später begann das Gespräch der Schriftsteller einer jungen Generation über die Schuld der Schuldlosen. Heute muß bereits von der *Zweiten Schuld* gesprochen werden. Sie ist nicht mehr Verdrängung, sondern Verleugnung. Aufgabe aller Literatur in beiden deutschen Staaten und wo auch immer wird (und muß) es sein, dieses Spiel nicht mitzuspielen. ». . . und ich begehre, nicht schuld daran zu sein«, heißt es bei Matthias Claudius. Das gilt auch für die Zweite Schuld der angeblich Schuldlosen.

Erstes Kapitel
Nach zwei Weltkriegen

Auf der Suche nach einer verlorenen Literatur

Wie und auch wo soll man sie beginnen, die Rückschau? An Klischees und Formulierungen herrscht kein Mangel. Man spricht von der Stunde Null und vom Kahlschlag, womit vor allem die kulturelle Konstellation im Jahre 1945 gedeutet werden soll: als der Krieg zu Ende war. Allein was war das gewesen, was vorging: als der Krieg zu Ende war? Niederlage oder Zusammenbruch? Ein Schicksal oder eine Schuld? Abermals nur Terminologie anstelle einer Interpretation.

Was vorging auf dem Boden eines Deutschen Reiches, das sich als Drittes Reich und auch als Großdeutsches Reich zu deklarieren liebte, hat *Bertolt Brecht* in einer knappen Formel erfaßt, als er dieses Deutschland nach zwei Weltkriegen mit dem einstmals großen Karthago der Phönizier verglich: übrigens einem semitischen Staatswesen. Bei Brecht hieß es dazu: »Das große Karthago führte drei Kriege. Es war noch mächtig nach dem ersten, noch bewohnbar nach dem zweiten. Es war nicht mehr auffindbar nach dem dritten.« Der als Parabel zu verstehende Satz des aus dem Exil heimgekehrten deutschen Dichters aus Augsburg bildete den Abschluß eines »Offenen Briefes an die deutschen Künstler und Schriftsteller« vom 20. September 1951. Der Brief handelte von einer neuen deutschen Aufrüstung: zuerst in der Bundesrepublik Deutschland, worauf die Deutsche Demokratische Republik nachziehen werde und nachziehen müsse. Die in diesem Brief gestellte Frage Brechts blieb bis heute ohne Antwort. Und wenn wir von heute aus auf die deutschen Schriftsteller und Bücher seit 1945 zurückblicken, lesen wir die Texte von damals »im Lichte unserer Erfahrung«, wie Thomas Mann in der Zeit jenes Dritten Reiches formuliert hatte.

Brecht fragte damals: »Werden wir Krieg haben? Die Antwort:

Wenn wir zum Krieg rüsten, werden wir Krieg haben. Werden Deutsche auf Deutsche schießen? Die Antwort: Wenn sie nicht miteinander sprechen, werden sie aufeinander schießen.

In einem Land, das lange Zeit seine Geschäfte einheitlich geführt hat und das plötzlich gewaltsam zerrissen wird, gibt es allerorten und allezeit viele Konflikte, die geschlichtet werden müssen. Dies kann auf viele Weise geschehen. Wenn es Heere gibt, wird es auf kriegerische Weise geschehen.«

»Deutschland ist Hamlet«: so hatte es der deutsche Jude Ludwig Börne im Jahre 1829 formuliert. Die deutschen Schriftsteller des Vormärz, vor der deutschen Revolution von 1848/49, wiederholten die Formel: Deutschland ist Hamlet. Gemeint war, daß die Deutschen, denn ein Deutschland gab es nicht, immer noch tatenarm seien und gedankenvoll, nach der Formel Friedrich Hölderlins. Im weiteren Verlauf des 19. Jahrhunderts, nach einer bürgerlichen Niederlage in den Kämpfen des Jahres 1849, hatten sich *die Deutschen* immer mehr von Hölderlins Formel entfernt: mehr Aktion und weniger kritische, vor allem auch selbstkritische Reflexion. Es gab ein Deutsches Reich seit dem 18. Januar 1871. Ein Kaiserreich, das zum ersten »Punischen« Krieg führen sollte. Eine Niederlage, gegen Ende des Jahres 1918, die man nicht wahrhaben wollte. Deutschland/Karthago, nunmehr eine Deutsche Republik, war immer noch mächtig nach dem ersten »Punischen« Krieg.

Den zweiten »Punischen« Krieg hat dann kein Hannibal geführt. Die Giftkapsel. Deutschland/Karthago lag in Trümmern. Die Verwüstung muß größer gewesen sein, den Umständen entsprechend, als am Ende eines Dreißigjährigen Kriegs im Jahre 1648. Dennoch blieb Deutschland »bewohnbar«, und nicht allein dies, wie sich gezeigt hat. Trotzdem besteht sie weiter, die Gefahr des letalen Dritten Krieges. Was Brecht formuliert hatte im Jahre 1951, ist wahr geblieben.

Der Rückblick auf die deutsche Literatur nach zwei Weltkriegen ist *Suche nach einer verlorenen Literatur*. Gemeint ist: Literatur nach einem verlorenen Kriege. Dann Literatur nach dem Verlust eines deutschen Staatswesens. Man war durch den Geschichtsverlauf zurückgedrängt worden auf Friedrich Schillers boshaftes Xenion: »Deutschland? aber wo liegt es? Ich weiß das Land nicht zu finden.« Schiller hatte das mitten im Prozeß einer Französischen Revolution ohne Bedauern ausgesprochen. Er trennte, durchaus folgerichtig als philosophischer Idealist, die Bereiche eines deutschen Staates und einer deutschen Literatur. Auch dieser Versuch eines philosophisch-politischen Dualismus war gescheitert: noch zu Lebzeiten Friedrich Schillers. Nach zwei Weltkriegen aber gab es ihn nicht mehr, den deutschen Staat als Unterbau einer deutschen Literatur. Es gab vier Besatzungszonen, Emigranten im Exil mitsamt einer Exilliteratur, österreichische Schriftsteller in Österreich oder im Exil, schweizerische Schriftsteller deutscher Sprache, es gab Deutsche, die nicht mehr in vormals deutschen Gebieten leben durften und aus der Heimat vertrieben worden waren: nach so viel Vertreibungen, die ausgingen von der Reichshauptstadt Berlin. Wird es weiter eine deutsche Literatur geben nach dem Verlust einer deutschen Staatlichkeit?

Eben jene *Reichshauptstadt Berlin* hatte die entscheidende Rolle gespielt, seit dem Beginn des 19. Jahrhunderts: als die Siedlung an der Spree noch Metropole des Königreichs Preußen gewesen war. Friedrich Schiller, um ihn abermals zu erwähnen, ist als todkranker Mann in Weimar geblieben und dort gestorben. Bei einem besseren Zustand seiner Gesundheit, das belegen die Dokumente, wäre er einer Berufung in die preußische Hauptstadt gefolgt. Seit der Gründung des Deutschen Reiches war die Metropole auch ein kulturelles Zentrum. Theaterstadt Berlin: das vor allem. In den Berliner Theatern Otto Brahms und Max Reinhardts spielte man die Naturalisten, die Neuromantiker, auch schon Frank Wedekind und Carl Sternheim. Das Theater am Gendarmenmarkt, wo Webers »Freischütz« seine Uraufführung erlebte, war bis 1919 ein langweiliges Hoftheater geblieben. Man kann das, fürs Ende des 19. Jahrhunderts, in den Theaterkritiken Theodor Fontanes nachlesen. Das Preußische Staatstheater freilich, in der Ära der Weimarer Republik, holte auf und zog gleich. Expressionistische Dramatik und Dramaturgie bei Leopold Jessner und Jürgen Fehling und Erich Engel.

Berliner Kritiker gaben in den meisten Fällen den Ausschlag beim Kampf um Erfolg oder Scheitern der Dramatiker und der

Bühnenleute. Alfred Kerr hatte die Dramatiker Henrik Ibsen und G.B. Shaw durchgesetzt, den frühen Gerhart Hauptmann und sogar noch den frühen Frank Wedekind. Mit den Expressionisten wollte er nichts zu tun haben, erst recht nicht mit dem ungebärdigen, doch keinesfalls expressionistischen jungen Bert Brecht. Dieser Theaterkunst und insbesondere dieses Brecht nahm sich dann Alfred Kerrs kritischer Gegenspieler an: Herbert Ihering.

Nach zwei Weltkriegen lag alles in Trümmern: Verlagshäuser und Redaktionsgebäude, Theater der Reichshauptstadt und Verkehrswege, Buchläden und Büchereien. Dem verlorenen Staat entsprach der tief einschneidende *Verlust eines kulturellen Zentrums auf deutschem Boden.*

Freilich: die führende Rolle Berlins war bereits während des Kaiserreichs, erst recht unter der schwarz-rot-goldenen Fahne der Weimarer Republik, niemals unangefochten. Kein Vergleich mit Paris oder London, kein Vergleich auch mit der Bedeutung von Madrid für die spanische Literatur seit dem »goldenen Zeitalter« im 17. Jahrhundert. Im Kaiserreich bedeutete *München* insgeheim und sogar erklärtermaßen bisweilen eine Gegen-Metropole. Die Brüder Thomas und Heinrich Mann oder auch Frank Wedekind wichen allen Berliner Verlockungen aus. Thomas Manns Verleger S. Fischer gehörte zu Berlin; der Autor blieb an der Isar. Auch die expressionistischen Künstler einer ersten Vorkriegszeit arbeiteten fern von der Reichshauptstadt: immer wieder in grimmiger Abkehr vom Lebensstil des Deutschen Kaisers und seiner »Untertanen« im Sinne des Romans von Heinrich Mann. Es gab die »Brücke« in Dresden und den »Blauen Reiter« in München. Kandinsky und Franz Marc als Herausgeber einer berühmten Publikation, die diesen Namen trägt, strebten nach einem Gesamtkunstwerk. Sie suchten Dichter und Musiker, neben den bildenden Künstlern, überall in Europa, nicht allein unter den Menschen deutscher Sprache. Vom München des »Blauen Reiter« führte die Brücke eher nach *Wien* als nach Berlin. Die Musikbeispiele in der zweiten Ausgabe des »Blauen Reiter« stammten von Arnold Schönberg, Anton von Webern und Alban Berg.

Verlorene Einheit der deutschen Literatur. Verlorener Staat und verlorene Hauptstadt. *Verlorene kulturelle Kontinuität* vor allem. Nach einem Ersten Weltkrieg konnte man die Ateliers und

Archivbestände jener Künstler und Schriftsteller inspizieren, die im Krieg gefallen waren. »Früh vollendet«: so nannte man das in arger Beschönigung. Franz Marc und August Macke. Der Musiker Rudi Stephan. Lyriker wie Ernst Stadler und Alfred Lichtenstein. Auch Georg Trakl gehörte zu ihnen. Alle aber hatten schon vor 1914 die Anfänge ihres Werkes der Öffentlichkeit unterbreiten können. Es gab Gedichtbände, die Trakl und Stadler selbst noch ediert hatten. Erfolgreiche Konzerte mit Werken von Rudi Stephan. Ausstellungen und Anerkennungen, neben viel zornigem Gegengeschrei, für die gar nicht wirklichkeitsgetreuen Pferdebilder eines Franz Marc.

Nichts dergleichen nach dem Zweiten Weltkrieg. Vorausgegangen waren *Jahre eines totalen Traditionsverlustes.* Die neue Weltkunst der Dreißiger Jahre, mitsamt den Vorläufern und Anregern seit der Jahrhundertwende, galt als entartet und wurde aus den Museen entfernt. Künstler gingen ins Exil. Wer in Deutschland geblieben war, wie Emil Nolde oder Karl Hofer, wurde mit Arbeitsverbot belegt. Die »verjudete« Literatur und Musik durfte deutschen Lesern und Hörern nicht mehr zugemutet werden. Wer trotzdem las: Bücher und Partituren, wagte ein gefährliches Leben. Wer selbst dergleichen zu Hause niederschrieb, mußte wissen, was ihm drohte. Nur so ist das für viele nach dem Jahre 1945 unerklärbare Faktum zu deuten, daß man, als der Krieg zu Ende war, *vor leeren Schubladen stand und vor Künstlerateliers, worin nichts zu entdecken war.* Es hatte zuviel auf dem Spiel gestanden. Eine Geheime Staatspolizei konnte alles stets durchsuchen und beschlagnahmen. Es durfte keine Indizien geben. Ein junger Musiker aus dem Rheinland, Karlrobert Kreiten, ein Pianist, hatte die Weiterarbeit mitsamt ihren politischen Folgerungen gewagt. Man schleppte ihn aufs Schafott.

Die *Heimkehrer* aus einem Zweiten Weltkrieg kamen zurück, viele erst nach langen Jahren der Gefangenschaft, in eine von Grund auf zerstörte Heimat. Auch alle Tradition war zerstört. Albert Speer aus Mannheim hatte, für den Fall einer als sicher angenommenen siegreichen Heimkehr, die riesige Triumphhalle entworfen: gekrönt von der Weltkugel. Die Weltkugel jedoch, auf jenem erhalten gebliebenen Entwurf des Architekten, wurde umkrallt vom deutschen Reichsadler.

Damit war es nun zu Ende. Daß *ein neues Lernen* zu beginnen habe und man sich neue Lehrer suchen müsse in allen Lebensbereichen, war unbestritten im allgemeinen Bewußtsein. Kaum ein Heimkehrer, mit dem man sprach, dachte anders. Man wollte sie wiederfinden: die großen Vorbilder und Lehrer von einst, die man getötet, verjagt, geächtet hatte. Namen wurden genannt, die noch vor wenigen Monaten, wenn man sie aussprach, unmittelbare Gefahr bedeutet hätten: Thomas Mann, Arnold Schönberg, Igor Strawinsky, Alfred Döblin, Sigmund Freud, Bertolt Brecht, Pablo Picasso, Max Beckmann, Käthe Kollwitz oder Otto Dix.

Insgeheim aber schien man der Meinung zu sein, ein Wiederbeginn des künstlerischen und literarischen Schaffens müsse dort einsetzen, wo man im Jahre 1933 jäh in der Entwicklung unterbrochen wurde. Nun suchte man sich die Lehrer, fast instinktmäßig, beim *Expressionismus* und bei der einstigen *Neuen Sachlichkeit.* Walter Benjamin hatte im Jahre 1931, unter dem Einfluß von Bert Brecht, die neu-sachlichen Schriftsteller, wobei er sich Erich Kästners besonders annahm, als Ausdruck einer »linken Melancholie« verspottet und gemeint: »Kästners Gedichte sind Sachen für Großverdiener.« Das waren sie nicht: schon damals nicht. *Erich Kästner* war in Deutschland geblieben. Man hatte seine Bücher verbrannt, wobei er in Berlin dem Spektakel zuschauen konnte. Leute, die herumstanden, dürften ihn erkannt haben, hielten aber den Mund. Er durfte dann zuerst überhaupt nicht publizieren, später unter anderen Namen ein bißchen arbeiten und den Lebensunterhalt verdienen. Nun war er zur Stelle, als der Krieg zu Ende war. Ganz ohne linke Melancholie. Er half mit in München, also in der amerikanischen Besatzungszone, den Kulturteil einer von der Besatzungsbehörde herausgegebenen »Neuen Zeitung« zu organisieren. Im übrigen war er sich selbst und auch der traurigen, das offiziell »Positive« anzweifelnden Sachlichkeit treu geblieben.

Vielleicht muß man diese beiden Konzepte nebeneinanderstellen, wenn rückschauend versucht wird, die Anfänge einer deutschen Literatur auf deutschem Boden, also in vier Besatzungszonen, genauer zu bezeichnen: *Erich Kästners* neue neu-sachliche Redaktionstätigkeit und *Wolfgang Borcherts* neue expressionistischen Manifeste, Prosaskizzen und sein streng expressionistisch gebautes Stationendrama »Draußen vor der Tür«.

Mit dem Jahre Null: verstanden als totalen Neubeginn, war es nichts. Auch nicht im Bereich der Literatur. Längst vergessene Müdigkeiten, Überlieferungen und Vorurteile konnten die deutschen Schriftsteller nicht abtun von ihren Lidern. Wer geglaubt hatte, die blutige Wagneriade des Dritten Reiches, so viel Zerstörung und geistige Verwirrung werde umschlagen in irgendeine mythische »Geburt des neuen Menschen« nach dem Wunschtraum einstiger Expressionisten, mußte erschreckt (oder auch entzückt) die Hartnäckigkeit seelisch-geistiger Restbestände konstatieren. Der von Wolfgang Weyrauch und einigen seiner Partisanen nach dem Kriege geforderte sprachlich-literarische »Kahlschlag« ist niemals erfolgt. Was man dafür hielt - in einigen Erlebnisbüchern der ersten Nachkriegszeit -, war kein Neubeginn, hatte nichts an sich von zweitem Schöpfungstag der deutschen Literatur: alles zeichnete sich, und das war nicht wenig, vor allem aus durch den Verzicht auf kitsch-romantische und pseudoheroische Großmäuligkeit.

Nicht ganz übrigens: Blättert man heute in Aufbau- und Erneuerungsreden, die damals gehalten wurden, deren Ernst und demokratische Motivation außer Frage steht, so entdeckt man nicht ohne Bestürzung, wie antifaschistische Thesen in bester faschistischer Diktion vorgetragen werden. Man spürt genau, daß hier Neophyten des demokratischen Denkens das Wort ergreifen; allein sie spicken ihre Manifeste, Leitartikel und Reden immer noch mit Wendungen aus dem sogenannten »Wörterbuch des Unmenschen«.

Was für die Prosa der einfachen Kommunikation galt, bestätigte sich auch, freilich in geringerer Unschuld, in der damals entstehenden Kunstprosa. Neuere Untersuchungen - etwa von dem Schweizer Germanisten Urs Widmer - demonstrieren an den Aufsätzen der von *Hans Werner Richter* und *Alfred Andersch* herausgegebenen, nach kurzer Lebensdauer durch die amerikanische Besatzungsmacht verbotenen Jugendzeitschrift »Der Ruf« eine sonderbare Mischung aus demokratischem Erneuerungspathos und kriegerisch-heroisierender Diktion.

Kein Jahr Null mithin in der deutschen Nachkriegs-Epik; keine Erneuerung der Sprache als Voraussetzung eines umfassenden literarischen Neubeginns. Erst recht *kein Traditionsverlust an epischen Formen.* Das mußte zum Guten wie zum Bedenklichen ausschlagen. Wer damals neu begann, eigenes Erleben aus Vorkrieg, Krieg und Nachkrieg schildern zu wollen, hatte zu versuchen, wofern er in Deutschland blieb und die Verbindung zur deutschen Emigration wie zur allgemeinen Weltliteratur zwischen 1933 und 1946 verloren hatte, mit den Sprachmitteln und Kompositionsprinzipien auszukommen, die er beherrschte.

Das ergab zunächst, unvermeidlicherweise, den *Rückgriff auf expressionistische Modelle.* Sie boten sich an. Schon durch den fragwürdigen Anschein einer Analogie zwischen den beiden Nachkriegszeiten. Den Heimkehrerstücken von 1919 mit Aufschrei und Flüstern, Vermengung realer und mythischer Elemente, humanitärem Pathos und Selbstmitleid folgte *Wolfgang Borchert* nur allzu genau. Sein Schauspiel »Draußen vor der Tür« hatte alle Züge eines Nachkömmlings, dessen Erscheinen in der Welt zwar Eindruck machte, zugleich aber unzeitgemäß wirken mußte.

Eines der berühmtesten, seither immer wieder zitierten Prosastücke aus Borcherts Nachlaß trug den arg programmatischen Titel »Das ist unser Manifest«. Gemeint war das ästhetische Programm jener deutschen Nachkriegsgeneration, die zunächst mit dem Gedanken gespielt haben mochte: zum letzten Mal Literatur, um bald darauf doch wieder mit Ausdrucksversuchen zu beginnen. Selbst wenn alles Schreiben nur dazu dienen mochte, der unerträglichen Außenwelt für Augenblicke zu entgehen.

Wolfgang Borchert war »in diesen Tagen« das Sprachrohr dieses Zeitgeistes. Ihm schien es gegeben zu sein, in stellvertretender Weise zu sagen, woran so viele Zeitgenossen litten. Da er überdies durch seinen frühen Tod zur mythischen Gestalt werden sollte (Peter Rühmkorf ist diesen Beziehungen zwischen Leben und Legende nachgegangen: zum Unbehagen der Borchert-Orthodoxie), schien sein ästhetisches Manifest den Rang eines ersten literarischen Nachkriegsdokuments zu erhalten.

Man hatte sich jedoch getäuscht. Bei Borchert war zu lesen: »Wer schreibt für uns eine neue Harmonielehre? Wir brauchen keine wohltemperierten Klaviere mehr. Wir sind selbst zuviel Dissonanz. Wer macht für uns ein lilanes Geschrei? Eine lilane Erlösung? Wir brauchen keine Dichter mit guter Grammatik. Zu guter Grammatik fehlt uns Geduld. Wir brauchen die mit dem heißen heiser geschluchzten Gefühl. Die zu Baum Baum und zu Weib Weib sagen und ja sagen und nein sagen: laut und deutlich und dreifach und ohne Konjunktiv. Für Semikolons haben wir keine Zeit und Harmonien machen uns weich und die Stilleben überwältigen uns: Denn lila sind nachts unsere Himmel. Und das Lila gibt keine Zeit für Grammatik, das Lila ist schrill und ununterbrochen und toll. Über den Schornsteinen, über den Dächern: die Welt: lila. Über unseren hingeworfenen Leibern die schattigen Mulden: die blaubeschneiten Augenhöhlen der Toten im Eissturm, die violettwütigen Schlünde der kalten Kanonen – und die lilane Haut unserer Mädchen am Hals und etwas unter der Brust. Lila ist nachts das Gestöhn der Verhungernden und das Gestammel der Küssenden. Und die Stadt steht so lila am nächtlich lilanen Strom. Und die Nacht ist voll von Tod: Unsere Nacht. Denn unser Schlaf ist voll Schlacht. Unsere Nacht ist im Traumtod voller Gefechtslärm.«

Unschwer ließen sich für jede These, Farbe, Metapher die Parallelstellen aus dem expressionistischen Reservoir zwischen 1910 und 1920 anführen. Borcherts Aufschrei von 1947 erwies sich als spät ausgelöste Echowirkung.

Hier wollte alles unmittelbar sein und war übermäßig vermittelt. Durch Literatur- und Kunstwissen nämlich. Dieser junge und zwiespältig begabte Borchert erinnerte an die russischen Volkstümler des 19. Jahrhunderts, die sich nach allzuviel Wissen und verfeinertem Fühlen zur »Ursprünglichkeit« des Volkes hingezogen fühlten. Der Pole *Witold Gombrowicz* zeigte in seinem Buch »Ferdydurke« von 1938 die Gestalt eines solchen in das Volk verliebten Nachzüglers, voller Hohn, in den heitersten und heikelsten Lagen. Borchert hatte etwas von diesen Volkstümlern an sich: auch in seinem Manifest. *Die Hypotaxe wurde angeklagt mitsamt dem Konjunktiv.* Auch dies war bestes Erbteil des frühen Expressionismus, der es von jeher mit der *Parataxe* zu halten pflegte.

Das Neueste erwies sich als Novität der zweiten Hand. Eigentlich stand Borcherts Manifest in seinen Grundzügen schon *seit 1917* zur Debatte. Damals hatte (am 13. Dezember) *Kasimir Edschmid* eine Rede gehalten über »Expressionismus in der Dichtung«. Er bereits verkündete für die Plastik und die Semantik die neuen Losungen. »Bei modernen Figuren sind die Oberflächen mit kurzem Umriß gegeben, die Furchen geglättet, nur das Wichtige modelliert. Aber die Figur wird typisch, nicht mehr untertan einem Gedanken, nicht mehr hinauszuckend in die Sekunde, vielmehr sie erhält Geltung in die Zeit. Alles Nebensächliche fehlt. Das Wichtige gibt die Idee: nicht mehr ein Denkender, nein: Das Denken. Nicht zwei Umschlungene: nein, die Umarmung selbst.«

Um dann fortzufahren: »Dasselbe unbewußt waltende Gesetz, das ausscheidet, ohne negativ zu sein, das nur erlesenen Moment zu magnetisch gleichen Punkten bindet, reißt die Struktur des Schreibenden zusammen. Die Sätze liegen im Rhythmus anders gefaltet als gewohnt. Sie unterstehen der gleichen Absicht, demselben Strom des Geistes, der nur das Eigentliche gibt. Melodik und Biegung beherrscht sie. Doch nicht zum Selbstzweck. Die Sätze dienen in großer Kette hängend dem Geist, der sie formt.«

Edschmid sah freilich auch die Gefahren einer modischen Volkstümlichkeit weit früher als viele seiner Zeitgenossen, von den Nachfahren zu schweigen. Wahrscheinlich wäre ihm die von Wolfgang Borchert ehrlich angestrebte und scheinhaft neue Naivität ein Greuel gewesen. Edschmid hatte nämlich schon 1917 auch zu bedenken gegeben: »Man ist nicht genial, wenn man stottert, man ist nicht schlicht, indem man niggert, man ist nicht neu, indem man imitiert. Hier mehr wie irgendwo entscheidet die Ehrlichkeit. Wir können nicht aus unserer Haut und unserer Zeit. Bewußte Naivität ist ein Greuel. Gemachter Expressionismus ein übles Gebräu, gewollte Menschen werden Maschinerie.«

Da sich der Expressionismus in dieser neuen und zweiten Nachkriegssituation als unfruchtbar erwies, der Heimkehrer Beckmann bei Borchert, mit all seiner Schein-Radikalität, eine künstlerische Regression bedeutete gegenüber *Brechts* zynischem Heimkehrer Andreas Kragler aus »Trommeln in der Nacht« von 1922, konnte die neue deutsche Literatur nach Wolfgang Borcherts frühem Tode weder seinen Weg noch den seiner Meister von der Ausdruckskunst weitergehen. Expressionistische Techniken,

Metaphern, Schreibkniffe freilich gab es seither immer wieder in einzelnen Werken: in *Dürrenmatts* früher Prosa oder auch Dramatik, bei *Wolfdietrich Schnurre,* gelegentlich auch in frühen Texten *Heinrich Bölls,* stark spürbar noch in den ersten Nachkriegsbüchern von *Hans Erich Nossack,* etwa im »Interview mit dem Tode« von 1948, das einen Mann von immerhin siebenundvierzig Jahren zum Verfasser hatte. Allein, die expressionistische Muse hatte die neue Literatur seit dem »Jahre Null« nicht mehr inspirieren können.

Die Begründung ließ sich unschwer finden. Der deutsche Expressionismus war nämlich mit all seinen Absagen und Revolten eine *tief ideologische Bewegung.* Die Ideologie war eine solche des Protestes, der Geistverehrung, eines rousseauistischen Vertrauens in Menschengüte und humanitäre Ursprünglichkeit. Diesem Ziel sollte alle Kunst in einer gewaltigen Konvergenzbewegung dienen. Künste hatten einander zu erhellen; den Plastiker drängte es hin zur Dramatik; der Musiker entwarf sich selbst die Libretti; der Choreograph strebte zur tänzerischen Ausdeutung einer Bach-Fuge; das Drama bemühte sich um Wirkungen eines Wortoratoriums; der Architekt entwarf das zu bauende Utopia.

Geldentwertung, Restauration, Katzenjammer und Neue Sachlichkeit hatten diesen Ideologien nach 1924 übel mitgespielt. Dennoch offenbarte sich, wie in einem von Brecht um 1940 geplanten Opernstoff, die Wahrheit einer Lebensmaxime, die Brecht später so formuliert hat: »Es ist unmöglich, das Glücksverlangen der Menschen ganz zu töten.« Wer sich mit dem Prinzip Hoffnung einläßt, wird dadurch sogleich zum »Ideologen«, wenngleich einem solchen des richtigen (nicht falschen) Bewußtseins.

Die deutschen Schriftsteller um 1950 hingegen verwarfen das falsche *und* das richtige Bewußtsein zugleich. Sie glaubten gewitzt und gewarnt zu sein. Nicht mehr Expressionismus und zum letzten Mal Ideologie. Die Literatur hatte von nun an im Dienst der *Ideologiefeindschaft* zu stehen. Borchert glaubte noch an die eigenen Manifeste, also an ideologische Absagen oder Rechtfertigungen. Die Neuen aber waren nur mehr bereit, vom totalen Ideologieverdacht her eine neue literarische Praxis für möglich zu halten.

Daß die *Gruppe 47* mit dieser Ausgangsposition in ihren Anfängen verbunden war, ist bekannt. Von der Forderung nach einer Literatur des »Kahlschlags« ist damals oft gesprochen worden. Verwirklicht wurde nichts dergleichen, weil auch diese Kahlschlagthese, die ihre Affinität zu Borcherts Manifest und damit zum expressionistischen Epilog nirgendwo verleugnete, ihrerseits rechtschaffen ideologisch war. Eine Ideologie der Ideologiefeindschaft.

Zwei Romane, die zwischen 1946 und 1949 erschienen, dürfen als symptomatisch gelten für diese Literatur aus dem Geiste des totalen Ideologieverdachts. Der Roman »Von unserem Fleisch und Blut« des Berliners *Walter Kolbenhoff* vom Jahrgang 1908, eines ehemaligen Arbeiters, Emigranten, Rückkehrers nach Deutschland, Soldaten und Kriegsgefangenen, im Jahre 1946 veröffentlicht, suchte die Seelenlage und geistige Verwirrung der jungen Generation im Augenblick der Niederlage zu beschreiben: Werwolf-Illusionen, Desillusionen, Zynismen und Apathien. Das Buch, ängstlich dem Expressionismus ausweichend, verleugnete nicht seine Herkunft aus der sozialkritischen Erzähltradition der Neuen Sachlichkeit um 1930. Auch erste Einflüsse der nun in Deutschland eifrig gelesenen amerikanischen Erzähler, vor allem Hemingways, waren evident: Auflösung des epischen Berichts in Dialoge, indirekte Charakterisierung der Figuren, naturalistische Details. Es hatte den Vorteil der Echtheit, des Rückgriffs auf eine, trotz allem, für die Epik ergiebigere Tradition, als es der Nach-Expressionismus Borcherts zu sein vermochte. Dadurch wurde es zum Vorbild zahlreicher – als Erlebnisbericht oder Tatsachenbericht aufgezogener – Nachkriegsromane, die sich nun ihrerseits von Kolbenhoffs Fleisch und Blut zu nähren suchten.

Hans Werner Richters erster Roman »Die Geschlagenen«, 1949 erschienen und mit dem Berliner Fontane-Preis von 1951 ausgezeichnet, teilte das Generationserlebnis mit Kolbenhoff, unterschied sich aber von ihm und dessen Nachkriegsbuch durch die stärkere geistige und politische Distanzierung vom berichteten Geschehen. Die Geschichte der auf verlorenem Posten kämpfenden Soldaten in der Schlacht um Monte Cassino sollte weder als subjektiver Erlebnisbericht verstanden werden noch als kunstlose, doch präzise Dokumentation. Nicht künstliche Kunstlosigkeit, sondern sorgfältige Komposition des Geschehens zwischen den Soldaten, genaue Differenzierung ihres Verhaltens zu den Parolen des Dritten Reiches, zu Krieg und Frieden, Freund oder Feind. Richter bemühte sich gleichzeitig um Objektivität *und* politische Deutung des Geschehens. Damit wurde sein erster Roman ebenso wie das ihm folgende Buch »Sie fielen aus Gottes Hand« (1951), das sich, weitaus ehrgeiziger, um eine Verbindung des Kriegsgeschehens mit den verursachenden Gesellschaftsfaktoren seit 1933 bemühte, zum Ferment einer neuen deutschen Prosaliteratur. Richter war und blieb, in weitergehendem Maße als Walter Kolbenhoff, der Autor eines wichtigen historischen Augenblicks.

Ähnliche und sogar gleiche Ambivalenz beim Rückblick auf die Überlieferungen der sogenannten Ausdruckskunst und der Neuen Sachlichkeit: auch bei den Vertretern der deutschen Exilliteratur. *Thomas Mann* war in seinen Essays und Reden des letzten Lebensjahrzehnts derartig fixiert auf das Phänomen einer »Endzeit« des Bürgertums und seiner Literatur, daß er sich darauf beschränkte, den Antagonismus zwischen dem ästhetischen Einst und Jetzt stets von neuem zu verkünden: in der Goethe-Rede von 1949, im »Versuch über Tschechow« (1954), zuletzt noch im »Versuch über Schiller« (1955). Auch dies meinte Beschwörung statt der Kritik: insofern nicht unähnlich, in der Wahl der literarischen Gegenbeispiele, dem Manifest von Wolfgang Borchert.

Alfred Döblins Geleitwort zu seiner Literaturzeitschrift »Das Goldene Tor«, die er bald nach Kriegsende in der französischen Zone herausgab, offenbarte gleichfalls Ratlosigkeit. Hatte sich Thomas Mann im Exil um die trostlose Formel von der »konservativen Revolution« gemüht, so bot Döblin für die Restauration der Kritik nicht viel mehr als eine Beschwörung Lessings unter Verzicht auf die Aufklärung; als Mythisierung des Golden Gate von San Francisco und des Franz von Assisi: »Und was ist das für eine große Realität, welche die Menschen zwingt, eben noch Krieger, sich hinzusetzen und sich ernsthaft das Versprechen zu geben, zusammenzuhalten und über den Frieden zu wachen, nun dennoch wieder. Sie sind nicht über Nacht Engel geworden, aber sie können nicht umhin zu zeigen, daß sie mehr als ein Stück Natur sind ... Das ›Goldene Tor‹, durch das Dichtung, Kunst und die freien Gedanken ziehen, zugleich Symbol für die menschliche Freiheit und die Solidarität der Völker.«

Die Diktion erinnert an Fritz von Unruh und sein Buch »Flügel der Nike«. Einem neuen Walter Benjamin wäre es unschwer gelungen, auch hier nicht bloß Substanzlosigkeit zu denunzieren, sondern mehr: restaurative Kritik als Restauration der Kritik. Allein es gab keinen Benjamin in der zweiten deutschen Nachkriegszeit.

Die – vielleicht – bedeutendste kritische Leistung behandelte mit vollem Recht das Fehlen literarischer Bildung und Überlieferung: wobei Alfred Döblin nicht ausgespart, die schriftstellerische Position Thomas Manns hingegen allzu statuarisch als Gegenbild präsentiert wurde. *Paul Rillas* Streitschrift »Literatur und Lüth« von 1948 hat im Grunde kaum jene unglückliche und später von ihrem Autor mit Recht verworfene, schlampig und ohne Information zusammengeschriebene Übersicht über eine damals neue deutsche Literatur zum Thema: die zwei Bände einer »Literatur als Geschichte« (1948) von *Paul E.H. Lüth,* einem literarischen Hätschelkind des heimgekehrten Alfred Döblin. Was Rillas Polemik lesenswert macht, ist die Darstellung eines *allgemeinen Zustands der literarischen Verwahrlosung.* Döblin oder gar Lüth sind bloßer Anlaß. Anmerkenswert ist weniger, daß einer schlechte Arbeit als Literarhistoriker leistet. Auch die Frage, warum so etwas gedruckt werden konnte, bleibt belanglos. Hat man Rillas Streitschrift zu Ende gelesen, so erhält man Dokumentationen zur Maßstablosigkeit damaliger Kritik. Beim Wiederlesen stellt sich die Frage, die Rilla im Jahre 1948 nicht zugelassen hätte: ob nicht, bei umfangreicher Sachkunde, auch ein anderer als Paul Lüth beim Versuch hätte scheitern müssen, Literatur mit den Mitteln überlieferter Inventarisierungsformen, mit Namen und Zahlen, schmückenden Eigenschaftswörtern, Lob und Tadel zu kompilieren. Fast zwanzig Jahre mußten vergehen, bis erkannt wurde, daß das Thema »Literatur und Lüth« nicht einen dilettierenden Literarhistoriker betraf, sondern den Dilettantismus einer überlieferten, höchst professionellen Literaturhistorie.

In allen Fällen brachte die verordnete und geförderte neue kritische Aktivität kaum anderes hervor als restaurative Kritik. Darin bestand, bei allen Divergenzen, die Übereinstimmung zwischen Döblin und Thomas Mann, Wolfgang Borchert und Paul E.H. Lüth.

Den Verlust der Tradition hatte es nämlich auch für die Emigranten und Exilierten gegeben. Die anerkannten Schriftsteller der Weimarer Republik waren entweder genötigt worden, als Objekte der Nürnberger Rassengesetze die Heimat zu verlassen, oder sie mußten sich bedroht fühlen wegen ihrer politischen Haltung und ihrer entarteten und fürs Feuer bestimmten Bücher. Als exilierte Literaten konnte es für sie keine Wandlung der literarischen Substanz und Schreibweise geben. Feuchtwanger und Zuckmayer, Heinrich Mann oder Anna Seghers schrieben fern von Deutschland als Fortsetzer des eigenen wohlbekannten Werkes.

Weshalb auch die literarischen Auseinandersetzungen innerhalb der Exilliteratur insgeheim, trotz dieser scheinbaren geistigen Kontinuität, von einem *Traditionsverlust besonderer Art* zeugen mußten. Indem man sich weiter zu einer Literatur der Weimarer Ära bekannte und damit zu demonstrieren schien, daß gute Literatur der bisherigen Faktur von nun an auch im Ausland entstehen könne, hatte man nicht bedacht, daß jene Literatur der Weimarer Republik untrennbar verbunden blieb der deutschen Wirklichkeit zwischen 1918 und 1933. Das ließ sich nicht fortsetzen. Es war ebenso anachronistisch geworden wie die expressionistische Utopie von einer Geburt des Neuen Menschen.

Im zweiten Jahre meiner Flucht
Las ich in einer Zeitung, in fremder Sprache
Daß ich meine Staatsbürgerschaft verloren hätte.
Ich war nicht traurig und nicht erfreut
Als ich meinen Namen las neben vielen andern
Guten und schlechten.
Das Los der Geflohenen schien mir nicht schlimmer als das
Der Gebliebenen.

(Brecht)

Immer wieder die Konfrontation des Kriegsmannes Wallenstein mit dem Bürokraten und Kriegsrat Questenberg. Der Emissär des Wiener Hofes versucht vor dem Generalissimus und seinen Offizieren eine Nacherzählung Wallensteinscher Aktionen: also eine Interpretation. Er wird schroff unterbrochen:

Ersparen Sie's, uns aus dem Zeitungsblatt
Zu melden, was wir schaudernd selbst erlebt.

Konfrontation von Erlebnis und Deutung, der Realsphäre mit dem Bereich des »objektiven Geistes«. *Max Frischs* Roman vom Herrn Gantenbein hat eigentlich nur dieses Thema: die Inkongruenz zwischen dem, was einer erlebt, und dem, was später durch Nacherzählung, Reflexion, Interpretation daraus gemacht wird. Dabei bedarf solche Konfrontation durchaus nicht, wie bei Wallenstein und Questenberg, eines Dualismus von Spieler und Gegenspieler. Auch die Nacherzählung des selbst Erlebten nebst Versuch einer Deutung verfällt solcher Inkongruenz. Ein anderes ist der Lebensmoment, ein anderes seine *Ver*wertung durch Nacherzählung oder *Be*wertung, was auch als Selbstkritik oder Gewissenserforschung verstanden werden kann.

Ein Emigrant vom Jahre 1933 findet sich in der Gesellschaft von Jüngeren, die alles, was er erlebte oder zu bestehen hatte, aus Büchern kennen: aufbewahrt in Dokumenten, literarischen Gestaltungen, Erlebnisberichten, politologischen Exkursen. Man kann sich – dawider – auf eigene und abweichende Erfahrung berufen, allein das führt nicht weit. Vielleicht war diese partikulare Erfahrung einigermaßen untypisch, möglicherweise verstand der Erlebende damals nicht und später erst recht nicht. Wallenstein verhöhnt das Zeitungsblatt auch dort, wo es Ruhm berichtet. Er könnte sich täuschen. Der gedeutete Wallenstein steht auf gegen den bloß realen.

Einer war Emigrant, ist zurückgekehrt nach Deutschland aus dem Exil, sieht sich konfrontiert mit dem Phänomen, daß Elemente seines Lebens und jener Zustände, worin er mit anderen Emigranten zu existieren hatte, zum »Forschungsthema« transformiert wurden. Das bewirkt Unmut, auch Unsicherheit.

Dagegen den Primat der Erinnerung vor der Deutung reklamieren zu wollen, ist ungemäß, denn die Erinnerung trügt. Noch der damals Erlebende wird beim Schreiben seiner Erinnerungen auf Dokumente zurückgreifen müssen. Die aber hat auch jener Forscher zur Hand, der nicht dabei war.

Andererseits muß die Forschung verallgemeinern. Sie kann nur unter großen Schwierigkeiten darangehen, neben dem Faktischen einer soziologischen oder biographischen Konstellation auch die Empfindungsweise und -stärke eines Lebensvorgangs zu rekonstruieren. Ein dokumentierter Bericht über Maßnahmen der französischen Fremdenpolizei, insbesondere der Pariser Préfecture de Police, kann niemals die Qualität eines Exilerlebnisses in jenen dunklen Gängen des Polizeigebäudes auf der Seine-Insel rekonstruieren. Keine Fahrt durch das Paris von heute, ohne daß unsereiner, wenn er vom rechten zum linken Seine-Ufer hinüberwechselt, plötzlich von neuem angerührt würde, vom Damals.

In ihrem Roman »Transit« von 1943 beschreibt *Anna Seghers* den Alltag von Flüchtlingen, die in Marseille auf das rettende Visum der Vereinigten Staaten warten müssen: »Mit mistralverzerrten Gesichtern drängten sich die Menschen in den Vorraum des amerikanischen Konsulats. Hier war es wenigstens warm ... Der Türhüter der Kanzlei des Konsulats der Vereinigten Staaten stand, stark wie ein Boxer, hinter dem aktenbeladenen Tisch, der den Aufgang der Treppe versperrte ... Wie Kalk lag der Puder auf den von der Kälte gestreiften Gesichtern der Frauen, die nicht bloß sich und die Kinder, sondern auch ihre Männer geputzt hatten, um Gnade bereits vor den Augen des Türhüters zu erlangen ...

Die Wartenden gerieten plötzlich in Wut. Meine eigene Zimmernachbarin, bunt gekleidet, zog gleichmütig ein mit ihren zwei Doggen an straffen Leinen. Der Türhüter aber, der bereits wußte, daß sie dem Konsul genehm war, gab augenblicklich den Weg zwischen Tisch und Treppe frei mit einer stumpfen Ehrerbietung.«

Solche Szenen besitzen eine Evidenz, die man als Wahrheit der Kunstwerke bezeichnen kann. Natürlich ist der Forschung auch damit gedient, vor allem damit. Freilich besteht dann Gefahr, daß wissenschaftliche Erkenntnis zum Phänomen des Exils, also nicht bloß der Exilliteratur, mit Texten zu arbeiten hat, die selbst bereits gestaltetes Erlebnis darstellen und darstellen mußten.

Damit hängt sogleich eine besondere Schwierigkeit zusammen, wenn es darum geht, aus Werken der *Exilliteratur,* der belletristischen nämlich, auf die *Realphänomene des Exils* zu schließen. Es zeigt sich bald, daß diese Konklusion nicht möglich ist. Als Beispiel bietet sich das scheinbar leichteste und evidenteste Literaturphänomen an: *das Exil als Thema der Exilliteratur.* Die meisten der nach 1933 aus Deutschland, nach 1938 aus Österreich emigrierten Schriftsteller vertraten eine meist unkritische Konzeption des literarischen Realismus. Sie waren bemüht, Realwirklichkeit in epische oder dramatische Literatur zu transformieren. In diesem Verstande gab es kaum wesentliche Divergenzen zwischen Döblin und Thomas Mann, Feuchtwanger und Anna Seghers. Wenn *Lion Feuchtwanger* in dem Roman »Exil« von 1940, dem Schlußband seiner Trilogie »Der Wartesaal«, die Lebensmodelle Furtwängler, Sieburg oder auch Feuchtwanger zu Kunstfiguren umformt, doch so, daß jeder Leser auch ein bißchen an die Schlüsselfigur erinnert wird, so arbeitet er zwar naiver und auch primitiver als später Thomas Mann im »Doktor Faustus«; allein Unterschiede einer ironischen Distanzierung, der abgefeimten Komposition, des sprachlichen Könnens begründen noch keine Divergenz in der angestrebten realistischen Arbeitsweise.

Unverkennbar mithin, daß nahezu alle Schriftsteller einer traditionellen Beschreibungs- und Abschilderungsepik darauf hinarbeiten mußten, den neuen Erlebnistatbestand, eben das Exil, in der erlernten und offenbar bewährten Arbeitsweise darzustellen.

Man wird von einem *bestürzenden Mißerfolg* all dieser Bemühungen sprechen müssen. Die Exilliteratur hat vor dem Phänomen des Exils weit stärker versagt als vor nahezu jeder anderen Realitätsparzelle. Es genügt die additive Aufzählung von Exilromanen mit dem Hauptthema: Exil. Bruno Frank veröffentlichte 1937 als seinen zweiten Roman der Emigrationszeit - nach dem »Cervantes« von 1934 - eine Exilgeschichte: »Der Reisepaß«. Klaus Manns Roman »Vulkan« von 1939 trägt den Untertitel: »Ein Roman unter Emigranten«. Das »Exil« von Feuchtwanger erschien 1940 in Holland, kurz vor dem jähen Ende der »drôle de guerre«. Anna Seghers vollendete »Transit« nach der Flucht aus Europa im mexikanischen Exil. Die Emigrationsromane Remarques mit dem Titel »Liebe Deinen Nächsten« (1941) und »Arch of Triumph« (1945) entstehen in den Vereinigten Staaten.

Welche gemeinsamen, gesicherten Informationen über das Exil wären aus alledem zu entnehmen? Ungeachtet der Unterschiede des Talents, der Einsicht, der Absicht. *Klaus Mann* erlebte Künstlerkreise in Amsterdam und auf dem Montparnasse. Die eindrucksvollsten Partien im »Vulkan« handeln vom Untergang eines Morphinisten oder von Auseinandersetzungen zwischen Surrealisten und Kommunisten in Frankreich. Bestenfalls einige Abschnitte über die Jagd auf arme und paßlose Emigranten durch die schweizerische Fremdenpolizei geben authentischen Alltag jenes Züricher unfrohen Exils.

Lion Feuchtwanger mißachtet den Alltag der Exilierten. Sein römisches Vorbild Tacitus macht es ihm leicht, alle kleinen Schicksale zu vernachlässigen, die nicht geeignet sind, eine romantragende Figur hervorzubringen. Immer noch machen Männer die Geschichte in der Romantrilogie vom »Wartesaal« des Exils. Fast naiv verwechselt Feuchtwanger die gesellschaftliche Prominenz seiner Künstler und Intriganten mit ihrer epischen Prominenz. *Bruno Frank* bleibt in der Bürgersphäre. *Erich-Maria Remarque* ist auch hier fixiert an eine Sphäre der virilen Bohème oder bohèmehaften Virilität.

Alltag der Emigranten ist annähernd wohl nur in manchen Episoden des Romans »Transit« so dargestellt worden, wie sich der Alltag des Exils auch heute noch in der Erinnerung dessen regeneriert, der ihn abzuleben hatte. Wieder nur eine Episode bei *Anna Seghers:* »Ich erkannte den kleinen Kapellmeister. Er war jetzt tot. Die Menschen sagten: Er ist in der Reihe zusammengebrochen.

Er sollte heute sein Visum bekommen. Da hat ihn der Konsul zurückgeschickt, weil er ein Photo zu wenig hatte. Dadurch wurde seine Konvokation vertagt, seine Abfahrt hinfällig, was ihn stark erregte. Und wie wir ihm halfen, die Photos nachzuzählen, da hatte er sich überdies nur verzählt, zwei Photos waren zusammengeklebt, da hat er sich noch einmal in die Reihe gestellt, da ist er zusammengebrochen.«

Die Unfähigkeit der Emigrationsliteratur, Sachverhalte dieser neuen Heimatlosigkeit so nachzuerzählen, daß sich aus divergierenden Berichten dennoch ein gemeinsamer Erlebniszusammenhang erkennen ließe, hing nicht mit mangelndem Talent zusammen; nicht einmal mit unzulänglicher literarischer Reflexion. Der eigentliche Grund war darin zu finden, *daß der Begriff Exil selbst nichts war als eine Fiktion.* Es gab gemeinsame Schwierigkeiten mit Paß und Visum, Auswanderung und Einwanderung. Nirgendwo stärker aber als vor der Tatsache des Exils offenbarte sich die gesellschaftliche Ungleichheit. Den mittellosen Emigranten trieb die schweizerische Fremdenpolizei bedenkenlos aus dem Lande. Höfliche und dringliche Fristsetzungen für den Doktor Robert Musil. Ausweisung für den Doktor Ernst Bloch. Das solide Emigrantenkonto hingegen mit soliden Schweizerfranken bedeutete garantierte Rettung so lange, wie das Konto bestand. Nicht anders in Frankreich, wohl auch in Holland. Die Einwanderung in die Vereinigten Staaten war das Ergebnis einer doppelten Selektion: der finanziellen Bürgschaft (Affidavit) *und* der ideologischen durch erwiesenes politisches Nichtengagement.

Es gab die Unterschiede im Ökonomischen und bei den damit verbundenen Privilegien, und es gab die Gegensätze der Motivation. Man bildete keine »verschworene Gemeinschaft« im Exil. Gegensätze der politischen und unpolitischen Emigration; die jüdischen und nichtjüdischen Flüchtlinge. Fortdauer der ideologischen Gegensätze. In einer Szene aus »Furcht und Elend des Dritten Reiches« hat *Brecht* geschildert, wie alle Auseinandersetzungen der Epoche vor 1933 noch im Konzentrationslager fortdauerten. In den Emigrantenkreisen ging es kaum anders zu. Alle Volksfront- und Schriftstellerkongresse der Emigration täuschten darüber nicht hinweg.

Keine Gemeinschaft im Exil: Wegen der Gegensätze in Motivation und Existenz war man sogar nicht einmal fähig, den gemeinsamen Gegner, das Dritte Reich, adäquat zu deuten. Die Inkongruenz der Deutungen wirkt heute peinlich. Zwischen *Alfred Kerrs* Darstellung einer »Diktatur des Hausknechts«, dem Abschiedsbrief *Kurt Tucholskys* oder *Thomas Manns* Vorwort zur Eröffnung seiner Zeitschrift »Maß und Wert« im Jahre 1937 gab es keine Gemeinsamkeit der Diagnosen und Prognosen.

Die Unfähigkeit der politischen und damit auch der literarischen Emigration, sich selbst und die Lage des Exils eindeutig zu interpretieren, mußte notwendigerweise auch dazu führen, *die Lage in Deutschland selbst zu verkennen* oder in einer Gefühligkeit zu interpretieren, welche von irren Wunschträumen eines raschen Zusammenbruchs jäh hinüberwechselte zum grundlosen, achselzuckenden Pessimismus. Ein Übriges tat die Informationssperre durch den Reichsminister für Volksaufklärung und Propaganda.

Daher hat es im Bewußtsein der Emigranten zwischen 1933 und 1945 niemals eine Beschäftigung mit dem *Phänomen einer inneren Emigration* gegeben. Weil man nur die Antithese zwischen Hitlerianern und kämpferischen Antifaschisten zu akzeptieren gewillt war, täuschte man sich in doppelter Weise: über den Antifaschismus wie über die Solidarität der ideologischen Mitläufer.

Beide Darstellungen von Beziehungen zwischen Führertreue und Widerstandsbewegung waren falsch: die der *Anna Seghers* im »Siebten Kreuz« und diejenige *Carl Zuckmayers* in seinem Schauspiel »Des Teufels General«. Bei Zuckmayer: Eigentlich sind alle dagegen, reizende Leute, bloß muß man sich vor ein paar Schurken im Dienste Himmlers vorsehen. Bei Anna Seghers: Zwar gibt es Konzentrationslager, aber trotz Geheimpolizei und Denunziationen bewährt sich die Kraft der Schwachen. Das Volk mag gelegentlich schwach sein und ängstlich, es ist aber unbeirrbar in seiner Ablehnung eines erzwungenen Regimes.

Hätten die Sprecher des Exils wenigstens mit einiger Folgerichtigkeit zu dieser – abstrakten und beschönigenden – Einschätzung innerdeutscher Verhältnisse gestanden, sie hätten sorgfältig alle Anzeichen einer nicht von Goebbels programmierten Literatur interpretieren und für wichtig halten müssen. Nichts dergleichen geschah. Die unerlaubt positive Fehleinschätzung der politischen

Widerstandsbewegung kontrastierte im Bewußtsein der Emigranten, ihrer Presse und Literatur mit einer unerlaubt negativen Einschätzung der kulturellen Situation im Dritten Reich. Man war nicht unterrichtet, legte nach etwa zwei Jahren Hitlerherrschaft kaum mehr Wert darauf, es genau wissen zu wollen. Was *Gottfried Benn* unter dem Titel »Kunst und Macht« im Jahre 1934 geschrieben hatte, vorbereitet durch Rundfunkreden in Berlin über den »Neuen Staat und die Intellektuellen«, also gegen die Emigranten gerichtet, blieb unvergessen. Daß jener Redner über Kunst und Macht aber bald darauf selbst vom »Schwarzen Korps« gejagt und aus Berlin vertrieben wurde, nahm man »draußen« kaum mehr zur Kenntnis, höchstens mit einiger Schadenfreude. Damit war auch für die kommenden Jahre alles abgetan, was Benn in seiner »inneren« Emigration als Arzt der Reichswehr und in Hannover im Weinhaus Wolf schreiben und meditieren mochte.

Für die Menschen im Exil ließ sich das Konzept einer inneren Emigration nicht nachvollziehen. Kaum aus Ressentiment: eher als Folge eines dualistischen Denkens, das nur ein Drinnen kannte und ein Draußen.

Neue Inkonsequenz: gleichzeitig wurde nämlich immer wieder versucht, vom Ausland her nicht bloß illegale Broschüren der Kommunisten oder Sozialdemokraten ins Dritte Reich zu schmuggeln, sondern auch, wenn möglich unter Ausnutzung einer legalen publizistischen Öffentlichkeit, die Führer-, Reichs- oder Rassenideologie mit einem bürgerlich-humanistischen Gegenbild zu konfrontieren. Was sinnvoll nur sein konnte, wenn man davon ausging, daß zwar »deutsche Innerlichkeit«, vielleicht durch Schwäche und Unpolitik, mitgeholfen hatte, die neuen Machthaber heraufzuführen, aber nicht gleichzusetzen war einer eminent ausladenden und exzessiven Kulturpropaganda der Hitlerianer. Man hat lange in der von *Alverdes* und *Mechow* zwischen 1934 und 1943 herausgegebenen Zeitschrift »Das innere Reich« einfach ein ideologisches Relikt des Nationalsozialismus sehen wollen und dabei übersehen, daß die Zeitschrift – sicherlich nicht ohne Wissen und Billigung des Propagandaministers – dennoch den *geheimen Sammelpunkt einer Gegenliteratur* zu formieren suchte. Das innere Reich war eines auch für *Peter Huchel* und *Günter Eich*. Ursprünglich hatte man unter den Literaten des Exils die

Notwendigkeit solcher Querverbindungen durchaus verstanden. In der Verwirrung des Frühjahrs 1933 glaubte noch Theodor W. Adorno, man müsse im Lande bleiben und eine geistige Gegenwelt errichten. Ernst Bloch schrieb, mit Billigung der Redaktion, unter Decknamen in jener »Frankfurter Zeitung«, die noch geraume Zeit den neuen Reichkanzler vom 30. Januar 1933 einfach »Herrn Hitler« nannte.

Sonderbar nimmt sich ein Band aus, der 1936 im Vita Verlag, Luzern, erschien. Die Schrifttypen auf dem Umschlag spielten ein bißchen mit dem in Mode gekommenen Runensymbol. Der Titel mußte allzu völkisch klingen, Unbehagen erregen:

Deutsche Menschen.
Von Ehre ohne Ruhm
Von Größe ohne Glanz
Von Würde ohne Sold.

Eine Folge von 25 Briefen »deutscher Menschen«, ausgewählt und eingeleitet von einem weidlich unbekannten Detlef Holz. Abermals eine großspurige und großdeutsche Protzerei mit arischen Geisteswerten, bedenklicherweise diesmal in der Schweiz publiziert? Es war, im Gegenteil, das wohlkalkulierte – und erfolglose – Bemühen um eine Gegenwelt zur Stärkung der Stillen im deutschen Lande. Der wirkliche Name jenes Detlef Holz war: Walter Benjamin.

Diese Unfähigkeit von Exilierten, die Lage in Deutschland richtig einzuschätzen, statt – verwirrt und verwirrend – zwischen kollektiver Verurteilung und wunschhafter Beschönigung zu wechseln, hing damit zusammen, daß es in den zwölf Jahren des Exils zwischen 1933 und 1945 niemals gelang, die objektive Situation des Heimatlosen als eine bewußte Annahme – oder gar Verteidigung! – dieses Zustands zu verstehen. Die Mehrheit der Emigranten hat nie aufgehört, *sich als Objekt zu empfinden, kaum als Subjekt.* Die Gedanken Bertolt Brechts über die »Bezeichnung Emigranten« wurden nicht Gemeingut.

Wir haben das Zeugnis eines Emigranten damaliger Zeit, fast eines Kindes noch, dann eines jungen Menschen, der rückblikkend schildert, wie wenig die erzwungene Heimatlosigkeit ein Krisenbewußtsein, gar so etwas wie Solidarität mit anderen Exilierten, zu erzeugen vermochte. In der Erzählung »Abschied von den Eltern« berichtet *Peter Weiss:* »Der Krieg öffnete meine Augen nicht. Der mißglückte Kampf um eine Berufung hatte mich in einen Zustand der Umnachtung versetzt. Meine Niederlage war nicht die Niederlage des Emigranten vor den Schwierigkeiten des Daseins im Exil, sondern die Niederlage dessen, der es nicht wagt, sich von seiner Gebundenheit zu befreien. Die Emigration hatte mich nichts gelehrt. Die Emigration war für mich nur die Bestätigung einer Unzugehörigkeit, die ich von frühester Kindheit an erfahren hatte. Einen heimischen Boden hatte ich nie besessen. Daß der Kampf, der draußen geführt wurde, auch meine eigene Existenz anging, berührte mich nicht. Ich hatte nie Stellung genommen zu den umwälzenden Konflikten der Welt. Die Anstrengung, einen Ausdruck für mein Dasein zu finden, hatte keine andere Aufmerksamkeit zugelassen.«

Als der Krieg zu Ende war, das Reich in Trümmern lag, gleich den deutschen Städten, schienen alle Emigranten plötzlich mitgesiegt zu haben mit den Siegern. Wer mitten im Dritten Reich, geduckt und ängstlich, entsetzt oder ungeschickt anpasserisch, das Abenteuer durchzustehen und zu bezahlen hatte, war mitbesiegt mit den Besiegten. Da schien wenig Anlaß zu sein für Differenzierungen. So sahen es amerikanische Politiker um Morgenthau, zu schweigen von den Franzosen um de Gaulle, aber auch um die französischen Kommunisten. Man mag das bei *Aragon* nachlesen.

Die Erinnerung an jene Nachkriegsdiskussionen unter Emigranten bewahrt Szenen der äußersten Vehemenz auf: als Ablehnung aller Versuche, die man als kommunistischen deutschen Neonationalismus deutete, den Zustand des Exils zu beenden und nach Deutschland zurückzukehren. Dies Programm entwikkelten nur die Gruppen der zuerst in Moskau unter deutschen Kriegsgefangenen gegründeten Bewegung »Freies Deutschland«. Es gab sie in England und Mexiko, unter den deutschen Kriegsgefangenen in Frankreich, auch in der Schweiz. Unverkennbar die kommunistische Programmierung; aber in der Schweiz beispielsweise traten auch die Vertreter der protestantischen Widerstandsbewegung, also der »Bekennenden Kirche«, für dieses Programm des »Freien Deutschland« ein. Einer der Redaktionskollegen dieses Programms hieß *Karl Barth*. Allein die Mehrheit der Emigranten lehnte solche Perspektiven erbittert ab. Da waren die Zionisten, die nach Palästina wollten. Dann die Rückkehrer in »ihre« ursprünglichen Exilländer: Holland, Belgien oder Frankreich. Andere wollten ihr Leben im Exilland England, in der Schweiz, in Nord- oder Südamerika beenden. Das Exil hatte neue Heimaten geschaffen. Zwischen den nunmehr gleichsam vom Geschichtsablauf her legitimierten Emigranten und denen, die sich jetzt, oft ziemlich aufdringlich, pompös oder wehleidig, als »innere Emigranten« zu erkennen gaben, war ein Gespräch kaum möglich.

Der *Briefwechsel zwischen Walter von Molo und Thomas Mann* ist ein solches Dokument der totalen Entfremdung. Ob der Briefschreiber Thomas Mann dabei seinen Partner richtig oder falsch beurteilt, bleibt vergleichsweise unwichtig gegenüber dem allgemeinen Nichtverstehen der Situation im Dritten Reich. Thomas Mann machte auch sich selbst nichts vor: »Zuweilen empörte ich mich gegen die Vorteile, die Ihr genosset. Ich sah darin eine Verleugnung der Solidarität. Wenn damals die deutsche Intelligenz, alles, was Namen und Weltnamen hatte, Ärzte, Musiker, Lehrer, Schriftsteller, Künstler sich wie ein Mann gegen die Schande erhoben, den Generalstreik erklärt hätte, manches hätte anders kommen können, als es kam. Der einzelne, wenn er zufällig kein Jude war, fand sich immer der Frage ausgesetzt: ›Warum eigentlich? Die andern tun doch mit. Es kann doch so gefährlich nicht sein.‹

Ich sage: zuweilen empörte ich mich. Aber ich habe Euch, die Ihr dort drinnen saßet, nie beneidet, auch in Euren größten Tagen nicht. Dazu wußte ich zu gut, daß diese großen Tage nichts als blutiger Schaum waren und rasch zergehen würden.«

Der Briefschreiber will nicht nach Deutschland zurückkehren; er glaubt nicht an die Möglichkeit eines Gesprächs zwischen der inneren und der äußeren Emigration: »Fern sei mir Selbstgerechtigkeit! Wir draußen hatten gut tugendhaft sein und Hitlern die Meinung sagen. Ich hebe keinen Stein auf, gegen niemanden. Ich bin nur scheu und ›fremdle‹, wie man von kleinen Kindern sagt. Ja, Deutschland ist mir in all diesen Jahren doch recht fremd geworden. Es ist, daß müssen Sie zugeben, ein beängstigendes Land. Ich gestehe, daß ich mich vor den deutschen Trümmern fürchte – den steinernen und den menschlichen. Und ich fürchte, daß die Verständigung zwischen einem, der den Hexensabbat von außen erlebte, und Euch, die Ihr mitgetanzt und Herrn Urian aufgewartet habt, immerhin schwierig wäre.«

Diese Konfrontation hat dann (die Briefe zwischen Mann und Molo wurden noch im Jahre 1945 gewechselt) zwei Jahre später (1947) in Berlin stattgefunden. Einberufen wurde ein *»Deutscher Schriftstellerkongreß«*. Programmiert war er von der Sowjetischen Verwaltung und ihren kommunistischen deutschen Mitarbeitern in Berlin. Die ehemalige Reichshauptstadt präsentierte sich noch als einheitliche Verwaltung. Eine formelle Solidarität der vier Besatzungsmächte wurde als Fiktion aufrechterhalten, wenngleich zu Beginn des Jahres 1947 der amerikanische Staatssekretär Byrnes in Stuttgart eine Rede gehalten hatte, die rückblikkend als erstes Symptom eines Kalten Krieges gedeutet werden muß.

Dennoch hatten sich offenbar die Vertreter der westlichen Besatzungsmächte einer sowjetischen Anregung angeschlossen: deutsche Schriftsteller des Exils *und* einer sogenannten inneren Emigration zusammen in Berlin tagen zu lassen. Als Gäste unter der Obhut der vier alliierten Schutzmächte. Dennoch war unverkennbar, daß es sich um eine Angelegenheit der sowjetischen Politik und Kulturpolitik handelte. Ihr Sammlungsprogramm, gedacht als neue Adaptierung des Volksfrontgedankens, ein Jahr später (1948) in Breslau von neuem praktiziert als internationaler »Kongreß der Intellektuellen zur Verteidigung der Kultur«, wie im »Tagebuch« von *Max Frisch* nachzulesen ist, versprach sich Gewinn davon, die deutschen Schriftsteller als Verbündete für das sowjetische Programm einer »demokratischen Erneuerung Deutschlands« zu verpflichten. Ehrenpräsidentin war Ricarda Huch, offizieller Organisator war Günther Weisenborn. *Ricarda Huch* hatte aus Protest gegen die Ausstoßung Heinrich Manns aus der Preußischen Akademie der Künste gleich zu Beginn des Jahres 1933 ihren Austritt aus dieser Akademie erklärt. Sie war in Deutschland geblieben: schweigend, verbunden mit den Kreisen der protestantischen Résistance. Ricarda Huch: das war viel mehr als schemenhaft widerstehende Innerlichkeit. Weisenborn saß in der Zuchthauszelle, als der Krieg zu Ende war. Er hatte in der Widerstandsbewegung gearbeitet.

Der Kongreß tagte im östlichen wie im westlichen Bereich von Berlin. Engagiert freilich waren nur die Russen. Der englische wie der französische Repräsentant investierten wenig mehr als höfliche Distanz. Die amerikanische Militärregierung startete auf diesem Kongreß eine kulturpolitische Gegenbewegung. Die Rede des amerikanischen Journalisten Melvin J. Lasky wurde auf der Bühne der Kammerspiele im sowjetischen Sektor gehalten und behandelte das Thema der Unfreiheit sowjetischer Schriftsteller in ihrem Heimatland. Da sich Laskys Rede an die drei sowjetischen Gastliteraten wandte, den Dokumentarschriftsteller Boris Gorbatow und die beiden Dramatiker Valentin Katajew und Wsewolod Wischnewski, war eine scharfe Provozierung beabsichtigt. Sie glückte. Auf diesem Kongreß brach zum ersten Mal, auch im offiziellen Kulturbereich, die prätendierte Einheit zwischen Ost und West auseinander. Von nun an gab es auch unter den deutschen Schriftstellern den Dualismus zwischen realen oder scheinbaren Parteigängern des Ostens und des Westens.

Zusammengekommen waren deutsche Schriftsteller in Berlin, mühselig angereist aus München, Frankfurt oder Hamburg, um Zusammengehörigkeit zu demonstrieren: zwischen drinnen und draußen, jenseits von vier Besatzungszonen. Als die Tagung zu Ende war, gab es die Westfraktion und die Ostfraktion. Der kommunistische Dramatiker Friedrich Wolf, später Botschafter der DDR in Polen, hatte auf dem Kongreß neben dem Kunsthistoriker Edwin Redslob gesessen, der bald darauf Rektor an der Freien Universität in West-Berlin werden sollte.

Trotz dieser ersten Konfrontation blieb die Einheit des Kongresses noch gewahrt. Es fand ein Gespräch zwischen der inneren und der äußeren Emigration statt. Alfred Kantorowicz referierte historisierend über die Literatur des Exils. Elisabeth Langgässer entwickelte an der lyrischen Tradition Oskar Loerkes die Situation einer gleichsam menschenlosen Literatur, die Natur als Gegenwelt zum Politischen stilisiert. Verteidigung solcher Positionen eines »Widerstandes« durch Ausklammerung und bloße Innerlichkeit wagte sich kaum hervor. Stephan Hermlin, heimgekehrter Emigrant, sprach achtungsvoll, doch mokant von einer Lyrik der »Lurche und Molche«. Wolfgang Harich schilderte autobiographisch, wie er selbst aufwuchs im Dritten Reich: angewiesen auf offiziell genehmigte Bücher. Konstatiert habe er zwar die Nadelstiche in manchen Publikationen gegen die herrschende Lehre, doch verändert habe sie ihn nicht, diese Negativität einer sich verweigernden Literatur.

Es war ein windschiefes Gespräch. Die *erste* Konfrontation auf diesem Kongreß im Oktober 1947 bewirkte Höflichkeit und gegenseitiges Nichtverstehen. Dann kam die *zweite* Konfrontation: ausgelöst durch die von nun an gegeneinander arbeitenden Weltmächte. Melvin Lasky begründete bald darauf die Organisationen und Zeitschriften des »Kongresses für kulturelle Freiheit«. In Moskau beendeten Stalin und Shdanow die Phase taktischer Kollaboration mit den Ideologien des Westens, um ihrerseits die neue, gerade die ideologische Konfrontation zu suchen. Hatte man bis zu jenem Berliner Kongreß von 1947 die Fiktion einer Zusammenführung der inneren mit der äußeren Emigration aufrechterhalten, so wurde jetzt, auf Stalins Geheiß, in der Frage politischer und polizeilicher Zuverlässigkeit, sogar zwischen den Emigranten ein Unterschied gemacht. Von nun an gab es die *Ostemigranten* und die *Westemigranten.* Ostemigranten waren jene, die aus der Sowjetunion und in ihrem Auftrag nach Deutschland zurückgekehrt waren. Ihr Repräsentant war Johannes R. Becher.

Sieben Monate nach jenem Berliner Schriftstellerkongreß von 1947 wurde der Versuch gemacht, in der *Frankfurter Paulskirche*, hundert Jahre nach der gescheiterten Revolution von 1848/49, auch in Erinnerung an die Frankfurter Nationalversammlung der Literaten, Advokaten und Professoren, einen *zweiten Kongreß deutscher Schriftsteller* abzuhalten. Allein man befand sich bereits im Vorfeld eines Kalten Krieges. Die Autoren aus der Sowjetischen Besatzungszone sagten ab. In Frankfurt wurde sogleich spöttisch behauptet: »Die haben nicht gedurft!« Es stimmte nicht: Becher und die Seinen hatten längst erkannt, daß ihr Kommen bloß neue Feindschaft erzeugen müsse. Wir und Ihr! Der »Westen« blieb unter sich: uneins und verwirrt. Die Konfrontation einer inneren und einer äußeren Emigration war hinfällig geworden. Restauration bahnte sich an; es war durchaus nicht mehr ratsam, daß man sich auf die innere Einsamkeit von damals berief.

Die Erkenntnis dämmerte bei allen Betroffenen, daß im Jahre

1933 die Einheit der deutschen Literatur verlorengegangen war. Zwei deutsche Staatsgründungen im Spätsommer und Frühherbst des nächsten Jahres 1949. Die Exilzeit, begonnen am 30. Januar 1933, ging niemals zu Ende.

Reeducation und demokratische Erneuerung Deutschlands

Von wem mag der Gedanke ausgegangen sein, das so tief gesunkene deutsche Volk in der Niederlage »umerziehen« zu wollen? Der Gedankengang mutet wunderlich an, wenn man daran zurückdenkt. Zugrunde lag eine wohlbekannte Theorie des bürgerlichen Strafrechts. Nachdem man die anachronistisch gewordenen Prinzipien einer Vergeltungstheorie, also das »Auge um Auge, Zahn um Zahn«, nicht mehr praktizieren will, auch kaum mehr festhalten kann am Grundgedanken einer sogenannten Vergeltung, weil dadurch der Staat immer noch vergöttlicht erscheint, landet man bei der *Besserungstheorie.* Der Delinquent soll sich bessern. Dabei muß man ihm helfen. Er muß erzogen werden zu einem ordentlichen Mitglied der bürgerlichen Gesellschaft. Deren Normen freilich und Riten werden als allgemeingültig vorausgesetzt.

Es war eine längst veraltete Strafrechtstheorie, die man im Lager der Alliierten ausgegraben hatte, um sie nun auf das Völkerrecht anzuwenden. Der Delinquent hatte bisher auf den Namen »Deutsches Reich« gehört. Inzwischen galt er als namenlos. Ein besetztes Land mit vier Besatzungszonen. Deutschland hatte als Völkerrechtssubjekt aufgehört zu bestehen. Sich selbst überlassen durfte man die Deutschen auf keinen Fall. Nunmehr wurden sie, je nach Besatzungszone, folglich vier durchaus divergierenden Methoden einer politischen Erziehungswissenschaft unterworfen.

»Reeducation« hieß das in der amerikanischen Besatzungszone, also im südlichen Deutschland: von Rosenheim bis Heidelberg. Gemeinsam war allen vier Besatzungsmächten das Prinzip einer

Koppelung der Entnazifizierung mit einer Politik der Umerziehung. Die Austreibung und die Reinigung. Wer ausgetrieben werden mußte, durfte nicht mithelfen bei der Erziehung und Reinigung. Nach diesem Grundsatz hat dann vor allem die *amerikanische* Besatzungsmacht *vorerst* folgerichtig gearbeitet. Nachdem die kurze Periode eigener Militärsender und Besatzungszeitungen vorbei war, wurden Lizenzen an unbelastete Publizisten und Journalisten verliehen. Auch das Prinzip des Pluralismus hatte dabei Gültigkeit. Merkwürdigerweise schien die amerikanische Besatzungspolitik, wohl ohne es zu wissen, mit den Volksfront-Prinzipien der sowjetischen Politik zu arbeiten. Nach der Niederlage der Arbeiterbewegung im Jahr 1933 hatte sich in der kommunistischen Politik, von Stalin nach langem Zögern akzeptiert, das Prinzip einer Sammlung antifaschistischer Kräfte als zweckdienlich erwiesen. Dabei arbeitete man, wie üblich, mit Klischees. »Kommunisten, Sozialisten, Liberale, Christen, Parteilose.« Die Amerikaner hatten das übernommen. Als am 1. August 1945 die »Frankfurter Rundschau« von der amerikanischen Militärregierung lizenziert wurde, hatte man darauf geachtet, daß unter den Herausgebern zwei Kommunisten zusammen mit einem Sozialdemokraten und einem früheren christlich-demokratischen Politiker fungierten.

Das war ein großer Schritt »vorwärts«, innerhalb einer Zeitspanne von sechs Monaten. Am 24. Januar 1945 nämlich, als man sich noch mitten im Krieg befand, hatte die amerikanische Armee im eroberten Aachen als erstes Blatt in deutscher Sprache die »Aachener Nachrichten« gegründet. Sie unterstanden der PWD (Publicity and Psychological Warfare Division) im Alliierten Hauptquartier.

Auf die Lizenzierung der »Frankfurter Rundschau« folgten bald die auch heute noch existierenden und einflußreichen, damals gegründeten Zeitungen in München, Stuttgart, Mannheim und auch in Bremen, das als Exklave zur amerikanischen Zone gerechnet worden war.

Die einflußreichste Zeitung gaben die Amerikaner jedoch nach wie vor selbst in München heraus als »Neue Zeitung«. Sie hat, vor allem dank der Tätigkeit ihres Feuilletonchefs *Erich Kästner*, von 1945 bis zum Ausklang der Vierziger Jahre eine entscheidende

Rolle gespielt bei der literarischen Diskussion und der geistigen Auseinandersetzung mit dem Dritten Reich, auch mit den Ideologien der vier Besatzungsmächte.

Die *englische Besatzungsmacht* scheint die Prinzipien einer Umerziehung nicht besonders ernst genommen zu haben. Ihr kam es hauptsächlich darauf an, möglichst wenig kompromittierte Journalisten und Publizisten des Dritten Reichs mit der Herausgabe von Zeitungen und Zeitschriften zu betrauen. Ein bißchen kompromittiert durften sie ruhig sein. Vielleicht war es eine kokette Anekdote, wenn *Axel Springer* später berichtet hat, er habe die Lizenz seiner Rundfunkzeitung beim zuständigen britischen Offizier dadurch erlangt, daß er auf die ironische Routinefrage, ob auch er, wie alle anderen Bewerber, während der Nazizeit »verfolgt« gewesen sei, die verblüffende Antwort gab: »Verfolgt wurde ich nur von Frauen.« Ein bißchen locker, aber so mag es wohl in Hamburg zugegangen sein.

Die *Franzosen* in Baden-Baden waren vor allem daran interessiert, daß in der ihnen zugefallenen Zone die traditionellen Werke französischer Kunst und Literatur den ausgehungerten und informationsgierigen Deutschen zugänglich gemacht wurden. Ein deutscher Emigrant in Frankreich, nunmehr französischer Offizier, ein großer deutscher Schriftsteller überdies, *Alfred Döblin,* wurde als Berater in Baden-Baden tätig. Sehr viel Einfluß scheint er nicht gehabt zu haben, was mit seinen besonderen Vorlieben und Antipathien zusammenhing.

Eine genaue Darstellung dieser Vorgänge in den drei westlichen Besatzungszonen findet sich in *Hermann Glasers* Buch »Kulturgeschichte der Bundesrepublik Deutschland. Zwischen Kapitulation und Währungsreform. 1945–1948« (München, 1985). Dort wird das Dilemma, das man vorfand, nüchtern analysiert, wenn berichtet werden muß über die Anfänge der künftigen »Deutschen Journalistikschule e.V.«. Glaser erläutert: »Als ›Hauptheer‹ standen vornehmlich diejenigen wieder zur Verfügung, die im Dritten Reich mitgemacht und sich nun umgestellt hatten; ihre Entnazifizierung erfolgte verhältnismäßig zügig; man wollte ihre Erfahrungen nutzen.«

In der *sowjetischen* Besatzungszone stützte sich Walter Ulbricht, der offensichtlich als politischer Statthalter mit einer Mannschaft noch während der letzten Kämpfe um Berlin eingeflogen worden war, auf eine Gruppe deutscher Emigranten, die man in Moskau sorgfältig für ihre künftigen Aufgaben ausgesucht und vorbereitet hatte. Ihr führender Kopf war *Johannes R. Becher.* Mit ihm kamen, gleichfalls anerkannt in der Vergangenheit als angesehene deutsche Schriftsteller, der Arzt und Dramatiker Friedrich Wolf, der politische Lyriker und Liedermacher Erich Weinert und der einstige Arbeiterschriftsteller und begabte Erzähler Willi Bredel. Auch ein junger Publizist, Sohn einer in der Sowjetunion gebliebenen Emigrantin, war mit eingeflogen worden nach Berlin. Er trennte sich nach einigen Jahren von seinen einstigen Genossen und Förderern: Wolfgang Leonhard.

Die sowjetische Besatzungsmacht hantierte nicht mit der Formel einer »Umerziehung«. Ihre Formel war geschickter; sie wirkte auch bescheidener. Man sprach von einer »demokratischen Erneuerung Deutschlands«. Die Formel dürfte, wie man vermuten könnte, Johannes R. Becher noch in Moskau gefunden haben. Als Lyriker war er es gewohnt, dem sprachlichen Einfall, auch wenn er formelhaft sein mochte, beim Aufbau seiner Texte zu folgen. »Demokratische Erneuerung« war auch insofern historisch schlüssiger, als sie voraussetzte, daß es bereits eine demokratische Tradition in deutschen Landen gegeben habe. Sie war unterdrückt, schließlich zerstört worden. Man mußte sie erneuern. »Umerziehung« hingegen setzte, im sprachlichen Sinne, voraus, daß man gewissen pädagogischen Prinzipien unterworfen wird, die von außen oktroyiert werden. Die *naive amerikanische Selbstgefälligkeit war bedenkenlos:* amerikanische Prinzipien hielt man für allgemeingültig. Zu ihnen sollten die in der Tat barbarisch gewordenen Deutschen von nun an erzogen werden.

Wahrscheinlich waren es vor allem zwei deutsche Schriftsteller, die – in München und im vorerst noch allein von den Russen besetzten Berlin – inmitten eines terminologischen Kauderwelschs von Reeducation und Demokratischer Erneuerung Deutschlands, die Arbeitsgrundlagen geliefert haben für ein literarisches Leben in Deutschland; zumal dieses literarische Leben in den ersten Jahren nach 1945, also bis in die Zeit des Kalten Krieges hinein, *gemeinsam* geblieben war für die Deutschen in den vier Besatzungszonen: *Erich Kästner und Johannes R. Becher.*

Kästners Feuilleton in der »Neuen Zeitung« wurde allenthalben gelesen und reflektiert: von Schwerin bis Lörrach. Der von Johannes R. Becher begründete »Kulturbund zur Demokratischen Erneuerung Deutschlands« konnte in jeder Ortschaft aller vier Besatzungszonen eine Dependence unterhalten. Das Prinzip der Sammlung aller »aufbauwilligen Kräfte«, wie man damals formulierte, hatte Priorität. Bei den Vorbereitungen des Kulturbundes in Frankfurt am Main beteiligten sich neben den Herausgebern der »Frankfurter Rundschau« sowohl der damalige Kommunist und spätere Sozialdemokrat Leo Bauer wie der Germanist Professor Ernst Beutler und der katholische Publizist und nunmehrige Mitherausgeber der »Frankfurter Hefte«, Walter Dirks. Johannes R. Becher reiste in Deutschland umher. Er war glücklich, seine Vaterstadt München wiedersehen zu können. In Oberbayern besuchte er *Ernst Wiechert* auf dessen Bauernhof. Der von Becher gleichfalls begründete Aufbau-Verlag in Berlin publizierte bald darauf Wiecherts Buchenwald-Erzählung »Der Totenwald«. Bei der Gründung des Kulturbundes in Stuttgart hielt Becher das einleitende Referat. Leiter der Veranstaltung war *Theodor Heuss,* der spätere erste Präsident der Bundesrepublik Deutschland.

Langsam entstanden auf diese Weise die ersten Strukturen einer künftigen deutschen Literatur, Literaturkritik und kulturpolitischen Publizistik. *Was fehlte, waren die Autoren und die Manuskripte.* Die Schubladen waren leer: mit gutem Grund. Sowohl Kästner in München wie Becher in Berlin mußten zurückgreifen auf Autoren, die einstmals Rang und Namen hatten und jetzt entweder aus dem Exil heimkehrten oder wenigstens bereit waren, ihre Manuskripte vom Ausland her zur Verfügung zu stellen. Auch Autoren der sogenannten inneren Emigration stellten sich ein und abermals vor. Wodurch sogleich Gezänk ausbrach über Umfang, Wahrheitsgehalt und Motivation der damaligen Verweigerung gegenüber der Reichsschrifttumskammer. Die Selbstgefälligkeit und Leidensexpression von Frank Thieß oder Walter von Molo wirkten kaum überzeugend. Erich Kästner, der in Deutschland bleiben mußte und auf diese Weise alles registrieren konnte, erinnerte sich sehr genau und wußte daher, wen er zur Mitarbeit aufforderte oder auch nicht.

Das alles aber reichte nicht aus, den hungernden und frierenden Menschen zwischen 1945 und 1948, also bis zur Währungsreform, die freilich sogleich hinüberleiten sollte in den Kalten Krieg zwischen Ost und West, »etwas zum Lesen« zu liefern. Auch die Rundfunkredakteure waren stets auf der Suche nach neuen, möglichst jungen und unbelasteten Talenten. Der *Rundfunk* war, vor allem an kalten Wintertagen und bei spärlicher Beleuchtung, die wichtigste Bildungs- und Informationsquelle. Allein die jungen Leute waren noch nicht so weit. Ernsthafte Talente empfanden sich noch als unreif, sie wollten lernen. Die selbstgewissen Angeber besaßen weniger Skrupel. Wenn man sein bißchen Geld einigermaßen gerettet und in Sachwerten angelegt hatte, konnte man es sich leisten, eigene poetische Produktionen in Druck zu geben. Die neugegründeten Verlage schluckten alles. Ein im Jahr 1947 bei Erich Kästner in der »Neuen Zeitung« publizierter Text mag das illustrieren. So war es zugegangen, als der Krieg zu Ende war: nach zwei Weltkriegen.

Exkurs: Irrwege deutscher Lyriker und Verleger (1947)

Wenn die Igel in der Abendstunde, um Kurt Tucholsky zu zitieren, still nach ihren Mäusen gehen, nehmen wir gern ein Buch zur Hand, um nachzuschauen, wie sich das Neuerwachen der deutschen literarischen Produktion im zweiten Jahre seit Kriegsende ausnimmt. Da liegen sie wieder zu Haufen, die berühmten Bändchen. Zwei Kategorien nehmen den umfangreichsten Platz ein: zunächst Abrechnungen aller Art mit dem Geist des Dritten Reiches, Dissertationen zur Schuldfrage, historische Prophezeiungen mit Zeitzündung, die erst nachträglich verkündet werden – und dann sehr viel Lyrik.

Das freut zuerst einmal, denn der lyrische Ausdruck erscheint dem Erleben unserer letzten Jahre eher gemäß als eine hastig gearbeitete Novelle mit aktuellem Thema oder gar als ein schnell hingeworfener Tendenzroman, sei dessen Tendenz nun, wie sie wolle. Nicht anders war das nach dem letzten Weltkrieg beim Expressionismus: Auch er hatte seine Höhepunkte und echtesten

Ausdrucksformen im lyrischen Wort, das kaum mehr Ausdruck war, fast nur noch Ausbruch. In einem entfesselten, auf solchen lyrischen Ausbruch reduzierten Theater – war richtige Dramatik nach 1918 im Grunde nicht gegeben. Erst viel später brachte Alfred Döblin vor allem die Formelemente des Expressionismus auch in der Epik der großen Form zur Geltung. Der eigentlich sinngemäße Ausdruck aber des damaligen Nachkriegs war zunächst die lyrische Klage.

Es wäre schön, und es wäre vor allem echt, wenn sich das heute wiederholte, wenn Töne, vergleichbar jenen Bechers, Brechts, Hasenclevers und Tollers, auch im heutigen Nachkrieg in Deutschland hörbar würden. Da liegen also vor uns Bände mit Gedichten; es sind offensichtlich alles unbekannte Namen. Um so besser! Wir wollen sie ansehen.

Ein Band von knapp hundert Seiten, anspruchslos gedruckt, aber auch nicht ohne Geschmack ausgestattet, bringt Ausgewählte Gedichte von Viktor Scheiterbauer. Sie nennen sich »Glanz zwischen Disteln und Dornen«. Eine blödsinnige Ideenverbindung huscht durch den Kopf: hoffentlich gehört dieser Glanz im Titel nicht zu jener Armut, die angeblich »ein stiller Glanz aus innen« sein soll! Gedichte kann man nicht von der ersten bis zur letzten Seite lesen. Man blättert, um zu schauen, ob ein lyrisches Wort hier seine Angelhaken besitzt, die festzuhalten vermöchten. Da heißt ein Gedicht: »Abschied«

> Es klingt, wie wenn man Abend sagt,
> Und es besagt viel mehr wie viele Worte,
> Die man so hinspricht ...

Einen Augenblick bitte! Wie heißt es bei Hofmannsthal?

> ... Und dennoch sagt der viel, der »Abend« sagt,
> Ein Wort, daraus Tiefsinn und Trauer rinnt
> Wie schwerer Honig aus den hohlen Waben.

Gedanke und Prägung des Herrn Scheiterbauer sind also schon mehr als Anlehnung. Allerdings hätte Hofmannsthal jedenfalls geschrieben: »Besagt viel mehr als viele Worte.« Herr Scheiterbauer aber bevorzugt das »wie« nach dem Komparativ. Er schreibt auch: »Und ihr Schrei würde lauter und wilder sein wie Löwengebrüll.«

Es ist langweilig, hier den Schulmeister spielen zu müssen und diesem Lyriker zu sagen, daß man nicht »Monumente« und »Hände« reimen kann; daß man nicht »Pferde« und »verzehrte« in einem Gedicht zusammenführen sollte; daß man »blies« schreibt und nicht »bließ«, »pries« und nicht »prieß«. Wir wollen eine längere Probe hinsetzen, um zu zeigen, wie das alles aus zweiter Hand lebt, im Grunde gereimte Prosa ist, meilenweit entfernt von allem wirklichen lyrischen Ausdruck. Es soll der heutige Anblick des Schönbrunner Parks geschildert werden – und da stehen dann folgende Zeilen:

Nun humpeln, wie verstümmelte Insekten,
Die Invaliden durch die herbstlichen Alleen,
In welchen sich einst zarte Pagen neckten,
Von Fraun belächelt, die wie kostbare Kameen
In Gold gefaßt und im Zierat der prunkenden Brokate
Wie Tänzerinnen zierlich schritten, Puder in den Haaren.
Wie Tänzerinnen. Und wie ein König spielte Sarasate
Vor diesen Fraun, die Königinnen waren.

Das ist eine wenig verdauliche Mischung aus »Erlesenheit«, die ziemlich viel Rilke gelesen hat – und einer ziemlich prosaischen Gegenwartsstimmung. Echt ist gar nichts daran, auch nicht der Geiger Pablo de Sarasate, der vor siebzig Jahren spielte, als die Damen keineswegs mehr Puder im Haar trugen ...

Wir sind vielleicht sehr grob mit diesem Lyriker und wissen auch gar nicht, ob er alt oder jung ist, was für die Beurteilung sehr wichtig sein sollte. Dann aber steht mitten unter diesen faden Ergüssen einer abgestandenen Sentimentalität ein Gedicht: »Der Landser« – und hier hat der Mann plötzlich einen echten, zynisch-erregten Ausdruck für Menschen und Zustände von heute. Die letzte Strophe lautet:

Sechs Jahre wurde er herumgeschleift,
Dann endlich kam die große Pleite.
Was nun? so fragt sich der Gefreite.
Wozu? 'nen Taler dem, der es begreift!

Das ist sicher keine große Dichtung, aber es ist echt und ehrlich. Und diesen Eindruck möchten wir zurückbehalten, wenn wir nun die Gedichte von Scheiterbauer aus der Hand legen.

Jetzt kommt eine Dame, die dichtet. Wir hüten uns wohl, sie einfach als »Frau« zu bezeichnen, denn hier wird offenbar auf gesellschaftliche Umgangsformen großer Wert gelegt. Claire Orth nennt ihr Bändchen (schon wieder!) »Kleines Mode-Brevier für anspruchsvolle Männer«. Wer ist der Verleger? Schon wieder, wie bei Herrn Scheiterbauer, der Siegel-Verlag, Frankfurt am Main. Nun kommt es darauf an: Wird der Verleger jetzt rückfällig, oder gibt er uns Revanche? Zunächst einmal sind wir ziemlich ärgerlich, noch bevor wir gelesen haben. Denn wir wollen erst einmal die Seiten zählen. Es sind vierzehn Blätter: vier davon bleiben weiß, da es sich eben um eine Gabe für anspruchsvolle Männer handelt. Das fünfte Blatt bietet den Titel. Und so haben wir gut und gern noch neun Blätter für die Lyrik. Die aber will in scherzhafter Form einen gereimten Streifzug durch die Entwicklung der Mode geben – und das sieht dann so aus:

> Doch andre Länder – andre Moden
> Im Orient ist es verboten,
> So unverschleiert 'rumzugehn,
> Grad nur die Augen darf man sehn.
> Zwar hat die Frau die Hosen an,
> Doch ist ihr Pascha ein Tyrann,
> Der sich erspart mit Vorbedacht,
> Den Flunsch zu sehen, den sie macht.

Der Rest ist genauso. Dazu hat Claire Orth selbst noch die Zeichnungen beigesteuert: bemühte Federübungen einer Dame, die Ambitionen hat, aus einem Kursus für Modezeichnen.

Und dieses ganze dumme Zeug, das witzig sein möchte oder anmutig, aber nur auf dem KdF-Niveau landet, erscheint nun auf gutem Papier im Jahre 1946! Dafür wird ein ganzer Apparat von der Nachrichtenkontrolle bis zum Buchbinder und Einbandzeichner bemüht. »Alle Rechte vorbehalten«, steht auch noch vorn. Und nun kann die Auslandsnachfrage ja kommen ...

Gehen wir also rasch weiter. Lasset uns andere Töne anstimmen, vielleicht freudenvollere. In der englischen Zone veröffentlichte der Renaissance-Verlag, Düsseldorf, von Walter Kordt einen Gedichtband mit dem Titel »Stimme des Rheins«. Die Gedichte sind »Den Manen Alfons Paquets« gewidmet. Nun werden wir ernst: denn Alfons Paquet war ein bedeutender Schriftsteller. Er hat die Landschaft von Rhein und Main mit der Sorgfalt des Epikers und dem unverlierbaren Unterklang des lyrischen Ausdrucks beschrieben. Wer diesen Dichter anruft und dann auch gleich noch René Schickele, muß ein würdiges Wort als Totengabe zu bieten haben. Fangen wir an!

Wag' ich,
Ein Schicksalbeschwerter
Wie Du,
Schau zu tun
In die Zeit
Und ihr grausam gewaltig Geschlecht,
Daß ich beschwörend
Ergründe,
Was uns
Entbundene Schicksalsgewalten
Furchtbar
Zu tragen gegeben?

Einen Augenblick bitte! Aber das klingt doch wie ... Der Untertitel sagt »Rheinische Rhythmen 1944«. 1944? Doch vielleicht stehen hinten Verse anderen Stils?

Denn das Geschick,
Das zeugend
Dem nie noch vollendeten
Lande der Deutschen
Neigung erheischt,
Weil es,
Tyrannen des eigenen Blutes
Trotzend,
Cäsarischem fremd,
Würde des Menschen
Ersehnt,
Zu bestehn,

Bleibt
– Ein geheimstes Gesetz
Unseres Seins! –,
Immer aus Wogen
Des Stromlands
Erfahren.

Und nun wollen wir einmal ganz deutlich werden: Das ist genau die verkrampfte, zackige, in einer unverbindlichen und verblendeten Metaphysik schwelgende Rhythmik, die uns zwölf Jahre lang alle SA-Poeten vorzusetzen pflegten. Wir wollen darüber keine politische Debatte mit Herrn Kordt anfangen. Aber wir halten diese freien Rhythmen mit ihrer krampfigen Ballung für kinderleicht. Es ist die alte Hölderlinerei, die neben dem Epigonentum der Rilke-Nachahmer als schwerste Hypothek auf unserer ganzen heutigen Lyrik lastet. Diese Verse möchten langgezogen dahinrollen, wie die Wogen des Rheins, Verzeihung: »des Rheines«. Da ist aber kein Bild, das haftenbliebe, kein Augenblick eines dichterischen Worts, das Dinge ausdrückte, die nur der Dichter so und nicht anders sagen kann. Auch das ist im Grunde nur Prosa und prosaisch verquollene Metaphysik. Es wird Zeit, daß wir diesen ganzen faulen Zauber endlich einmal erkennen.

Schnell noch einen Blick in die französische Zone. Da sind in der Humanitheon Edition in Lörrach »Lieder an Frauen« erschienen. Der Untertitel lautete: »Lyrik von Victor Hugo. Freie Nachdichtung von Clemens Hellberg«.

Welche Gedichte Hugos das nun eigentlich sind, verrät man uns nicht. Was davon auf Kosten des Nachdichters geht, läßt sich mangels aller Angaben nur schwer nachprüfen. Bedenklich ist, daß zu Beginn eine »nachempfundene Neudichtung« des Übersetzers steht mit dem Titel »An Komtesse A. H.«. In der Mitte steht folgender Absatz:

Es singt die Nacht das Schlummerlied,
die dich mit goldnem Blicke
zum letzenmal als Jungfrau sieht.
So schlaf und träum vom Glücke!

Er möge als Probe genügen.

Wenn nun aber jemand meinen sollte, auch das wäre einfach schlechte Lyrik wie andere auch, so täuschte er sich über die Absicht dieses Humanitheon-Verlages. Der schickt ein Begleitschreiben:

»Euere Geehrten! Die Kulturbestrebung ›Humanitäre Erneuerung‹, die sich seit fast 20 Jahren, sie wurde 1927 gegründet, um ihre geistige Fundierung bemühte, hält nun, nachdem die Fundierung gelungen ist, die Zeit für gekommen, öffentlich zu wirken ... Nun, nachdem die Geistesfreiheit wieder hergestellt ist, steht einem öffentlichen Wirken kein Hindernis mehr im Wege. Um für dieses Wirken, es handelt sich immerhin um die Grundlegung einer neuen Kulturgestaltung, einen geistigen Raum zu haben, wurde es in eine geistige Gegebenheit gefaßt und als Humanitheon der Humanitären Erneuerung bezeichnet.«

Soll man lachen, soll man sich ärgern? Manchmal kommt einem das alles wahrhaft gespenstisch vor. Wir wollen ein neues literarisches Leben beginnen und starten damit, daß man uns stapelweise aus den Schubladen die Erzeugnisse der Schwarmgeister, Dichterlinge und Versfabrikanten vorsetzt. Dabei fehlt das Papier für die nötigsten Informationen. Wann werden wir es erleben, daß ein Verleger in der Schublade greiser Studienräte nach Hohenstaufendramen sucht und sie uns mit allen fünf Akten und allen Jamben vorsetzt? Auf dem kostbaren Papier!

Zweites Kapitel
Überhang der Tradition

Die neuen Bücher und Leser

Es war verstehbar, gar nicht überraschend, daß sich Neugier und Informationsbedürfnis der besiegten Deutschen zunächst allem zuwandte, was als »nicht deutsch« gelten durfte. Deutschheit, Deutschtum, deutschblütig, deutsch gesinnt, echt deutsch: an diesen Vokabeln, die das Reichsministerium für Volksaufklärung und Propaganda freigebig austeilen ließ, als die Nahrungsmittel schrumpften, hatten alle sich den Magen verdorben. Widerstand leistete man freilich, in allen vier Besatzungszonen, beim Import von irgend etwas, dem man *russische Herkunft* anzumerken glaubte. Auch später in der Sowjetischen Besatzungszone, dann der Deutschen Demokratischen Republik, scheiterte alle Anstrengung, ein Staatsvolk mit guten russischen Sprachkenntnissen heranzuziehen. Diejenigen Studenten an den Universitäten der DDR, die wirklich imstande waren, russische Texte mühelos zu lesen, hatten Seltenheitswert. Die russische Sprache ist schwer, freilich, doch hier kamen Inhibitionen anderer Art hinzu.

Es bestand in den ersten Nachkriegsjahren auch wenig Neigung unter den Deutschen, jene *französischen* Sprachkenntnisse zu erwerben, die im 18. und noch im frühen 19. Jahrhundert als Bildungsvoraussetzung angesehen wurden. Die Angelsachsen aber: da hielt man es anders. Die Neugier auf das Siegerland der Vereinigten Staaten war groß: selbst dort, wo man im deutschen Alltag enttäuscht worden war bei Kontakten mit der amerikanischen Besatzungsmacht. Der deutschen armseligen Enge präsentierte sich das Riesenreich jenseits des Atlantik als Traumland. Viele Mädchen, die als Ehefrauen und Amerikanerinnen nach Übersee zogen, waren einem Traumbild gefolgt, dem ein oft triviales, bisweilen schmerzhaftes Erwachen folgen mußte.

Die amerikanische Literatur hatte Vorrang bei den deutschen

Lesern. *Ernest Hemingway* wurde nicht bloß zum Leseerlebnis; er hat auch die Anfänge einer deutschen Nachkriegsliteratur durch seine Schreibweise, sogar durch seine stilistischen Marotten beeinflußt. In den Fünfziger Jahren pflegten junge Autoren, getreu den Maximen des großen Autors von »Tod am Nachmittag« oder »Wem die Stunde schlägt«, ihr Erzählwerk im wesentlichen fast wie ein episches Drama zu präsentieren. Dialoge, innere Monologe, kein aufspürbarer Erzähler, keine Distanz, keine Reflexion. *William Faulkner* war ein schwierigerer Fall. Den meisten Lesern fehlten die historisch-geographischen wie literarischen Voraussetzungen zum Verstehen des großen Schriftstellers aus den Südstaaten. Faulkner wurde dann, in den Fünfziger und frühen Sechziger Jahren, vor allem ein wichtiger Autor für Schriftsteller. *Jean-Paul Sartre* in Frankreich hatte ihn früh schon für sich entdeckt und in einem blendenden Essay gefeiert. Die frühe Prosa des Erzählers *Uwe Johnson* war, was Johnson selbst nachdrücklich proklamierte, undenkbar ohne das literarische Erlebnis Faulkner.

Allein die amerikanische Mode unter den Lesern und den neuen Schreibern war umfassend, häufig unkritisch. Der Erfolg *John Steinbecks* ließ sich, am Beispiel seiner frühen Romane, durchaus rechtfertigen. Aber *William Saroyan,* ein Liebling jener ersten Nachkriegsjahre? Die Theaterstücke von *Thornton Wilder,* vor allem aber sein Roman »Die Brücke von San Luis Rey«: das waren damals »Kultbücher«, um einen heutigen Modeausdruck zu gebrauchen. Kein Stadttheater ohne Aufführung der »Kleinen Stadt« und ohne den modischen Kulturpessimismus einer Generation, die »noch einmal davongekommen« war.

Unter den französischen Autoren hatte *Albert Camus* alle und alles überrundet. Die kühl-distanzierte Prosa seines Romans »Der Fremde« hat große literarische Wirkung gehabt. Die frühen Erzählungen *Peter Handkes* sind undenkbar ohne Camus, also ohne den »Fremden«, ohne die »Pest«, ohne die sonderbare Privatphilosophie eines modernen Sisyphus. Das macht: Camus hatte sich gegen Ende der Vierziger Jahre in aufsehenerregenden Debatten mit seinem einstigen Freund und jetzigen Gegenspieler Sartre gegen alle russischen »Infiltrationen« ausgesprochen. Er ging dabei ziemlich weit. Es grenzte, im Falle Sartre, fast an politische Denunziation. Sartre blieb die politische und literarische Antwort nicht schuldig. Das fiel ihm insoweit nicht schwer, als er von Hause aus wirklich als philosophischer Denker auftreten konnte: im Gegensatz zu Camus und den Gedankengängen seines Buches über den »Menschen in der Revolte«.

Spanien war nach wie vor Franco-Land. Italien schwankte, von den Deutschen her gesehen, zwischen der Welt der Sieger und der Besiegten. Die Bücher von *Curzio Malaparte* wurden in den ersten Nachkriegsjahren ausgiebig gelesen und erörtert. Man entdeckte hier, brutal offengelegt, eine grausame und obszöne Wirklichkeit, die in aller bisherigen deutschen Lektüre ausgespart zu werden pflegte.

Deutsche Autoren, die damals entdeckt oder wiederentdeckt wurden? Da entstand ein sonderbares Paradox. Wer annehmen mochte, die deutschen Leser, besonders die Jungen und die Heimkehrer aus Krieg und Gefangenschaft, würden sich vor allem auf die zwölf Jahre lang verdrängten und beschwiegenen Schriftsteller stürzen, befand sich im Irrtum. Bis heute ist die Brücke nicht gebaut worden zwischen den erfolgreichen Autoren der Weimarer Republik und den Lesern in einem Deutschland, das sich wiederfand als Karthago nach dem Zweiten »Punischen« Krieg.

Erfolgreiche Erzähler der literarischen Welt in jenen fernen Zwanziger Jahren wie Arnold Zweig und Ludwig Renn, Heinrich Mann und Lion Feuchtwanger, Hermann Kesten oder Jakob Wassermann waren auf lange Zeit hin abgesunken: ein bloßes Gerücht. Anna Seghers gehörte in der Sowjetischen Besatzungszone zur Pflichtlektüre, auch Arnold Zweig wurde in ähnlicher Weise bekannt und gelesen zwischen Rostock und Plauen. Man entdeckte bei der Lektüre, daß es sich um bedeutende Autoren handelte, die man gern las: im Gegensatz zu anderer Literatur, die gleichfalls verordnet wurde. In der Bundesrepublik Deutschland war Anna Seghers bis zum Beginn der Sechziger Jahre, als der Luchterhand Verlag seine große Seghers-Ausgabe startete, gleichfalls ein Gerücht, eine Autorin von »drüben«. Warum sollte man die lesen?

Auch *Bertolt Brecht,* der früher bloß als Bert Brecht gezeichnet hatte, wäre vermutlich auf lange Zeit hin ein Gerücht geblieben.

Da er jedoch gegen Jahresende 1948 selbst mit der Familie und den vertrauten Mitarbeitern in Berlin eintraf und ein eigenes Theater gründete, konnte er durch sich selbst, durch sein Bild und Gespräch, durch seine Theorien, literarischen Versuche und Modellinszenierungen unmittelbar wirken. Zuerst im engeren Bereich der im Jahre 1949 gegründeten Deutschen Demokratischen Republik, bald darauf durch Gastspiele im Ausland. Als er im Oktober 1948 von Zürich aus, wo er die Uraufführung seines Volksstücks »Herr Puntila und sein Knecht Matti« inszeniert hatte (sein Name durfte aber bloß als Autor auf dem Zettel erscheinen, nicht als Spielleiter), nach Berlin reisen wollte, verweigerte ihm die amerikanische Militärregierung die Durchreise. So konnte er seine Vaterstadt Augsburg nicht besuchen. Die Reisegruppe Brecht machte den Umweg über Österreich und die Tschechoslowakei. Als Brecht hingegen im Frühjahr 1954 zum ersten (und einzigen) Mal an einem internationalen Kongreß des PEN-Clubs teilnahm, in den Niederlanden, war er bereits wieder ein berühmter Schriftsteller und Theatermann. Er reiste dann weiter zur Aufführung der »Mutter Courage« in Paris.

Fragt man im Rückblick nach dem damaligen *Überhang einer deutschen literarischen Tradition,* so ist wenig aufzufinden. Kein Vergleich mit der amerikanischen Literaturmode und der Wirkung französischer Existentialisten. Die Literatur der Weimarer Ära, nunmehr *weitgehend identisch mit der Exilliteratur,* wurde nicht wahrhaft rezipiert. Nicht damals und auch später nicht. Die Nachfolge des Expressionismus und der einstigen Neuen Sachlichkeit beschränkte sich auf einzelne Autoren. Sie gelangten, sieht man ab vom Sonderfall des Wolfgang Borchert, nicht zu den Lesern und Theaterbesuchern. Neuaufführungen von Theaterstücken der erfolgreichen Dramatiker aus den Zwanziger Jahren pflegten zu befremden, sogar zu langweilen. Kein neuer Theatererfolg mit Bühnenwerken von Georg Kaiser, Walter Hasenclever, zu schweigen von Ernst Toller, Arnolt Bronnen oder Fritz von Unruh. *Carl Zuckmayer* hatte Erfolg mit seinem Exilstück »Des Teufels General«. Allein dieser Erfolg war bedingt durch die politische Konstellation. Zuckmayer hatte, ohne es wirklich zu ahnen, *ein erstes Theaterstück für die spätere deutsche Restaurationsepoche geschrieben,* wie sich zeigen sollte. *Carl Sternheims* Stücke aus dem Zyklus vom Bürgerlichen Heldenleben wurden zwar häufig gespielt, vom damaligen Publikum aber mit starkem Widerstreben angeschaut. Man wollte sich nicht wiedererkennen. Von aller einstigen Wollust der Selbstkritik war man, in jenen harten Lebenstagen, weit entfernt.

Auch Brecht verstörte mit den ersten Arbeiten seines Berliner Ensembles. Sein episches Theater der Verfremdung und dezidierten Nicht-Identifizierung blieb, auf lange Zeit hin, höchst »befremdlich«.

Drei epische Werke müssen trotzdem als weiterwirkende literarische deutsche Tradition bezeichnet werden. Werke von Hermann Hesse, von Thomas Mann von Alfred Döblin. Vermutlich müßte man hier auch den »Mann ohne Eigenschaften« von *Robert Musil* nennen, allein die ersten beiden Bände dieses Weltromans waren schon zu Beginn und in der ersten Hälfte der Dreißiger Jahre erschienen. Sie gehörten noch, im weiteren Verstande, zur Literatur der Weimarer Republik. Der »Mann ohne Eigenschaften« präsentierte sich als Gegenstück zu Thomas Manns »Zauberberg«, doch nicht zu dessen Faustus-Roman. Unmittelbare Wirkung hatten damals, zwischen 1946 und 1949, bei deutschen Lesern sowohl Hermann Hesses »Glasperlenspiel« wie Thomas Manns Faustus-Roman vom deutschen Tonsetzer Adrian Leverkühn, der sich an den Teufel gebunden hatte. Alfred Döblins Roman-Tetralogie »November 1918«, im Titel anspielend auf die deutsche Novemberrevolution dieses Jahres, wurde erst zum hundertsten Geburtstag Döblins im Jahre 1978 in vollständiger Fassung zugänglich. Seither freilich läßt sich konstatieren, wie stark Alfred Döblins Diktion, spät erst und zögerlich, dann jedoch unaufhaltsam, die Schreibweise deutscher Schriftsteller beeinflußt hat. In seiner Rede »Über meinen Lehrer Döblin« vom Jahre 1967, die weitgehend von Substanz und Schreibweise des Wallenstein-Romans ausgeht, konstatiert *Günter Grass* am Schluß, er möchte seine Zuhörer und Leser neugierig machen, zu Döblin verführen, »damit er gelesen werden möge«. »Er wird Sie beunruhigen; er wird Ihre Träume beschweren; Sie werden zu schlucken haben; er wird Ihnen nicht schmecken; unverdaulich ist er, auch unbekömmlich. Den Leser wird er ändern. Wer sich selbst genügt, sei vor Döblin gewarnt.«

Der genaue Titel, umständlich und bedachtsam formuliert, lautet so: »Das Glasperlenspiel. Versuch einer Lebensbeschreibung des Magister Ludi Josef Knecht, samt Knechts hinterlassenen Schriften. Roman«. Das Buch entstand zwischen 1932 und 1942, also im Vorkrieg und im Kriege. Als die Erstausgabe in Zürich im Jahre 1943 erschien, war freilich der Kriegsausgang bereits abzusehen. Das Buch kam 1946 zu den deutschen Lesern der Nachkriegszeit. Der Eindruck war ebenso stark wie verstörend. Dies war die Beschwörung einer Gegenwelt. Die pädagogische Provinz Kastalien sollte an Goethes Konzept einer solchen Provinz in »Wilhelm Meisters Wanderjahre« erinnern. Dieser Roman von den Glasperlenspielern und ihrem Spielmeister Josef Knecht, der schließlich zum Dissidenten wird, bedeutete in einem doppelten Sinne einen »Überhang der Tradition«. In aller Bewußtheit wünschte Hesse, man möge seine Werke und die eigene literarische Existenz als Nachfolge verstehen, vielleicht als die eines Epigonen. Durch die Wirkung aber seines Romans, der in vielen Gestalten des Erzählwerks auch Figuren einer geistigen Tradition auftreten ließ in notdürftiger Verkleidung, Jacob Burckhardt oder Thomas Mann, gedachte Hesse auch seinerseits eine neue geistige Tradition zu begründen. Freilich in einer literarisch reizvollen, doch schwierig verstehbaren Praxis. Der Leser sollte sich, nach dem erklärten Willen Hermann Hesses, nicht identifizieren mit Kastalien und den Glasperlenspielern. Was der alte Goethe den Lesern seines »Werther« angeraten hatte: ›Sei ein Mann und folge mir nicht nach!‹, gedachte auch Hesse als Erkenntnis zu vermitteln.

Dreimal im Verlauf seines Lebensweges hatte Hermann Hesse versucht, dem Wüten der Nationalismen die Haltung des Bewahrers einer Gesamttradition der Menschheit entgegenzustellen. Das *begann* mit dem berühmten Aufsatz »O Freunde, nicht diese Töne«, der am 3. November 1914 in der »Neuen Zürcher Zeitung« erschien: Beethovens Worte, die rezitativisch im Schlußsatz der Neunten Symphonie den Übergang zu Schillers »Lied an die Freude« ankündigen sollen, nun aber, in der ersten Kriegszeit, auf dem Höhepunkt der Haßgesänge in allen Ländern, Erinnerungen an eine gemeinsame geistige Hinterlassenschaft wachrufen sollten, die hier verspielt wurde. Man hat es Hesse nicht eben glühend gedankt, gerade auch in Deutschland nicht. Im gleichen Jahr 1946, als das »Glasperlenspiel« zum erstenmal in Deutschland erschien, erinnerte Hesse daran und schrieb im Geleitwort zu seinen »Betrachtungen zu Krieg und Politik«: »Seit damals ist mir in Deutschland nie mehr eigentlich verziehen worden, daß ich einmal an Patriotismus und Kriegsgeist Kritik geübt hatte, und wenn auch, ähnlich wie heute wieder, und unmittelbar nach dem verlorenen Krieg eine gewisse Schicht in Deutschland sehr friedlich und international empfand und mit manchem Echo auf meine Gedanken Antwort gab, so blieb doch das Mißtrauen gegen mich wach.«

Im gleichen Vorspruch zu diesen politischen Betrachtungen eines eigentlich Unpolitischen wurde auch an die *zweite* Dissonanz zwischen Hesses Zeitempfindlichkeit und einem allgemeinen Zeitgeist erinnert: an die erste Nachkriegszeit, jene Zwanziger Jahre, in denen auch der »Steppenwolf« erschien (1927), der keineswegs (oder nur für diejenigen stumpfen Leser, die vor des Autors Ironie versagten) als ein Buch »nur für Verrückte« angesehen werden durfte.

Von jenem Aufruf mit Beethovens Worten im November 1914 führte also, nach Hesses Meinung, über den »Steppenwolf« von 1927 ein gerader Weg zu jenem »Glasperlenspiel«, dessen Plan vor Anbruch des Dritten Reiches entstand, dessen Ausarbeitung mit den Jahren der Kriegsvorbereitung synchron verlief und das schließlich, mitten im Kriege, gegen den Krieg und wider die Kräfte, die ihn heraufbeschworen hatten, in Einsamkeit und Trauer, aber mit aller Genauigkeit komponiert wurde. Im Jahre 1946 wurde das von einer Generation, die noch in jeder Stunde ihres Alltags den Krieg spürte, im allgemeinen verstanden. Allein es fanden sich nach der Katastrophe dieses Weltkriegs, nach Buchenwald und Coventry, Auschwitz und Dresden und Hiroshima, nicht genügend Menschen und Gruppen, die, wie es im Traktat vom Glasperlenspiel heißt, »entschlossen waren, dem Geist treu zu bleiben und mit allen Kräften einen Kern von guter Tradition, von Zucht, Methode und intellektuellem Gewissen über diese Zeit hinwegzuretten«.

Es wurde auch nicht – entgegen dem fingierten Geschichtsbericht in der Einleitung zum Glasperlenspiel – »die Erfahrung gemacht, daß wenige Generationen einer laxen und gewissenlosen Geisteszucht genügt hatten, auch das praktische Leben ganz empfindlich zu schädigen, daß Können und Verantwortlichkeit in allen höheren Berufen, auch den technischen, immer seltener wurden«. Nichts von alledem. *Die Nachkriegszeit glitt hinüber in eine Ära des Kalten Krieges,* da und dort wurde auch wieder bombardiert, entstanden Schützengräben, wurden Städte »ausradiert«, Menschen auf der Flucht erschossen. Die Entwicklung der Jahrhundertmitte nahm keineswegs einen Verlauf wie in jenem aus Zukunft und Vergangenheit, angeblicher Historie und echter Utopie so sonderbar gemischten Bericht, mit dem Hesse sein Buch vom Glasperlenspiel beginnen läßt.

»Krieg und Frieden«, so überschrieb Hesse im Jahre 1946 die Sammlung politischer Betrachtungen. Immer noch und wieder ein Schweben zwischen Krieg und Frieden. Von einer Gründung Kastaliens weiter entfernt als je. Die Verwirklichung der fiktiven pädagogischen Provinz wird bei Hesse jedoch gar nicht als wünschenswert empfunden. Vieles spricht dagegen, wie die Lebensgeschichte Josef Knechts erkennen läßt.

Wie aber ist das »Glasperlenspiel« zu verstehen? Die Historiker des Ordens, die nach Hesses Fiktion die historisch-kritische Einführung in seine Geschichte und Struktur verfaßt haben, äußern sich, ihrer Meinung nach, sehr genau, wenn sie definieren: »Das Glasperlenspiel ist also ein Spiel mit sämtlichen Inhalten und Werten unserer Kultur, es spielt mit ihnen, wie etwa in den Blütezeiten der Künste ein Maler mit den Farben seiner Palette gespielt haben mag. Was die Menschheit an Erkenntnissen, hohen Gedanken und Kunstwerken in ihren schöpferischen Zeitaltern hervorgebracht, was die nachfolgenden Perioden gelehrter Betrachtung auf Begriffe gebracht und zum intellektuellen Besitz gemacht haben, dieses ganze ungeheure Material von geistigen Werten wird vom Glasperlenspieler so gespielt wie eine Orgel vom Organisten.«

In dieser Charakterisierung wird die Existenz des Glasperlenspiels und eine erste Kenntnis davon beim Leser vorausgesetzt. Hesses Ironie ist im Spiel. Die Kennzeichnung des Glasperlenspiels erfolgt so, wie etwa ein heutiger Traktat zur Poetik die Gattung des Romans oder des Dramas definieren würde, wobei stets vorausgesetzt wird, daß der Leser ohnehin weiß, was das ist: ein Roman oder ein Drama. Leider ist das beim Glasperlenspiel durchaus nicht der Fall.

Alle Aussagen Hesses über das Glasperlenspiel führen, wie unwillkürlich, immer wieder hinüber zum *Reich der sogenannt schönen Literatur.* Knecht ist ein Künstler, ein Dichter, in dem der pädagogische Eros mit dem Künstlertum ständig im Kampf liegt. Auch sein Amtsvorgänger, der Magister Thomas von der Trave, ist – als Glasperlenspieler – ein Mann der Literatur: das ließe sich zeigen, selbst ohne die Anspielung auf Thomas Mann. Wichtige literarische Schöpfungen der späten Bürgerzeit besitzen alle charakteristischen Merkmale eines Glasperlenspiels. Am reinsten vielleicht der »Ulysses« von *James Joyce.* Aber auch der »Tod des Vergil« von *Hermann Broch* ist der Anlage nach ein Glasperlenspiel, und *Musils* »Mann ohne Eigenschaften«.

Mit den Akzenten der Hoffnungslosigkeit hat Hesse im Jahre 1937 den gleichen Gedanken in Josef Knechts Gedicht vom »Letzten Glasperlenspieler« ausgesprochen.

> Jetzt blieb er übrig, alt, verbraucht, allein
> Es wirbt kein Jünger mehr um seinen Segen,
> Es lädt ihn kein Magister zum Disput;
> Sie sind dahin, und auch die Tempel, Bücherein,
> Schulen Kastaliens sind nicht mehr. Der Alte ruht
> Im Trümmerfeld, die Perlen in der Hand,
> Hieroglyphen, die einst viel besagten,
> Nun sind sie nichts als bunte gläserne Scherben ...

Alles mag das »Glasperlenspiel« sein, ein Werk der Kriegszeit, des Alters, der Einsamkeit: *das Buch eines Pessimisten ist es jedoch nicht.* Die Schlußverse geben nicht bloß die Deutung der Geschichte Josef Knechts, sondern sind Verse eines Mannes, der seinen Hegel gelesen hat und der hier als Schüler des großen schwäbischen Dialektikers spricht, nicht als dankbarer Zögling des Paters Jacobus Burckhardt:

> Es wird vielleicht auch noch die Todesstunde
> Uns neuen Räumen jung entgegensenden,

Des Lebens Ruf an uns wird niemals enden ...
Wohlan denn, Herz, nimm Abschied und gesunde!

Am 9. März 1944 beginnt Thomas Mann in Kalifornien mit der Lektüre des »Glasperlenspiels«, das ihm Hesse zugeschickt hat. Dem Tagebuch vertraut der Lesende an: »Gewissermaßen erschrocken. Dieselbe Idee der fingierten Biographie. Die Erinnerung, daß man nicht allein auf der Welt, immer unangenehm.«

Das bezieht sich natürlich auf die eigene Arbeit am »Doktor Faustus«, also an der fingierten Biographie eines Musikers namens Adrian Leverkühn. Außerdem ist es die Abwandlung eines Goethe-Zitats, das Thomas Mann ein Leben lang beschäftigen sollte: »Lebt man denn, wenn andre leben ...«

Am 10. März hingegen, inzwischen wurde weitergelesen, lassen sich auch die Gegensätze zwischen »Glasperlenspiel« und »Doktor Faustus«, vom Autor des Musikerromans her gesehen, genauer kennzeichnen. Dazu heißt es im Tagebuch: »Die Beziehungen sind verblüffend. Das Meine sehr viel zugespitzter, schärfer und komisch-trauriger. Das Seine philosophischer, schwärmerischer, religiöser, (obgleich auch nicht ohne Herausgeber-Humor und Namen-Komik.)«

Allein die Duplizität der beiden epischen Entwürfe wird durchaus ernstgenommen. In beiden Fällen der Überhang einer Tradition, die helfen soll, das Gegenwärtige zu deuten. Zwei Formen einer – gleichzeitigen – Benutzung und Verwerfung jener deutschbürgerlichen Gattung, die man als *Bildungsroman* zu charakterisieren pflegte. Wodurch in beiden Fällen die Beziehung zu Goethe evoziert wird. Bei Hesse: zur pädagogischen Provinz der Wanderjahre. Bei Thomas Mann, dem Magister Thomas von der Trave aus Hesses Roman: durch die Beziehung und Nichtbeziehung zum Faust.

Thomas Mann, Doktor Faustus

Die Erstausgabe des Romans »Doktor Faustus« von Thomas Mann aus dem Jahre 1947 wirkt sonderbar. Thomas Mann selbst hätte vermutlich eines seiner Lieblingszitate aus Shakespeares »Hamlet« wieder einmal bemüht, das er gern auch auf sich selbst und den eigenen Rang als Schriftsteller anzuwenden pflegte. Hamlet sagt: »Du kommst in so zweideutiger Gestalt.« Das gilt auch, zwei Jahre nach Ende eines Zweiten Weltkriegs, für die Lebensgeschichte des deutschen Tonsetzers Adrian Leverkühn. Es handle sich, so wird zunächst mitgeteilt, um ein neues Buch in der »Stockholmer Gesamtausgabe der Werke von Thomas Mann«. Als Verleger zeichnet der Bermann-Fischer-Verlag Stockholm. Das Copyright wurde jedoch, wie auf der nächsten Seite zu lesen steht, Herrn Dr. Gottfried Bermann nicht erteilt. Vielmehr heißt es: Copyright 1947 by Thomas Mann. Gedruckt aber wurde dies Werk der deutschen Literatur in der Schweiz. Druckort Winterthur, Gesamtherstellung in Chur, der Hauptstadt von Graubünden.

Auf solche Weise also gelangte das Buch zu Lesern in der Schweiz, zu Emigranten-Lesern in den Exilländern und zu den Berufsgermanisten. In dieser ungewöhnlichen Art begann die Laufbahn eines Buches, das von den Kritikern außerhalb von Deutschland als Meisterwerk des Nobelpreisträgers gewürdigt wurde. Wie tief die Wirkung auch auf Leser außerhalb von Deutschland gewesen sein muß, läßt sich nachverfolgen, wenn man jenen Geburtstagsband mit dem Titel »Hommage de la France à Thomas Mann« zur Hand nimmt, der in Paris zum 80. Geburtstag 1955 herauskam. Beeindruckend die Fülle der großen Namen aus der französischen Kunst und Literatur, mit Beiträgen von Mauriac bis Cocteau, von Albert Schweitzer bis Robert Schuman. Bereits die Titel der einzelnen Beiträge aber lassen erkennen, daß der Roman vom deutschen und musikalischen »Doktor Faustus« fast allenthalben das Thema abgibt: Thomas Mann und die Musik. Die Begegnung mit dem Dämon. Der Bereich des Teufels. Das Problem der Einsamkeit ...

Mehr als vierzig Jahre sind vergangen seit der deutschen Katastrophe, die bei Thomas Mann den Abschluß bildet seines Erzählwerks über Deutschland und den Deutschen; über den deutschen Tonsetzer Adrian Leverkühn und seinen schmächtig-ohnmächtigen deutschen Humanisten Serenus Zeitblom, über Goethe und über Nietzsche. Die Beziehung zu Goethe ist evident bereits durch den Titel. Faustus und nicht Faust. Daß Leverkühns Geschichte überdies mit vielen Elementen aus der Lebensgeschichte Friedrich Nietzsches zu arbeiten gedachte, war gleichfalls evident. Auch daraus machte Thomas Mann kein Geheimnis. Als er, nahezu gleichzeitig mit dem Erscheinen seines Faustus-Romans, eine Rede vorbereitete für den ersten PEN-Kongreß nach Kriegsende, der in Zürich stattfand, wählte er sich das folgende Thema: »Nietzsches Philosophie im Lichte unserer Erfahrung«.

Adrian Leverkühn ist ein Musiker, der nach einem Umweg über das Studium protestantischer Theologie seiner inneren Berufung als Tonsetzer nachlebt. Sein Freund, Dr. Zeitblom, übrigens Katholik, um auch diese Antithese anzudeuten, ist klassischer Philologe. Zwei Welten scheinbar, und doch gehören sie insgeheim zusammen als *zwei Seiten möglicher deutscher Existenz: Musik und klassische Humanität.* Es gehört zu den Geheimnissen und Andeutungen dieses Romans, daß Thomas Mann die Zusammengehörigkeit der beiden Freunde *unmerklich durch ihre Beziehung zu Nietzsche* klarmacht: Leverkühn hat Nietzsches Schicksal geerbt, seine Krankheit und die Art, wie er sie sich zuzog. Zeitblom erbte von Nietzsche die klassische Philologie und sogar manche Züge seiner noch nicht umnachteten, noch hellsichtigen Kulturkritik. Es gibt also die deutsche Welt Leverkühns, des Genies der Kälte und Einsamkeit, das verzweifelt den »Durchbruch« zum Kontakt mit der Seelenwärme anderer Menschen anstrebt und sich dem Teufel verschreibt. Und es gibt die deutsche Welt Zeitbloms, des anständigen unpolitischen Gelehrten und Kunstfreundes, der die Bahnen des Freundes miterlebt und »mitmacht«. Das sind zwei zu Ende gedachte und gestaltete Möglichkeiten deutschen Wesens.

Autobiographie und Lebensbeichte. Der »Doktor Faustus« ist aber stärker, wenn schon der Beziehung zwischen Erlebnis und Dichtung nachgegangen werden soll, ein Thomas-Mann-Roman als ein Nietzsche-Roman. Dennoch hätte diese Erlebnis- und Bekenntnisbeziehung nicht vermocht, das Buch mit so großer Wirkung in der Welt und auf die Welt zu begaben. Wesentlicher war, daß die Geschichte des deutschen Tonsetzers mit all ihren abseitigen Erlebnisformen als eine typische Geschichte, *als stellvertretender Lebenslauf,* betrachtet wurde. In Leverkühn wurde mehr gesehen als das Einzelschicksal eines Künstlers. Die

Geschichte der modernen Romanliteratur ist reich an Gebilden, deren Mittelpunktgestalt durch einen Künstler, Schriftsteller, einen Intellektuellen dargestellt wird. Rilkes Malte Laurids Brigge und die Zentralgestalten in den Romanen von D.H. Lawrence oder Thomas Wolfe. Der Erzähler Marcel, der bei Proust im Kunstwerk die verlorene Zeit wiederzufinden sucht; man kennt André Gides Romancier Edouard und Romain Rollands Musiker Jean Christophe.

Was den deutschen Tonsetzer Adrian Leverkühn von ihnen allen unterscheidet, ist *seine Auseinandersetzung mit dem gesellschaftlichen Gesamtprozeß seiner Zeit.* Thomas Mann schrieb nicht bloß den Roman eines modernen Künstlers, sondern den Roman der modernen Kunst. Wenn der »Doktor Faustus« im autobiographischen Sinne eine Lebensbeichte darstellt; wenn er das Deutschland-Thema in einem Umkreis abhandelt, der von der Lutherzeit bis zum Zweiten Weltkrieg reicht; wenn in dies merkwürdige Buch unter anderem auch ein theologisch-politischer Traktat eingebaut wurde: so handelt es sich nach dem Willen des Autors doch vor allem um *das Schicksal und die Möglichkeiten der modernen Kunst.* Wobei diese moderne Kunst in enger Verknüpfung mit dem Schicksal der modernen Gesellschaft, der bürgerlichen, gesehen werden sollte.

Schaut man zurück auf die mehr als vierzig Jahre, die uns trennen von jener zweiten Nachkriegszeit, der Thomas Manns »Doktor Faustus« angehört, so wird offenbar, daß auch andere inzwischen entstandene Erzählwerke deutscher Sprache jene Merkmale aufweisen, die Thomas Manns letzter großer Roman sowohl diagnostiziert wie repräsentiert hat. »Zettels Traum« von *Arno Schmidt* und die »Blechtrommel« von *Günter Grass; Hubert Fichtes* Berichte über die Realität des Dämonenwesens in unserer Gegenwart, über die sonderbare gegenwärtige Verbindung von uraltem Fetischismus und moderner Technologie: alle wirken als Bestätigung dessen, was in der Geschichte des deutschen Tonsetzers Adrian Leverkühn vorausgesagt wurde. Auch die Sehnsucht nach einer »Verlorenen Zeit« im Sinne von Marcel Proust ist allenthalben spürbar. Thomas Manns Rückblick auf das Kaisersaschern oder Lübeck seiner Jugend war gleichzeitig erbarmungslos und sehnsuchtsvoll.

Im Gegensatz zum »Glasperlenspiel« und zum »Doktor Faustus« waren die vier Bände des Erzählwerks »November 1918« von Alfred Döblin, deren Entstehungsprozeß in die Exilzeit zurückreicht und deren Abschluß in den Jahren nach Kriegsende erfolgte, durchaus keine Sensation bei deutschen Lesern jener Nachkriegsära. Die vier Bände waren in ungünstiger Weise verlegt worden. Döblin hatte niemals viel Glück mit seinen Editoren, woran er, wie an allem anderen literarischen Mißgeschick, auch selbst mitschuldig war. Eine vollständige Ausgabe dieser epischen Tetralogie hat er selbst nicht mehr erlebt. Sie kam erst zum hundertsten Geburtstag heraus.

Dennoch gehört dies vierteilige Erzählwerk durchaus zum Überhang der Tradition. Was Döblin als Material verarbeiten will, ist eigenes Erleben: das Erleben eines Menschen und großen Schriftstellers vom Jahrgang 1878. Ein Jahrgang bereits der frühen Expressionisten, zu denen Döblin, nimmt man seine Diktion und Erzähltechnik, wohl auch gehört: wenngleich er selbst sich in einem 1918 verfaßten spöttischen Essay mit dem Titel »Von der Freiheit eines Dichtermenschen« ausgiebig über den Ausdruck »Expressionismus« mokiert hatte. Lebensmaterial aus der ersten Vorkriegszeit: Erfahrungen eines Arztes für die kleinen Leute am Berliner Alexanderplatz; die Revolution von 1918 und die sukzessiven Gegenrevolutionen, vom Kapp-Putsch des Jahres 1920 bis zum Geschehen im Münchener Bürgerbräukeller und vor der Feldherrnhalle im November 1923.

Für Döblin blieb alles ein Schmerz, der nicht nachlassen wollte. Es war offensichtlich, daß die Demütigungen des Frühjahrs 1933, als man ihn hinauswarf: zuerst aus der Dichter-Akademie, dann aus dem Land, unmittelbar ursächlich verknüpft waren mit dem November 1918, seiner Vorgeschichte und seinen nach wie vor spürbaren Folgen.

Der politische Journalist Dr. Döblin, der in der ersten Nachkriegszeit unter dem Pseudonym Linke Poot zu schreiben pflegte und keineswegs daran dachte, diese Personalunion als Geheimnis zu bewahren, schrieb im Jahre 1921 unter dem Titel »Der deutsche

Maskenball« den folgenden prophetischen Satz: »Die Republik war von einem weisen Mann aus dem Ausland ins Heilige Römische Reich gebracht worden; was man mit ihr machen sollte, hatte er nicht gesagt: es war eine Republik ohne Gebrauchsanweisung.«

Übrigens hatten die Ereignisse des November 1918 nicht allein das politische Denken dieses Mediziners und Schriftstellers geprägt, sie hatten ihn auch skeptisch werden lassen gegenüber den fixen weltanschaulichen Materialismen, die damals in Mode zu sein schienen. Der Naturwissenschaftler Döblin entdeckte in sich den Metaphysiker. Im Gegensatz jedoch zu Hermann Hesse wird ihm die Philosophie des Fernen Ostens, nach kurzem Zögern, nicht zur Erweckung. Er kann als Jude auch nicht die zionistische Lösung akzeptieren, die in jenen frühen Zwanziger Jahren einen Metaphysiker und Theologen wie *Gershom Scholem* zur Erweckung führte. (Beinahe auch Franz Kafka und Walter Benjamin.) Der jüdische Arzt Dr. Alfred Döblin macht sich zum Konvertiten. Er wird ein gläubiger Katholik. Sein Werk weist von nun an allenthalben die Spuren auf: auch im »Wallenstein« und in »Berlin Alexanderplatz«, wenn man genau zu lesen versteht.

In der Tetralogie über den »November 1918« vollends gibt es eine epische Anordnung, die an das berühmte Bild von der Katalaunischen Schlacht erinnert. Gekämpft wird auf der Erde wie in den Lüften. Beteiligt ist Frau Rosa Luxemburg, aber ein wichtiger Partner in der geistigen Deutung der Geschehnisse ist auch der große katholische Mystiker Johannes Tauler aus dem 14. Jahrhundert.

Wenn Alfred Döblin einen »Roman« schrieb, heißt das, daß hier Döblin in Person erzählt, mitredet, inszeniert und räsoniert. Er hatte das schon in den Zwanziger Jahren so formuliert: »Wenn ich sage, wir sollen im Epischen auch lyrisch, dramatisch und reflexiv sein, so rede ich damit nicht einem Gemengsel von Formen das Wort. Wir müssen wieder hin zum frischen Urkern des epischen Kunstwerks ... Es heißt meines Erachtens noch hinter Homer gehen.«

»November 1918«, behaftet mit vielen literarischen Schwächen, die aber die epische Riesenleistung durchaus nicht mindern, ist im Konzept wie in der Erzählform das wichtigste und ganz sicher das folgerichtigste Werk des Epikers Döblin. Es ist lyrisch, dramatisch und reflexiv. Niemals scherzhaft, weil nie vergessen wird, daß arme gequälte Menschen im Krieg und Nachkrieg geschildert werden müssen: ein »Verratenes Volk«, wie die Überschrift zum zweiten Band formuliert. Wohl aber ironisch und satirisch: wenn das Treiben zwischen Ebert und Scheidemann, Mehrheitssozialisten und Kasseler Hauptquartier des Feldmarschalls Hindenburg und des Generalquartiermeisters Groener – streng dokumentarisch – geschildert werden muß. Oder die Szene, da der baumlange Gustav Noske »sich als Bluthund anbietet«. Das Wort Noskes, wonach einer der Bluthund sein müsse, ist historisch belegt.

Der politische Schriftsteller Linke Poot, Döblins Pseudonym, der um 1920 die Folgen des November 1918 zu glossieren pflegte, hilft immer wieder mit bei der Redaktion des Epos, das zwischen 1938 und 1943 im französischen und amerikanischen Exil entstand: sorgfältig abgestützt durch Bücher der französischen Nationalbibliothek und der kalifornischen Universitäten. Eine Epik des Hohnes: »Während Liebknecht mit seinen Arbeitern vor das Schloß zog und von einem Schloßfenster aus die Republik ausrief, stieg Scheidemann am Reichstag ans Fenster und rief sie von da aus. Zweimal war diese Republik ausgerufen; es konnte ihr an nichts fehlen.«

Es fehlte ihr an allem. »Und die Ignoranz, die Feigheit, der Verrat und die verbrecherische Schwäche, gekleidet in das Gewand der Theorie, der Zuverlässigkeit und der weisen Umsicht, machen sich auf den Weg und begeben sich unverzüglich an ihr Werk (den Mord an der Revolution).« Was zu verstehen ist als: Mord an den Revolutionären. Nicht allein an »Karl und Rosa«, wie der Untertitel des vierten Bandes lautet, also an Liebknecht und Rosa Luxemburg, sondern auch an den Münchener Opfern von 1919 wie Kurt Eisner und Gustav Landauer. Es fehlten der Republik die Gemordeten, von denen Erzberger oder Rathenau bloß die berühmtesten waren. Es sind dies Morde, wie Döblin verstehen macht, die sämtlich auf das Konto derer gehören, welche in jenen Wochen vom 10. November 1918 bis zum 15. Januar 1919 (das ist der Zeitraum, den Döblin »abdeckt«) als Machthaber installiert wurden. Wobei sie einstweilen, etwa zehn Jahre lang, nämlich bis 1929, diejenigen als politisch-staatliche Partner akzeptierten, die ihnen im November 1918 beim Verhindern geholfen hatten. Natürlich ist dies ein bitteres Werk des Exils: voller Nachtgedanken an Deutschland. Ein historischer Roman, der in jedem Augenblick die Gegenwart meint. Das Ende eines Ersten Weltkriegs wird berichtet: in Erwartung der Folgen eines Zweiten. Der erste Band mit der Überschrift »Bürger und Soldaten« (was eine nüchterne Rektifizierung bedeutet der im November 1918 gängigen Formel von den vereinigten »Arbeitern und Soldaten«) entstand noch in der französischen Emigration und erschien 1939 als Exilliteratur.

Im ersten Buch gibt es noch ein paar Freundlichkeiten für die französischen Sieger von 1918. Im zweiten, bereits in Kalifornien entstandenen, sind Clemenceau und Poincaré genau so kühl und ohne Sympathie beschrieben wie Ebert oder Groener oder wie jener Major Kurt von Schleicher, der in Kassel die Strategie der Gegenrevolution entwirft. Er wird dann, was Döblin natürlich weiß, der letzte Reichskanzler einer Ära, die im November 1918 geplant wurde. Am 30. Januar 1933 mußte er seinen Platz räumen. Am 30. Juni 1934 wurde auch er gemordet: wie Karl und Rosa und die vielen, deren Verschwinden der Major von Schleicher, am Jahresende 1918 in Kassel, einkalkuliert hatte.

»Eine deutsche Revolution« heißt der Untertitel. Also keine. Vor allem im dritten und vierten Teil konfrontiert Döblin die Petersburger Ereignisse von 1917 mit den deutschen von 1918. Weitgehend ohne Sympathie für Lenin, doch in scharfer Antithetik von Lenin und Liebknecht: des Mannes der Aktion und jenes anderen der Rede.

Der Metaphysiker und Konvertit Döblin negiert sie beide. Nahe fühlt er sich der Rosa Luxemburg. Im ersten Satz des Schlußbandes erst wird sie vorgestellt. Dann aber kommt es zu einer Darstellung, die viele Leser entsetzen wird. Rosa nicht als Denkmal und Märtyrerin, sondern als leidende, liebende und hassende Frau.

»Der Mord an Karl und Rosa« und »Das Ende einer deutschen Revolution«: so lauten die Überschriften der Schlußkapitel. Auseinandersetzungen über die griechische Tragödie, vor allem über die Antinomien zwischen Kreon und Antigone, hatten in diesem vierten Teil des Erzählwerks die reale deutsche Tragödie vorbereitet: jenen Mord, der so viele Untaten nach sich ziehen sollte. Größeres hat Döblin nicht geschrieben. Das letzte Gespräch zwischen Liebknecht und Rosa über das Böse, über den Satan bei Milton im »Verlorenen Paradies« und über den Mephistopheles, gemahnt in seiner Wucht und Trauer an Wallensteins letztes Gespräch mit der Gräfin Terzky. Aber was bedeutet uns Wallenstein, und was bedeuten diese beiden Menschen, die man abschlachtet, worauf man es nicht gewesen sein wollte: »Händeschütteln und Lachen. Aber nun mal einen ordentlichen Schluck. Sie feierten noch bis zum Morgen.«

Geschichte als Gegenwart

Daß die deutsche Exilliteratur immer wieder versucht hat, das damals und im Grunde auch heute noch unerklärbare, im unmittelbaren Sinne »inkommensurable« Geschehen des Dritten Reiches mit Hilfe geschichtlicher Rückschau erklärbar zu machen, wurde erwähnt. Nahezu immer mißlang die Analogie. Der Mann aus Braunau mit seinem Reichsmarschall und seinem Propagandaminister ließ sich nicht, wie das Lion Feuchtwanger im Roman »Der falsche Nero« versucht hat, in die Antike der ersten römischen Kaiserzeit zurücktransportieren.

Der gescheiterte Maler und Gefreite des Ersten Weltkriegs; der im Krieg erfolgreiche Jagdflieger und nach dem Krieg herumgestoßene bayerische Offizier; der gescheiterte Germanist und Autor eines miserablen Romans mit dem Titel »Michael«: sie gehörten durchaus in ihren Möglichkeiten und Unwahrscheinlichkeiten in die deutsche Wirklichkeit unseres Jahrhunderts. Die deutsche Diktatur ließ sich auch nicht wie bei *Hermann Kesten* in seinen zwischen 1936 und 1938 geschriebenen Romanen mit dem Spanien der katholischen Könige Ferdinand und Isabella, später mit Philipp II. vergleichen. Zu viel der Ehre für jenes deutsche politische Personal, das am 30. Januar 1933 zur Macht gelangte. Die spanischen Könige des 15. und 16. Jahrhunderts waren fromme, daher eifernde und grausame Katholiken. Die deutsche Mannschaft war glaubenslos, bei allem Geschwätz durchaus geistlos, und vor allem in ungeahnter Weise gefühllos gegenüber menschlichem Leiden.

Vielleicht waren es nur zwei Werke mit geschichtlichem Hintergrund, die allen Versuchungen sowohl des Historismus wie dem banalen Spiel mit geschichtlichen Analogien bis heute widerstanden haben: *Heinrich Manns* Roman über die Jugend und die Vollendung des Königs Henri Quatre und *Bertolt Brechts* Schauspiel mit dem ursprünglichen Titel »Leben des Galilei«. Die Ausnahmestellung dieser beiden Werke, des epischen wie des dramatischen, läßt sich nicht nur durch das außerordentliche Talent der beiden Verfasser erklären. Wichtiger war, daß Heinrich Mann ebenso wie Bertolt Brecht allen Versuchungen widerstand, ein Geschehen von damals als heutiges Geschehen glaubhaft zu machen. Die beiden Schriftsteller gingen nicht vom damaligen Geschehen aus, sondern von ihrem eigenen Heute: was wörtlich zu nehmen war. Im Gegensatz zu den damals entstehenden historischen Arbeiten von Feuchtwanger und Kesten, Bruno Frank oder Robert Neumann und Stefan Zweig stellten sie die eigene Person, historisch gewandet, dennoch gut erkennbar, in den Mittelpunkt.

Mit dem Unterschied außerdem zu Stefan Zweigs Bemühungen, den Erasmus von Rotterdam als geistigen Vorläufer des späteren Stefan Zweig zu präsentieren, daß sie den *König Heinrich IV. von Frankreich* (bei Heinrich Mann) und den *Galileo Galilei* (bei Brecht) als gefährdete, leicht in Versuchung zu führende Menschen präsentierten. Als Moralisten, die bisweilen der Unmoral nachgeben. Heinrich Manns »Henri Quatre« ist gleichzeitig ein sorgfältig gearbeiteter historischer Roman; eine Parabel über die geglückte Einheit von »Geist und Macht«; schließlich ein Selbstporträt Heinrich Manns in der historischen Verkleidung als Henri Quatre. Jenes einzigen Königs von Frankreich also, wie der Erzähler in seinem französisch geschriebenen Schlußwort sagt, dem das französische Volk ein gutes Andenken bewahrte. Was historisch stimmt. Als im Verlauf der Französischen Revolution die Särge der französischen Monarchen in der Abtei von Saint-Denis geöffnet und geschändet wurden, respektierte man die Gebeine des Königs Henri Quatre.

Heinrich Mann verfaßte den »Henri Quatre« in den französischen Vorkriegsjahren, weitgehend in den Pyrenäen, also im Heimatland seines späteren Königs von Frankreich und Navarra. Brecht arbeitete im dänischen Exil an seinem »Leben des Galilei«. Dabei erging es ihm sonderbar mit seinem Helden, der so gar nicht heldenhaft war und sein sollte. Der Brechtsche Galilei läßt alle menschlichen Existenzen im eigenen Umkreis veröden und verdorren. Um seiner Wissenschaft willen. In der ersten und im Grunde einzig geglückten Fassung des Schauspiels schlüpft der Stückeschreiber Brecht in den Talar oder Schlafrock seines Professors Galilei. Man widerruft, wenn es nicht anders geht, um heimlich weiterarbeiten zu können. In dieser in Zürich im Jahre 1943 zuerst gespielten Fassung war die Billigung des Autors bei solchem Tun seines Titelhelden nicht zu verkennen.

Später jedoch, nach Hiroshima, gab Brecht, aus Amerika heimgekehrt, dem Schauspiel eine andere Deutung. Nichts mehr von Billigung. Galilei habe zu Unrecht widerrufen. Ein großer Naturforscher und ein schlechter Politologe. Er sei stark genug gewesen, den Widerruf zu verweigern. So jedoch entstand, aus ideologischem Eigensinn des Stückeschreibers, ein Zwittergebilde, das auf dem Theater nicht glaubhaft dargestellt werden kann. Der Zuschauer sympathisiert immer wieder mit dem Widerruf: also mit der Überwindung dessen, was Brecht in einem berühmten Essay als die »Fünf Schwierigkeiten beim Schreiben der Wahrheit« genannt hatte.

Parabeln der Unmenschlichkeit

Thomas und Heinrich Mann, Döblin und Brecht, die Erben und Epigonen des einstigen Expressionismus und jener Neuen Sachlichkeit, die eben doch weit mehr ausgedrückt hatte als bloße »linke Melancholie«: ihrer aller Wirkung nach zwei Weltkriegen blieb vorerst auf einzelne Werke beschränkt. Ein anderer Autor jedoch, ein Jude, der bereits am 3. Juni 1924 gestorben war, begann nun mit der Totalität seines Denkens und Schreibens zu wirken: *Franz Kafka*. Noch in den Dreißiger Jahren konnte man in Zürich für ein paar Schweizerfranken die Bände einer vom Verlag Schokken betreuten und durch Kafkas Jugendfreund Max Brod edierten Gesamtausgabe erwerben. Genau so billig erwarb man die Restbestände der von Brod nach des Freundes Tode (und bekanntlich gegen dessen Willen) herausgegebenen Erstausgaben der Romane »Das Schloß« und »Der Prozeß«. Heute zählt dies alles zu den hochbezahlten Raritäten.

Es war eine langdauernde, dennoch folgerichtige Entwicklung, in deren Verlauf die einstigen Beziehungen zwischen Kafka und Brod an der Literaturbörse von Grund auf umgekrempelt wurden. In den Zwanziger Jahren gab es den Reflex: »Franz Kafka? Das ist doch der Autor, von dem der bekannte Max Brod immer wieder zu sprechen pflegt.« Es klingt zynisch, kommt aber der Wahrheit ziemlich nahe, wenn es heute vielleicht heißen könnte: »Max Brod? Das war doch der Freund von Franz Kafka.« In der Zwischenzeit gab es die sukzessiven Interpretationsmoden des im letzten doch nicht interpretierbaren Werkes. Die von Brod selbst favorisierte *theologische* Interpretation, mit Kierkegaard und dialektischem Protestantismus, gelangt bald vor den Texten an ihre Grenzen. Der *Editorenstreit* erbrachte keine Sensation. Max Brod, so zeigte es sich schließlich, als die Handschriften zur Verfügung standen, hatte selbstverständlich nicht als moderner Philologe gearbeitet, doch hatte er auch nicht verfälscht oder stümperhaft ediert. Die *existentialistische* Kafka-Mode war kurzlebig. Sie kam vor allem von Frankreich herüber nach Deutschland. Wortführer war natürlich Camus, allein die französischen Germanisten stellten bald darauf nüchtern fest, daß der Kafka-Leser Camus mit schlechten und fehlerhaften Übersetzungen hatte arbeiten müssen. Ende der Dreißiger Jahre war zum ersten Mal, an der Universität Zürich und durch Herbert Tauber, eine wissenschaftliche Arbeit über Kafkas Erzählwerke vorgelegt worden. Inzwischen überbieten allein schon die Titelregister der Sekundärliteratur den Umfang des zu Kafkas Lebenszeiten publizierten Œuvres.

Wichtiger hingegen als diese Folgen des Autors der »Verwandlung« und der »Strafkolonie« waren die tiefen Wirkungen, die von *Kafkas Schreibweise und Erzählhaltung* ausgingen. In jenen deutschen Nachkriegsjahren, als es an Büchern fehlte und die literarische Information häufig vom Zufall abhing, gab es bisweilen bei den neuen Schriftstellern ein drolliges Amalgam aus Franz Kafka und Albert Camus. Kafkas Verhältnis zu seinen Figuren war es vor allem, was starken Eindruck machte. Kafka präsentiert seine Gregor Samsa und Josef K., macht sich zum Interpreten aller Hoffnungen und Enttäuschungen des Hungerkünstlers, versucht aber nirgendwo, diese Aktionen und Illusionen selbst, nämlich als Erzähler, »verstehen« zu wollen.

Wenn Bertolt Brecht bei der ersten Grundlegung seiner epischen, dann dialektischen Dramaturgie die *Gegensätze von Einfühlung und Verfremdung* besonders stark betonte, so wird man auch bei Kafkas Epik eher von einer Erzählkunst der Verfremdung als der Einfühlung sprechen können. Hier in der Tat wird Franz Kafka zum folgenreichen Gegenspieler Thomas Manns. Nur scheinbar nämlich gibt es bei ihm ein objektives Erzählen. Meist werden die Geschichten aus dem Blickwinkel einer Figur berichtet und sind dennoch nicht Geschichten in Rollenprosa. Kafka gibt Zustände und betreibt eine Art der erzählerischen Verhaltensforschung. Was vollzieht sich, muß sich vollziehen, wenn der Geschäftsreisende Gregor Samsa, der den Frühzug zu nehmen hat, plötzlich als Riesenkäfer im Bett liegt? Kafka hat keinerlei Sympathie für die verschiedenen K.'s oder Samsas. Er denkt mit ihnen, wie man vielleicht einen Schritt weiterkommen könnte, und beschreibt diese Überlegungen. Niemals jedoch erfährt man (abgesehen vielleicht von einigen Passagen des sogenannten Amerika-Romans), wie der Erzähler die Ereignisse und Personen beurteilt, mit denen seine Gestalten sich herumschlagen. Wo die Romanfigur einen Zustand der Korruption zu entdecken glaubt, läßt uns Kafka gänzlich ohne Antwort, wenn wir ihn fragen, was er dazu sagt.

Er versteht seine Figuren, fühlt sich aber nicht in sie ein. Als Erzähler beschreibt er Gedankengänge und Taten, allein er hütet sich, durch Psychologie nachhelfen zu wollen. Das macht: er glaubt nicht mehr an die alten Kausalitäten. Seine Figuren verändern sich nicht, erleben keinerlei klassische Wandlung, weder Schuld noch Sühne, sind weder verstehbar noch unverstehbar. Sie verhalten sich bloß. Kafka beschreibt ihr Verhalten in doppelter Weise: als Reflexion und als Aktion. Den Rahmen für diese Verhaltensforschung hat er ihnen geliefert. Das ist Prämisse, die jeder Kafka-Leser akzeptieren muß. Sie ist immer so etwas wie der Käfig des Hungerkünstlers oder das Normensystem der Strafkolonie.

Es war der *parabolische Charakter der Erzählweise Franz Kafkas,* der prägend wurde für einige der meistgelesenen Bücher jener Nachkriegszeit, seit etwa 1946. Bertolt Brecht, der seinen Kafka natürlich genau kannte und heimlich sehr verehrte, hatte im dänischen Exil seinem Stück vom »Guten Menschen von Sezuan« die Gattungsbezeichnung »Parabelstück« gegeben.

Ein Parabelroman der erklärten Kafka-Nachfolge war auch *Hermann Kasacks* in den letzten Kriegsjahren in Deutschland entstandener und 1947 publizierter Roman »Die Stadt hinter dem Strom«. Übrigens wurde dieser Roman zuerst in Fortsetzungen im Berliner »Tagesspiegel« abgedruckt. Kasack war ein literarisch sehr beschlagener Verlagslektor: Das Bild von den grundverschiedenen Siedlungen zu beiden Seiten des Stroms übernahm er vermutlich aus Goethes rätselhaftem »Märchen«. Wahrscheinlich könnte man unschwer auch die Folgen der Lektüre Hermann Hesses und seines »Glasperlenspiels« konstatieren. Die Leute nämlich, die in den Ruinen der Stadt hinter dem Strom arbeiten, sind aus aller Gegenwart gefallen. Sie kennen nur noch die Geschichte. Ebenso hatten die Glasperlenspieler Hermann Hesses, was er selbst ausdrücklich mißbilligte, wie der Roman bewies, ihre Forschungen ausschließlich auf vergangene Kunst und vergangenes Denken beschränkt. Neue Literatur und neue Musik entstanden nicht in der pädagogischen Provinz mit Namen Kastalien.

Dies alles hatte, ohne daß Hesse oder Kasack daran ausdrücklich gedacht haben mögen, schon in einer der letzten Arbeiten Franz Kafkas die entscheidende Rolle gespielt. Das Volk der Mäuse in Kafkas Geschichte »Josefine, die Sängerin« hält es umgekehrt mit der bloßen Gegenwart. Im Mäusereich wird keine Retrospektive und historische Rückschau betrieben. Hermann Kasacks Orientalist Dr. Robert Lindhoff erhält einen Ruf in die Stadt hinter dem Strom. Er wird Chronist, also Historiker, der dortigen Präfektur, einer allmächtigen Behörde. Eine Reminiszenz an das »Schloß« bei Kafka und die Umwelt des Schriftstellers Hermann Kasack, im Zeichen der Geheimen Staatspolizei, ist evident. Überhaupt wurde Kafka nach zwei Weltkriegen vor allem dadurch virulent, daß er alle totalitären Macht- und Polizeistrukturen, lange vor George Orwell, ebenso visionär wie gültig beschrieben hatte. Weshalb Menschen im totalitären Räderwerk seitdem immer wieder, wenn sie sich auskannten, im eigenen Alltag an Kafka erinnert wurden. Die Ablehnung des Gesamtwerks dieses unheimlichen Schriftstellers in der Sowjetunion unter Stalin und seinen unmittelbaren Nachfolgern war ihrerseits folgerichtig. Die *Moskauer Rede Jean-Paul Sartres,* die eine Freigabe Kafkas forderte, blieb, als Gesamtpostulat, nach wie vor unbeachtet.

Es war mithin gut zu verstehen, daß Hermann Kasacks Roman in den ausgehenden Vierziger Jahren von den deutschen Lesern durchaus als Lebensbericht aus einem undurchschaubaren, gleichzeitig allmächtigen und willkürlichen Regime interpretiert wurde. Die Stadt hinter dem Strom, das hieß: Leben im Dritten Reich. Kasacks Roman war ein Buch des konkreten geschichtlichen Augenblicks. Hat es ihn überleben können?

Dieselbe Frage wird man auch beim Wiederlesen eines Buches stellen müssen, das gleichfalls in der ersten Nachkriegszeit fertig wurde und erschien: ganz wie die »Stadt hinter dem Strom«. *Elisabeth Langgässers* Roman »Das unauslöschliche Siegel« wurde eifrig ergriffen, gelesen und erörtert. Im Gegensatz jedoch zu Hermann Kasack, der die Ingredienzien seines vorzüglich geschriebenen Erzählwerks weitgehend der säkularisierten Literatur entnommen hatte, sollte es sich beim »Unauslöschlichen Siegel«, nach dem Willen der Autorin, um ein Werk der religiösen Literatur handeln. Die Erleidnisse des Krieges und der Tyrannei hatten damals eine Renaissance des christlichen Denkens und auch Kunstschaffens provoziert. Protestantische Dichtung von Albrecht Haushofer und Jochen Klepper, ein neues Erblühen der katholischen Dichtung Reinhold Schneiders mögen im vorliegenden Zusammenhange nur als Symptome genannt werden.

Der Fall der Dichterin *Elisabeth Langgässer*, denn sie war wirklich eine, ist schwieriger zu deuten. Die Halbjüdin hatte sich zum Katholizismus bekehrt und die Taufe empfangen. Die Taufe als Sakrament, mithin als »unauslöschliches Siegel«. Der character indelebilis der Sakramente, hier also des Sakraments der Taufe, war nicht zum ersten Mal in einem Erzählwerk zum Gegenstand gleichsam der episch-theologischen Interpretation geworden. In Graham Greenes berühmtesten Roman »Die Macht und die Herrlichkeit« war das Sakrament der Priesterweihe als geheimes, gar nicht besonders geheimes Leitmotiv des epischen Berichts wirksam gewesen.

Elisabeth Langgässer steht, was sie niemals leugnete, unter dem Einfluß katholischer Literaturtraditionen: von den spanisch-französischen Formen des Welttheaters im 17. Jahrhundert bis zur neukatholischen Dichtung eines Paul Claudel.

Allein beim Wiederlesen ihres damals überaus erfolgreichen Buches erschreckt, sehr im Gegensatz zu Claudel, die Diskrepanz zwischen theologisch-philosophischem Anspruch und sprachlicher Genauigkeit. Alles Geschehen und Sprechen wird sogleich »verfremdet« und ins Unausdeutbare zurückgedrängt. Der Umschlag in Komik ist dann fast unvermeidbar: »Er bemerkte die dumpfe Verlassenheit des Kirchplatzes in der Nachmittagssonne, vielmehr die Verlassenheit an und für sich als den Seelenzustand der Schöpfung und hatte wieder den seufzenden Ton des Pferdekummets im Ohr, als der Wagen sich in Bewegung setzte und diesen Platz mit dem Eindruck der Räder in alter Trauer zurückließ.«

Wer Elisabeth Langgässer gekannt hat, wird sie schwerlich vergessen können: ihre Helligkeit neben aller Leidenskraft, ihren Zorn, auch ihren Humor. Das lyrische Werk hat viel größeren Anspruch auf Gültigkeit und Dauer als dieses epische Hauptwerk, das damals so gültig schien, nach vierzig Jahren aber viele Brüche und Risse sichtbar werden läßt.

Einem anderen Erfolgswerk aus jenen Nachkriegsjahren ist vielleicht eher eine Möglichkeit der Auferstehung gegeben: dem Buch »Die Gesellschaft vom Dachboden« von *Ernst Kreuder.* Wiederum eine literarische Publikation des Jahres 1946. Kreuders Erzählung erschien in Hamburg. Sie wurde zweifellos, in weit stärkerem Maße als Hermann Kasacks Roman, durch die undurchdringliche Parabolik von Goethes »Märchen« geprägt. Im Unterschied aber zu Kasack und natürlich auch zu Goethe hält es der Romantiker Ernst Kreuder nicht minder stark mit den frühen *deutschen Romantikern.* Die Leute vom Dachboden wirken auf den Leser wie eine Gemeinschaft oder Gesellschaft der Taugenichtse im Sinne von Eichendorff und der Steppenwölfe in der Nachfolge Hermann Hesses. *Sie bedeuten Gegenwelt.* Ihr Treiben hat deshalb für den Erzähler seine eigene Logik. Sie ist Gegen-Logik. Die Gestalten sind bewußt unscharf gehalten: wie bei Goethe oder Eichendorff. Auch Hermann Hesse hat uns nicht wissen lassen, wie der Steppenwolf Harry Haller ausgesehen haben mag.

Durchaus denkbar, daß Kreuder und seinem Personal ein neuer Ruhm beschieden sein könnte in unseren Tagen, vergleichbar der späten und weltweiten Resonanz des »Steppenwolf« von Hermann Hesse. Die »Gesellschaft vom Dachboden« ist eine Geschichte der *Aussteiger* im heutigen Sinne des Wortes. Sie ist bemerkenswert gleichzeitig durch die Entstehungszeit: als neues Dokument der konstanten deutschen literarischen Überlieferung, jener ewig ungelösten Konflikte zwischen Innenwelt und Außenwelt.

Was sich angesichts der Nachkriegsbücher der Elisabeth Langgässer, Kasacks und Kreuders als Zweifel oder Möglichkeit andeutete: die literarische Renaissance, ist für *Werner Krauss* und sein Buch »PLN« wohl zur Wirklichkeit geworden. Abermals ein viel gelesenes und erörtertes Buch aus dem Jahre 1946. Es erschien damals in Frankfurt am Main; auch die Neuausgabe, die sich als »Zweite, durchgesehene Auflage 1983« bezeichnet, ist im selben Frankfurter Verlag erschienen. Sie wurde, nach fast vierzig Jahren, mit großer Anteilnahme gelesen und besprochen. Eine der letzten essayistischen Arbeiten von *Heinrich Böll* befaßte sich, nach wie vor erregt und begeistert, mit diesem einzigartigen Erzählwerk, das sich durch zweierlei von allen anderen Romanen und Erzählungen jener ersten Nachkriegszeit unterschied. Durch die *Profession des Verfassers* und durch sein *Schicksal.* Werner Krauss, geboren 1900 in Stuttgart, war der Sohn eines sehr bekannten Germanisten, des Königlichen Bibliotheksdirektors und Mörike-Forschers Rudolf Krauss. Weshalb der begabte Sohn selbstverständlich in seiner Jugend einen Bogen machte um deutsche Literatur und Literaturgeschichte. Krauss wurde Romanist. Er machte die spanische Welt begeistert zur seinen. In den späteren Nachkriegsjahren als Professor der Romanistik in Leipzig und Ost-Berlin erweiterte er den Forschungsbereich durch ein profundes Studium der französischen Frühaufklärung. Er hat den Franzosen eine Reihe vergessener Autoren neu entdeckt und interpretiert. Erst in den Fünfziger Jahren kehrte er, auf Umwegen, in den Bereich der väterlichen Germanistik zurück. Sein spätes Hauptwerk über Cervantes hat er 1966 noch abschließen können.

Seine physische Konstitution muß außerordentlich stark gewesen sein. Zwar hatten Mißhandlungen, Haftbedingungen, Todesängste im Dritten Reich ihre Spuren hinterlassen. Trotzdem hat Werner Krauss bis zuletzt weiterarbeiten können. Er starb am 28. August 1976, also an Goethes Geburtstag, in Ost-Berlin. Das Buch trägt den Titel »PLN. Die Passionen der halykonischen Seele. Roman«. Eine bewußt verschlüsselte Überschrift. Die halykonische Seele ist natürlich zu verstehen als die damals so viel beschwatzte »deutsche Seele«. PLN ist die Abkürzung des Wortes »Postleitnummer« und weist hin sowohl auf die im Dritten Reich betriebene Gleichschaltung der Untertanen wie auf die damit zusammenhängende Tendenz, die Sprachlosigkeit einer Gesellschaft, also ihre Verdinglichung, *mit Hilfe von Abkürzungen* zu fördern.

Der unglückliche Held dieser Geschichte wird als Erfinder dieser genialen Postleitnummer vorgestellt. Dr. Aloys Ritter von Schnipfmeier war offensichtlich einmal ein verdienstvoller Mann gewesen in seinem Lande. Werner Krauss war ein angesehener Romanist und Ordinarius der Universität Marburg, bevor man ihn während des Krieges als Widerstandskämpfer verhaftete, vor das Volksgericht stellte und zum Tode verurteilte. Seinen Freunden gelang es, eine Wiederaufnahme des Verfahrens durchzusetzen. Das neue Urteil lautete auf eine lange Zuchthausstrafe. Krauss wurde bei Kriegsende im Zuchthaus Bautzen befreit. Er kehrte als Professor nach Marburg zurück, nahm aber im Juni 1947 eine Berufung als Romanist an der Leipziger Universität an.

Die Geschichte Schnipfmeiers ist weitgehend seine eigene Geschichte im Dritten Reich. Im Vorwort teilt der Erzähler mit: »Bei der Lektüre dieses Buches muß das Datum und die Bedingung des Erzählens beachtet werden. PLN wurde in Fesseln geschrieben und ist ein gefesseltes Buch.« Der Erfinder der Postleitnummer, also eines Instruments der Verdinglichung, muß die

Verdinglichung am eigenen Leibe erfahren. Er hat keinen Namen mehr, bekommt einen anderen. Im Gefängnis heißt er einfach »Haffermann«. Der Tonfall der Verhöre ist in gräßlicher Weise authentisch: das spürt man. Das Denken in der Zelle ist es nicht minder. Es reicht, dank der intellektuellen Schulung des Philologen und Kenners der Weltliteratur, weit hinaus über die vielen anderen Gefängnisberichte von Opfern der deutschen Tyrannis.

Die Schlußszene ist ebenso genau beschrieben wie unausdenkbar: Da wird einer aus der Zelle geholt und hat sich auszurechnen, wohin es gehen mag. Ist es das Fallbeil? »Die Zellentür wurde aufgerissen. Schnipfmeier hatte im Augenblick das Zittern seiner Knie überwunden und fand sich von einer Menge schwerbewaffneter Beamter umringt, die ihn weiter in den halberleuchteten Gang schoben. Man riß ihm die Hände über den Rücken zusammen und zwängte sie, eine Hautwulst zerschneidend, in Handfesseln, die ihm das Blut in den Gelenken zusammenpreßten. In dieser erzwungenen Haltung fühlte sich Schnipfmeier vollkommen gelöst und jedem Schicksal gewachsen.«

Drittes Kapitel

Die fröhliche Restauration und ihre Gegner

Adenauer und Böll

Die Fünfziger Jahre, das wird man noch entdecken, begannen mit Verspätung. Vermutlich werden künftige Historiker der Meinung sein, die eigentliche Struktur dieses Jahrzehnts habe sich *erst im Jahre 1953* zur Kenntlichkeit ausgebildet: in beiden Staatsgebilden auf deutschem Boden. Der 17. Juni dieses Jahres 1953 gehört natürlich dazu, doch sollte man bei der Beurteilung alle konvergierenden Momente im Bereich der jungen Bundesrepublik Deutschland einbeziehen. Das Scheitern der Revolte vom 17. Juni bedeutete, für das Gesamtkonzept einer westlichen Politik, daß alle Hoffnungen (oder Illusionen) auf eine strategische »Systemveränderung« der europäischen Nachkriegslage abgetan werden mußten. Von nun an hatten die beiden Staaten, die Bundesrepublik Deutschland und die Deutsche Demokratische Republik, miteinander zu leben, was heißen sollte: in irgendeiner Form miteinander zu kommunizieren.

Berührungsverbote und Berührungsängste sind auch im gesellschaftlichen Leben, ganz wie im Einzelleben, wirkungslos. Sie erzeugen, wie die deutsche Geschichte genugsam bewiesen hat, ein »unglückliches Bewußtsein«. Die *Hallstein-Doktrin*, wonach man von Bonn aus alle diplomatischen Beziehungen mit einem Staat abzubrechen gedachte, der seinerseits auch Beziehungen zu Ost-Berlin anknüpfte, ist heute entweder vergessen oder wird als tragikomische Anmaßung bewertet.

Damals war die DDR als werbende Kraft tätig. Ihre Losung für die permanenten deutschen Querelen hatte gelautet: »Deutsche an einen Tisch«. Freilich war es Walter Ulbricht, der die Losung ausgegeben hatte. In Ost-Berlin arbeitete man mit der Formel

»gesamtdeutsch«. In der Bundeshauptstadt Bonn wollte man von solcher Terminologie nichts wissen. Da sich die Bundesrepublik als Nachfolgerin des Deutschen Reiches empfand, hatte sie im Jahre 1952 auch eine Nationalhymne haben wollen. Die Einladung des ersten Bundespräsidenten Theodor Heuss an den Bremer Lyriker *Rudolf Alexander Schröder* ergab nichts, was brauchbar gewesen wäre. So griff man, wie bekannt, auf die dritte Strophe des Hoffmann von Fallersleben zurück: »Einigkeit und Recht und Freiheit ...« Allen war in jenen Jahren noch bewußt, daß es eine grausame Selbstverspottung der Deutschen gewesen wäre, ein Deutschland von der Maas bis an die Memel zu besingen. So entstand die durchaus würdige Kombination eines dichterischen Textes aus dem Vormärz des 19. Jahrhunderts mit Haydns Melodie für den Variationensatz seines Kaiser-Quartetts. Kaum einer in Westdeutschland hätte sich damals vorstellen können, daß irgendwann wieder das Bedürfnis auftreten könnte, ein Deutschland von Ostpreußen bis zum südlichen Tirol als politische Vision zu besingen.

Nicht minder widerspruchsvoll, gleichfalls tragikomisch ging es zu bei der Entstehung und Nutzung der vom Poltibüro der Sozialistischen Einheitspartei (SED) bestellten *Nationalhymne für die DDR*. Johannes R. Becher war damals noch nicht Minister für Kultur: Das Ministerium entstand erst ein Jahr später: als Folge der Ereignisse vom 17. Juni 1953. Becher war Präsident des »Kulturbundes zur demokratischen Erneuerung Deutschlands«, und sein Freund und Protektor Walter Ulbricht hielt ihn, wie er das später auch, nach Bechers Tode, gleichsam amtlich dekretieren ließ, für den größten Dichter der Epoche. So bekam Becher den Auftrag, gleichsam einen Gegenentwurf zu Rudolf Alexander Schröder liefern zu müssen. Das ging ihm leicht von der Hand, wie sich herausgestellt hat. Daß Becher die Musik des Deutschlandliedes im Ohr gehabt haben muß, als er seine Hymne schrieb mit den Anfangsworten »Auferstanden aus Ruinen ...«, ist evident. Man kann Bechers Hymne gut singen nach Joseph Haydns Musik. Nur gegen Schluß verhäkelt sich der Rhythmus ein bißchen. Der Musiker Hanns Eisler muß sofort gespürt haben, daß er dem Viervierteltakt erliegen werde: weshalb er sich, als einstiger Schüler Arnold Schönbergs, im Mittelpunkt der Hymne eine plötzliche

Änderung des Rhythmus befahl. So hörte sich dann, als Text und Musik, Becher plus Eisler, vom Politbüro akzeptiert worden waren, die Staatshymne der DDR in ihrem musikalischen Verlauf wie ein Choral an, der ziemlich unvermittelt in einen Marsch übergeht, um ebenso unvermittelt, sogar ohne einen musikalischen Übergang, den Eisler, des Textes wegen, nicht zu schaffen vermochte, als Choral auszuklingen.

Bechers Text ist, von heute aus gesehen, merkwürdig ausgefallen. Die *idealistische Komponente* der Hymne für ein Gesellschaftswesen, das sich zum Dialektischen Materialismus bekennt, läßt sich nicht verkennen. Man will ein Staatswesen schaffen, der Hymne zufolge, worin die Sonne »schön wie nie über Deutschland scheint«. Ein Staatswesen von solcher Struktur zudem, daß »nie eine Mutter mehr ihren Sohn beweint«.

Solche sinnlos-utopischen Zeilen waren charakteristisch für eine frühe, staatlich streng reglementierte Schreib- und Singweise der DDR-Literatur. In der Jugendorganisation sang man ein Lied auf den in Buchenwald ermordeten Kommunistenführer Ernst Thälmann, worin die Zeile vorkam: »Thälmann ist niemals gefallen.« Dem entsprach, offensichtlich in tiefer innerer Überzeugung, die Grundthese der allgemeinen Poetik von Johannes R. Becher, die er in der Formel »Vom Ich zum Wir« zu finden glaubte.

Beides war schlecht utopisch und innerlich unernst: die Hallstein-Doktrin ebenso wie die doppelte Manipulation mit den beiden Nationalhymnen. Die DDR muß es, was Johannes R. Bechers Hymne betrifft, sehr rasch auch politisch begriffen haben. Einerseits wurde Becher nach dem 17. Juni zwar zum Minister für Kultur ernannt, und er hat in dieser Eigenschaft vorsichtig und klug operiert. Alle Initiativen zu gemeinsamen Gesprächen zwischen Künstlern und Gelehrten der beiden deutschen Staaten wurden von ihm gefördert. Fast immer scheiterte alles an Verboten und Polizeiaktionen, die von Bonn ausgingen.

Dann schlug die Balance zwischen den beiden Staaten immer deutlicher um. Eine selbstbewußte DDR konnte, nach Errichtung der Mauer, den Ausdruck »gesamtdeutsch« nicht mehr gebrauchen. Die »Deutsche Akademie der Künste« in Ost-Berlin hieß von nun an »Akademie der Künste der DDR«. Auch die Becher-

Hymne war von nun an politisch unbrauchbar geworden: Sie hatte noch von einem einigen deutschen Vaterland geträumt. Seitdem gibt es nur noch die Musik ohne Text beim feierlichen Ritual. Hanns Eisler ohne Johannes R. Becher.

Im Endergebnis war auch die Politik *Konrad Adenauers* auf solchen Zustand hin ausgerichtet. Der nüchterne Kölner Jurist und Realpolitiker Adenauer sah in seinem Juristen Walter Hallstein wohl nie etwas anderes als einen nützlichen Rechtsberater. Der Frankfurter Rechtsprofessor und erste Nachkriegsrektor der Johann-Wolfgang-Goethe-Universität war ein vorzüglicher Jurist, aber kein Mensch, der über seinen Artikeln und Paragraphen an das reale Leben anderer Menschen zu denken pflegte. In dieser Beziehung paßte er gut zu jenem Dr. Globke, einstigem Kommentator der Nürnberger Rassengesetze, den sich Adenauer, gleichfalls ohne tiefere Sympathie, aus reiner Nützlichkeitserwägung, in sein Kanzleramt geholt hatte.

Nachdem der für Adenauer untragbare Vorschlag mühsam abgewehrt worden war, die neue Bundeshauptstadt nach Frankfurt an den Main zu verlegen, wo die Stadtverwaltung bereits alles an Räumen vorbereitet hatte, kam es darauf an, die politischen Lebenserfahrungen des ersten Bundeskanzlers in dieser jungen Deutschen Bundesrepublik gesetzlich festzuschreiben. Adenauer war aufgewachsen als Jurist und Kommunalpolitiker im Deutschen Kaiserreich. Er hatte gerade seinen 43. Geburtstag gefeiert, als Karl Liebknecht und Rosa Luxemburg am 15. Januar 1919 in Berlin ermordet wurden. Was, historisch gesehen, bedeutet hat, alle Hoffnungen Lenins und der deutschen Kommunisten auf eine deutsche Sowjetrepublik vorerst preiszugeben. Adenauer wurde, als Kölner Oberbürgermeister, später als Fraktionsvorsitzender der katholischen Zentrumspartei im Preußischen Landtag zu Berlin, ein entschiedener Vertreter der Weimarer »Systemparteien«, um den abschätzigen Ausdruck der späteren Goebbels-Propaganda zu verwenden. Systemparteien waren die Sozialdemokratie, die Zentrumspartei, die bürgerlich-liberale sogenannte Deutsche Demokratische Partei, der Walther Rathenau und Theodor Heuss angehörten und zu welcher sich die großen »Judenblätter« bekannten, also die »Frankfurter Zeitung« oder das »Berliner Tageblatt« und die »Vossische Zeitung«.

Die Struktur der drei Parteien nimmt sich in manchen Punkten wie eine Vorform aus jener Konstellation des Jahres 1949: aus Sozialdemokratie, Christlich-Demokratischer Union – neben welcher Adenauer zu seinem Mißvergnügen eine Weile noch eine stärker linksliberale Zentrumspartei zu tolerieren hatte –, Freier Demokratischer Partei als Wiederaufleben des einstigen bürgerlichen Liberalismus aus der Zeit der Weimarer Republik. Übrigens wie jener damalige Liberalismus der Partei von Theodor Heuss oder Gertrud Bäumer immer wieder bedroht von Zerfall und Wählerabfall.

Als Kölner Oberbürgermeister hatte Konrad Adenauer in der Domstadt mit einer Großen Koalition aus Zentrumspartei und Sozialdemokraten regieren müssen. Diese Erfahrungen gedachte er als erster Bundeskanzler nicht zu erneuern. Zwanzig Jahre lang sollte es ihm und seinen Nachfolgern gelingen, die deutsche Sozialdemokratie auf die Bank der Opposition zu setzen.

Zwei andere innenpolitische Grunderfahrungen Adenauers betrafen den Notstandsparagraphen des Artikels 48 der Weimarer Verfassung. Die letzten moribunden Jahre der Weimarer Republik waren geprägt worden durch den konservativen Versuch, die parlamentarische Demokratie und den Reichstag als deren Träger auszuschalten: mit Hilfe einer Präsidialdiktatur des Reichspräsidenten. In den Weimarer Debatten um 1930 wurde von den Rechtslehrern immer wieder die Frage gestellt, wer den *»Hüter der Verfassung«* darstellen solle. Zum Schluß lief es hinaus auf den Reichspräsidenten von Hindenburg. Von da an war es nicht weit zu einem Führerstaat, der seinen »Führer und Reichskanzler« nicht als Hüter der Verfassung, sondern selbst als Verfassung walten ließ.

Konrad Adenauer war, als Deutschland erwachte nach dem 30. Januar 1933, schimpflich davongejagt worden. Eine Weile schienen selbst sein Leben und seine Freiheit bedroht zu sein. Auch dies hat er niemals vergessen. Daraus ergab sich sein entschiedener Widerwille gegen alle Erneuerung eines Diktaturparagraphen. Auch die Erfahrung mit den von Dr. Goebbels anbefohlenen und blendend inszenierten Volksentscheiden hatte Adenauer ebenso wie die anderen Väter des Grundgesetzes für die Bundesrepublik Deutschland dazu geführt, *auf direkte Wahlen einzelner Personen durch das Volk zu* verzichten. Adenauer hatte den berühmten österreichischen Juristen *Hans Kelsen* als Professor für Völkerrecht und Rechtsphilosophie im Jahre 1930 an die Kölner Universität berufen lassen. Kelsen verankerte in der österreichischen Verfassung, die von ihm stammte, das Prinzip eines *Bundesverfassungsgerichts*. Die deutschen Professoren des Öffentlichen Rechts mißbilligten damals diese Institution ebenso wie ihre theoretische Begründung durch den jüdischen Kollegen aus Österreich. Konrad Adenauer hingegen muß die Erinnerung an Kelsen aufbewahrt haben, als er mithalf, die Institution des Bundesverfassungsgerichts in das neue Grundgesetz vom 23. Mai 1949 aufzunehmen.

Das politische Grundkonzept Konrad Adenauers für die künftige westdeutsche Innen- und Gesellschaftspolitik war durch solche Erfahrungen genau umschrieben. Es lief auf eine *kritische Restauration* seiner Erfahrungen mit der Weimarer Republik hinaus. Ein Staat im Sinne der Weimarer Verfassung von 1919, doch ohne deren Fehlerquellen und Entartungen. Eine Parteienstruktur gleich jener des Jahres 1919, wobei Adenauer wohl insgeheim begrüßt haben mag, daß die Ausschaltung der Sowjetischen Besatzungszone einen guten Ausgangspunkt bot für eine Rekonstruktion des einstigen Weimarer Parteiensystems.

Den Rest bestimmte der katholische Erfahrungsschatz des ersten Bundeskanzlers. Adenauer dürfte sich, das beweisen seine dürren Memoiren ebenso wie seine stets ausgeklügelten und nicht-spontanen Briefe, bei allen ideologischen und zukunftsvisionären Debatten gelangweilt haben. Sein Katholizismus war unbeirrt. Für die Finanzen hatte er seine Bankiers, für die Gesetzgebung seine Juristen. Durch den Bundeskanzler Adenauer ist die Bundesrepublik Deutschland vermutlich nicht bloß zu einem Rechtsstaat, sondern auch zu einem *Juristenstaat* gemacht worden.

Wie das kulturelle Leben auszusehen hatte, das wußte man als guter Katholik, auch wenn die Umstände nicht immer hilfreich sein mochten. Als Kölner Oberbürgermeister um die Mitte der Zwanziger Jahre hatte Adenauer erfolgreich allen Versuchen damaliger Moderne auf dem Theater autoritär Einhalt geboten. Der von Adenauer selbst favorisierte bedeutende Regisseur und Intendant *Gustav Hartung,* der an den Rhein kam mit einigen der besten jüngeren Schauspieler wie Maria Koppenhöfer und Heinrich George, mußte nach nur einer Spielzeit sein Amt wieder abgeben. Er hatte einen englischen Klassiker aus dem frühen 17. Jahrhundert aufgeführt, worin ein Geschwisterpaar sich in Liebe vereinigt. Das ging nicht an. Der erste Akt der »Walküre« von Richard Wagner mochte noch angehen wegen der Musik. Doch John Ford, dessen Stück sogar den Titel trug »Schade daß sie eine Hure ist« – was man in Köln natürlich durch die Namen »Giovanni und Annabella« ersetzt hatte –, das war unzumutbar.

Das Kölner Schauspielhaus ignorierte bald darauf den Riesenerfolg des »Fröhlichen Weinbergs« von Carl Zuckmayer: der war zu drastisch und zu obszön. Man spielte ihn dann im privaten Operettentheater, als Gastspiel. Um die »Dreigroschenoper« sehen zu können, reisten die Kölner zunächst nach Düsseldorf. Dann brachte das Kölner Schauspielhaus eine lächerlich bereinigte Fassung auf die Bühne.

Die Retrospektive auf die Kölner Kulturpolitik des damaligen Oberbürgermeisters enthält bereits *alle Elemente einer restaurativen Kulturpolitik der Fünfziger Jahre.* Nachdem die Revolte des 17. Juni 1953 gescheitert war und das äußerst knappe Wahlergebnis für den Bundeskanzler im Jahre 1949 vier Jahre später durch freie und geheime Wahlen zu Adenauers Gunsten korrigiert werden konnte, vermochte sich die Kulturpolitik der Bundesrepublik diesem restaurativen Schema offiziell anzugleichen.

Es wurde eine *fröhliche Restauration* insofern, als alles insgeheim unseriös war, was vielleicht Adenauer selbst nicht gespürt haben mag, wohl aber der Großteil seiner Mitläufer und Vorarbeiter. Im Grunde war es ein tragikomisches Schauspiel, mitansehen zu müssen, wie die Generation der neuen Bundesbürger, die in der überwiegenden Mehrzahl schlimme Erfahrungen mit dem Grauen von Krieg, Diktatur, Niederlage und Hunger, erotischen wie sadistischen Exzessen zu bewältigen hatte, nun *bevormundet werden sollte nach gut christlicher Hausvaterart:* in ihrem Fühlen wie ihrem Denken.

In seinen Tagebüchern vom Anfang des Dritten Reiches im Jahre 1933 beurteilte Thomas Mann den Eifer und Übereifer der neuen Herren mit den schönen Worten: »Man versagt sich nichts. Man gönnt sich alles.« Die kulturellen Saubermänner und Sauberfrauen hatten um die Mitte der Fünfziger Jahre ihre große Zeit. Der SPIEGEL hat später mit Recht daran erinnert, daß damals die biedere Hausfrauenzeitschrift »Heim und Welt« verboten wurde wegen der folgenden Anzeige im Inseratenteil: »Suche für Freizeitgestaltung einsames warmherziges Frauchen, der ich zärtliche Freundschaft schenken will.«

Tragikomischer als das bitterböse Verbot war die verklemmte Formel von der »zärtlichen Freundschaft«. Ein Mandatsträger der Christdemokraten kämpfte bald darauf - vergeblich - für eine »saubere Leinwand«. Eine Nacktszene mit Hildegard Knef (20 Sekunden) erregte allgemeine Entrüstung. Werke bedeutender Literatur wurden unschädlich gemacht als »jugendgefährdende Schriften«. Die *Münchener Staatsanwaltschaft* hantierte eine zeitlang ebenso erfolgreich wie bedrohlich mit dem Kuppeleiparagraphen des alten kaiserlichen Strafgesetzbuches. Wer einem unverheirateten Liebespaar, aus welchen Gründen immer, den erwünschten Unterschlupf bot, kam vor den Richter. Es ging bald wieder zu in vielen Einzelfällen wie in den letzten Jahren der Weimarer Republik, als die erste Regierung des Franz von Papen ein Moralgesetz gegen »Schmutz und Schund« erlassen und reichsgesetzlich angeordnet hatte, daß die Badehosen einen »Zwickel« aufzuweisen hätten.

Restauration dies alles, doch eine gewollte. Auch eine unernste. Was Selbstmord und Existenzverlust im einzelnen Falle nicht ausschloß.

In allem erweist sich heute, beim Rückblick, der Mitkölner *Heinrich Böll* als erfolgreicher Gegenspieler Konrad Adenauers und seiner schließlich doch - auf lange Sicht hin - erfolglosen Restauration. Heinrich Böll gehörte zum Jahrgang 1917. Er hätte ein Enkel des ersten Bundeskanzlers sein können. Vielleicht auch darin, daß er die gleichsam idealtypische Gegenposition in seinem Leben und Wirken eingenommen hat. Konrad Adenauer war alle unmittelbare Lebenspraxis des Krieges und der Gewalttat erspart geblieben. Der erste Kanzler der Bundesrepublik Deutschland blieb ebenso von Grund auf *Zivilist* wie der erste Bundespräsident Theodor Heuss. Der Kölner Politiker und spätere deutsche Staatsmann hat niemals vielleicht (man weiß es nicht, denn Konrad Adenauer hat sein persönliches Leben stets nach Kräften beschwiegen und wohl auch verhüllt) sein katholisches Christentum in Todesnot und mit der Hiobsgebärde eines Haderns mit Gott erproben müssen.

Für Heinrich Böll hingegen war eine solche Erprobung und Selbstprüfung der geheime Ausgangspunkt all seines Schreibens und gesellschaftlichen Verhaltens. Zunächst die Erfahrung bitterer Armut am Ausgang der Kindheit. In einem Fernsehgespräch über den 30. Januar 1933, worin deutsche Schriftsteller, darunter Wolfgang Koeppen, Hans Werner Richter und Hermann Kesten, mitzuteilen hatten, wie sie jenen Tag der großen Zäsur erlebt hatten, berichtete Heinrich Böll über seine Erfahrung mit diesem Tag, der alles in der Welt verändern sollte. Es ist ein kalter Januartag, der Fünfzehnjährige muß im Bett liegen mit einer starken Erkältung. Der Rundfunk in der Wohnung war abgeschaltet, man konnte die Gebühren nicht bezahlen. So kommt die Mutter nach Hause und hat es von der Nachbarin gehört: das mit dem neuen Reichskanzler, dem Hakenkreuzler. Sie habe damals gesagt, berichtete Böll in dieser Fernsehrunde: »Das bedeutet den Krieg!«

Man möge hierin nicht eine später nachgelieferte Prophezeiung erblicken. Alle Gegner der Präsidialdiktatur des uralten Feldmarschalls kannten die Losung: »Wer Hindenburg wählt, wählt Hitler. Wer Hitler wählt, der wählt den Krieg!« Genau so ist es gekommen. Erlebnis der Armut, dann des Krieges und eines sinnlosen Sterbens. Mit Recht ist Heinrich Bölls frühe Erzählung »Wanderer, kommst du nach Spa...« in der Welt als gültiger Ausdruck einer verzweifelten Gefühlsrevolte gegen sinnlose Schlachterei verstanden worden.

Immer wieder muß der junge Soldat Heinrich Böll, als guter Katholik, der er bis zum Lebensende geblieben ist, bei all seinen Konflikten mit der kirchlichen Hierarchie sich in der Rolle des hadernden Hiob gesehen haben. Sie führte ihn niemals, soweit man sieht, zum radikalen Unglauben, wohl aber, je länger um so stärker, zur sorgfältigen Trennung zwischen *religiöser und kirchlicher Sphäre.* Dadurch gerät der Katholik Böll stets in Versuchung, das Sakrament der Priesterweihe für sich insgeheim in Frage zu stellen. Vielleicht hängt der theologisch nicht besonders ergiebige Antagonismus einer Unterscheidung zwischen dem »Sakrament des Lammes« und dem »Sakrament des Büffels« in Bölls Roman »Billard um halbzehn« von 1959 mit dieser Trennung zwischen Religion und kirchlicher Wirklichkeit zusammen. Bei der Fronleichnamsprozession in dem frühen Roman »Und sagte kein einziges Wort« konstatiert der betrachtende Ich-Erzähler beim Anblick des Bischofs, der Bischof sei doch »einfach dumm«. Die Konflikte des großbürgerlichen Clowns Hans Schnier (aus gut katholischer Familie und aus Bonn) sind erbitterte Auseinandersetzungen mit der Herzensträgheit und weltlichen Geschäftigkeit der Glaubensfunktionäre.

Dadurch war ein doppelter Antagonismus zwischen Böll und Adenauer fixiert. Böll hatte die singuläre Erfahrung mit Lebensangst und Todesangst im Krieg gemacht. Die Kirche mitsamt all ihren Repräsentanten konnte ihm dabei offensichtlich nicht helfen. Das Erlebnis der Armut im Vorkrieg wie im Nachkrieg verschärfte die Spannung. Böll hat berichtet, wie bitter notwendig es für ihn gewesen war, nach Entgegennahme des Preises der Gruppe 47 im Jahre 1951, so schnell wie möglich wieder nach Köln zurückzukehren, um Schulden zu bezahlen und Essen einzukaufen. Zu den unvergeßbaren Episoden des Romans »Und sagte kein einziges Wort« gehört der Bericht des erzählenden Ehemannes über seine vergeblichen und schmachvollen Versuche, in Telefongesprächen mit längst aufgegebenen Freunden ein Darlehen von fünfzig Mark zu erbitten.

Mit alledem wird Böll allenthalben zum Gegenspieler Konrad Adenauers. Der Bundeskanzler erstrebt eine gesellschaftliche und wirtschaftliche Restauration »von oben«. Man braucht die Geldleute im eigenen Land und jenseits des Ozeans, um Essen und Heizung beschaffen zu können. Die armen Leute sind für Adenauer, der in seinem Verhalten zu Mitmenschen, an welchen ihm gelegen war, durchaus das Mitleid kannte und die soziale Fürsorge, in ihrer Gesamtheit nichts anderes als Objekt fürsorglicher und streng väterlicher Politik. Die »Kraft der Schwachen«, von welcher Anna Seghers immer wieder zu sprechen hatte, war für ihn bedeutungslos, eher bedenklich. Es ist wohl eine höchst persönliche Entscheidung Adenauers gewesen, sehr bald nach der obligaten Schonfrist für die Kommunisten der ersten Nachkriegszeit, das Parteiverbot zu erreichen und durchzusetzen. Heinrich Böll erlebt alles gleichsam von unten. Als einer aus der kaum zählbaren Schar der ganz armen Leute, der Gescheiterten, der Kriegsopfer in jeglichem Verstande. Der berühmt gewordene Text vom Jahre 1952, ein »Bekenntnis zur Trümmerliteratur«, macht deutlich, daß Böll alles sehr bewußt erlebt und formuliert hat. Die Schlußsätze dieses Textes verbinden in einer Weise, die programmatisch werden sollte für das ganze spätere Werk des Nobelpreisträgers, die Erfahrung einer unbehüteten Jugend mit allen Erfahrungen armer und gescheiterter Menschen im Verlauf der Geschichte und der Literaturgeschichte. »Es ist unsere Aufgabe, daran zu erinnern, daß der Mensch nicht nur existiert, um verwaltet zu werden - und daß die Zerstörungen in unserer Welt nicht nur äußerer Art sind und nicht so geringfügiger Natur, daß man sich anmaßen kann, sie in wenigen Jahren zu heilen.

Der Name Homer ist in der gesamten abendländischen Bildungswelt unverdächtig: Homer ist der Stammvater europäischer Epik, aber Homer erzählt vom Trojanischen Krieg, von der Zerstörung Trojas und von der Heimkehr des Odysseus. Kriegs-, Trümmer- und Heimkehrerliteratur -, wir haben keinen Grund, uns dieser Bezeichnung zu schämen.«

Es war ein Familienkonflikt, was sich zwischen Adenauer und Böll abgespielt hat. Vermutlich ignoriert vom alten Bundeskanzler, dem alle Literatur, soweit sie nicht erbaulich genannt werden konnte, vom Ruch der Häresie umgeben schien. Ein Konflikt mit der *spezifisch kölschen und plebejischen Anarchie,* der Heinrich Böll schließlich noch ein literarisches Denkmal gesetzt hat in seiner Dankrede als Ehrenbürger seiner Vaterstadt Köln, die auch den ersten Bundeskanzler in gleicher Weise geehrt hatte.

Geheime Symbiose, wie man vermuten darf, die Heinrich Böll wohl erst später bewußt wurde. Er hatte sich früh schon als Antithese empfunden zu Konrad Adenauer und zu dessen Staatsgesinnung. Wenn Bölls »Bekenntnis zur Trümmerliteratur« am Anfang gestanden hatte seines Weges in die Weltliteratur, so wurde diese ambivalente »Gemeinschaft« zwischen ihnen beiden, Adenauer und Böll, endgültig formuliert durch den Literaten und Literaturkritiker Böll im Jahre 1969. Auf Einladung des SPIEGEL entstand der Text »Über Konrad Adenauer«. Als Rezension von Adenauers »Erinnerung 1945-1953«. Hier spricht der Plebejer in Form einer Absage an Adenauers Staatsgesinnung und politische Moral.

»Es ist viel von Adenauers Menschenverachtung gesprochen, und von gar manchem ist sie als Kompositum seiner Größe angesehen worden. Aber große Menschen haben immer nur die verachtet, die über, niemals die, die unter ihnen standen. Wer's wie Adenauer zu machen versucht, trägt zur Nihilisierung der Demokratie bei. Man sehe sich nur an, wie die Menschenverachtung bei denen aussieht, die ganz auf Adenauer synchronisiert sind, bei unseren vier Grinsern: Barzel, Strauß, Dufhues und Jaeger. Es ist das Grinsen derer, denen die Leiche Macht, die Adenauer hinterließ, zu schmecken beginnt; dieses neue Deutschland, das zu einem guten Teil aus Neudeutschland besteht, hat Appetit auf mehr.«

Hier wird die Antithese verkündet zwischen Adenauers Staatsgesinnung von oben und Bölls Solidarität mit den Objekten, den »leidenden und gedrückten Gestalten«, mit Georg Büchner zu sprechen. Allein diese Gegenposition mußte ausgedehnt werden auf den eigentlich gesellschaftspolitischen Bereich. Hinzu kam auch hier für Heinrich Böll der *Antagonismus zwischen Glaube und Kirche.* Ihn hat Böll am Schluß seiner Rezension über den Memoirenschreiber Konrad Adenauer formuliert: »Was ich am allerwenigsten begreife: daß je irgendeiner irgend etwas an Adenauers Gedanken ›christlich‹ finden und als solches empfehlen konnte. Ich begreife es nicht, und das mag an mir liegen. Mag sein, das Christentum hat eine bürgerliche Variante, die ich nie begriffen habe, obwohl ich ringsum keine andere als diese Variante erblicke. Es mag sogar sein, daß wir uns noch nach Adenauer sehnen werden. Er ist ein Autokrat, er konnte es sich leisten, manchmal gnädig zu sein. Die Nachdrängenden würden nicht nur ungnädig, sie würden gnadenlos sein.«

Die Neuen Wirklichkeiten der jungen Bundesrepublik Deutschland waren zu verstehen, wollte man einer Mehrheit der neuen Staatsbürger glauben, als die alten: abgesehen von notwendigen und zeitgemäßen Korrekturen, besonders in Fragen von Rasse und Rassenhaß. Man hatte nicht allein in Bonn, sondern auch in vielen Landeshauptstädten des Bundesstaates die Meinung, jene konservative, prüde, gleichzeitig obrigkeitliche und kleinbürgerlich-geduckte Lebensgesinnung aus den letzten Jahren der Weimarer Republik könne als angemessen akzeptiert und folglich restauriert werden. Dem entsprach vor allem die Staats- und Rechtsgesinnung der Richter und Staatsanwälte von damals. Die meisten von ihnen hatten, ohne allzu große politische Eigenbelastung, der Jusitz eines Großdeutschen Reiches und Führerstaats gedient: auch ohne sonderliche Gewissenskonflikte und wohl in den meisten Fällen ohne Teilnahme an Verbrechen gegen die Menschlichkeit. Folglich hielt man es für angemessen, das Normensystem des Dritten Reiches, abermals mit den zeitgemäßen Modifikationen, weitgehend zu übernehmen. Man schien bereits wieder gewillt, die Gunst der Einbindung des deutschen Bundesstaates in die Allianz mit der amerikanischen Siegermacht nutzend, an einem konzeptuellen »Deutschen Reich in den Grenzen von 1937« festzuhalten.

Freilich war eine junge Generation aus dem Kriege zurückgekehrt und füllte nun die Hörsäle der Hochschulen: gleichzeitig erbittert und wissensdurstig. Ohne viel Klarheit zu besitzen über die Ursachen ihrer Erbitterung; auch ohne viel Ahnung von den Objekten ihrer neugierigen Wissensbereitschaft. Dennoch: so ist, wie die Erinnerung heute bestätigt, unter jungen Menschen in Deutschland seitdem nie wieder an den Hochschulen gelernt und geforscht worden. Damit war der spätere Konflikt der Sechziger Jahre zwischen diesen neuen Studenten und dem Gesamtsystem einer bundesdeutschen restaurierten Hierarchie in Politik und Wirtschaft, Gesellschaftsbetrieb und akademischer Repräsentanz von Grund auf vorbereitet.

Man tut gut daran, in dem Band IV der von Jürgen Weber herausgegebenen »Geschichte der Bundesrepublik Deutschland« die Fakten nachzulesen, durch welche die Jahre 1950 bis 1955 in heutiger historischer Sicht kenntlich werden (Paderborn, 1987). Es ist die Geschichte der eigentlichen Adenauer-Zeit und einer ebenso sorglosen wie fröhlichen Restauration. Durch das Grundgesetz der Bundesrepublik Deutschland wurde das Ende alliierter Rechtsprechung über Verbrechen im Kriege und gegen die Menschlichkeit fixiert. Dergleichen war von nun an Sache der ordentlichen deutschen Gerichte. Also auch vieler Richter, die nunmehr einem Normenkonflikt der eigenen Biographie und der amtlichen Tätigkeit als Richter oder Staatsanwalt ausgesetzt wurden. Die Serie der Verschleppungen und Vertagungen war folglich vorprogrammiert. Man konnte wissen, wie es ausgehen würde mit dem Auschwitz-Prozeß und dem Majdanek-Prozeß, um nur diese besonders schlimmen Fälle zu nennen. Erst im Jahre 1952 konnte in einem Prozeß, den der unerschrockene spätere Generalstaatsanwalt des Landes Hessen, *Fritz Bauer*, angestrengt hatte, festgestellt werden, das Dritte Reich sei ein Unrechtsstaat gewesen, gegen den der Widerstand, also die antifaschistische Aktion im weitesten Sinne, nicht Hochverrat gewesen sei, sondern Kampf gegen staatliches Unrecht.

Die Stillen oder vorerst Stillgewordenen im Lande, weit mehr als ein »mächtiges Häuflein«, sahen es nach wie vor anders. In einem Beitrag von *Peter Steinbach* in besagter »Geschichte der Bundesrepublik Deutschland« werden die Ergebnisse damaliger Volksbefragungen mitgeteilt. Nur 40 Prozent der Befragten waren bereit, ein solches Widerstandsrecht anzuerkennen. Noch im Jahre 1954 ergab eine demoskopische Untersuchung, daß bloß 13 Prozent der Meinung waren, *auch Emigranten aus der Zeit des Dritten Reiches könnten regierungsfähig sein*. Noch im März 1960 lehnten es 45 Prozent der Bundesdeutschen ab, *die Zumutung eines »Juden als Bürgermeister«* zu akzeptieren. Mehr als ein Drittel der deutschen Bevölkerung wollte im Jahre 1952 nach wie vor in einem »judenreinen« Deutschland leben.

In all diesen Bereichen und Konfliktfragen hat sich dann, wie bekannt, im Verlaufe der Sechziger und noch der Siebziger Jahre eine Wandlung vollzogen. Trotzdem bedurfte es vieler Kämpfe, bis es dem Schriftsteller *Rolf Hochhuth* endlich gelang, mit Hilfe richterlicher Entscheidung zu erreichen, daß sein Vorwurf gegen den ehemaligen Marinerichter Dr. Hans Filbinger, späteren Ministerpräsidenten des Landes Baden-Württemberg: Filbinger sei damals ein »furchtbarer Jurist« gewesen, rechtsgültig aufrechterhalten werden konnte.

Natürlich mußte die bundesdeutsche Polarisierung zwischen einer wirtschaftlich zunehmend saturierten Schicht von Überlebenden, die nichts mehr von damals wissen wollten, und den gleichfalls überlebenden Verfolgten von damals, die ihre Erfahrungen immerhin an Jüngere weitergeben konnten, auch in der Literatur ihre Spiegelung finden. Noch war ein jüdischer Bürgermeister der Freien und Hansestadt Hamburg, ein Bürgermeister Dr. Herbert Weichmann also, undenkbar. Der Weg des politischen Emigranten und einstmals norwegischen Besatzungssoldaten Willy Brandt wurde immer wieder blockiert durch Rückstände des Nazidenkens, das in den meisten Fällen zwar praktiziert, doch innerlich als solches abgeleugnet wurde. »Ich bin kein Nazi, aber...« Leider hat Konrad Adenauer - wahrlich kein Nazi, sondern jemand, dem an einer Aussöhnung mit den überlebenden deutschen Juden gelegen war - bedenkenlos politische Vorteile gezogen aus einer hartnäckig fortbestehenden Kleinbürgermoral wie aus der geheimen Gleichsetzung von politischer Emigration mit Landesverrat. Willy Brandt bekam es, gerade durch Wahlreden Konrad Adenauers, zu spüren.

Die Polarisierung in der *Literatur der Fünfziger Jahre* konzentrierte sich notwendigerweise auf die Frage, wie man diese Neue Wirklichkeit des westdeutschen Bundesstaates geschichtlich einordnen solle. Die Frage nach dem historischen Kontext bildete in allen Fällen den jeweiligen Ausgangspunkt für *die literarische Beschreibung* besagter Realität.

Zwei Bücher aus dem Jahre 1957 sind stellvertretend gewesen für diese literaturkritische Bilanz der Fünfziger Jahre. Das Buch »Die Neuen Wirklichkeiten« von *Günter Blöcker* (Berlin 1957) trägt den Untertitel »Linien und Profile der modernen Literatur«. Das Buch von *Walter Jens* ist bereits im Titel wesentlich vorsichtiger: in ihm soll es keine Verdikte und Festschreibungen geben. Die Überschrift lautet diesmal »Statt einer Literaturgeschichte«.

Auffallend bei der Konfrontation der beiden literaturkritischen Summierungen ist die nur scheinbar merkwürdige Tatsache, daß die Bilanzierung der modernen Literatur überwiegend durch Hinweise auf außerdeutsche Autoren unternommen wird. Bei *Günter Blöcker* ist der Prozentsatz der von ihm als »Neue Wirklichkeit« zugelassenen Autoren deutscher Sprache erstaunlich gering. Sechs von neunundzwanzig namentlich angeführten und interpretierten Autoren: Benn, Jünger, Kafka, Broch, Musil, Thomas Mann. Günter Blöcker empfindet sich offensichtlich, gerade auch bei der Auswahl seiner Autoren, wobei die Angelsachsen überwiegen, gleichsam als Nachfolger der Arbeiten von Ernst Robert Curtius aus den Zwanziger Jahren. Bei Curtius freilich hatten die romanischen Autoren dominiert. Die Auslassungen bei Blöcker sind charakteristisch: zwar Albert Camus, aber nicht der damals bereits ungleich gewichtigere Jean-Paul Sartre. Ernst Jünger als Erzähler einer Neuen Wirklichkeit, aber nicht *Alfred Döblin*, der nun in der Tat bereits seit einer ersten neuen Vorkriegszeit bestrebt war, neue Wirklichkeiten für eine Literatur der deutschen Sprache zu gestalten. Die theoretische Ausgangsposition Günter Blöckers entsprach gleichsam maßgerecht dem restaurativen Potential. Die breite veröffentlichte Zustimmung zu Blöckers Bilanz, der man sogleich den Berliner Fontane-Preis zuerkannte und die noch im Jahre 1964 dazu führen konnte, daß Günter Blökker als erster mit dem von der Deutschen Akademie für Sprache und Dichtung in Darmstadt neu begründeten Johann-Heinrich-Merck-Preis für literarische Kritik ausgezeichnet wurde, fand ihre Grundlage in Blöckers programmatischem Eingangskapitel über »Die neuen Wirklichkeiten in der Literatur«. Da heißt es: »Der Mensch ist ein konservatives Wesen, und er ist ein Wesen, das allezeit nach Idealen dürstet, mögen diese auch immer billiger werden. Ohne Glauben, ohne Traum, ohne Tugend kann auch der reduzierte Mensch nicht sein. In der praktischen Sphäre dagegen zeigt er eine Bereitwilligkeit zur Anpassung, die an Selbstaufgabe grenzt.«

Woraus gefolgert wurde: »Je weiter sich die Epoche von den Ursprüngen entfernt, desto entschiedener streben Kunst und Poesie zu ihnen zurück. In dem Verlangen nach den Grundmustern, den Urbildern, dem Unveränderlichen, das in der Tiefe ruht, wird ein Bedürfnis sichtbar, das nur der Künstler befriedigen kann. Der Dichter tritt in die Daseinsgründe ein, weil er nur dort das Ganze, Ungeteilte zu finden hoffen darf. Auch dies ist ein Rückgriff, gewiß, aber kein Rückgriff auf, sondern hinter die Tradition.«

Verdächtig ist hier nicht allein das Geraune über »Daseinsgründe ..., weil ... nur dort das Ganze, Ungeteilte« erhofft werden darf. Bedenklicher ist die Formel, die sich weigert, in den neuen Wirklichkeiten und ihrer Literatur einen Rückgriff auf konkrete geschichtliche Traditionen anzuerkennen. Blöcker wünscht den Rückgriff »hinter die Tradition«.

Wie das zu verstehen sei, wird keineswegs verheimlicht: »Wenn der Einzelne nicht mehr der Aufmerksamkeit Gottes sicher ist, dann bedarf er um so notwendiger einer Instanz, die berufen ist, nach dem Sinn zu fragen. Diesen Auftrag hat das moderne Ich dem Künstler erteilt. Er ist der Wahrsager nicht des Kommenden, sondern dessen, was ist. Der Künstler – sei er nun Dichter, Maler, Komponist oder Bildhauer – ist Zeitgenosse mit allem Wissen und aller Verantwortung der Zeitgenossenschaft.«

Günter Blöckers bilanzierender Essay von 1957 war das Erfolgsbuch einer kurzen geschichtlichen Konstellation. Es ist wohl nicht ohne Grund seitdem vergessen worden. Ein »Nachholbedarf« der Kapitel über Joyce oder Proust, Camus oder Lorca – slawische Autoren blieben unberücksichtigt, von jüdischen wurde Kafka zugelassen – bestand außerhalb deutscher Grenzen ohnehin nicht. Die deutschen Leser aber wurden seitdem in jedem einzelnen Falle besser und genauer bedient. Daß auch Brecht nicht vorkam, verstand sich von selbst. Der unterlag in jenen Jahren noch weitgehend dem Boykott in der abendländischen Kulturindustrie. In Wien durfte er damals überhaupt nicht gespielt werden.

Das Buch »Statt einer Literaturgeschichte« von *Walter Jens* hingegen wurde zum dauerhaften Erfolgsbuch. Eine Siebente und erweiterte Auflage erschien 1978, also mehr als zwanzig Jahre nach der Erstausgabe. Es klingt wie eine Antwort an Blöckers »Rückgriff hinter die Tradition«, wenn Walter Jens in seinem Eingangskapitel über »Dichtung im 20. Jahrhundert« erwidert: »Aber die

Rückkehr zur Frühe, der Kult des Archaischen und die Mißachtung der Klassizität, die Verherrlichung des Anfangs (Heraklit und Tahiti, Altamira und die Fabeln der Neger) und das mangelnde Verständnis für reife Erfüllung bezeugen ... weniger eine echte Begegnung als eine gewaltsame, aus der Sehnsucht geborene Zitierung des archaischen Korrelats ... Scheinbar ursprünglich, in Wahrheit zynisch ...« Die Schlußfolgerung lautet: »Man sieht, der Hymnus auf die Götter der Urzeit ist meistens nur das Resultat einer Flucht.«

Einem von Blöcker als prästabiliert vorausgesetzten Rückgriff auf eine mythische Vor-Tradition versagt sich Walter Jens: »Wir glauben an die Literatur des ›Ist‹ als eine conditio sine qua non einer ... Überwindung der Fremdheit zwischen dem Ich und der Welt.«

Acht Jahre nach Gründung der Bundesrepublik Deutschland war damit jene Antithetik in Szene gesetzt worden, die in den Sechziger Jahren zur jähen und massenhaften Virtualität des Buches »Dialektik der Aufklärung« von Max Horkheimer und Theodor W. Adorno führen sollte. »Dialektik der Aufklärung« – das will sagen: daß jede Aufklärung einen Mythos mit sich fortschleppt und weiterentwickelt, worauf jeder neue Mythos zu neuer Forderung nach Aufklärung führen wird. Die Überwindung jener fröhlichen Restauration der Fünfziger Jahre *und* das Phänomen einer tristen Restauration seit 1970 wurden damals bereits vorweggenommen. Ohne daß es freilich der damalige Günter Blöcker geahnt hätte.

In seinem Erfolgsbuch hatte Blöcker sich auf den »Überhang der Tradition« beschränkt. Ob Musil oder Brecht und Jünger, die von ihnen geschilderten »neuen Wirklichkeiten« waren längst vergangen im ersten Jahrzehnt einer zweiten deutschen Nachkriegszeit. Auch Blöcker hatte in seiner Bilanz nicht postuliert, daß die bedeutenden Autoren, denen seine Aufmerksamkeit galt, in einem unmittelbaren Sinne zeitgemäß sein könnten.

Nunmehr aber war ein Bedarf entstanden nach neuen und zeitgemäßen Autoren für diese Neuen Wirklichkeiten. Man brauchte Hinweise auf Schriftsteller und Bücher. So kam es zur kurzlebigen

Erhöhung und Lobpreisung des Schriftstellers *Gerd Gaiser* vom Jahrgang 1908. Immer wieder kennt die Literaturgeschichte, besonders die deutsche, solche Fälle einer glanzvollen Erhöhung, die schließlich endet in der Nacht des Vergessens. Der Glanz kann verhältnismäßig dauerhaft sein: über einige Generationen hinweg. Vermutlich war das der Fall des deutsch-bürgerlichen Lieblingsautors Gustav Freytag im 19. Jahrhundert. Für Freytags nationalen Liberalismus gab es immer wieder in der deutschen Gesellschaftssubstanz eine Grundlage.

Kurzlebiger war in den sehr rasch auf- und verblühenden Zwanziger Jahren der Dichterruhm eines *Fritz von Unruh* und *Arnolt Bronnen*. Wobei von heute her gesehen die literarisch wertvollen Residuen bei Arnolt Bronnen, dem Autor des nach wie vor merkwürdigen Theaterstücks »Vatermord« und einer nicht minder merkwürdigen Autobiographie, stabiler geblieben sind als die Texte des einstigen Kleist-Preisträgers Fritz von Unruh.

Die rasche Verdunkelung des Schriftstellernamens Gerd Gaiser nach kurzem Glänzen stimmt traurig, denn der Mann Gerd Gaiser hatte den Dichterruhm nicht angestrebt, vielleicht nicht einmal so recht verstanden. Auch Gaiser entstammte wieder einmal – ein häufiger Fall deutscher Literatenbiographien – dem protestantischen Pfarrhaus. Auch er sollte Theologie studieren und entlief ihr. Zunächst durchaus nicht in die Literatur, sondern in Kunstbegeisterung und in ein Kunststudium. Später in den Krieg und die außerbürgerliche Gemeinschaft der Jagdflieger. Gerd Gaiser war zweifellos ein begabter moderner Maler, der auch im Dritten Reich, dem er innerlich zugetan war, wie seine damaligen Gedichte bezeugen, die Freude an der expressionistischen »entarteten« Kunst für sich bewahrte. Er war ein guter Kunsthistoriker, hatte in Tübingen promoviert und wirkte bis zum Lebensende (1976) als Professor für Kunstgeschichte und Kunsterziehung an der Pädagogischen Hochschule in Reutlingen. Seine Schüler, auch wenn sie den Schriftsteller Gaiser nicht mochten, sind ihm dankbar gewesen.

Gaiser war viel gewandert in seiner Jugend: nach dem Vorbild deutscher Kunstjünger aus dem 18. und 19. Jahrhundert. Die romanische Welt hatte es ihm angetan, Italien und Spanien insbesondere. Es war südliches Gestade, und es war eine Welt der bäuerlichen Existenzen. So entstanden die typischen Konfrontationen in Gaisers Romanen und Erzählungen: südliche Vitalität gegen deutsche unglücklich-verdrückte Innerlichkeit. Bauerntum und städtisch-bürgerliche Dekadenz. Das virile Abenteuer und die gefühlskalte Geldschneiderei.

Ein wenig entsprachen solche Antithesen auch den nationalsozialistischen, folglich rassistischen, die schroff unterschieden zwischen Helden und Händlern, Männern und Feiglingen, natürlich auch zwischen deutscher Treue und welscher Tücke.

Die Gemeinschaft unter den Jagdfliegern im Zweiten Weltkrieg muß ein Schlüsselerlebnis Gerd Gaisers gewesen sein. Seine Gedichte »Reiter am Himmel« von 1941 sind gläubige Durchhalte-Literatur. In dem Roman »Die sterbende Jagd« (1953), der Gaisers jähen Erfolg recht eigentlich begründen sollte und der natürlich erst nach der Niederlage und den Erfahrungen des Nachkriegselends entstand, erfolgt der Umschlag von Siegeszuversicht in Todesverklärung. Der Schluß des Romans verwandelt die Bergung der Leiche des Abgeschossenen und Abgestürzten in Wortmusik eines Trauermarsches: »Die Leute der Streife wurden aufmerksam, kamen heran und beugten sich über das Boot. Sie sahen, daß der Mann darin tot war. Er lag zusammengekrümmt wie ein Kind im Mutterschoße, sein Haar war verkrustet, und ein Satz von Blut und bitterer Lake füllte die Wanne des Boots.«

Diese Art des Erzählens mochte man akzeptieren oder kritisch mißbilligen. Symptomatisch hingegen war der Ruhm dieses Buches und der darauffolgenden schriftstellerischen Arbeiten Gerd Gaisers. Übrigens fuhr er fort, Bücher der Kunstbetrachtung zu veröffentlichen. Wie mag dem Autor des Buches »Die sterbende Jagd« zumute gewesen sein, wenn er folgendes über sich zu lesen hatte: »Gerd Gaisers Prosaepos über den Untergang eines deutschen Jagdfliegerkorps steht auf einsamer Höhe, es ist gewiß das beste Kriegsbuch in Romanform überhaupt. Ein bedeutendes Talent bemächtigt sich eines bedeutenden und ihm gleichsam zugestimmten Themas und erreicht die Stufe der Meisterschaft.« Der Kritiker *Hans Egon Holthusen,* der so urteilte, war damals, mit Blöcker, Friedrich Sieburg und Curt Hohoff, der einflußreichste bundesdeutsche offizielle Literaturkritiker. Auch bei ihm wurde das Scheinwerferlicht des Tageserfolgs rasch abgeschaltet: bereits im Jahre 1956, als Holthusen, der auch als Lyriker hervortrat, einen Roman veröffentlichte mit dem Titel »Das Schiff. Aufzeichnungen eines Passagiers«.

Gerd Gaisers letzter Roman »Schlußball« (1958) wurde noch einmal viel gelobt von Kritikern und viel gelesen in deutschen Bürgerhäusern. Scheinbar hatte der Erzähler, der selbst nicht als solcher auftritt, die Szenerie vollkommen gewechselt. Dreißig Monologe von Menschen einer Ära des sogenannten Wirtschaftswunders. Die neureiche und saturierte Welt, die weiterleben möchte die Gebräuche der Eltern und Großeltern, mit Tanzkränzchen und Honoratiorengetue, und mit dem Jahresereignis im Städtchen: dem obligaten Schlußball.

In Wirklichkeit ist sich Gaiser auch hier treu geblieben. Die wohlbekannten Antithesen. Treue und Tücke. Händler und Helden. Das bundesrepublikanische Industriestädtchen, das man sich als ein episches Reutlingen vorstellen mag, und das anarchische, womöglich südliche Abenteuer.

In den Erzählungen des Buches »Am Pass Nascondo« (1960) scheint Gaiser plötzlich wieder in die Welt der Helden und Abenteurer zurückzukehren. Nun freilich war es spät geworden im Zeitvergang der fröhlichen Restauration. Die Lektionen der Fünfziger Jahre hatte man kennengelernt. Der fröhlichen Restauration, ihren Autoren und kritischen Lobrednern waren namhafte Widersacher erstanden. Der Aufsatz von *Walter Jens* »Gegen die Überschätzung Gerd Gaisers« (erschienen in: DIE ZEIT, Nr. 48, 1960) bewies, daß eine Gegenposition zu Gaiser notwendig geworden war. Keine der Antinomien aus Gaisers Erzählungen wird hier akzeptiert. Bei Jens heißt es: »Die armen Städter! Chlor, Hygiene und Eisschränke haben sie wohl ... Aber mit den Schlangen zu sprechen, verstehen sie nicht: das können nur die anderen ...« Am Schluß dieser Polemik folgt die Zusammenfassung: »Ein poetisches Gleichnis: das gespaltene Deutschland, Zeitkritik in Chiffre und Bild? Nein, Teil eines schlecht geschriebenen Leitartikels oder Abiturienten-Aufsatzes, provinziell gefärbt, sehr plump und sicher sehr gut gemeint ... doch ›gut gemeint‹ ist ja, nach Gottfried Benn, das Gegenteil von Kunst.«

Wie Gaiser vor sich selbst darauf geantwortet hat, wissen wir nicht. Er schwieg. Aber er hat keine Erzählbücher mehr erscheinen lassen.

Auch der Nachkriegsruhm des österreichischen Erzählers Heimito von Doderer war, wenngleich in abgewandelter Form, wie der Ruhm von Gerd Gaiser, das Ergebnis eines »fruchtbaren Augenblicks«. Die geschichtliche Konstellation nach der Niederlage und der Okkupation durch vier Besatzungsmächte mußte in Österreich die Erinnerung an die im Frühjahr 1938 verratene und überfallene Erste Republik wiederbeleben. Andererseits gedachte man sich an die Maxime aus dem Kriegslied von Matthias Claudius zu halten: »... und ich begehre, nicht schuld daran zu sein!« Alle Abscheulichkeiten beim sogenannten Anschluß waren vergessen. Vergessen der Rummel auf dem Heldenplatz und die weitgehend vom Wohlwollen der Bevölkerung getragene Pogromaktion gegen die österreichischen Juden.

Vor und nach dem Staatsvertrag von 1955, der die Republik Österreich neutralisierte und gerade damit wirkungsvoll gegen neuerliche großdeutsche Blütenträume absicherte, mußte in einer solchen Konstellation der Wunsch spürbar werden, *sich abzukoppeln von der »deutschen« Literaturgeschichte.* Österreich habe eine eigene österreichische Literaturgeschichte aufzuweisen. Das war natürlich evident, schloß aber die Integration in den Bereich der deutschen Literatur und Sprache nicht aus. Raimund und Stifter, Hofmannsthal und Musil, Karl Kraus und Joseph Roth hatten sowohl diese österreichische Komponente wie die deutsche literarische Tradition in aller Bewußtheit verkörpern wollen. Dann aber hatte man die Juden ausgetrieben. Man schwieg sich lange darüber aus in Wien und in den einstigen habsburgischen Erblanden, ob Kafka und Kraus und Werfel und Kisch und Hermann Broch oder sagar Ödön von Horváth in das Pantheon der österreichischen Literatur aufzunehmen seien.

Da die politische Entwicklung, vor wie nach dem Staatsvertrag, auf den Primat des Westens gegenüber der sowjetischen Besatzungszone hinauslief, so daß schließlich die österreichische Souveränität verkoppelt war mit einer Zugehörigkeit zur anti-östlichen Welt, bediente man sich auch hier der Fünfziger Jahre, um eine fröhliche Restauration zu inaugurieren. Der berühmte

Brecht-Boykott der österreichischen Theater, von der Mehrheit der österreichischen Medien postuliert und praktiziert, war Symptom einer weitverbreiteten Geisteslage.

Wenn aber die Juden und die Nein-Sager ausgeschlossen blieben aus dem neuen, umerzogenen Literaturgeschehen, so blieb nicht viel übrig. Die Literatur im Kaiserreich der Habsburger war seit dem Ausgang des 18. Jahrhunderts in weit stärkerem Maße durch schöpferische Potenzen jüdischer Herkunft bestimmt worden als im Deutschen Reich. Sigmund Freud und Arnold Schönberg und Karl Kraus und Broch oder Roth und Werfel und Kafka: lauter Juden. So blieben, plötzlich hochstilisiert zu Klassikern einer genuinen österreichischen Literatur während der Fünfziger Jahre, vor allem zwei Namen übrig: *Alexander Lernet-Holenia* vom Jahrgang 1897 und der um ein Jahr ältere *Heimito von Doderer,* der am 5. September 1896 in Weiblingau bei Wien zur Welt gekommen war.

Alexander Lernet-Holenia war bereits in den Zwanziger Jahren ein bekannter Name der deutschen Literatur. Er hatte 1926 den Kleist-Preis erhalten und war damit anerkannt als Repräsentant einer zeitgenössischen Literatur. Seine Erzählungen lebten von der Substanz eines österreichischen Aristokraten und Offiziers, der den Untergang der Monarchie voraussah und innerlich akzeptierte. Was Trauer nicht ausschloß.

Auch Heimito von Doderer war ein Adliger; auch er ein Offizier im Reich der Habsburger. Allein Doderer war kein Name, der bis zur Gleichschaltung Österreichs im Jahre 1938 literarisch beachtet worden wäre. Seine Stunde kam vermutlich erst in jener seltsamen österreichischen Konstellation eines zweiten Nachkriegs. Lernet-Holenias späte Bücher sind gegen die Zeitgenossen geschrieben, voller Hochmut und Einsamkeit. Heimito von Doderer schwelgt als Erzähler in abscheulichen Einzelheiten bei Schilderung der groß- wie kleinbürgerlichen Schlangennester. Den Höhepunkt erreicht diese Darstellungsweise in dem Roman »Die Merowinger« von 1962. Er scheint fasziniert von den legendären Bluttaten jener Titeldynastie aus dem frühen Mittelalter, die er aber als Merowinger-Welt mitten im 20. Jahrhundert im Umkreis von Aristokraten, Großbürgern, Nervenkranken und Nervenärzten neu erstehen läßt. Auch eine im heutigen Sinne »kriminelle

Vereinigung« gehört dazu. Der Untertitel »Die totale Familie« will eine Gleichsetzung der »Familie« mit dem totalen Freudschen Destruktionsprinzip andeuten. Die von vielen Kritikern behauptete Abkehr Doderers von seinen früheren Büchern, vor allem der viel bewunderten »Strudlhofstiege«, ist nur scheinbar. In der »Strudlhofstiege« und auch in Doderers Roman »Die Dämonen«, der sich bereits im Titelzitat zu Dostojewski bekennt, hatten alle Greuel des Geschehens, auch alle Handlungen der Niedertracht, eine behagliche Zustimmung des Autors zu seinem Milieu nicht ausgeschlossen. In den »Merowingern« wird nicht minder behaglich erzählt: bloß im erfreuten Bekenntnis zur Zerstörung und zum Untergang. Es gibt bei Doderer nur noch eine Literatur des Wohlgefallens am gesellschaftlichen Status quo.

Dadurch aber unterscheidet er sich, als ein *restaurativer Erzähler,* von zwei Autoren, die gleichfalls, aus verschiedenen Gründen und Ursachen, zur großen österreichischen Literatur innerhalb der deutschen Literatur gerechnet werden müssen: *Robert Musil* und *Elias Canetti.*

Der Autor des »Mann ohne Eigenschaften« muß für Doderer und seinen späten Ruhm ein Trauma gewesen sein. Noch bei seinem Auftreten in Frankfurt am Main auf dem Internationalen PEN-Kongreß von 1959 versucht der erfolgreiche und vielgelobte österreichische Erzähler, mit unhaltbaren Thesen die eigene epische Grundkonzeption, worin immer sie bestehen mochte, vorteilhaft gegen das Erzählwerk eines Robert Musil herauszustreichen.

Der Gegensatz ist in der Tat nicht zu verkennen. Er beginnt schon bei Musils berühmt gewordenen ersten Sätzen im »Mann ohne Eigenschaften«: »Über dem Atlantik befindet sich ein barometrisches Minimum; es wanderte ostwärts, einem über Rußland lagernden Maximum zu, und verriet noch nicht die Neigung, diesem nördlich auszuweichen. Die Isothermen und Isotheren taten ihre Schuldigkeit. Die Lufttemperatur stand in einem ordnungsgemäßen Verhältnis zur mittleren Jahrestemperatur, zu Temperatur des kältesten wie des wärmsten Monats und zur aperiodischen monatlichen Temperaturschwankung. Der Auf- und Untergang der Sonne, des Mondes, der Lichtwechsel des Mondes, der Venus, des Saturnringes und viele andere bedeutsame Erscheinungen entsprachen ihrer Voraussage in den astronomischen Jahrbüchern. Der Wasserdampf in der Luft hatte seine höchste Spannkraft, und die Feuchtigkeit der Luft war gering. Mit einem Wort, das das Tatsächliche recht gut bezeichnet, wenn es auch etwas altmodisch ist: Es war ein schöner Augusttag des Jahres 1913.«

Der nächste Absatz überträgt dieses Erzählprinzip auf den Raum der Stadt Wien. Technische Vorgänge werden evoziert, ein fremdartiges Chaos scheint aufzusteigen, am Ende erfährt der verblüffte Leser, bei spürbarer Ironie des Erzählers, man berichte über einen schönen Frühlingstag in Wien.

Hier beginnt ein modernes Erzählen. In ähnlicher Weise hatte *Paul Valéry* schon zu Beginn des 20. Jahrhunderts seine Bemühungen darauf gerichtet, einen banalen Abend in der Oper so zu erzählen, daß alles, was sonst beim Erzählen vorausgesetzt wurde, wegfiel und der Erzähler gleichsam neu, in keiner Weise vorgebildet, folglich voraussetzungslos, das bloße Geschehen zu beschreiben hatte.

Aus ähnlichen Erwägungen wie Robert Musil hatte sich auch Paul Valéry über die unerschütterten Voraussetzungen des bisherigen Erzählens lustiggemacht. Sein Spott traf den scheinbar so harmlosen und selbstverständlichen Satz eines traditionellen Erzählers: »La marquise sortit à cinq heures.« Auch *Alfred Döblin* hatte bereits in den Zwanziger Jahren sowohl als Theoretiker der Literatur wie als Erzähler die Frage gestellt: »Woher weiß der Erzähler das eigentlich?« Daß nämlich die Marquise um fünf Uhr aus dem Haus ging.

Bei Heimito von Doderer hingegen, das belegt jede Zeile seines Schreibens, ist die Erzählhaltung ganz und gar herkömmlich. Es hat den Anschein, als werde alle »Modernität« der Valéry und Döblin und Musil gleichsam trotzig negiert. An einer eher beiläufigen Stelle der »Strudlhofstiege« findet sich ein klassisches Gegenbeispiel sowohl zu Valéry wie zu Musil: »Des Nachmittages, um vier Uhr etwa, stieg der Sektionsrat Georg von Geyrenhoff das herrliche Stiegenhaus im Palais des Prinzen Eugen von Savoyen (wo heute noch das Finanz-Ministerium untergebracht ist) hinab, machte die paar Schritte bis zur Kärntnerstraße und querte diese; nicht aber den Graben. Gegen seine sonstige Gewohnheit blieb er heute und diesmal auf der Seite vom ›Stock im Eisen‹. Vielleicht lag hierin die einzige Ursache davon, daß bei ihm der Eindruck entstehen mußte, es sei irgendwo in der Gegend hier ein Panoptikum der Vergangenheit geplatzt; und er wäre wohl auf der anderen Seite der Straße von diesem ungewöhnlichen Phänomen verschont geblieben.«

Das Mißverständnis des Ästhetikers Doderer, das unmittelbar aus seinem restaurativen Verhalten zur Umwelt entspringt, besteht darin, daß er das Bemühen um Detailgenauigkeit des Erzählens einfach gleichsetzt mit einem Bericht über Reales. Es war wohl auch eine Beschönigung, wenn Hilde Spiel in einem umfangreichen und liebevollen Essay über Doderer behauptete: »Nicht daß Doderer seine ›Strudlhofstiege‹ als eine solche vom letzten Sonnenglanz gewobene Gloriole um das Haus Österreich geplant oder angelegt hätte! Wenn sie als diese erscheint, so ist es ohne, ja vielleicht sogar gegen seine Absicht dazu gekommen.« Möglicherweise. Wichtig allein ist die Wirkung, die unverkennbar mit der Substanz dieses bekanntesten Buches von Doderer zusammenhängt. Die Substanz bestimmt die restaurative Funktion.

Es gab dazu in Österreich ein Gegenbeispiel im Bereich des Musiklebens. Durch Ausschaltung der Schönbergianer und anderer Juden, mindestens seit dem Jahre 1938, konnte der begabte und handwerklich solide österreichische Tonsetzer *Franz Schmidt* zu einer Höhe emporgerühmt werden, die mit dem Ruhm Doderers einige Gemeinsamkeit aufweist. Abgesehen von der skurrilen Tatsache, daß Franz Schmidts bekannteste Oper »Fredegundis« hieß. Eine Merowinger-Oper.

Zwischen dem Erscheinen des Romans »Die Blendung« von *Elias Canetti* in einem tschechischen Verlag, also gleichsam als ein Buch der Exilliteratur, und den »Merowingern« von Doderer aus dem Jahre 1960 liegt, für den Verfasser Canetti wie für seine Kunstfigur, den Professor Peter Kien, der literarische Umschlag von einer Literatur der verzweifelten Zerstörungswut eines Intellektuellen, zu einer Literatur, die Reinigung der Gesellschaft und Erneuerung des zwischenmenschlichen Verhaltens erstrebt. Ein utopisches Buch, diese »Blendung«, das mit der Destruktion beginnt, doch nicht endet. Doderers Geschichten einer totalen Destruktion hingegen werden erzählt nicht ohne Genuß an Leiden, die zugefügt *und* erduldet werden. Durchaus nicht behagliche Destruktion, vielleicht aber ein Behagen daran. Es gibt ein erschreckendes Beispiel für diese These im Werk von Doderer wie von Canetti. Zwei Reaktionen auf dasselbe Ereignis, nämlich auf den *Brand des Wiener Justizpalastes am 15. Juli 1927.* Ein Volksaufstand gegen offensichtlich politisch motivierte Unrechtsprechung. Ein Sturm auf den Justizpalast. *Elias Canetti* hat das im zweiten Band seiner Erinnerungen »Die Fackel im Ohr« als tiefe Erschütterung beschrieben: »Ich habe seither öfter versucht, mich diesem Tag zu nähern, der vielleicht seit dem Tode des Vaters der einschneidendste meines Lebens war...« Hier entstand die Grundidee zu Canettis späteren Studien über »Masse und Macht«.

Auch *Heimito von Doderer* hat diesen Vorgang, er war damals 31 Jahre alt, erlebt und beschrieben, doch ohne daraus für sich selbst irgendeine Folgerung zu ziehen. Sein Leben wurde nicht verändert: eher bereichert durch eine neue ästhetische Erfahrung. Wie empfand er das brennende Gebäude des Rechts und der Rechtsprechung? Als eine *»Geruchssymphonie«.*

Diese absonderliche Reaktion eines Zeitgenossen auf ein bewegendes politisches und gesellschaftliches Ereignis: das Geschehen bloß zu reduzieren auf einen ephemeren Sinneseindruck, wird beim Lesen der Erzählwerke stets von neuem bestätigt. Nicht etwa, daß Doderer eine Verwandlung der Außenwelt in Innenwelt vorzuwerfen wäre. Es gibt erlauchte Beispiele für eine solche Art der künstlerischen Apperzeption. Allein bei *Marcel Proust*, um den Kontrast zu unterstreichen, wird das äußere Geschehen in sehr subtiler Weise reflektiert und jeweils konfrontiert mit anderen Sinneseindrücken. Übrigens auch solchen des Geruchssinns.

Bei Doderer hingegen bestätigt sich allenthalben der Eindruck, daß der Erzähler, allem scheinbaren Getue um Genauigkeit zum Trotz, nicht wirklich genau, vor allem sprachlich nicht, die Innenwelt beschwören kann. Wenn Doderer an der bereits erwähnten Stelle seine eigene »Marquise« um fünf Uhr nachmittags aus dem Hause treibt, so ist er ebenso unbedenklich in seinen Vorurteilen und Antipathien beim Schildern von Menschen und Vorgängen. Wer eines der großen Erzählwerke Heimito von Doderers zu Ende gelesen hat, behält keine der Kunstfiguren im Gedächtnis.

Das macht: ihr Autor hatte sie nicht gestaltet, bloß verachtet.

»Die Gesellschaft war also schon irgendwie fürchterlich (jene, in welche Melzer am Samstag geriet). Die Gesellschaft, sagen wir: nicht ihre einzelnen Elemente. Diese höchstens teilweise. Und wenn auch jede Gesellschaft bekanntlich von den Mindersten der Anwesenden in ihrem Niveau am meisten bestimmt wird, so hat man mit jenen doch lange noch nicht dieses plan gegeben. Und überhaupt noch nicht mit der Qualität und Quantität der Elemente. Die organische Chemie, eine Wissenschaft, die im übrigen niemand als immer und durchaus wohlriechend wird bezeichnen können . . .« (Die Strudlhofstiege, S. 707).

Gerade an dieser, eher zufällig ausgesuchten Stelle wird auch der schlampige Umgang mit der Sprache evident. Altertümelei, gespielte Betulichkeit, mühsam verhüllter Haß.

In seinem Erinnerungsbuch »Das Augenspiel« hat *Elias Canetti*, nun auch seinerseits boshaft, doch aus gegebenem Anlaß, einen Besuch geschildert bei einem Maler, einer flüchtigen Bekanntschaft. Der führt seine Bilder vor. »Die Bilder wurden auf etwas rituelle Art zelebriert.« Auch ein Dichter ist anwesend und nimmt teil am Ritual. Mit seinem Namen wurde er dem Besucher nicht bekanntgemacht.

Canetti berichtet: »Das süßliche Verständnis, das sich von ihm ausbreitete, war mir in dieser Gleichmäßigkeit unangenehm, es verriet über jedes Bild dieselbe wohlabgewogene Freude und eine Innigkeit, als stünde man zu San Marco in Florenz vor einem Fra Angelico nach dem anderen. Ich war vom regelmäßig wiederholten Schauspiel dieser Reaktion so fasziniert, daß ich mehr auf den Dichter als auf die Bilder sah und ihnen bestimmt nicht gerecht wurde. Das eben war die Absicht des Dichters, dessen Erscheinung und Beifallsspiel in dieser kleinen Gesellschaft zur Hauptattraktion wurde... In unterschütterlicher Selbstgewißheit, als säße er zu Pferde, lächelte der Dichter von oben, ein Ritter, der nie an sich gezweifelt hatte, altvertraut mit Tod und Teufel, auf gleich und gleich mit ihnen... Als es zu Ende war, bedankte er sich innig für das große Erlebnis. Er blieb keinen Augenblick länger, die Sklavin lächelte vergeblich, er zog sich zugleich mit seiner Freundin zurück und ich erfuhr erst jetzt seinen Namen, den ich ein wenig lächerlich fand, obwohl er zum Grimassieren paßte: er hieß Doderer.«

Ein liebloser Bericht. Doch der böse Blick war scharf. Unmittelbar nach der Nennung des Namens Doderer folgt bei Canetti nämlich noch eine Parenthese, die es in sich hat: »(Ich sah ihn zwanzig Jahre später unter sehr veränderten Umständen wieder. Er war berühmt geworden und kam mich in London besuchen. Ruhm, sagte er, wenn er einmal eingesetzt habe, sei unwiderstehlich wie ein Dreadnought. Er fragte mich, ob ich je einen Menschen getötet hätte, als ich verneinte, sagte er, alle Verachtung grimassierend, deren er fähig war: ›Dann sind Sie eine Jungfrau!‹)«

Gottfried Benn

Das dichterische Werk Gottfried Benns ist nicht fortzudenken aus der deutschen Literatur. Die »trunkene Flut« seiner Verse strömt weiter mit den heutigen und zu den künftigen Lesern, die immer wieder diesem Sog verfallen. Im literarischen Werk, auch in Benns Erzählwerken, ist kein Unterschied spürbar zwischen den Inspirationen des jungen Expressionisten einer ersten Vorkriegszeit und den späten Bilanzierungen des in Berlin in einer zweiten Nachkriegszeit lebenden und dichtenden Mediziners, den endlich der Ruhm erreicht: so daß die immer wieder notwendige und nahrhafte dermatologische Praxis aufgegeben werden kann.

Die Sekundärliteratur wächst immer weiter an. Der späte Ruhm ist definitiv geblieben. Alle Episoden gesellschaftlicher Mißachtung, des Beschweigens, zorniger Ablehnung erwiesen sich als ephemer, von heutiger Nachwelt aus gesehen. Doktorarbeiten und Habilitationsschriften auch hier. Es geht nicht anders zu als bei Kafka, bei Musil, bei Brecht. Des bedenklichen Zaubers dieser Poesie mußten sich bereits zu Lebzeiten Gottfried Benns die nachgeborenen Poeten fast widerwillig erwehren. *Franz Fühmann* hat ausführlich über die Wirkungen Benns, auch des vorübergehend zum Laudator eines Dritten Reiches gewordenen Rhapsoden, auf die eigene enthusiasmierte Jugend berichtet. Gegen

Ende seines Lebens aber bekannte sich Fühmann, der keine Gedichte mehr schrieb, zu Georg Trakl.

Auch *Paul Celan* hat das Benn-Syndrom gekannt. In Paris sprach er geheimnisvoll von einem deutschen Buchladen, wo es die frühen Gedichtbände Gottfried Benns nach wie vor zu kaufen gebe, auch die erste Sammlung der Gedichte aus den Zwanziger Jahren. Er wolle einen dorthin geleiten. Er selbst aber gedachte die Bände, die billig waren, nicht zu kaufen. Doch er mißbilligte nicht, daß man sich die seltenen Objekte sicherte.

Paul Celans Rede bei Entgegennahme des Georg-Büchner-Preises im Jahre 1960 ist insgeheim konzipiert als *Gegenposition* sowohl zur *Büchner-Rede von Gottfried Benn* aus dem Jahre 1951 wie auch, und vor allem, zu Benns wohl wichtigstem Nachkriegstext, seiner Marburger Rede nämlich über »Probleme der Lyrik«.

Gottfried Benn und die umerzogene Literatur: danach muß gefragt werden. Die Sachverhalte sind bekannt; die Texte liegen vor; der aufschlußreiche Briefwechsel Gottfried Benns mit seinem Freund und Mäzen, dem *Dr. jur. Friedrich Wilhelm Oelze* aus Bremen, ist mit Recht genau gelesen und ernst genommen worden. Der Autor selbst hat in seinem Bericht über das eigene »Doppelleben« von sich aus Klarheit schaffen wollen. Ja freilich, er hielt es im Jahre 1933 anders als die meisten der angesehenen deutschen Autoren. Er ging nicht ins Exil, allein er hat auch nicht geschwiegen. Seine Rolle bei der Destruktion der Sektion Literatur innerhalb der Preußischen Akademie der Künste war schlimm. Bei der Austreibung seines angeblichen Idols Heinrich Mann half er mit. Die Verjagung des jüdischen Kollegen Alfred Döblin scheint er gebilligt zu haben. Der mutige Entschluß der *Ricarda Huch,* in Solidarität mit den Vertriebenen ihrerseits zu verzichten auf den Status des Akademikers, scheint den Akademiker Gottfried Benn nicht beim Mitmachen gestört zu haben.

Als er im Jahre 1934 eine Essaysammlung mit dem Titel »Kunst und Macht« herausgab, konnte man in den Prospekten des Verlages die ruhmvolle Mitteilung lesen, die berühmte Schmähschrift Benns aus dem Jahre 1933, seine am Rundfunk vorgetragene Emigrantenschelte mit dem Titel »Der neue Staat und die Intellektuellen«, gehe bereits ins fünfte Tausend. Gleichsam rühmend wird im Verlagsinserat ein Zitat aus der »Deutschen Zeitung«, Berlin, mitgeteilt: »Mit der Schärfe und Klarheit, wie sie ein Ernst Jünger bisher einzig in der nationalen Literatur in seiner Darstellung anwandte, behandelt Benn sein Thema als Eugeniker, Biologe, Psychologe und Organiker, das Ergebnis einer fünfzehnjährigen gedanklichen Entwicklung faßt er zusammen als Seher und Dichter. Die naturwissenschaftlichen Erkenntnisse der Zeit erscheinen durch ihn gebunden in einer strahlenden Einheit des Gedankens der kämpfenden Nation.«

Ein Mißverstehen ist hier nicht möglich. Das Buch »Kunst und Macht« erweist sich zwar, hält man sich an den schieren Wortlaut, als Zusammenfassung früherer Gedanken und Thesen des Kulturpsychologen und Naturwissenschaftlers. Die Studien über den Expressionismus und über Stefan George, Gottfried Benns Betrachtungen über die »Dorische Welt« sind als Fortsetzung seiner früheren Arbeiten zu verstehen, auch seiner lyrischen Evokationen aus den Zwanziger Jahren. Hier spricht kein »Märzgefallener« und plötzlicher Konvertit.

Dennoch sorgt Gottfried Benn in seinem Vorwort selbst dafür, daß der Leser aufgefordert wird, alles frühere Denken und Schreiben des Autors als Vorbereitung auf das Deutsche Erwachen des 30. Januar 1933 zu verstehen. Fast sieht es aus, als wolle Gottfried Benn den Leser bedeuten: Ich habe es immer schon gesagt und gewollt. In der Tat beginnt das Vorwort wie folgt: »Der Nationalsozialismus ist heute eine feststehende geschichtliche Erscheinung; seine Fundamente sind eingelassen in den glanz- und opferdurchtränkten Boden Europas. Er wächst, er richtet sich aus. Er wird Europa geben, und er wird aus Europa nehmen. Er wird die Fluten seiner ahnenschweren Vitalität durch abgelebte europäische Flächen ergießen, aber er wird sich auch einspinnen in dieses Erdteils alte Geschichte, denn seine Kraft ist sowohl treibend wie hemmend, geschichtsgebunden wie revolutionär, und seine Tendenz im ganzen ungemein synthetisch.«

Das Weitere ist bekannt. Die »ungemein synthetische« Tendenz des Nationalsozialismus erwies sich bald darauf, gerade für Gottfried Benn, als ungemein selektiv, nämlich als »ausmerzend«. Das »Schwarze Korps« des Reichsführers Heinrich Himmler nahm sich den einstigen dekadenten und entarteten Dichter energisch vor. Gottfried Benn rettete sich, wie man weiß, als Militärarzt zur

Reichswehr. Nun saß er, morose dahinvegetierend, in Hannover im »Weinhaus Wolf«. Er hat die Situation sowohl in jenem Text mit der Überschrift »Weinhaus Wolf« wie in seinen Briefen an Oelze schonungslos wie immer beschrieben.

War alles bloß eine Verirrung gewesen, wie der Emigrant Klaus Mann behauptet hatte, sein treuer Bewunderer seit den Zwanziger Jahren? *Klaus Mann* nahm den Fall Gottfried Benn, mit Recht, wahrhaft ernst, weil er fand, dieser Dichter sei doch der einzige gewesen, von dem ein Reden vor den Mikrophonen des Dritten Reiches, ein Bekenntnis zum ebenso ausgreifenden wie synthetischen Nationalsozialismus nicht erwartet werden durfte.

War es wirklich so? In der endgültigen Sammlung der wichtigsten literarischen Essays von Klaus Mann (Prüfungen. Schriften zur Literatur, München 1968) gibt es allein fünf ausführliche Texte über Gottfried Benn. Der berühmte Brief aus dem Exil vom 9. Mai 1933 hatte alles bereits vorausgesagt. Nach zwei Weltkriegen kam Benn auf den Fall zurück, um festzustellen: Der junge Mensch aus dem Literatenmilieu habe alles Politische weitaus richtiger und klarer vorausgesehen.

Klaus Mann hatte auch den unvermeidbaren Umschlag von der Hätschelei zur Verachtung, dem Gottfried Benn durch die neuen Machthaber ausgesetzt wurde, richtiger und genauer analysiert als der trübsinnige Hautarzt und Weintrinker in der Leinestadt Hannover. In Klaus Manns Essay über »Gottfried Benn. Die Geschichte einer Verirrung«, geschrieben im Jahre 1937, kann jetzt nicht mehr von Irrtum und Selbstentwürdigung gesprochen werden. Der Diagnostiker stellt eine Beziehung her zu Gottfried Benns frühen Thesen und Denkentwürfen. Es war keine Verirrung, und wenn es auch, im Hinblick auf Benns deutsches Lebensschicksal, ein Augenblick des »Wahnsinns« gewesen sein mochte, diese Lobpreisung der synthetischen Tendenz und sogar des »Führers«, so hatte alles doch »Methode« gehabt, mit Shakespeare zu sprechen. Inzwischen hatte auch Heinrich Manns Neffe erkannt, daß die im Jahre 1931, bei Heinrich Manns sechzigstem Geburtstag, so hoch gepriesene Laudatio Gottfried Benns für den großen Akademiekollegen, den Verfasser des »Untertan«, eine Fälschung gewesen war. Klaus Mann stellt beim Rückblick im Jahre 1937 fest: »Gerade auf Heinrich Mann angewendet, erweist sich ja die ganze Absurdität, die fast klinische Abwegigkeit des Form-Ethos, wie es bei Benn sich dargestellt findet und wie es ihm sich darstellt.«

Auch die hannoverschen Verlautbarungen des trübsinnigen Dichters und Arztes werden nicht ausgenommen: »Wir sehen ihn bei Beschäftigungen, die uns recht eigentlich ins Irrenhaus zu gehören scheinen; während er, zum Beispiel, vorgibt, den ›Lebensweg eines Intellektuellen‹ - seinen eigenen Lebensweg nämlich - zu erzählen, treibt er Rassen- und Familienforschung auf eine Art, die uns ebenso grausig wie humoristisch anmutet.«

Nichts von alledem war vergessen worden, als der Krieg zu Ende war. Gelegentliche Nachrichten wurden mündlich weitergegeben: Gottfried Benn habe den Krieg überlebt, seine Frau sei unter schrecklichen Umständen zugrundegegangen. Er lebe nun zurückgezogen in einem der Westsektoren von Berlin und verdiene sein Geld wieder als Hautarzt. Keiner der traditionellen Verlage, die weiterarbeiteten oder neu erstanden, bekundete irgendein Interesse an den Versen oder der Prosa dieses »umstrittenen« Autors. Erst ein junger, nicht professionell vorgebildeter Verleger in der amerikanischen Zone, Max Niedermayer in Wiesbaden, wagte sich an diesen Autor und sein Werk.

Unvermeidbarerweise stand aber die poetische Auferstehung dieses Dichters nach wie vor in einer Konstellation, die kaum geeignet war, die Grenze zwischen »Faschisten« und »Antifaschisten« genauer zu fixieren.

Folglich wurde Gottfried Benn, im Urteil seiner neuen Kritiker und Leser, entweder hochstilisiert zum Großschriftsteller einer deutschen Nachkriegsliteratur, oder er wurde scharf bekämpft und abgelehnt: eben deswegen. Der schweizerische Literaturhistoriker *Walter Muschg* von der Universität Basel bekämpfte den Dichter Gottfried Benn nach wie vor als Exponenten einer ebenso politischen wie ästhetischen Verirrung. Andererseits traf die noch sehr junge Deutsche Akademie für Sprache und Dichtung in Darmstadt gleichfalls eine symptomatisch-restaurative Entscheidung, als sie im Jahre 1951 über die *Vergabe des Georg-Büchner-Preises* für dieses Jahr zu entscheiden hatte. Den Preis zu Ehren Georg

Büchners gab es seit dem Jahre 1923. Er war ein Preis gewesen des »Volksstaates Hessen«: ein Preis für Künstler, nicht allein für Schriftsteller. Zwischen 1933 und 1944 wurde der Preis nicht verliehen. Mit guten Gründen. Der Preis trug den Namen Georg Büchners. 1945 wurde er wiederbegründet als Hessischer Künstlerpreis. Er durfte aber nur verliehen werden an Künstler aus dem »Hessischen«, was nunmehr keinen eindeutigen geographisch-politischen Begriff mehr anzeigte. Immerhin wurde Anna Seghers aus Mainz im Jahre 1947 in Büchners Namen geehrt. Im Jahre 1950 ehrte man Elisabeth Langgässer, die im rheinhessischen Alzey zur Welt gekommen war.

1951 wurde der Georg-Büchner-Preis freigemacht von seinen hessischen Ursprüngen. Von nun an mußte er als deutscher Literaturpreis verliehen werden. Er ist inzwischen als wichtigste Auszeichnung eines zeitgenössischen Schriftstellers deutscher Sprache anerkannt worden.

Erster Preisträger wurde Gottfried Benn im Jahre 1951. Das war ein Bekenntnis, wie immer man es verstehen mochte. Die Kritiker einer restaurativen Literatur gingen begreiflicherweise nicht so weit, Gottfried Benn mitsamt seinen »Verirrungen« zwischen 1933 und 1935 als konkrete Totalität, gleichsam global, zu feiern. Man teilte ihn auf in ein Vorher und ein Nachher. Musterhaft wurde auch dies bei Günter Blöcker besorgt in dem ausführlichen Benn-Kapitel seines Buches über die »Neuen Wirklichkeiten« vom Jahre 1957. Gottfried Benn war für den neuen Diagnostiker ein Mann im Gefolge des Formalismus und Ästhetizismus aus dem 19. und frühen 20. Jahrhundert. Eine sonderbare Troika: Edgar Allan Poe. Paul Valéry. Gottfried Benn. In der ersten Nachkriegszeit seit 1945, so Blöcker, sei Gottfried Benn die heimliche und kräftige Nahrung der Wenigen und Glühenden gewesen: »Im Deutschland der Jahre nach 1945 hat es diesen heimlichen jungen Menschen auch gegeben; nur las er nicht Mallarmé, sondern Gottfried Benn. Es war eine der wohltuenden Erfahrungen, die man in jenen Jahren machen konnte, solchen jungen Leuten aus der Generation der noch einmal Davongekommenen zu begegnen und zu sehen, wie sie, hungrig in jedem Betracht, nach ihrem Dichter suchten, das heißt: nach einem Geist, der sie nicht abermals mit billigen Vertröstungen und rasch welkenden Idealen abspeiste, sondern der sich zur Situation des Nullpunkts bekannte.«

Verschwiegen wird die genaue Bezeichnung dessen, was jene Heimlichen und Stillen im Lande, eben um das Jahr 1947, enthusiasmiert haben mochte. Waren es die frühen Gedichte des Buches »Morgue« oder eben doch die schneidenden Thesen des Buches »Kunst und Macht«?

Günter Blöcker sagte es nicht. Es hat keine Verirrung gegeben, oder doch? Heute ist Heute in den Fünfziger Jahren. Bei Blöcker heißt die Formel: »Jetzt wurde er über das Ästhetisch-Literarische hinaus zu einer Figur, die das Bewußtsein einer historischen Situation repräsentierte.«

O ja, freilich. Doch welches Bewußtseins?

Der schweizerische Kritiker *Max Rychner*, Freund Hugo von Hofmannsthals und Carl J. Burckhardts, der sich spät erst, in den letzten Lebensjahren Gottfried Benns, zu diesem Autor einer, wie Walter Muschg sagen würde, »Tragischen Literaturgeschichte« bekannte, war weitaus subtiler. Das macht: Max Rychner war kein Diagnostiker einer fröhlichen deutschen Restauration, wenn er auch merkwürdigerweise zu jener Zeit die damals vielgenannten Kritiker Hans Egon Holthusen oder Curt Hohoff für bemerkenswert hielt. Was Rychner jedoch keineswegs dazu veranlaßte, mit ihnen der Tendenz des vorsichtigen und nicht sehr mutigen Beschweigens zu folgen. Für Rychner war die Gesamterscheinung Gottfried Benn nur in ihren Widersprüchen erklärbar: »Für jene, die in der glücklichen, doch unerprobten Lage sind, jeweils den ersten Stein werfen zu dürfen, werden diese Briefe, die Benn so rückhaltlos enthalten wie alle seine Schriften, wiederum Ärgernis genug enthalten. Doch welcher Wurf erreichte den Dichter, der sich sein Leben hindurch furchtlos darbot! Alles, was in den Briefen auf menschlicher Ebene unerklärlich erscheint, weist zurück auf jenes große Unerklärliche im Dichter, dem wir die vollkommensten seiner Verse zu danken haben. Beides ist hinzunehmen an einer Erscheinung dieses Ranges, die den Stolz ihres Daseinsrechtes keinen Augenblick preisgab und die noch ihre Schwächen zur Leistung zwang.«

Waren es Widersprüche? Um es zu wiederholen: das dichterische Werk Gottfried Benns ist all diesen Auseinandersetzungen der Fünfziger Jahre längst entwachsen. Gerade deshalb gehört Gottfried Benns »Verirrung« ebenso zur Gesamtgestalt wie der neurotische Judenhaß zu Richard Wagner, wie der ängstlich-unterwürfige Opportunismus zum Dichterleben eines Gerhart Hauptmann.

Jede Beurteilung des Dichters Gottfried Benn und seiner Dichtung wird ausgehen müssen vom Faktum der entschiedenen und einbekannten *Geschichtsverachtung.* Max Rychner hat Gottfried Benn, der nicht an irgendein geschichtliches Lernen und Lehren glaubte, in einen Denkzusammenhang gestellt mit *Paul Valéry* und *Albert Camus.* Insofern hatte Blöcker wohl nicht unrecht in der Zusammenstellung der Namen Valéry und Benn. Allein auch Klaus Mann hatte es richtig gesehen im Jahre 1937, als er die Kontinuität herausarbeitete, die er damals freilich einmünden ließ in Benns Thesen vor den Mikrophonen des Dritten Reiches, oder in die Desillusionen im Weinhaus Wolf.

Bereits im Jahre 1922 schloß Gottfried Benn selbst einen schmalen Band seiner »Gesammelten Schriften«, also der Gedichte wie der Prosa, mit einem Epilog ab. Da heißt es: »Wir erfanden den Raum, um die Zeit totzuschlagen, und die Zeit für unsere Langeweile; es wird nichts und es entwickelt sich nichts, die Kategorie, in der der Kosmos offenbar wird, ist die Kategorie der Stagnation.«

Diese Sätze von 1922 konnte Gottfried Benn ohne weiteres übernehmen im Jahre 1951, als er sich in Darmstadt für den Georg-Büchner-Preis bedankte. Es ist abermals, wie in einem berühmten Benn-Gedicht, das Bekenntnis zum einzigen Realen: dem Nichts einer geschichtslosen Menschenexistenz, und zum gezeichneten Ich der großen Künstler. Beim Lesen des »Woyzeck« glaubt der Laureat, ein Sechziger, der sich in seiner Dankrede abermals zum Prinzip einer monologischen Lyrik bekannt hat, alle seine Gedanken und Überzeugungen gerade auch bei Georg Büchner auffinden zu können: »Ein Künstlertreiben, das nicht erhellt und nicht erwärmt, das sinnlos ist wie der Raum und die Zeit und das Gedachte und das Ungedachte ...« Gottfried Benn war folgerichtig, als er fortfuhr: »Das waren alte und neue Gedanken von mir, die mir kamen, als ich den Woyzeck las, bevor ich hierher reiste.«

Es waren seine alten wie seine neuen Gedanken. Wodurch er abermals, ob es ihm behagen mochte oder nicht, erst recht nach seinem Sterben mit siebzig Jahren, ins dialektische Räderwerk des Geschichtsdenkens geriet. Eben diese alten wie neuen Gedanken nämlich waren, wie immer es Benn selbst sehen mochte, geschichtlich situierbare Denkweisen. Wodurch ein Autor vom Range dieses Dichters in den Sog der Leute von 1933 geraten konnte, und auch wieder nicht. In die ungute Behaglichkeit des fröhlichen deutschen Restaurierens, und auch wieder nicht.

Wolfgang Koeppen und Heinrich Böll

Auch Wolfgang Koeppen erhielt in Darmstadt den Georg-Büchner-Preis, elf Jahre nach Benn: im Oktober 1962. Auch er hielt, wie es der Brauch will, eine sorgfältig vorbereitete Dankrede, die sowohl Selbstaussage zu sein hatte wie Annäherung an Georg Büchner. Dabei wurden die Gegensätze der Generation, des Erlebens und des geschichtlichen Standortes ungemein deutlich. Wolfgang Koeppen, Jahrgang 1906, unternimmt in aller Bewußtheit die Konfrontation mit Gottfried Benn, dem Repräsentanten aus dem Geschlecht der frühen Expressionisten.

Der junge Literat und Journalist aus Greifswald erlebte das Deutsche Erwachen als Redakteur des Berliner »Börsencouriers«, also eines Judenblattes nach dem braunen Sprachgebrauch. Bei jenem Fernsehgespräch, an welchem auch Heinrich Böll teilgenommen hatte, berichtete Koeppen, wie er am 31. Januar 1933 bei der Rückkehr aus München in der Redaktion auf Menschen traf, die Angst hatten, doch nicht ernsthaft an die grausige Veränderung glaubten. Dieser Spuk werde bald vorübergehen. Auch Koeppen schien dieser Ansicht zu sein. Später mißlang ein wohl auch nicht ernsthaft unternommener Versuch mit dem Exil.

Wolfgang Koeppens erster Roman »Eine unglückliche Liebe«

erschien bei dem (jüdischen) Cassirer Verlag im Jahre 1934. Er konnte und durfte keinen Erfolg haben. Ein Jahr später (1935) brachte Cassirer noch einen zweiten Koeppen-Roman »Die Mauer schwankt«. Der verschwand abermals, blieb ohne Wirkung, wurde vier Jahre später noch einmal in einem anderen Verlag mit dem Titel »Die Pflicht« wieder aufgelegt. Dann verstummte der Erzähler Wolfgang Koeppen, auch wenn er hier und dort kleinere Texte publizieren durfte.

War es eine innere Emigration? Koeppen ist abhold aller Terminologie und vorschnellen Klassifizierung. Er würde die Frage als ungemäß ablehnen. Fest steht, daß er kein Schreiber der Siegeszuversicht, des Jubels, des Durchhaltewillens geworden ist. Auch kein Redner oder Schreiber wider die geflohenen oder verjagten Kollegen. Das hätte gegen eine der existentiellen Maximen dieses Schriftstellers verstoßen. Er selbst, Wolfgang Koeppen, hat es im Jahre 1962 in seiner Darmstädter Dankrede gültig für sich formuliert: »Der Schriftsteller ist kein Parteigänger, und er freut sich nicht mit den Siegern.«

So mußte Wolfgang Koeppen auch in Sachen Gottfried Benn eine Haltung einnehmen, die keinerlei Vergleich zuließ zu irgend einem Beschweigen oder gar Beschönigen der einstigen Thesen zum Thema der Kunst und der – damaligen – Macht.

In der Antwort auf eine Umfrage über Gottfried Benn hat Koeppen, abermals im Jahre 1962, den Tatbestand und sein Urteil so formuliert: »Benns statischer Asozialer blickt erhaben und mutig und äußerst einsam der Gorgo ins Gesicht. Die Gesellschaft liegt unter ihm, ein belangloses oder widerliches, ein jedenfalls hinzunehmendes Gewimmel. Aber als man nur äußerste Verachtung von ihm erwarten mochte, engagierte sich Benn sozial, nahm er Partei, optierte er für den letzten Unrat aus Nietzsches Hinterlassenschaft, für den kleinbürgerlichen Traum von der Herrenrasse. Nicht für lange.«

Solche Texte demonstrierten, daß es zu Beginn der Sechziger Jahre zu Ende ging mit der fröhlichen Restauration. Inzwischen waren ihr die literarischen Widersacher erstanden. Die Sechziger Jahre, das war leicht vorauszusagen, würden sich weder fröhlich präsentieren noch restaurativ.

Wolfgang Koeppen hatte durch seine »Trilogie des deutschen

Alltags« diese literarisch-politische Konfrontation vorbereiten helfen. Vielleicht sind die »Tauben im Gras« von 1951 sein wichtigstes Buch geblieben. Die langen Jahre des Verstummens waren dieser Prosa nicht schlecht bekommen. Es gibt auch heute noch kein anderes Erzählwerk, das dies sonderbare Amalgam der ersten Nachkriegsjahre besser und genauer evoziert hätte. Immer wieder die Mischung aus Gier und aus Angst, aus Lebenswillen nach so viel Todesgefahr und neuer, anderer Lebensgefährdung, und in alledem immer wieder das »Gezeichnete Ich« des Dichters oder auch Literaten, der mitlebt und es auch möchte, aber nicht so recht und nicht besonders gern. Koeppens Trilogie, die zwischen 1951 und 1954 erschien, mit dem »Treibhaus« also und dem »Tod in Rom«, endet stets mit Gewalt und Tod: mit Freitod und mit Mord. Das war unvermeidlich, denn die rheinische Welt der unfreiwilligen neuen Bundeshauptstadt verkörperte für den Betrachter Koeppen ein Höchstmaß der geschäftigtuenden Einsamkeit. Vom einsam gewordenen, der ersten Nachkriegsillusionen entwöhnten Repräsentanten des neuen Staates in seiner Villa in Bonn über den neuen Parlamentarier, der sich nicht mehr zurechtfindet bei seinen Kollegen im Sitzungssaal, bis zu den einsamen Familien, die in der feuchten Schwüle des rheinischen Klimas in einer künstlichen Welt zu agieren scheinen. Nicht märchenhaft, denn diese Künstlichkeit hatte mit den neuen Kunststoffen zu tun.

Man hat das Buch »Das Treibhaus« damals recht übel aufgenommen. Da bemühe man sich allenthalben, schrieb ein angesehener Rezensent, um ein bißchen Staatsgesinnung, und schon trete wieder einer auf, um die dürftigen Pflänzchen auszurupfen. Koeppens Antwort hätte vielleicht gelautet: das Ausrupfen sei notwendig. Es handle sich um Unkraut. Ungutes Gewächs.

Seit Mitte der Fünfziger Jahre hat man diese beiden, *Wolfgang Koeppen* und *Heinrich Böll*, nach beliebter Schulmeistersitte, wie ein Doppeldenkmal einer neuen, vielleicht nicht besonders umerzogenen Literatur präsentiert. Gleichsam wie Schiller und Goethe. Keller und Meyer. Hofmannsthal und Rilke. Musil und Broch. Immer wieder profunde Mißverständnisse.

Die Gemeinsamkeit zwischen diesen beiden Schriftstellern besteht nur als *Gleichzeitigkeit* ihres Hervortretens und ihrer Lebenszäsur, die sie, gleich vielen Zeitgenossen, literarischen und anderen, als Narbe tragen müssen. Im übrigen ist kaum ein größerer Gegensatz denkbar. Böll ist ein Erzähler, der seinen Zorn hinausschreien muß; Koeppen frißt die Erbitterung in sich hinein. Böll betrachtet sich weitgehend als Zurechnungspunkt für Erlebnisse; wichtig an ihnen scheint ihm vor allem, daß sie nicht nur ihm selbst zustießen, sondern auch anderen seinesgleichen. Wolfgang Koeppen sieht sein eigenes Erleben nicht als stellvertretendes Erleiden, sondern als ein – höchst persönliches – Geschlagensein. Böll versucht immer wieder, das subjektive Geschehen, welches ihm zustieß, zu objektivieren. Er ist vor allem ein bewußter Zeitgenosse. Koeppen bemüht sich immer wieder, das Geschehen, das seiner Generation zustieß, seinen Lehrern und Freunden, seinen Dichtern und Gegnern, zu subjektivieren: wichtig ist vor allem die *Form*, in welcher es ihm selbst und an ihm selbst geschah. Er möchte ein bewußter Außenseiter bleiben. Eine der wichtigsten Figuren Bölls bleibt der Soldat Feinhals, der sich das Weltverständnis dadurch zurechtzulegen sucht, daß er sich als kleines Schräubchen in einer ebenso teuflischen wie sinnlosen Zerstörungsmaschine empfindet. Wolfgang Koeppens kennzeichnende Gestalt, übrigens das unmittelbare Vorbild der späteren Mittelpunktsfiguren in den Romanen vom Treibhaus und vom Tod in Rom, ist der Schriftsteller Philipp aus »Tauben im Gras«, der dem Phänomen seines Überlebens und totalen Scheiterns unablässig nachsinnt.

Die Impulse zu Bölls Schaffen werden immer wieder durch Erlebnisse mit Menschen ausgelöst. Im gesamten Schaffen Wolfgang Koeppens hingegen läßt sich nur schwer die Grenze ziehen zwischen dem, was durch Lebenstatsachen und was durch Büchertatsachen hervorgerufen wurde.

Für Böll geht es in allen Büchern um das Problem der Teilnahme, für Koeppen stets – kulminierend im Schicksal seines Bundestagsabgeordneten aus dem Roman »Das Treibhaus« – um dasjenige der Nichtteilnahme. Kein Wunder also, wenn die Besuche Wolfgang Koeppens und Heinrich Bölls in der *Sowjetunion* nicht bloß der Resonanz nach, sondern auch durch die Art ihres Auftretens stark differieren mußten. Koeppen erstrebte einen Privatbesuch in einem Land, das dergleichen nicht vorgesehen hat. Böll erschien als Privatmann, der genau weiß, daß sein

Besuch ein öffentliches Ereignis darstellt: gleichsam einen Staatsbesuch, und der es sich gesagt sein läßt.

Wenn daher das »Bekenntnis zur Trümmerliteratur« für Heinrich Bölls Schriftstellerei bis heute gültig geblieben ist, da es seiner permanenten Fixierung an die Trümmersituation entsprach, so ist für Koeppen, gleichfalls als Folge einer Fixierung, jenes Gefühl der Fremdheit geblieben, das den Schriftsteller Koeppen als Lebens- und Werkaura umgibt. Auch Wolfgang Koeppen, den Selbstinterpretationen ebenso abgeneigt wie Günter Eich, suchte in seiner Darmstädter Dankrede bei Entgegennahme des Georg-Büchner-Preises von 1962 diese Haltung zu deuten. *Walter Jens* hatte in seiner Laudatio auf den Preisträger davon gesprochen, alles Geschehen in Koeppens Büchern werde stets eigentlich durch ein Fenster gesehen: der Erzähler blicke irgendwo hinein oder heraus, nehme jedoch überall nur den Anteil eines Betrachtenden.

Als Koeppen darauf in vorbereiteter Rede antwortete, zeigte es sich, wie recht Jens mit dieser Beobachtung gehabt hatte. Koeppen sagte damals: »Ich zähle aber auch, ich kann es nicht ändern, zu einer Generation, die leider nicht die Unmenschlichkeit, die Macht in ihrer bösesten Gestalt genug geärgert und bekämpft hat und deshalb der Welt zu einem Ärgernis geworden ist. Ich las in Elio Vittorinis ›Offenem Tagebuch‹ gerade den Satz: ›Mein Buch gehört meiner Generation.‹ Ich wollte dem zustimmen. Natürlich gehört ein Werk zur Ernte der Generation seines Urhebers. Aber wie ist es, wenn der Autor mit seiner Generation zerfallen ist, oder wenn er sich von dem Lebensabenteuer seiner Generation abseits hält? Ich war, als Hitler zur Macht kam, beschäftigt, meinen ersten Roman zu schreiben, und es ist sicher, daß meine Generation, die damals und mit mir jungen Menschen es waren, die Hitler trugen, stützten, inthronisierten, und es war die von mir, dem einzelnen, dem Außenseiter von Beginn an als schrecklich, als unheilvoll empfundene Bewegung doch das Abenteuer, die Aufgabe, die es zu bewältigen galt, das Glück und das Unglück meiner Generation. Es waren unsere und leider auch meine Jahre, die da verbrannten, für mich, der ich nicht mitmarschierte, nicht in brauner Reihe ging, verlorene, erlittene, sprachlose Jahre.«

Es folgt jener bestürzende Satz, der in höchst allgemeiner Form vom Schriftsteller zu sprechen gedachte, aber nur den Schriftsteller Koeppen meinen konnte, weil er eben undenkbar gewesen wäre etwa im Munde Heinrich Bölls: »Der Schriftsteller ist kein Parteigänger, und er freut sich nicht mit den Siegern.« Diese Konzeption einer Schriftstellerei wäre sicher nicht nach dem Herzen Heinrich Bölls, der zwar auch mit den Siegern sich nicht freut, dabei aber parteinehmend bleibt, leidend und hassend, noch in jeder Gelegenheitsarbeit, wie in jener tief erbitterten Rezension der Memoiren Konrad Adenauers, worin, einem Leitmotiv gleich, immer wieder das Wort »niederträchtig« auftaucht. Koeppen sieht alles Gesamtgeschehen als Einzelgeschehen. Dem Vorgang der Mythisierung bei Böll entspricht die hartnäckige Entmythisierung bei Wolfgang Koeppen. Was er selbst so ausdrückte: »Ich versuchte, Ihnen vom Schriftsteller als Einsamen, als Beobachter, als Außenseiter, als dem Mann allein an seinem Schreibtisch zu sprechen. Aber ich meine nicht den armen Poeten in seiner Dachkammer, den Künstler als Spitzweg-Erscheinung. Der Schreibende, so sehr er Mikrophon und Kamera und Scheinwerfer scheuen mag, wird sich dem neuen heraufziehenden Analphabetentum von Bildzeitungen, Comicstrips, Fernsehen und auf höherer Ebene von technischen Formeln, die uns manipulieren, automatisieren, vielleicht zum Mond führen werden, stellen müssen.«

Exkurs: Reisen mit Koeppen (1976)

Es gibt zwei tradierte Erzählpositionen: diejenige des unpersönlichen Reiseführers, des Verfassers von klugen Büchern, die man »vor Ort« konsultieren kann, und jene andere des empfindsamen Reisenden nach dem Vorbild eines Laurence Sterne oder (ein Jahrhundert später) des enthusiastischen Cicerone Jacob Burckhardt.

Nur: mit all diesen tüchtigen Unterscheidungen sind Koeppens Reisebücher durchaus nicht zu fassen. Es hapert auf der Seite des Objekts wie des Subjekts. Kann man sich überhaupt, um beim

Erzähler anzusetzen, darauf verlassen, daß der Schriftsteller Wolfgang Koeppen, geboren am 23. Juni 1906 in Greifswald, in Person jene Reisen unternahm: nach Rußland und anderswohin, nach Amerika oder Frankreich? Ein Lexikon bezeichnet Koeppens erstes sogenanntes Reisebuch kurzweg als »Essays«, allein das ist bare Verlegenheit. Außerdem bekam das Buch »Nach Rußland und anderswohin« den Untertitel »Empfindsame Reisen« mit auf den Weg. Ein Zitat demnach, das eine Nachfolge oder auch Gegenschöpfung ankündigt. So wie Koeppens Roman »Der Tod in Rom« im Titel und im Motto auf den »Tod in Venedig« verwiesen hatte.

»Sentimental Journey through France and Italy« betitelte Sterne sein letztes Buch, das in seinem Todesjahr 1768 erschien und sogleich auch in deutscher Übersetzung herauskam. Auf den Rat Lessings übersetzte man »sentimental« mit »empfindsam«. Koeppen tritt mithin auf in der Nachfolge des Laurence Sterne, was heißen soll, wenn man Sterne nachliest: daß neben realen Reiseschilderungen aus Frankreich und Italien rein Imaginäres in scheinbar unkontrollierter Wirrnis vorgetragen wird.

Zudem hatte sich Sterne als Reiseschilderer der eigenen Individualität und Identität begeben. Als Verfasser oder Herausgeber der »Sentimental Journey« zeichnete ein gewisser Yorick, den man aus dem »Hamlet« kennt. Gewiß, bei Koeppen steht der Name des bekannten Romanciers auf dem Titelblatt, aber darf man sich darauf verlassen? Im Jahre 1768 war Yorick in Italien und Frankreich gereist, *nicht Laurence Sterne.* Und wenn es sich bei Koeppen mit seinen Reisen nach Italien und Frankreich, nach Rußland und Amerika, Spanien und Holland ähnlich verhielte?

Der erste, dem diese Sonderbarkeit an Koeppens empfindsamen Reisen auffiel, war *Helmut Heissenbüttel.* Die Affinität dieses Schriftstellers vom Jahrgang 1921 zu Wolfgang Koeppen war nicht gleichsam »vorgegeben«. Spezifische Elemente jedoch in Koeppens Art des Schreibens, in seinen gebrochenen Relationen zwischen Subjekt und Objekt des Erzählens, brachten Heissenbüttel zu dem Eingeständnis: »Von allen Aspekten der neueren deutschen Literatur hat mich der Versuch Koeppens, das sich entziehende Subjekt, das Welt erfährt, erlebt, überschaut, bis in seinen Entzug hinein zu beschreiben, ja das Unmögliche zu tun:

nämlich die Beschreibung des Entzogenen selbst zum Thema zu machen, als Aspekt am meisten interessiert.« Der Satz steht in einem »Wolfgang-Koeppen-Kommentar« betitelten Text von Heissenbüttel.

Ein Kommentar zu Koeppen? Zu einem doch offensichtlich leicht zu lesenden und gut überschaubaren Schriftsteller? Als handle es sich beim Verfasser von »Tauben im Gras« um einen Joyce oder Proust: um Autoren übrigens, auf welche sich Koeppen oft und dankbar zu beziehen pflegt.

Allein Koeppen ist durchaus kein leicht und angenehm konsumierbarer Erzähler. Auch nicht – schon gar nicht – in seinen Reisebüchern. Gutgläubig vertraut sich der Leser dem berichtenden Koeppen an, der mitteilt, wie er bei der Einreise in England dem Beamten der Königin antwortete, als jener wissen wollte, »was ich in London tun, wo ich in London wohnen, wen ich in London sehen und wie lange ich in London bleiben werde«. Der Leser lächelt über die Einfalt dieses deutschen, ersichtlich weltfremden Schriftstellers, der weitererzählt: »Was wußte ich, wohin Lust und Leidenschaft mich treiben würden? Um den freundlichen Gentleman zu beruhigen, nannte ich ihm ein Hotel, das eine Erinnerung an Virginia Woolf war, doch hätte ich ihm ebensogut sagen können, daß ich bei Sherlock Holmes in Bakerstreet logieren wolle. Zu meiner Beschämung trug der nette, höfliche Beamte den Namen, den ich leichtfertig angegeben hatte, ernst in eine Karte ein, die ich unterschreiben mußte.«

Spätestens beim Lesen solcher Episoden muß der Leser ahnen, was es mit Koeppens »empfindsamen Reisen« auf sich hat. Heissenbüttels Analyse dieser durchaus heinefremden Reisebilder trifft die Sache: »Der Erzähler der Reiseberichte (eindeutig beschreibbar durch alle Berichte hindurch, identifizierbar mit sich selbst und eine Figur, mit der der Leser sich identifizieren kann), ist so etwas wie ein Ersatz-Ich: eine Kunstfigur, die der Autor einsetzt, um von dem Konkreten erzählen zu können, das er sich gegenüber sieht.«

Der Erzähler in Koeppens sentimentalischen Reisen hat sich *die Rolle eines naiven Weltfremdlings* zugelegt. Die spielt er abgefeimt und virtuos. Seine literarischen Vorbilder sind nicht zu verkennen: der Simplex von *Grimmelshausen* und der Candide bei

Voltaire. Ein Candide, der Kafka gelesen hat. Dann kommt es zu jener Szene in Koeppens »Amerikafahrt«, die der Erzähler in Salt Lake City situiert. Man kommt morgens mit dem Zug an, will am Nachmittag nach kurzer Stadtrundfahrt weiterreisen zur Ostküste. Die Mormonenstadt langweilt über alle Maßen, man sehnt die Weiterreise herbei, geht zurück zum Bahnhof und fragt nach der Abfahrtszeit. Die Antwort ist vernichtend: da fahre kein Zug nach Osten. Aber man sei doch am Morgen hier eingetroffen, um den Zug zu wechseln. Der Frühzug sei dann nach Osten weitergefahren. Da sei kein Zug angekommen und weitergefahren. Nun bemerkt der Erzähler: »Ich hatte es gewußt.« Es war wie bei Kafka: ein Schlag ans Hoftor, nichts ist zu ändern, man würde den Lebensrest, gleichsam »vor dem Gesetz«, in Salt Lake City verbringen müssen.

Die Aufklärung ist dann bewußt banal: man hat einfach die Bahnhöfe gleichen Aussehens verwechselt. Allein an solchen Episoden wird spürbar, daß diese Reisebücher, wo es viel zu lachen gibt, auf Pfählen ruhen: wie die Städte Amsterdam und Venedig, darunter fließt Traurigkeit. Die arglose Heiterkeit eines Simplizissimus setzt sie jeweils frei. *Koeppens Fahrten enden stets in der Vergangenheit*; sie sind zukunftslos. Die Hadriansvilla in Tivoli als Abschluß: »Gesichter, Größe, Hybris, der gezwungene Zwang, Blindheit und Heldentum, der Steinbruch der Gedächtniskirche, ein Baugerüst in der Regenwasserpfütze auf geborstenem Asphalt, Geschichte, Aufstieg und Fall und immer Ewigkeit.«

Auch Candide wird traurig bei seinen Reisen. Er ist (Koeppen-Candide) in Leningrad im Gespräch mit einem jungen russischen Autor, der Tauwetterprosa schrieb: »Ich sagte, gehen wir zum Hafen, gehen wir in eine Seemannskneipe. Er sagte, Sie meinen einen Seemannsclub? Ich sagte, nein, keinen Club, um Gottes willen keinen Club, eine Kneipe mit Matrosen aus allen Ländern, mit wilden oder sentimentalen Mädchen, mit einer grauen, klugen Katze, mit einem dreckigen, muskelstarrenden Wirt, mit alten Säufern, mit ganz und gar verkommenen, lustigen oder traurigen Leuten. Der junge Schriftsteller sagte, so etwas gibt es in Rußland nicht. Auch sein Gesicht war traurig.«

Schuld hat nicht die Stadt Leningrad, auch nicht eine orthodoxe sowjetische Prüderie. Koeppen-Candide würde traurig bleiben auch in Genua und Marseille oder Hamburg, denn was dieser Reisende sucht und niemals findet, ist nicht Wirklichkeit, sondern Literatur. In Koeppens Reisebüchern besucht man nicht Städte und Landschaften, sondern Bücher und Autoren. Der Einwanderungsoffizier der englischen Königin war von Koeppen nicht belogen worden: man besuchte in der Tat die tote Virginia Woolf und die Welt ihrer Mrs. Dalloway in Bloomsbury. Wenn sich Koeppen in Frankreich zur Amerika-Fahrt einschifft, reist er mit dem Zug durch Landschaften der Impressionisten. Allenthalben das Übergewicht des bereits formvoll Geschaffenen vor aller – scheinbaren – Spontaneität der Eindrücke. *Reisen mit Koeppen: das meint gleichzeitig den Totenkult und den Bücherkult.*

Einwände liegen auf der Hand, sie sind leicht und gängig zu formulieren. Kunst werde hier, wie im 19. Jahrhundert, als säkularisierte Religion verehrt. Dieser Reisende entdecke stets, in New York wie am Ufer der Wolga, nur unzusammenhängende Einzelheiten, die zu deuten, gar zusammenzufügen, er sich weigere. Außerdem entdecke er an allem Sein unfehlbar sogleich auch die Krankheit zum Tode.

Allein dieser deutsche Schriftsteller, der sich hinter den Simplizissimus und Candide verbirgt, hat genauer hingesehen als die Soziologen und Politologen und Anthropologen. Wer in Rußland und den Vereinigten Staaten reiste, wird es bestätigen müssen.

Koeppens Meisterwerk aber in dieser »Abteilung« seiner Reisebücher ist der Text »Ein Fetzen von der Stierhaut«. Reisen durch das Spanien des Generalissimus Franco und seiner Nutznießer. Vor der unerbittlichen Empfindsamkeit dieses Berichts klingt jedes Manifest bloß hohl, und Hemingsway ist es, der »literarisch« wirkt neben dieser Literatur. Das macht: auch diesmal hatte sich der Reisende verkleidet. Er reiste durch Francos Spanien als Ritter Don Quijote von der traurigen Gestalt.

Auch Arno Schmidt, dessen erstes Buch, also der »Leviathan«, im September 1949 bei Rowohlt erschien, war in gewissem Sinne ein »ältlicher Debütant«: wie Hans Werner Richter und Walter Kolbenhoff. Im Grunde auch, wenngleich nicht im Wortsinne, wie Wolfgang Koeppen. Trotzdem sind die Gründe seines späten Hervortretens andere gewesen, und sie sind anders zu verstehen.

Ein Mann von fünfunddreißig Jahren kann zum ersten Mal als Autor eines Erzählwerks von der Öffentlichkeit wahrgenommen werden. Der literarische Spürsinn der beiden Rowohlts, von Vater Ernst also und Sohn Heinrich Maria, bewährte sich wieder einmal auch darin, daß sie aus der Fülle eingereichter Manuskripte nur zwei bis dahin ganz unbekannte Autoren, deren Namen ihnen nichts sagen konnten, zur Kenntnis nahmen: *Arno Schmidt* und *Walter Jens.* Von Arno Schmidt die drei Erzählungen des Bandes »Leviathan«, von Walter Jens das Manuskript des Romans »Nein. Die Welt der Angeklagten«, das ein Jahr nach Arno Schmidt bei Rowohlt herauskam (1950).

Die Erzählungen »Gadir oder Erkenne dich selbst«, »Leviathan« und »Enthymesis oder W.I.E.H.« hatten nichts zu tun mit dem jähen Ausbruch von Erstlingswerken. Sie wiesen weder deren typische Mängel auf, noch war erkennbar, daß irgendein Erleben den Schreibenden veranlaßt hätte, die realen Erfahrungen ins Literarische zu transponieren. Arno Schmidt hat später wissen lassen, er habe schon als Vierjähriger lesen können. Er muß bereits, das kann man als Gewißheit annehmen, im schlesischen Greiffenberg eine gewaltige Büchersammlung besessen haben. Jenes Greiffenberg taucht, in lustiger Gräzisierung, in der Erzählung »Gadir« auf, die offensichtlich, wie man aufgrund von Andeutungen vermuten darf, in der Gegend von Massilia – Marseille spielt, noch unter der Herrschaft der Karthager und wohl zur Zeit des Ersten Punischen Krieges zwischen Rom und Karthago. Ein Grieche schreibt seine Notizen auf, als ein Gefangener der phönikischen Kolonisatoren.

Mit seiner Büchersammlung gingen alle frühen Manuskripte Arno Schmidts verloren. Ein Text »Pharos, oder von der Macht der

Dichter«, geschrieben wohl um das Jahr 1932, blieb als einziger erhalten von allen Arbeiten Arno Schmidts vor der Niederschrift der drei Erzählungen des Buches vom Leviathan. Das Pharos-Fragment nahm sein Verfasser im Jahre 1975 in das letzte Werk auf, dessen Erscheinen er noch erleben sollte, in den »Abend mit Goldrand«. Der Pharos-Text ist natürlich gleichfalls bewußt als »autobiographische« Niederschrift konzipiert: wie das Gesamtwerk dieses bedeutenden Autors. Unverhüllter aber als in den späteren Arbeiten wird hier die schwere Kindheit und Jugend beschrieben, der Konflikt zwischen Vater Friedrich Otto und Sohn Arno Otto Schmidt. Zwischen dem hamburgischen Polizeiwachtmeister und dem künftigen Schriftsteller und Aufklärer, dem Manne also, den man später vors deutsche Gericht zu ziehen suchte unter der Anklage der Gotteslästerung und der Pornographie.

Auch in den Verfremdungen der ersten und der dritten Geschichte des Buches »Leviathan«, in der Niederschrift also des Griechen unter den Puniern und jenes anderen Griechen, der erst auf der letzten Seite der Erzählung, in der kurzen dokumentarischen Nachschrift des Eratosthenes von Kyrene, bei seinem Namen genannt wird: Philostratos, häufen sich für den heutigen Leser, der vom Leben und Denken des Schriftstellers Arno Schmidt einige Kenntnis erlangt hat, die unmittelbaren autobiographischen Bezüge und Reflexionen Arno Schmidts über sein eigenes Treiben. Es ist bare Ironie, wenn Arno Schmidt den Eratosthenes über den Textverfasser Philostratos so urteilen läßt: ».. . daß er bei unleugbar großem Scharfsinn und sehr vielseitiger Begabung dennoch phantastisch und schwärmerisch blieb, wie man es zuweilen bei seltenen Jünglingen findet.«

Worauf mit wissenschaftlicher Unerbittlichkeit hinzugesetzt wird: »Den besten Beweis hierfür gibt die Aufzählung seiner Lieblingsbücher.« Der Lieblingsbücher des Philostratos, eines Griechen im römischen Weltreich, der die Römer haßt und zum Mörder wird an seinem römischen Aufpasser innerhalb der Expeditionskarawane, die nach Osten zieht? Philostratos hatte einmal den Satz aufgezeichnet: »Denn es gibt keine Seligkeit ohne Bücher!« Das war und blieb ein Credo dieser Kunstfigur wie ihres Verfassers. Dann aber nennt Philostratos in durchaus antikisch verschnörkelter Verzerrung diese seine Lieblingsbücher. O Wunder, doch eigentlich kein Wunder: es sind die seither wohlbekannten Lieblingsbücher von Arno Schmidt. Die Logarithmentafel; der Don Quijote; die unterirdische Reise des Jules Verne; Johann Gottfried Schnabels »Insel Felsenburg« und dann der Auswahlband mit »dem Wassergeist, der Vogelscheuche, der goldenen Amphora, dem Agathodämon und der vierfachen Mandragora«. Vermutlich zu lesen als »Undine« von Fouqué (damals arbeitete Arno Schmidt bereits an seinem großen Buch über den deutschen Romantiker), Ludwig Tieck, E.T.A. Hoffmann, was ist gemeint mit dem »Agathodämon«? Und die »vierfache Mandragora« wäre denkbar als Anspielung auf Schopenhauer und seine Abhandlung über die vierfache Wurzel des Satzes vom zureichenden Grunde.

In allen drei Erzählungen des Buches »Leviathan« befindet man sich bereits im spezifischen Kosmos des Erzählers Arno Schmidt. Wie in dem »Tagebuch 1946–1949« von *Max Frisch*, das zur selben Zeit entstand und publiziert wurde wie der »Leviathan« (eine Vergleichung, die Arno Schmidt abgelehnt hätte), sind nahezu alle Themen und Motive des späteren Oeuvres benannt und gedanklich eingeordnet. Die wichtigste, in der Mitte plazierte Erzählung aber, die Titelerzählung »Leviathan«, ist nicht in einer ebenso genau wie anachronistisch evozierten Vergangenheit situiert worden. Übrigens hat der spätere Arno Schmidt einzelne Texte in einer *zukünftigen Zeitdimension* untergebracht. Seine Novellen-Komödie »Die Schule der Atheisten« vom Jahre 1972 verlegt die Zeit der Rahmenhandlung auf den »Oktober 2014«. Ort der Handlung: Tellingstedt (Dithm.). Der fünfte Akt von den sechs Aufzügen spielt hingegen in »Sönderho auf Fanö«.

Die Erzählung »Leviathan oder Die beste aller Welten«, womit im Nebentitel die berühmt-berüchtigte Leibniz-Formel erinnert werden soll, beginnt mit zwei englisch geschriebenen Briefen eines Jonny an seine geliebte Betty in den USA. »Berlin, 20th May 1945«. Er hat Beute gemacht, dieser amerikanische GI namens Jonny. Armbanduhren und Armbänder vor allem, aber auch Nazi-Abzeichen, und ein Manuskript, das ihm offenbar ein russischer Oberleutnant als unverständliches Beutestück überließ. Es handelt sich um die Notizen eines deutschen Soldaten, der umkam im letzten Kampf um die Reichshauptstadt Berlin. Der Berichterstatter, der nicht an Gott glaubt, doch an den Dämon Leviathan, weiß im voraus, was sich für ihn und seine Gefährten beim Ende ereignen wird. »Wir werden in die grobrote bereifte Tür treten. Goldig geschleiert wird die Teufels-Winter-Sonne lauern, weißrosa und ballkalt.«

Alle Erzählungen sind, in gut klassischer Tradition, durch einen Herausgeber ediert, der selbst nichts mit dem eigentlichen Tagebuchschreiber zu tun hat. Die Suffeten von Karthago erhielten das hinterlassene Manuskript des uralt und elendiglich verstorbenen Tagebuchschreibers und ließen es »publizieren«. In der dritten Erzählung, deren Titel »Enthymesis« man wohl auch als Beherzigung oder Erwägung verstehen muß, fungiert Eratosthenes aus Kyrene als Leser und Interpret eines Manuskripts seines einstigen Schülers Philostratos. Der Leviathan-Text ist Beute gewesen: zunächst eines Russen, dann eines amerikanischen Soldaten. Wer hat den Text, um Arno Schmidts Fiktion zu folgen, dann schließlich ediert? Doch das ist eine unnötige und absurde Frage.

Übrigens: bei Arno Schmidt gibt es keine Zufälle der Wortwahl, also auch nicht bei der Namengebung von Kunstfiguren. Daß der Grieche *Philostratos* erst auf der letzten Seite des Buches »Leviathan« als Berichterstatter benannt wird, gehört zur bewußten Komposition der Erzählung. Dies ist nicht irgendein griechischer Name, sondern abermals, wie man bei Arno Schmidt erwarten durfte, *ein geheimes Zitat*. Im »Sommernachtstraum« von Shakespeare hat der Zeremonienmeister am Hofe des Theseus, der gleichzeitig wohl ein geheimer Spielmacher ist und in den meisten Aufführungen der bösen Komödie mit Oberon gleichgesetzt und vom selben Schauspieler verkörpert wird, den Namen des Philostratos. »Philostrate, Master of the Revels to Theseus«. In romantischer deutscher Übersetzung: »Philostrat, Aufseher der Lustbarkeiten am Hofe des Theseus«. Auch das umfangreichste spätere Hauptwerk des Erzählers Arno Schmidt bekennt sich schon im Titel zur Welt des Johannisnachttraums von Shakespeare. »Zettels Traum« ist ein Zitat vom sonderbaren Traum des Webers Zettel, den dieser, ganz verstört vom Erleben jener Zaubernacht, irgendwann einmal aufschreiben möchte. Arno Schmidt ist ihm dann, Jahrhunderte nach Shakespeare, behilflich gewesen, doch hat der hamburgische Schriftsteller vom Jahrgang 1914 unendlich viel mehr aus diesem Anlaß mit- und eingebracht, als Bottom-Zettel ahnen konnte. Allein das Grundprinzip aller späteren Werke von Arno Schmidt ist beibehalten worden auf dem Wege vom »Leviathan« zu »Zettels Traum« und zum »Abend mit Goldrand«. Immer wieder die Verwebung der *drei Erzählkomponenten: Selbsterleben; Zeiterleben; Bücherwelt.*

Die mittlere und wichtigste Erzählung handelt ausdrücklich und ebenso scharf formuliert wie dezidiert vom *Religionsgespräch eines Aufklärers.* Arno Schmidt stellt sich hier bereits in die große Tradition derer, die Gott anklagen wegen seines mißlungenen Schöpfungsversuchs. Besonders in den anti-romantischen Texten des deutschen Vormärz im 19. Jahrhundert, geschrieben unter der feudalen und klerikalen Restauration des Fürsten Metternich und in Erwartung der deutschen Märzrevolution von 1848, wurden Gedankengänge formuliert, die sich heute wie Vorwegnahmen eines Arno Schmidt oder Elias Canetti ausnehmen. In Grabbes Lustspiel »Scherz, Satire, Ironie und tiefere Bedeutung« tritt der Teufel höchstselbst auf und erläutert dem unbegabten Dichter Rattengift, die irdische Welt sei Lehrlingsarbeit. Bei Georg Büchner in »Dantons Tod« demonstriert der amerikanische Philosoph Thomas Paine seinen Gefängnisfreunden, in Erwartung der Hinrichtung, aller irdische Schmerz der Kreaturen zeuge gegen einen allmächtigen und allgütigen Weltenschöpfer. Irdisches Leid bedeute den »Fels des Atheismus«.

In der Erzählung vom Grauen der letzten Kriegstage des Jahres 1945 erlebt der Erzähler das Sterben eines Kindes: »Und eins der Kinder war fast völlig zerrissen von zwei Riesensplittern, Hals und Schultern, alles.« Dann notiert der Erzähler: »Der Pfarrer tröstete die weinende Frau; er meinte: ›Der Herr hat's gegeben; der Herr hat's genommen –‹ und, hol's der Teufel, der Feigling und Byzantiner setzte hinzu: ›Der Name des Herrn sei gelobt!‹ (Und sah dabei stolz auf uns arme verlorene Heiden, die schamlose Lakaienseele! – Das schuldlose Kind – Seine 2000 Jahre alten Kalauer von der Erbsünde kann er doch nur einem erzählen, der keine Krempe mehr am Hut hat: Haben diese Leute denn nie daran gedacht, daß Gott der Schuldige sein könnte? Haben sie denn nie von Kant und Schopenhauer gehört, und Gauß und Riemann, Darwin, Goethe, Wieland? Oder fassen sie's einfach nicht und mampfen kuhselig ihren Kohl weiter durch die Jahrhunderte? Das ist der Geist, der Flußregulierungen als Mißtrauensvota gegen Gott und Eingriffe in SEINE Schöpfung ablehnt ...«

Daran knüpfen sich, in diesen »Flüchtlingsgesprächen«, die zugleich Sterbegespräche sind, Reflexionen über den Gegendämon, der real sei: im Gegensatz zu allem Gerede von einem guten Weltengeist. Der Gegendämon erhält den Namen des Leviathan: »Um das Wesen des besagten Dämons zu beurteilen, müssen wir uns außer uns und in uns umsehen. Wir selbst sind ja ein Teil von ihm: was muß also ER erst für ein Satan sein?!« Seine Macht sei übrigens zwar riesig, doch gleichzeitig begrenzt. »Daher auch seine Lebensdauer.«

Gegen den Schluß hin der Erzählung sind die drei Elemente eng miteinander verknüpft: das Erleben menschlicher Untaten und Leiden; die philosophische Reflexion seit den Gnostikern der Spätantike; die historisch-konkrete Situierung des jeweiligen Leviathan: »Ich habe diesen Monat in Pirna ein KZ auf dem Marsch gesehen: Judenfrauen und ihre Kinder, alle fürchterlich abgezehrt, mit unirdisch großen dunklen Augen, daneben fluchende rotbackige berittene SS-Henker in schweren graugrünen Mänteln, wehe! – Der Alte warf sich vor; er fragte schrill: ›Wie? Auch der Leviathan stirbt?! –‹ Ich hörte aber nichts mehr. Ich erstarrte in Kälte und Schlaf.«

Fast vierzig Jahre nach ihrer Niederschrift nehmen sich diese Erzählungen Arno Schmidts immer wieder als Vorwegnahme aus. Noch ist in ihnen die Erfahrung von Krieg, Brand und Mord allenthalben präsent. *Zugleich aber melden sie, frühzeitig schon, den Protest und die Gegnerschaft an zur fröhlichen Restauration der Fünfziger Jahre.* Ganz wie Karl Kraus im Prolog zu den »Letzten Tagen der Menschheit« verkündet hatte, über alle Schmach des Krieges hinaus reiche die Erbärmlichkeit von Nachgeborenen, die zwar hingenommen hatten, daß Krieg »war«, jedoch alle Erwähnung der Tatsache verteufeln, daß Krieg »gewesen war«. Ebenso hält Arno Schmidt fest an dem, was er gesehen, gelebt, damals gedacht hat. So war es unvermeidbar, daß in der Welt der Fünfziger Jahre der Schriftsteller Arno Schmidt zwar vorübergehend mit dem Buch »Leviathan« ein gewisses Aufsehen erregte, im Jahre 1950 sogar, als erster oder letzter von fünf Preisträgern, mit dem Großen Literaturpreis der Mainzer Akademie ausgezeichnet, dann aber von Verlegern, Kritikern und Lesern immer ängstlicher gemieden wurde. Zu schwer, zu gebildet, zu grausam, zu derb. G.B.Shaw gab einigen seiner bösen Komödien die Überschrift »Unpleasant plays«. Auch Arno Schmidt war in der Tat unerquicklich in der fröhlichen Welt und Bücherwelt der Fünfziger Jahre. Er sollte sie überdauern.

Anmerkungen zu »Stiller« von Max Frisch

Durchaus möglich, daß viele Leser, die mithalfen, den Roman »Stiller« zum Welterfolg zu machen, der Meinung waren, dies sei ein Eheroman. Die Ehe bleibt nach wie vor ein Problem für Eheleute. Immer waren Eheromane eines gewissen Erfolges sicher. Unter der Weimarer Republik gründete sich der längst verblichene Ruhm des Romanciers Jakob Wassermann vornehmlich auf die ausgiebig psychologisierende Darstellung solcher Probleme. Daß der Ruhm des Erzählers Heinrich Böll mit Erscheinen des Romans »Und sagte kein einziges Wort« begann, auch einer Ehegeschichte in gewissem Sinne, gibt gleichfalls zu denken. Wäre Max Frisch mithin so etwas wie ein Fortsetzer dieser bürgerlich-epischen Tradition?

Obenhin betrachtet ganz gewiß. Der romaneske Aufbau ist wesentlich bestimmt durch drei Versuche eines Mannes und einer Frau, Bindungen einzugehen, die standhalten könnten. Zunächst die Ehe Stiller und Julika. Von zwei Ehen sogar wäre zu sprechen: dem Entschluß des ursprünglichen und dann des erneuerten Stiller, mit Julika zu leben. Die Ehe des Staatsanwalts Rolf und der Frau Sibylle. Schließlich der Versuch Stillers (und der Frau Sibylle), die Lust zur Ewigkeit zu machen, zu einer kleinen Ewigkeit wenigstens. Drei (eigentlich vier) Ehen im Grunde, von denen berichtet wird. Alle erweisen sich als Mißerfolge. Da es der Erzähler darauf anzulegen sucht, die Vielzahl der Perspektiven zu zeigen, die verschiedenen Aspekte einer jeden Ehe je nach Erleben und Meinen der Partner darzustellen, scheint sogar die formale Struktur seines Buches, die weitgehend mit dem Perspektivenwechsel zusammenhängt, durch Gattungsvoraussetzungen eines traditionellen, hier bloß perspektivisch erweiterten Eheromans bestimmt zu sein.

Freilich sollte man mit der Ironie des Verfassers rechnen. »Die erste Station für Büchner war Straßburg; unsere erste Station ist die Ironie«, erklärte *Max Frisch* bei Entgegennahme des Georg-Büchner-Preises 1958. Spricht man von Überlieferungen des Eheromans, so meint man nicht gerade Jakob Wassermann. Da sind vielmehr Anna Karenina und Wronski, Effi Briest und der Landrat von Innstetten, Emma und Charles Bovary. Eine bedrohliche Tradition. Max Frisch ist weit davon entfernt, sie verlegen wegzaubern zu wollen. Im Gegenteil beschwört er sie ausdrücklich herauf. Der vermeintliche Stiller notiert in seiner Züricher Gefängniszelle: »Mein Freund und Staatsanwalt fragt, ob ich Anna Karenina kenne. Dann: ob ich Effi Briest kenne. Endlich: ob ich mir nicht ein anderes Verhalten, als es in diesen Meisterwerken geschildert wird, seitens des verlassenen Ehemannes vorstellen könnte. Ein großzügigeres, meint er – und kommt ins Erzählen.«

Das ist ein Kunstgriff des nachgeborenen Erzählers. Er verwandelt einen Teil des Romangeschehens ins literarische Klischee, in einen Topos. Plötzlich hat die Ehe des Staatsanwalts Rolf und seiner Sibylle nicht bloß mit realen Konflikten zu tun, sondern auch mit romangemäßem Verhalten. Rolf überlegte sich, als ein gebildeter schweizerischer Intellektueller aus der Mitte des 20. Jahrhunderts, ob man nicht anders reagieren könne als der zaristische Beamte und Ehemann Alexej Alexandrowitsch Karenin. Die Rolle des Charles Bovary, des verkrachten Provinzmediziners, scheint er von vornherein aus Gründen gesellschaftlicher Selbstachtung auszuschalten.

Die scheinbar nebensächliche Bemerkung des Staatsanwalts Rolf bedeutet mehr als eine Geste romantisch-ironischer Illusionszerstörung oder als eine maliziöse Arabeske des Erzählers. Das *Thema des Lebensklischees* wurde dadurch intoniert. Die Ehekrise zwischen Rolf und Sibylle bietet sich, wie Rolf erkennt, als Repetition berühmter und gekannter Romanliteratur an. Das

Leben scheint die Literatur imitieren zu wollen. Es handelt sich um das Phänomen der Wiederholung. Bereits im ersten Heft von Stillers Aufzeichnungen findet sich, zunächst aphoristisch hingestellt mit bewußt zweideutiger Zeichensetzung, die Interjektion: »Meine Angst: die Wiederholung -!« Kurz darauf ergänzt Stiller, indem er etwas ausführlicher wird: »Wiederholung! Dabei weiß ich: alles hängt davon ab, ob es gelingt, sein Leben nicht außerhalb der Wiederholung zu erwarten, sondern die Wiederholung, die ausweglose, aus freiem Willen (trotz Zwang) zu seinem Leben zu machen, indem man anerkennt: Das bin ich! ... Doch immer wieder (auch darin die Wiederholung) genügt ein Wort, eine Miene, die mich erschreckt, eine Landschaft, die mich erinnert, und alles in mir ist Flucht, Flucht ohne Hoffnung, irgendwohin zu kommen, lediglich aus Angst vor Wiederholung -.« Abermals endet die Eintragung mit einem Gedankenstrich.

Kurz darauf erzählt der vermeintliche Stiller seinem gutschweizerisch-großbürgerlichen Verteidiger (»mein Verteidiger war auch einmal bei einer Partei, die dann einging, Schwamm darüber«: man kann leicht erraten, was für eine Partei das ums Jahr 1934 gewesen sein mag) das Märchen vom Rip van Winkle, in dem man, wie Frisch später mitteilte, eine der Keimzellen des Stiller-Romans erblicken darf. Leben als Wiederholung, folglich als Einordnung ins Klischee. Leben wohl auch als Wiederholung vorgeprägter Literatur. In Wolfgang Koeppens Reisebuch »Amerikafahrt« beschreibt, es wurde schon erwähnt, der Verfasser dieser empfindsamen Reise, wie er von Paris nach Le Havre fährt, um sich dort einzuschiffen. »Am Fenster des Zugs glitt die Landschaft der Impressionisten vorüber, Maupassants Ruderboote schaukelten immer noch auf der Seine.« Mit solchen Sätzen triumphiert Karl Kraus noch nachträglich, denn er war von jeher der Meinung, das Leben liefere bloß literarisches Plagiat: indem es Ereignisse produziere, die der Kulturkritiker Kraus in der Phantasie und dann in sprachlicher Gestaltung seit langem vorweggenommen habe.

So gesehen scheint die Existenz eines heutigen Menschen, heiße er nun Stiller oder Staatsanwalt Rolf, alle schöpferische Eigenart verlieren zu wollen. Die Konflikte, mit denen sie sich herumschlagen, wurden bereits literarisch gestaltet. Man lebt in der Wiederholung, und zwar nicht bloß in Form einer Repetition früheren, historisch gewordenen Lebens, *sondern als Imitation von Literatur.* Man sieht nicht mehr Landschaften vom Fenster aus, sondern Renoirs und Monets, erlebt nicht mehr eine Ehekrise, sondern spielt, mit leichten Abwandlungen, die Rolle des Karenin oder Wronski oder einer Emma Bovary.

Das philosophische Problem der Wiederholung bedeutet ein Zentralthema *Sören Kierkegaards.* Das Motto des Romans wurde dem Buch »Entweder – Oder« entnommen. Abermals eine ironische Distanzierung Frischs vom Grundproblem seiner Romanfiguren: der Freund und Staatsanwalt schickt dem inzwischen aus der Haft entlassenen Stiller einen Band Kierkegaard ins Waadtland nach. Stiller kommt immer wieder in der letzten, letalen Krise vor Julikas Tod auf Kierkegaard zu sprechen, der ihn sehr zu beschäftigen scheint. Allein der Staatsanwalt notiert gleichzeitig: »Vor allem hat er in Kierkegaard offenkundig noch kaum gelesen, und also mußte es ihm um anderes gehen.« Es ging um anderes. Auch dem Romanautor Max Frisch geht es um anderes. Das Motto nämlich des Romans gibt keineswegs den Schlüssel für das Romangeschehen und sollte durchaus nicht als Kommentar des Autors zu seinem Buch betrachtet werden. Eher wäre von einem ironischen Spannungsverhältnis zwischen Kierkegaard-Motto und Romanverlauf zu sprechen.

Auch für Frisch und das Problem der Wiederholung in diesem Roman gilt die Formel: »und also mußte es ihm um anderes gehen.« Ehekrisen als nachgelebte Literatur. Der Wiederholungszwang als Stillers große Angst. Stillers Entscheidung schließlich – scheinbar – als Akzeptierung einer Lebenswiederholung und damit der Einordnung in das gesellschaftlich vorgeschriebene Daseinsklischee. Der Staatsanwalt notiert: »Er nahm es an, Schweizer zu sein.« *Wiederholung und Individualität als Gegensätze.* Philosophisch als Kierkegaard-Thema verstanden, das untersucht, wie man aus der Krise herauskommen könne, die überall unvermeidlich einsetzte, wo man Leben als bloß ästhetische Existenz auffaßte. Auch hier deutet Rolf die Melancholie Stillers als Nachvollziehung einer Kierkegaard-Analyse, wonach »Schwermut als Symptom der ästhetischen Haltung gegenüber dem Leben« zu betrachten sei.

Ein Eheroman im herkömmlichen Sinne ist »Stiller« also durchaus nicht. Auch kein psychologischer Roman. Übrigens ebensowenig eine philosophische Erzählung, die bemüht wäre, existentialistisches Philosophieren des Dänen Sören Kierkegaard in epischer Gestalt zu präsentieren. Dagegen spricht schon das graziöse Spiel mit Kierkegaard, der hier durch den auch philosophisch beschlagenen Staatsanwalt ebenso unter Wiederholungszwang gestellt wird wie die Romankunst von Flaubert, Tolstoi oder Theodor Fontane. Nicht das philosophische Problem der Lebenswiederholung in Kierkegaards Sinne ist gemeint. Es kann auch nicht gemeint sein, denn Max Frisch verfehlte nicht, diese philosophische Fragestellung nach der Wiederholung selbst unter den Wiederholungszwang zu stellen.

Die Wiederholung, die Frisch meint, transzendiert den Bereich der Psychologie wie der existentialistischen Philosophie. Beide werden bloß als Symptome behandelt. Sie gehören zum eigentlichen Phänomen das hier gestaltet werden soll, sind aber noch nicht dies Phänomen. Es geht um gesellschaftliche Erscheinungsformen, die allerdings mit dem Thema der Wiederholung zu tun haben, für die Frisch jedoch nicht diesen Kierkegaard-Ausdruck verwendet, sondern einen viel moderneren, übrigens auch ökonomischer klingenden Terminus: er spricht von *Reproduktion.* Was gemeint ist, wird spürbar, wenn man ein unscheinbares, doch wichtiges Leitmotiv des Buches betrachtet, das nie beherrschend hervortritt, aber im Verlauf der Erzählung niemals verlorengeht: *das Motiv der illustrierten Zeitschriften.* Julika betrachtet sich als Titelbild einer Illustrierten und vergleicht die Kunstpose jenes damals photogaphierten Augenblicks mit ihrem wirklichen Dasein. Lebensbild, Lebensauffassung und Emotionen des Gefängniswärters Knobel sind von Grund auf durch die Illustrierten bestimmt. Wenn Stiller seinem Freund Knobel erfundene Geschichten als erlebte darbietet, so nimmt Knobel sie willig auf, denn es geht darin genauso zu wie in den anderen Geschichten, die man in schweizerischen (und nicht bloß schweizerischen) Illustrierten zu lesen pflegt. Wilfried Stiller, der Bruder und Landwirt, orientiert sich über kalifornische Landwirtschaft aus der Illustrierten und kennt daher die Dinge viel besser als Stiller selbst, der bloß in Kalifornien war. Die Illustrierte vermag alles zu liefern, aber nichts stimmt ganz und gar. Wilfried Stiller berichtet dem Bruder von einer Reportage über Schädlingsbekämpfung in derselben Illustrierten, die Julika als Titelmädchen präsentiert hatte. Stiller notiert: »Nicht einmal in dieser Sache stimmt es, was die Illustrierte verkündet. Das amüsiert mich.« Aber die Illustrierten vermögen den Lebensstil von Menschen, die hier beschrieben werden, nachhaltig zu beeinflußen: weil die Menschen bereits von sich aus so leben, wie es im Klischee der Illustrierten gezeigt wird.

Man täte Frisch unrecht, sähe man in solchen Erwägungen, die dem Roman »Stiller« seine Struktur gaben, irgendeine existentialistische Philosophie des Autors, wonach alles Leben auf willkürlicher Entscheidung eines einzelnen über seine Daseinsrichtung beruht. Das existentialistische Philosophieren, etwa bei Sartre, möchte deshalb das Erfinden solcher Lebensentwürfe als Bestätigung menschlicher Freiheit angesehen wissen. Bei Frisch findet sich die durchaus entgegengesetzte Auffassung. Er zeigt – nicht bloß in diesem Roman, sondern auch in seinen Dramen, besonders in der Komödie vom unwilligen Verführer Don Juan, der nicht Don Juan sein möchte, aber sein muß, oder vom andorranischen Juden Andri, der gar keiner ist, aber als solcher zu gelten hat –, daß die Auswahl unserer Lebensgeschichten entscheidend begrenzt ist durch unsere gesellschaftlichen Möglichkeiten. Da hat eine herrschende Gesellschaftsordnung sogenannte Leitbilder aufgerichtet, nach denen sich der einzelne richten soll und meistens auch richtet. So kommt es zum Vorgang einer Reproduktion, die zeigt, daß unter bestimmten gesellschaftlichen Verhältnissen (jenen beispielsweise der schweizerischen Bürgerwelt nach dem Zweiten Weltkrieg, die sich Frisch zum Modellfall wählte) die originale, unmittelbare Produktion einer eigentümlichen Lebensgeschichte im Zeitalter der Illustrierten und Kulturfilme nicht mehr möglich ist. Angewandt auf die Geschichte des Bildhauers Stiller, wird der Gedanke etwa so modifiziert werden müssen: Jeder Mensch erfindet sich früher oder später eine Geschichte, die er für sein Leben hält. Er hat aber unter bestimmten realen Lebensbedingungen nur die Auswahl unter einigen vorhandenen Fertigmodellen. Welches er auch immer erwählt, es wird eine Lebensgeschichte daraus, die ebensogut in einer illustrierten Zeitschrift erzählt werden könnte. Umtausch der

Modelle im Warenhaus für Lebensgeschichten ist nicht gestattet. Was am Fall Stillers zu beweisen war. Das bedeutet eine Gegenthese zu Sartre. Nicht Freiheit, sondern extremer gesellschaflicher Automatismus.

Enthält der Roman »Stiller« eine formale Parodie früherer Ehe- und Künstlerromane, so muß er gleichzeitig als Abwandlung früherer deutscher *Erziehungsromane* betrachtet werden, die erschrecken macht. Man war versucht gewesen, im »Doktor Faustus« oder im »Glasperlenspiel« die eigentlichen Abschlußschöpfungen und Zurücknahmen eines Romantyps zu erblicken, worin ein junger Mensch durch Irrungen und Wirrnisse des Lebens und der eigenen Individualität zur »Reife« gelangt, nämlich zur Konformität von Persönlichkeitsentwicklung und gesellschaftlicher Norm. Bei Gottfried Keller und seinem Heinrich Lee war es im 19. Jahrhundert noch einmal möglich geworden; daß man es aber im geschichtlichen Sinne bloß mit einem Nu zu tun hatte, das rasch verging, konnte bereits aufmerksamen Lesern von Kellers Altersromans »Martin Salander« nicht entgehen.

Dann kamen die vielen Camenzinds, die sich aus der modernen Großstadt oder dem, was sie dafür hielten, aufs Land oder auf irgendeine andere Art des »einfachen Lebens« zurückzogen. Der Erziehungsroman hatte den Weg nach Innen zu weisen. Individualität schien bloß noch möglich zu sein, wenn man sie am Rande des allgemeinen Gesellschaftslebens kultivierte. Daß auch auf diese Weise, wenngleich mit weit größeren Schwierigkeiten als zur Goethezeit, eine Ausbildung des klassischen Ideals harmonischer Persönlichkeiten erreicht werden konnte, war nicht zweifelhaft. Der Weg nach Innen führte zur Individualität. Der Steppenwolf Harry Haller gelangte zur Befreiung unter wirksamer Assistenz von Goethe und Mozart.

Mit alledem ist es für Stiller vorbei. Nichts mehr von Ausbildung der Persönlichkeit durchs einfache Leben. Der Meierhof im Waadtland mit der etwas komischen Töpferei ist bloß eine neue Form der Misere. Empfindsame Leser hätten es vermutlich begrüßt, wenn Julika und Stiller, in endlicher Übereinstimmung des Empfindens, durch Morgenglanz über den Bergen und nützliches Tun in der Swiss pottery, zur seelischen Reinigung gelangt wären. Allein der schäbige Krankenhaustod nach der Lungenresektion steht am Ende, und der Romanschluß hat nichts zu tun mit Heinrich Lee oder Martin Salander, sondern scheint bereits den künftigen Georg-Büchner-Preisträger anzukündigen, der bei seinem Romanschluß an Büchners Erzählung »Lenz« denkt und ihr fragmentarisches Abbrechen bei den Worten: »So lebte er hin ...«

Ungefähr so schließt auch Max Frisch: »Stiller blieb in Glion und lebte allein.« Kein Weg nach Innen, keine Befreiung durch einfaches Leben, keine Katharsis durch Kunst. Alles bleibt offen, ungelöst, unbewältigt. In der Welt des Anatol Ludwig Stiller sind erfolgreiche Erziehungsromane nicht mehr möglich.

Daß man bei solcher Betrachtungsweise nichts in das merkwürdige Buch hineininterpretiert, was dort nicht in aller Bewußtheit gestaltet wurde, zeigt Max Frischs späterer, vier Jahre nach »Stiller« veröffentlichter Romanbericht »Homo Faber« (1958). Es sind Komplementärromane. Das gleiche zivilisatorische Thema dergestalt behandelt, daß jeder dieser beiden Romane als Gegenstück, Ergänzung, vor allem auch als geheime Widerlegung des anderen betrachtet werden kann. Der Bildhauer *Stiller* ist ein Künstler, der sich in der Untersuchungshaft zum objektiven Protokollieren zwingt und sorgfältig bemüht ist, Reflexionen und intellektuelle Kommentare zum Geschehen beizusteuern, von dem er berichtet, ohne dabei jedoch eigene Gefühle zu investieren. Dies um so weniger, als es sich bei den Vorgängen um einen Menschen namens Stiller handelt, mit dem der Protokollführer nichts zu tun haben will.

Faber ist ein Mann der Technik und Wissenschaft, der rationalen Lebensplanung. Er scheint keine Furcht zu haben vor dem eigenen Sein, weshalb er seine Geschichte in der Ich-Form erzählt. Der Erzähler überläßt ihm das Wort. Als Erzähler gibt er sich bloß an einer einzigen Stelle zu erkennen: durch die Wahl des Titels »Homo Faber«, die einen Kommentar bedeutet, und durch die Gattungsbestimmung »Ein Bericht«. Dadurch bekommt Fabers Lebensbericht eine neue Dimension; gleichzeitig wird er zu Stillers Künstlerschicksal in Beziehung gesetzt.

In beiden Romanen wird versucht, die Krise durch *Flucht in den Raum* zu lösen. Stiller flieht nach Amerika, bevor er versucht, ins Dasein des Mr. White zu entkommen. Faber flieht von Amerika nach Europa. Es ist Flucht in die Kindheit einer Zivilisation, die er auf dem amerikanischen Kontinent mit all ihren Schrecknissen erlebte. Rückkehr nach Europa, Griechenland, ins Archaische. Aber auch im heutigen Athen gibt es, wie in New York, moderne Krankenhäuser, in denen Krebsoperationen vorgenommen werden. Die Flucht ins Archaische ist ebensowenig möglich wie jene in den noch nicht kapitalistischen Raum. Vor den Krisen einer Zivilisation, die unzählige Menschen vom Typ des Homo Faber schuf, gibt es weder einen Ausweg in den Dschungel noch in die Archaik. Es gibt die Tragödie, wie Faber erkennen muß, aber es ist eine zeitgenössische Tragödie. Für einen Homo ludens wie Stiller wird die Kunst zu schwer. Soll man daraus folgern, er habe es, weil die Begabung wohl nicht ausreichte, verabsäumt, mit Hilfe teuflischer Illuminierung, gleich dem Musiker Adrian Leverkühn bei Thomas Mann, trotzdem noch zur Kunstproduktion zu gelangen?

Stiller scheitert natürlich auch an der Schweiz. Die Schweiz aber ist bei Frisch ein Modell. Sie hieß einmal Seldwyla, heißt jetzt bereits Güllen (in Dürrenmatts »Besuch der alten Dame«) oder Andorra, wie in dem Theaterstück, das Frisch sieben Jahre nach dem Stiller-Roman abschloß. In der modellhaften Schweizerwelt kann für Stiller, den Künstler, weder eine Tragödie noch eine Katharsis erfolgen. Die tragischen Helden werden ersetzt durch Typen einer Kriminalgeschichte. Den abgewandelten Strukturen des Ehe-, Künstler- und Bildungsromans gesellen sich in Stillers Geschichte außerdem noch die Konstruktionsprinzipien eines Kriminalromans. Das hängt aufs engste mit dem Grundthema des Buches, der Kierkegaard-Widerlegung, zusammen. Ein Fachmann der Kriminalliteratur, *Friedrich Dürrenmatt*, entdeckte es sogleich. In einer unveröffentlichten Analyse des Romans »Stiller« notiert Dürrenmatt: »Das Ich wird eine Behauptung der Welt, der man eine Gegenbehauptung, ein Nicht-Ich entgegenstellt. Anders gesagt: an Stelle des Ichs tritt ein fingiertes Ich, und das Ich wird ein Objekt. Romantechnisch gesehen: das Ich wird ein Kriminalfall.«

Hier schlägt der Roman, der wahrhaftig zu sein strebt und alle falschen Tröstungen verwirft, aus äußerster Verdinglichung in einen merkwürdigen philosophischen Idealismus um. Die Wirklichkeit wird bloß noch als Fiktion empfunden. Daß Stiller sie so empfindet, ist durchaus in Ordnung. Aber Max Frisch? Sein Bildhauer ist der gescheiterte Homo ludens, der daran scheitert, daß er nichts anderes zu sein vermag. Faber ist der gescheiterte Homo faber, den die Tragödie ereilt, weil er nichts als Homo faber sein möchte. Bleibt die Verantwortung vor den Grundfragen aller gesellschaftlichen Sittlichkeit. Stiller versagte als Teilnehmer am Spanischen Bürgerkrieg. Faber versagte, als es galt, jüdische Flüchtlinge zu schützen. Der Lehrer in Frischs Schauspiel »Andorra« - auch ein Stiller - versagt vor dem Schicksal des Knaben Andri. Es gibt die verdinglichte Welt, aber es gibt auch die Pflicht zur Humanität in einer Welt, die den Menschen sich selbst entfremdet hat. Stiller und Faber scheitern schließlich daran, daß sie nirgendwo zu genügen vermögen: nicht in der Kunst, nicht in der Rationalisierung, nicht in der Verantwortung vor der Not von Mitmenschen.

Auch hier behält Kierkegaard unrecht, denn die von ihm gepriesene Seligkeit des einzelnen, die in der bloßen, wenn auch schonungslosen Selbstannahme liegen soll, erwies sich als monströse Selbstsucht. Es ist Philosophie liberaler Kaufleute aus dem 19. Jahrhundert. Hundert Jahre später, in der Welt Fabers, gesellt sich zur Selbstsucht die Unmenschlichkeit. Stiller und Faber handeln immer wieder unmenschlich.

Was daraus folgt? Frisch sagt es nicht. Das Schicksal Stillers und Fabers beruhte auf der Verantwortungslosigkeit ihres Handelns. Am 1. August 1957, dem Nationalfeiertag der Schweiz, hielt Max Frisch in Zürich eine Ansprache an seine Landsleute: er sprach im Züricher »Industriequartier«, einem Arbeiterviertel. Seine Rede schloß mit dem Hinweis auf die Notwendigkeit der eigenen, persönlichen Verantwortung. »Und das ist der Punkt, der für die Freiheit sehr viel zu bedeuten hat; die eigene persönliche Verantwortung, das Risiko. Es gibt keine Freiheit ohne Risiko.« Verantwortung, Risiko, Freiheit. Das gilt auch für die Kunst, die Wissenschaft und die Technik. Für Stiller wie für Faber. Frisch übernahm die Verantwortung für die wahrhaftige Darstellung von Zuständen der Entmenschlichung. Als er im November 1958 mit dem Georg-Büchner-Preis ausgezeichnet wurde, berief er sich auf den Dichter des »Lenz« und des »Woyzeck«. Was er sagte, war auch ein Kommentar zur Geschichte des Anatol Ludwig Stiller: »Die Wahrhaftigkeit der Darstellung, und wäre es auch nur eine übliche oder ausgefallene Ehe, was da zur Darstellung gelangt, oder die ungeheuerliche Deformation des Menschen, der von Staats wegen hat töten müssen, ... sie wird uns immer einsam machen, aber sie ist das einzige, was wir entgegenstellen können.«

Gruppe 47: Aufblick

Wer möchte leben ohne den Trost der Bäume!

Wie gut, daß sie am Sterben teilhaben!
Die Pfirsiche sind geerntet, die Pflaumen färben sich,
während unter den Brückenbogen die Zeit rauscht.

Dem Vogelzug vertraue ich meine Verzweiflung an.
Er mißt seinen Teil von Ewigkeit gelassen ab.
Seine Strecken
werden sichtbar im Blattwerk als dunkler Zwang,
die Bewegung der Flügel färbt die Früchte.

Es heißt Geduld haben.
Bald wird die Vogelschrift entsiegelt,
unter der Zunge ist der Pfennig zu schmecken.

Ein berühmtes Gedicht von *Günter Eich.* Eröffnungstext des Bandes »Botschaften des Regens« (1955). Alles ist längst zu Germanistik geworden und wird im Oberseminar interpretiert.

Ein im Jahre 1983 veröffentlichtes »Lesebuch der Gruppe 47« erinnert jedoch daran, daß diese poetische Reflexion über das »Ende eines Sommers«, die mit einer antiken Totenvision endet, wo dem Toten ein Obolus unter die Zunge gelegt wurde, damit der Pförtner der Unterwelt nicht zornig werde, zu jenen Gedichten von Günter Eich gehörte, die im Jahr 1950 zum ersten Mal mit einem »Preis der Gruppe 47« ausgezeichnet wurden.

Günter Eich, Jahrgang 1907, war damals dreiundvierzig. Abermals einer der ältlichen Debütanten, ganz wie seine Freunde und Mit-Teilnehmer an jener Tagung zu Inzigkofen, also wie Hans

Werner Richter und Walter Kolbenhoff, Alfred Andersch und Heinz Friedrich: durch das Dritte Reich aus der Bahn geworfen, von aller Beziehung zur lebendigen und redlichen Literatur abgeschnitten. In einer herzlichen Erinnerung an Günter Eich, die Richter für dies Lesebuch seiner Gruppe schrieb, wird der Kontrast zwischen einer völlig mißglückten Tagung der Gruppe im fränkischen Marktbreit, unweit von Würzburg und im Jahre 1949, mit dieser ersten wahrhaft literarischen Tagung der Gruppe ebenso liebevoll wie satirisch dargestellt. In den Anfängen der sogenannten Gruppe, die zu Beginn natürlich nicht wußte, daß sie eine war oder werden sollte, gab es absonderliche, fast anachronistische Paarungen. Im Juli 1947 hatte man sich auf einem Gut der Gräfin Degenfeld irgendwo im Bayerischen getroffen. Da war noch ein Freund der Gastgeberin dabei: *Rudolf Alexander Schröder* aus Bremen. Er hielt ein Referat, wie damals nicht anders zu erwarten war, mit dem Titel »Vom Beruf des Dichters in der Zeit«. Ein Gegenreferat von *Heinz Friedrich*, dem späteren Begründer des Deutschen Taschenbuch Verlags, machte offenbar die Gegensätze evident, die hier, vor allem auch im Ästhetischen und Literarischen, zwischen den Teilnehmern, Arbeitsweisen, Generationen bestanden. Heinz Friedrich hat in einem nüchternen und abgewogenen Bericht über »Das Jahr 47« einleuchtend dargelegt, daß keine Verständigung möglich sein konnte zwischen Rudolf Alexander Schröder, dem Freund Hugo von Hofmannsthals, und diesen endlich heimgekehrten Kriegsgefangenen, die sich um Hans Werner Richter und Alfred Andersch geschart hatten, und um die von diesen herausgegebene, dann von der amerikanischen Militärregierung verbotene Zeitschrift »Der Ruf«. Man war natürlich niedergeschlagen, zweifelte an den Motiven für besagtes Verbot, wollte trotzdem weitermachen.

Nach der freundlichen, doch ergebnislosen theoretischen Diskussion bei der Gräfin Degenfeld kam man rasch zu der Erkenntnis, daß man zunächst unter sich bleiben, Gemeinsamkeiten der literarischen Schreibweise und Substanz klären müsse. So kam es bald darauf zu einer neuen, homogenen Schriftstellertagung, abermals im Bayerischen. Diesmal in der Nähe von Hohenschwangau im Allgäu, bei der Schriftstellerin Ilse Schneider-Lengyel. Das war *die erste Tagung der »Gruppe 47«*. Den Namen erfand

Hans Georg Brenner aus Hamburg. Er ist früh verstorben, war der erste deutsche Übersetzer von Jean-Paul Sartre. Der Name leuchtete ein. Hans Werner Richter, der bereits damals, ohne Wahl und Akklamation, von allen als Chef akzeptiert wurde, hieß die Bezeichnung gut. Die Fremdheit zwischen den älteren und jüngeren Debütanten schwand allmählich. Die ursprünglich so erlesene Höflichkeit nicht minder. Nun wurde nach den Lesungen oft grobschlächtig diskutiert. Begeisterung oder der nach unten gesenkte Todesdaumen: ganz wie im römischen Zirkus beim Anblick der Gladiatoren.

Andererseits hatte die Absage an allen Überhang der literarischen Tradition auch evidente Nachteile. Was in Gesellschaft eines Rudolf Alexander Schröder nicht möglich gewesen wäre, demonstrierte Günter Eich bei einer Tagung im hessischen Ingenheim. Er las einige Gedichte vor, erbat folglich das Urteil der geschätzten Kollegen. Hans Werner Richter erzählt: »Nach einem verblüfften sehr langen Schweigen sagte einer: ›Merkwürdig, mir kommen die Gedichte seltsam verstaubt vor. Oder irre ich mich.‹« In der Tat, man irrte sich nicht. Günter Eich hatte Gedichte der Droste vorgelesen, von Theodor Storm und Emanuel Geibel. Allgemeines Gelächter. Hans Werner Richter aber merkte an: »Mir ist dabei nicht klar geworden, ob Günter Eich sich über die anderen lustig machen oder ob er nur ihre kritischen Fähigkeiten prüfen wollte.«

Dann aber kam es im April 1949 zu einer verhängnisvollen Tagung im Fränkischen. Richter hatte damals bereits das Recht erlangt oder in Anspruch genommen, von sich aus die Einladungsliste zusammenzustellen. Daran hat sich niemals etwas geändert. Auch nach dem Ende der Gruppe 47 waren Zusammenkünfte zu Richters siebzigstem, dann fünfundsiebzigstem Geburtstag, auch zu einer Art Gedenktagung im Jahre 1977, in der wohlbekannten Form vorbereitet worden. Man erhielt einen persönlichen Brief des Chefs, und man fand sich dort ein, wo man hinbefohlen wurde. Im Jahre 1949 also war es Marktbreit. Es wurde eine zänkische Tagung, die keineswegs friedlicher verlief, nachdem der fränkische Bürgermeister den nach wie vor ausgehungerten Autoren ein Faß mit Frankenwein ins »Hochzeitszimmer« des Rathauses gerollt hatte. Hans Werner Richter erinnert sich: »Die Kritik gefiel mir nicht sonderlich. Es schlich sich ein gereizter, leicht hämischer Ton ein, den ich zu unterdrücken versuchte, was mir aber nicht gelang. Der Ton ging von einem Mann aus, den ich leichtsinnigerweise eingeladen hatte, einem protestantischen Pastorensohn, der sich für einen bedeutenden Kritiker hielt. Es gelang mir nicht, ihn zum Schweigen zu bringen.«

Man ging zornig und unversöhnlich auseinander. Günter Eich habe am Schluß geweint, so hat der Chef berichtet, und erklärt: »Das ist das Ende der Gruppe 47.«

Es war im Gegenteil eine notwendige Reinigung. Man hatte sich freimachen müssen sowohl von dem höflichen Poetentum Rudolf Alexander Schröders wie von der Anmaßung jenes Pastorensohnes. Hans Werner Richter aber hat ihn nie wieder eingeladen.

Im Jahre 1950 hatte sich, was die Teilnehmer betraf und auch das Tagungsritual, alles stabilisiert. Man wollte unter sich sein, wünschte sich keine amtlichen Subventionen und keine kommunalen Gastgeschenke. Auch der *»Preis der Gruppe 47«*, den sich Richter inzwischen hatte einfallen lassen, sollte keinem Stiftergremium und keiner öffentlich-rechtlichen Instanz zu verdanken sein. Auch keinem amtlich bestallten Preisgericht. Alle von Richter eingeladenen Teilnehmer der Tagung waren stimmberechtigt. Geheime Abstimmung. Das Geld der Preissumme kam dadurch zustande, daß Schriftsteller eingeladen worden waren, die gleichzeitig auch Verleger waren oder selbst schon ein bißchen Geld besaßen.

Tagungen der Gruppe 47 begannen stets an einem Freitagmorgen. Der Donnerstag war Anreisetag. Abschluß der Tagung am Sonntagmittag. Am Samstagabend jeweils das von Richter so bezeichnete »Fest«: oft war es in der Tat eines, oft auch gab es Streitereien, die ein bißchen zur Literaturgeschichte gehört haben: ausgerechnet etwa zwischen Günter Eich und Peter Huchel oder zwischen Rudolf Augstein und Martin Walser. Da gab es viele Episoden, allein Hans Werner Richter hatte längst gelernt, mit allem fertigzuwerden. Nur: jene Debütanten, die am Sonntagmorgen vorzulesen hatten, konnte man nicht beneiden.

Jeweils bei einem solchen Fest am Samstagabend holte sich der Chef seine finanziell interessanten Gesprächspartner an die Kapitänstafel. Dort wurde die Preissumme ausgehandelt. Voraussetzung war stets für Richter, daß man an den beiden Tagen des Freitag und Samstag bemerkenswerte Texte zu hören bekam. Dadurch wurde eine Wahl möglich. Entweder X oder Y. In vielen Fällen konnte man den Ausgang der Wahl voraussagen. In einigen anderen, in der Erinnerung gebliebenen Abstimmungen hingegen ging es hart und knapp zu. Voraussetzung war übrigens, daß der Preis *nur einem Debütanten* verliehen werden konnte, der noch nicht einer breiteren Öffentlichkeit irgend bekannt geworden war. Daran hat man sich stets gehalten. Auch wenn Peter Weiss später oder Uwe Johnson und Wolfgang Hildesheimer nach ihren Lesungen mit Lob bedacht worden waren. Als Preisträger kamen sie nicht mehr in Frage. Aus demselben Grunde konnte niemand zum zweiten Mal den Preis der Gruppe 47 erhalten. Als Preisträger war er inzwischen bekannt genug.

Das war im Jahre 1950, als die Abstimmung in Inzigkofen für Günter Eich entschied, durchaus nicht der Fall. Auch noch nicht im Jahre 1951, als man *Heinrich Böll* den Preis zuerkannte für seine Erzählung »Die schwarzen Schafe«. Auch Böll war, zu Beginn jener restaurativen Fünfziger Jahre, noch ein wirklicher Debütant. Er hatte ein paar Erzählungen veröffentlicht, in einem wenig bekannten rheinischen Verlag. Keine sonderliche Wirkung. Nach der Preisverleihung brachten die Zeitungen eine kurze Nachricht. Ein Herr Böll aus Köln habe diesmal den Preis erhalten. Allein die Meldung wußte bereits, daß es die Gruppe 47 gab, und mit ihr auch einen Preis der Gruppe.

Nunmehr genügte und genügt es, die weiteren Preisträger der Gruppe 47 zu nennen. Sämtlich Debütanten. Von 1950 bis 1955 wurde jeweils ein Preisträger ermittelt. Dann gab es immer wieder Tagungen ohne Preisverleihung. Keiner der damaligen Debütanten hatte so überzeugend gewirkt, daß Richter an eine Preisabstimmung hätte denken können. Auch nicht im Jahre 1963 im schwäbischen Saulgau, als immerhin Konrad Bayer und Hubert Fichte gelesen und viel Zustimmung gefunden hatten. Auch nicht im Jahre 1964, als man im schwedischen Sigtuna zu Gast war und dort einem merkwürdigen Prosatext von *Nicolas Born* zuhören konnte. Vielleicht hätte Born damals besser daran getan, einige seiner bedeutenden lyrischen Texte vorzutragen. Er wäre ein legitimer Preisträger gewesen.

Die zehn Laureaten der Gruppe 47 waren: Günter Eich, 1950, Heinrich Böll, 1951, Ilse Aichinger, 1952, Ingeborg Bachmann, 1953, Adriaan Morriën, 1954, Martin Walser, 1955, Günter Grass, 1958, Johannes Bobrowski, 1962, Peter Bichsel, 1965, Jürgen Becker, 1967. Die Liste spricht für sich selbst. Vielleicht fällt der Holländer Adriaan Morriën etwas aus dem Rahmen. Ihm wurde der Preis bei einer Tagung in Italien zuerkannt. Der von ihm gelesene Text »Zu große Gastlichkeit verjagt die Gäste« war aber reizvoll: durchaus auf der Linie eines neuen und bösen Humors, wie er auch bereits zur Auszeichnung Heinrich Bölls für den inzwischen berühmt gewordenen Text »Die schwarzen Schafe« geführt hatte. Ein Holländer als Preisträger; der Schweizer Peter Bichsel; Ilse Aichinger und Ingeborg Bachmann aus Österreich; Johannes Bobrowski als Bürger der Deutschen Demokratischen Republik. In den zwanzig Jahren ihres Wirkens hatte die Gruppe 47 eine Strahlkraft und Integrationsfähigkeit bewiesen, die es vorher, ganz gewiß seit den Tagen der Expressionisten, nicht mehr gegeben hatte. Erst recht nicht seitdem: seit der traurig-komischen Abschlußtagung in der fränkischen Pulvermühle im Jahre 1967.

Alles andere ist bekannt. Das Anekdotische wurde immer wieder berichtet. Germanistik auch dies. Es gibt eine ausführliche internationale Literatur über die »Group 47«: vergleichbar den Beiträgen einer ausufernden Sekundärliteratur über die sogenannte »Frankfurter Schule«. Konfrontiert man das Werk *Max Horkheimers* mit der Gruppenarbeit Hans Werner Richters und der Seinen bloß nach der Wirkung, ob polemisch oder begeistert, so kann man den Vergleich akzeptieren. Anders steht es um das Programm und die eigentliche Substanz. Max Horkheimer besaß ein wohlformuliertes Konzept, als er kurz vor Ende der Weimarer Republik sein »Institut für Sozialforschung« an der Goethe-Universität der einstigen Freien Reichsstadt etablierte. Die von ihm gelehrte »Kritische Theorie« besaß eine gemeinsame wissenschaftliche Methode; sie reichte weit hinaus über den Bereich der Philosophie und Soziologie. Herbert Marcuse und Erich Fromm, Theodor W. Adorno und Walter Benjamin, der Rechtstheoretiker Franz Neumann und der Literaturwissenschaftler Leo Löwenthal: sie bildeten in der Tat eine »Schule« und Schuldoktrin, die alle Vertreibung, Einsamkeit des Exils, Schwierigkeiten im Umgang miteinander zu überstehen vermochte.

Die Gruppe 47 hingegen hat stets das Gegenteil sein wollen einer literarischen Schule mit Doktrin und allgemein anerkannter Arbeitsweise. Noblesse und freundschaftliche Toleranz des Chefs hätten da nichts bewirken können im Sinne irgendeiner Programmatik. Glücklicherweise war Hanz Werner Richter das Gegenteil eines Fundamentalisten. Er besaß Autorität; folglich brauchte er sie nicht zu postulieren. Der bisweilen hämisch gemachte Einwand, Richters Autorität habe darauf beruht, daß er literarisch nicht recht mithalten konnte, ist ebenso ungerecht wie töricht. Sein Urteil zählte, auf sein Urteilsvermögen war Verlaß. Die wirklich bedeutenden Literaten des Kreises wußten genau, daß die scheinbare Naivität des Chefs ein Rollenspiel meinte, das man zu respektieren hatte. Wehe dem, der darauf hereinfiel.

Trotzdem darf von Gemeinsamkeiten der literarischen Innovation und Programmatik gesprochen werden. Der Kreis der Preisträger, von Eich bis Jürgen Becker, überrascht nicht. Es gab nicht bloß eine Addition großer Talente, sondern eine literarische Kommunikation, die nicht immer und nicht in allen Fällen bewußt wurde. Auch Hans Werner Richter hat sie vielleicht nicht immer genau verstanden.

Polemik von außen, die hartnäckig war und bösartig, seit Mitte der Fünfziger Jahre, half mit beim Prozeß der literarischen Selbstfindung. Sonderbarerweise haben einige der angesehenen Autoren des literarischen Exils das Werk von Richter und den Seinen völlig verzerrt und als Absage an die deutsche Exilliteratur mißverstanden. Ohne Rücksicht darauf, daß Wolfgang Hildesheimer, Peter Weiss oder Erich Fried sowohl Autoren des Exils wie der Gruppe 47 sein konnten. Doch Robert Neumann oder Hermann Kesten wollten es nicht einsehen. So kam es bei ihnen zu grotesken Fehlurteilen. Robert Neumann hat die Literatur der Gruppe 47 wohl schlechthin für schädlich gehalten. Hermann Kesten inszenierte in Italien peinlichen Protest gegen eine Lesung von Uwe Johnson. Den Autor der »Mutmaßungen über Jakob« und sorgfältig arbeitenden Verfasser der späteren monumentalen »Jahrestage« bezeichnete Hermann Kesten, aufgewachsen in einer völlig anderen, doch längst verwehten Ära der Literatur, schlichtweg als unbegabt. Daß die politischen und schriftstellerischen Repräsentanten jener fröhlichen Restauration der Fünfziger Jahre die Gruppe ablehnten, verhöhnten, bisweilen denunzierten, war folgerichtig. Man hatte den Gegner erkannt.

Es sollte trotzdem zu denken geben. Arno Schmidt wurde damals als Gotteslästerer und Pornograph denunziert. Günter Grass desgleichen: Pornograph und Blasphemiker. Uwe Johnson ist unbegabt und kann nicht schreiben. Hubert Fichte: Achselzukken, mokantes Lächeln, vielsagendes Mienenspiel. Die vier kühnsten und unbeirrbaren Autoren einer deutschen »umerzogenen« Literatur mögen darunter gelitten haben, doch sie arbeiteten weiter. Drei von ihnen, mit Ausnahme also von Arno Schmidt, haben sich zur Gruppe 47 gerechnet. Sie wurden dort sogleich in ihrer Bedeutung erkannt.

Auftritt Oskar Matzerath

Den ersten Satz der »Blechtrommel« wird keiner vergessen, der sich ernsthaft mit diesem Buch einläßt. Die kurze Exposition, eigentlich bloß der Anfang eines gutgebauten Satzes, hakt sich fest im Gedächtnis: wie der Anfang der »Verwandlung« von Franz Kafka. Wobei es nicht schwerfiele, eine geheime Verbindung herzustellen zwischen jenem Gregor Samsa bei Kafka, der sich plötzlich, über Nacht, in einen riesigen Käfer verwandelt, und jenem Oskar Matzerath mit der in jeder Hinsicht ungewissen Herkunft, der nicht mehr wachsen will, später doch etwas Wachstum nachzuholen gedenkt, dafür jedoch mit einem Buckel bedacht wird. Wunderliche Gestalten, diese beiden, Samsa und Oskar: zu unheimlich, um komisch zu sein; zu komisch, um irgendeine »Tragik« beim Leser vortäuschen zu können. Unvergeßbar aber seit dem ersten Satz der Geschichte.

»Zugegeben: ich bin Insasse einer Heil- und Pflegeanstalt ...« Es folgt dann die Vorstellung von Pfleger Bruno, das Krankenzimmer, das einer Gefängniszelle gleicht mit dem Guckloch an der Tür, der Hinweis auf die eigene Blauäugigkeit des Erzählers, von dem wir sonst noch gar nichts wissen: doch »blauäugig« im Sinne der modernen Umgangssprache ist der Schreibende ganz gewiß nicht. Er will berichten, doch nicht so ganz und gar. Der Zwangspatient ist auf seiner Hut. Das erste Wort eines berühmten Buches muß als Replik auf einen – vom Leser nicht zu ahnenden – Vorwurf gedeutet werden. »Zugegeben.«

Abermals bestätigt sich, vor diesem sonderbaren Fall des Oskar Matzerath, der mürrische Ausspruch Goethes: Solange etwas Neues noch nicht in der Welt sei, habe keiner eine Vorstellung davon. Mit Ausnahme natürlich des Schöpfers dieses Neuen. Aber das sagte Goethe nicht eigens, weil es sich für ihn von selbst verstand. Er meinte dies: Man hüte sich, im Bereich der Künste, vor allzu glatten und scheinbar gut berechenbaren Voraussagen. Denn da kann plötzlich einer kommen, der alle Prophezeiungen durch das ganz unerwartete Werk hinfällig, fast lächerlich macht. Der junge Goethe pflegte sich, gleich seinen Zeitgenossen, in solchen Fällen des Wortes »Genie« zu bedienen.

Der Verfasser der »Blechtrommel« mißtraut dem verbalen Hantieren mit dem Genie-Begriff. Aus Anlaß einer Tagung der Gruppe 47 in der amerikanischen Universität Princeton, New Jersey, im Jahre 1966 hielt Günter Grass einen Vortrag über die heutigen Funktionen eines Schriftstellers. Ob der mitreden könne bei den öffentlichen Dingen oder dazu verurteilt bleibe, den Hofnarren zu spielen. Dabei fiel der Satz: »Wer ist schon gern Stefan George!« Nichts da also mit der stilisierten Einsamkeit des Genies. Man gehört zu den anderen und hat gute Arbeit zu leisten.

Trotzdem war die »Blechtrommel«, wie sich nach achtundzwanzig Jahren herausgestellt hat, was man früher, halten zu Gnaden!, als ein »Geniewerk« zu bezeichnen pflegte. Indem keiner außer dem Autor, mit Goethe zu sprechen, davon eine Idee hatte: bevor das Werk in der Welt war.

Man war leider nicht dabei, im Jahre 1958, als Günter Grass, bis dahin innerhalb der Zunft bekannt als der Verfasser eindrucksvoller Gedichte, aus der »Blechtrommel« vorlas, die wohl noch nicht ganz fertig war. Freudiger Schock. Preis der Gruppe 47. Ein Wendepunkt: so haben es alle Anwesenden offenbar empfunden. Sie haben auch mir, dem Literaturprofessor in Leipzig, davon berichtet. Als ich Grass dann im Herbst 1959 bei der Tagung der Gruppe auf Schloß Elmau kennenlernte, wo er neue Gedichte vorlas, war das durchaus Neue, die »Blechtrommel«, bereits in der Welt. Wir alle hatten eine Idee davon. Etwas hatte sich verändert in der deutschen Literatur, schließlich in der »Weltliteratur« von heute, wie sich herausstellen sollte.

Das unerwartete Neue provoziert: man muß sich davor entscheiden. Wer etwas anderes erwartet hatte und haben wollte, mußte befremdet sein. Er würde auf den Schock nach der gewohnten Weise reagieren. Das muß nicht Dummheit bedeuten oder bösen Willen. Ich habe auch Günter Grass einmal unter der Wirkung eines solchen Schocks erlebt. Abermals die Szenerie der Gruppe 47. Tagung 1963 im schwäbischen Saulgau. Peter Weiss las vor: Stücke aus einem Theaterstück über die Herren Marat und de Sade. Bisweilen trommelte er, während er vorlas, den Rhythmus auf einer Trommel, die er vor sich aufgestellt hatte. In der Diskussion vermißte Grass die scharf durchgezeichneten Charaktere ...

Der »Blechtrommel« wurde damals Ärgerlicheres nachgesagt. Von nun an hielten viele den Schriftsteller Günter Grass, ob einer das anstößige Buch nun gelesen oder nur davon gehört hatte, vielleicht hinter der vorgehaltenen Hand, schlichtweg für einen »Pornographen«. Bundesdeutsche Fünfziger Jahre, die doch bald zu Ende gingen. Die Kritik hatte dem politischen Roman »Das Treibhaus« von Wolfgang Koeppen im Jahre 1953, also sechs Jahre vor der »Blechtrommel«, vorgeworfen: er zerstöre bereits die Anfänge einer deutschen Staatsgesinnung. Koeppens Roman spielte in der Bundeshauptstadt Bonn. Heinrich Böll hatte im selben Jahr 1953 eine Gestalt des Romans »Und sagte kein einziges Wort« nachdenken lassen über den wohlbekannten Bischof, inmitten der Prozession, um zum Ergebnis zu kommen, der Bischof sei »einfach dumm«.

Nun also die »Blechtrommel« mit dem scheinbar gehäuften Unrat: von der Zeugung unter den vier Unterröcken bis zu den schönen ehebrecherischen Nachmittagen von Oskars Mutter mit Oskars mutmaßlichem, aber keineswegs ehelichem Vater Jan Bronski. Einem Polen! Von anderem gar nicht zu reden.

Ein Pornograph. Was ist ein Pornograph? Ein Schreiber, der es darauf anlegt, im Lesenden die Gefühle der »Wollust« zu provozieren. Darin waren sich deutsche Juristen seit dem Kaiserreich einig. Man muß aber, das hat sich inzwischen herausgestellt, sehr verquere Vorstellungen von eigener Wollust haben, um sich durch den »Pornographen« Grass einigermaßen gut bedient zu finden. Das ist wohl auch nicht ernsthaft behauptet worden. Trotzdem: der Pornograph! Es lag eine Verwechslung vor zwischen Obszönität und Pornographie. Man beschreibt eben nicht solche Szenen. Frühere Schreiber der deutschen Nachkriegsliteratur hatten das auch nicht getan. In der Tat. Bevor etwas Neues in der Welt ist, hat keiner eine Idee davon. Grass beschrieb genau, weniger genau übrigens als viele seiner späteren Nachahmer, die Vorgänge des Geschlechtslebens. Nur eines wurde ausgespart: die Lüsternheit, also die Zote. Manche Episode beim späten Thomas Mann war, dank solcher Lüsternheit, unendlich »obszöner« als alles Gerangel in der »Blechtrommel«. Trotzdem, so lautet das häufig verkündete Verdikt, sei die »Blechtrommel« ein pornographisches Buch, und ein blasphemisches noch dazu. Was ist eine Blasphemie? Ohne viel bei den Juristen nachlesen zu müssen, darf gesagt werden, daß ein Blasphemiker es darauf anlegt, jene Glaubenssymbole und Riten, die zu einer staatlich anerkannten und verbreiteten Glaubensgemeinschaft gehören, zu beleidigen oder zu verspotten. Allein die Statue der Niobe, die Oskars Freund Herbert bespringen möchte, wobei er umkommt, und wohl auch umkommen will, ist kein Glaubenssymbol. Der Bericht aber, dem der Erzähler die Überschrift gab »Die Nachfolger Christi«, ist ein bedeutendes Stück einer - zwar gläubigen, doch verstört zweifelnden - katholischen Literatur. Oskar erlebt ein Wunder, als er den Jesusknaben verspotten möchte ob seiner Ohnmacht. Er wird vom Knaben versucht mit den Worten der Apostelgeschichte über die Einsetzung des Apostels Petrus. Oskar will nicht die Lämmer des Herrn weiden helfen. »Was sollte ich mit dem Jesus anfangen? Ich hätte meine Stimme beladen mögen. Was hatte ich mit seinem Kreuz zu tun? Wußte aber genau, daß meine Stimme gegen seine Kirchenfenster nicht ankam.« Oskar ist ein - katholischer - Versucher, der seiner Maria, die Katholikin werden möchte, gern Nachhilfe gewährt im katholischen Ritual.

Natürlich ist Oskar Matzerath auch eine satanische Figur. Das sagt er selbst, und sein Erzähler hat es so gewollt. Blasphemisch wäre es im Glaubenssinne, wenn einer umgekehrt den Bösen aus dem Spiel ziehen und leugnen wollte. Das wäre undenkbar für einen Menschen mit der Daseinserfahrung von Günter Grass. Es war auch undenkbar für den alten Ernst Bloch. In dessen Buch »Atheismus im Christentum« von 1968 heißt es: »Sozusagen automatisch fiel mit dem wachsenden Unglauben an Gott auch der furchtbare Glaube an seinen Gegenspieler: Und doch nun – hier steckt das Problem ... Verkleinerung des Bösen bis zur Unsichtbarkeit hat ihm jedenfalls seine Geschäfte nicht gelegt.« Auschwitz liegt in Polen. Man könnte sich denken, daß ähnliche Reflexionen, wie hier bei Bloch, eingegangen sind in einzelne Episoden der »Blechtrommel«. Zu schweigen von der bei Grass stets präsenten Marien-Symbolik. Bereits in der Geschichte Oskars, stärker konturiert bald darauf, vor dem gleichen Hintergrund, in der Erzählung »Katz und Maus«.

Die politische Substanz des Romans kann heute, nach achtundzwanzig Jahren, kaum mehr mißverstanden werden. Der Erzähler erläutert sie, mit Oskars Hilfe, gleich zu Beginn des Zweiten Buches: »Wie Sie zuvor schon bemerkt haben werden, ergab sich mir unter dem Tisch seit jeher die bequemste Art aller Betrachtungen: ich stellte Vergleiche an.« Der Blick von unten her. Als Mittel der epischen Darstellung wohlbekannt seit Stendhal, wo die Schlacht bei Waterloo nicht vom Feldherrnhügel herab, sondern vom Boden her erlebt werden mußte. Oskar erlebt (und stört) den Feiertag wie den Alltag eines um Heldengebärde bemühten sogenannt Dritten Reiches. Das hat viele Leser geärgert, die sich ein bißchen mehr Verklärung gewünscht hätten. Nun ist Oskar zwar vielseitig, doch nicht besonders gut in der Rolle des heroischen Erzählers. Außerdem schaut ihm der wirkliche Erzähler auf die Finger und schaltet sich ein, wenn der Insasse der Heil- und Pflegeanstalt ein bißchen weglügen und beschönigen möchte.

Leider kann Oskar auch nicht als Widerstandskämpfer dienen. Seine Position unter dem Tisch ist keine plebejische oder gar proletarische Haltung. Ein Kleinbürger wie sie alle, bloß viel klüger, auch grausamer als die anderen, die Schlimmes tun aus Dummheit und aus Lässigkeit. Gar nicht kleinbürgerlich hingegen sind Oskars Freunde und Lehrer: der jüdische Selbstmörder Markus, sein Lieferant für Blechtrommeln, was heißen soll: *sein Helfer auf dem Wege zur Kunst*, und der professionelle Künstler (und

Liliputaner) Bebra, den Oskar seinen Freund nennt und seinen Meister.

Liest man genau, nach fast dreißig Jahren, also bereits in Kenntnis der späteren Werke von Grass, der »Hundejahre« wie des »Butt« und der »Rättin«, so ist vieles bereits in der »Blechtrommel« angekündigt: alle spätere Melancholie aus dem »Tagebuch einer Schnecke« klingt an, wenn berichtet wird: »Einsam und unverstanden lag Oskar unter den Glühbirnen, folgerte, daß das so bleibe, bis sechzig, siebzig Jahre später ein endgültiger Kurzschluß aller Lichtquellen Strom unterbrechen werde, verlor deshalb die Lust, bevor dieses Leben unter Glühbirnen anfing.« Abermals der Teufel, heraufbeschworen durch Goethe: » Denn alles, was entsteht, / ist wert, daß es zugrunde geht; / Drum besser wär's, daß nichts entstünde.«

Ein Schelmenroman, freilich. Das war gewollt vom Erzähler. Heute liest man die »Blechtrommel« außerdem als *Warnliteratur.* Mit Oskar Matzerath wird man so leicht nicht fertig.

Viertes Kapitel
Konstellationen einer Literatur der DDR

Die Literatur der Deutschen Demokratischen Republik ist, um den marxistischen Fachausdruck zu benutzen, durchaus als »Überbau« zu einer Gesellschaftsordnung zu verstehen, die planmäßig, nach den Prinzipien einer historischen und materialistischen Dialektik, entwickelt werden sollte: als Negation der kapitalistischen Wirtschaft und Gesellschaft wie der »bürgerlichen Ideologie«. Folglich hätte sich der geistige Überbau dieses Staates, der sich bei der eigenen Identitätsfindung der Formel vom »real existierenden Sozialismus« bedient, auch als Negation der bürgerlichen Literatur präsentieren müssen.

So war es beabsichtigt und oftmals proklamiert von den politischen Interpreten des Staates und der Sozialistischen Einheitspartei. Die offizielle Doktrin lautete: es gäbe zwei Staatsgebilde auf dem Boden des einstigen Deutschen Reiches: die BRD und die DDR. Beide ständen gegeneinander als antagonistische Gesellschaftsgebilde. Im Westen eine Gesellschaftsordnung des späten Kapitalismus oder Imperialismus, im östlichen Deutschland eine sozialistische Staats- und Gesellschaftsordnung mit sozialistischem Überbau. Folglich gäbe es keinen gemeinsamen Kulturbegriff mehr, der gültig wäre für alle Deutschen. Nicht minder folgerichtig müßten sich Wissenschaft, Kunst und Literatur der Deutschen Demokratischen Republik von Grund auf, also qualitativ, unterscheiden von dem, was die Künstler und Schriftsteller im westlichen Deutschland tun und treiben und planen. Das gesellschaftliche Sein, so hatte man es bei Karl Marx gelernt, bestimmt das Bewußtsein. Die Umkehrung gilt nicht.

So weit die reine Lehre und Doktrin. Die Wirklichkeit meint und sieht es anders. Wo politisch eine strikte Abkehr gefordert wird von allem, was man unter dem negativen Begriff einer »ideologischen Koexistenz« verdammt, erlebt ein Leser der Literatur in der DDR, um hier allein von Schriftstellern und ihren Büchern zu sprechen, eine *erstaunliche Konvergenz* der literarischen und (weitgehend) auch der politischen Tendenzen im Beziehungsgeflecht zwischen den Autoren der DDR und der Bundesrepublik Deutschland. Hier gibt es keinen Mauerbau, sondern freie und fruchtbare Wechselwirkung. Wo die Regierungssprecher der DDR jeweils bei Eröffnung der Leipziger Buchmesse die These von der Unvereinbarkeit der ideologischen Strukturen dieser beiden deutschen Staaten *und* Literaturen zu repetieren pflegen, offenbart sich ein erstaunliches Zusammenfließen und wechselseitiges Lehren wie Lernen. Die geschichtliche Dialektik setzt sich durch gegen formalistische Dekrete und Losungen.

Diesen Vorgang beobachtet man nicht allein im Verhältnis der beiden deutschen Literaturen zueinander. Dialektik waltet nicht minder *innerhalb* der Deutschen Demokratischen Republik selbst: als Konflikt zwischen der Staatsmacht und ihren Gesellschaftsplanern zum einen, den Schriftstellern und ihren Büchern oder auch Manuskripten zum anderen. Weil es sich um die konkrete, in sich stets widerspruchsvolle Entwicklung handelt, sind Mißverständnisse und Fehlurteile fast unvermeidlich. Das gilt für das Urteil der Staatsdoktrin der DDR über die eigene konkrete Literatur wie erst recht für westliche Urteile. Innerhalb der DDR, vom Staat her gesehen, hat sich keine Literatur entwickelt, deren Thematik, Arbeitsmethode, künstlerische Ausdrucksform wesentlich unterschieden wäre von den Themen, Arbeitsmethoden und Ausdrucksformen westlicher Schriftsteller. Daraus entsteht, mit Notwendigkeit, immer wieder ein politischer Konflikt zwischen Staat und Literatur der DDR. Die Krisensituationen wiederholen sich stets von neuem: der Vorgang ist unvermeidbar.

Andererseits ist es ein Mißverstehen, wenn westliche Betrachter dieser Auseinandersetzungen in solchen Fällen mit der Vokabel des »Dissidententums« zu arbeiten suchen. Allein die geistige und künstlerische Auseinandersetzung innerhalb der DDR, die hart zu sein pflegt, wobei die künstlerische und materielle Existenz bedroht wird, muß nicht unbedingt den politischen Konflikt bedeuten zwischen dem Schriftsteller der DDR und seinem Staat. Es kann keine Rede davon sein, daß sich die Literatur der DDR, wenn man von ernsthaften und begabten Schriftstellern und ihren Werken spricht, in Form einer Exilliteratur darstellt. Die Literatur der CSSR, für diese Annahme sprechen viele Tatsachen, hat inzwischen fast die Gestalt einer Exilliteratur angenommen: mit den beiden typischen Ausdrucksformen der sogenannt inneren und äußeren Emigration. Eine solche Diagnose jedoch kann für die Literatur der DDR *nicht* gestellt werden.

Konfliktsituationen freilich zwischen den Schriftstellern und ihrem Staat hat es seit Gründung der Deutschen Demokratischen Republik im Jahre 1949 gegeben. Es war eine Widerspiegelung realer gesellschaftlicher Konflikte innerhalb dieses Staatswesens, das sich als antifaschistische und demokratische Gesellschaftsordnung verstehen wollte. Einer der ersten Schriftsteller, ein Schüler von Bertolt Brecht, der diesen Grundwiderspruch im gesellschaftlichen Leben auch literarisch gestaltete, und zwar als Dramatiker, war *Heiner Müller.*

Im »Lohndrücker« von Heiner Müller gibt es eine Szene, die in ihrer Härte und dialektischen Verknappung über Brecht hinausgeht. Das Stück spielt 1948/49 in der DDR. Müller betont: »Das Stück versucht nicht, den Kampf zwischen Altem und Neuem, den der Stückeschreiber nicht entscheiden kann, als mit dem Sieg des Neuen vor dem letzten Vorhang abgeschlossen darzustellen; es versucht, ihn in das neue Publikum zu tragen, das ihn entscheidet.« Ein aufgebrachter Arbeiter, erbittert über die amtliche Normenschinderei, sagt dem Direktor: »Das also ist euer Arbeiterstaat. Ihr seid nicht besser als die Nazis.« Der Direktor will das nochmal hören und bekommt es nochmal gesagt. »Direktor schlägt Lerka ins Gesicht. Pause.« Dann sagt der geschlagene Lerka: »Das kostet dich die Stellung, Direktor, das ist nicht wie bei Hitler.« Und geht ab.

In knappster Form ist hier ein Grundprinzip des menschlichen Bewußtseins formuliert worden: *die Ungleichzeitigkeit von Gefühlsweisen und Denkweisen,* welche nach logischer Überlegung keineswegs miteinander unvereinbar sind. In Heiner Müllers Einakter ist der angebliche Lohndrücker, den die Kollegen hassen, weil er sich als Arbeiter so stark ins Zeug legt, daß die anderen im Akkord zurückbleiben müssen, scheinbar ein Gehilfe der Ausbeutung. In Wirklichkeit zeigt der dramatische Ablauf, daß er *jegliche Form der Ausbeutung* haßt, folglich auch die staatlich und parteipolitisch verordnete Normenschinderei. Darum sagt er dem Direktor, einem Kommunisten mit Parteiabzeichen, die neue Ordnung sei auch nicht viel besser als die gestürzte des Dritten Reiches. Der empört sich zu Recht über den Vergleich und schlägt seinen Arbeiter. Die Antwort zeigt, daß der scheinbare Lohndrücker und politische Dissident in Wirklichkeit die Grundsätze einer neuen gesellschaftlichen Ordnung in sich aufgenommen hat. Man lebt eben doch nicht mehr im Dritten Reich.

Hier beginnt, schon in den Fünfziger Jahren, also noch zu Lebzeiten des Meisters Bertolt Brecht und seines Berliner Ensembles, die Abkehr der jüngeren Schüler und Stückeschreiber von den einstigen Prinzipien des sogenannten Epischen Theaters. Daß Brecht, im wesentlichen mit gutem Grund, und auch mit Erfolg, seine Dramaturgie als dialektisches Theater verstand, ist unbestritten. Immer wieder kam es jedoch vor, auch in den großen dramatischen Schöpfungen Bertolt Brechts, daß die Dialektik *nicht* aus der gesellschaftlichen Situation verstehbar wurde, sondern – scheinbar – ein Geheimnis, vielleicht sogar eine List blieb des Stückeschreibers aus Augsburg. Weshalb sich Brecht stets wieder ärgern mußte bei Aufführungen seiner Stücke, falls er sie nicht selbst inszeniert hatte: wenn sie eine entgegengesetzte Wirkung beim Publikum erzeugten, also wider alle Listen und Planungen des Dramatikers aufgenommen wurden. Dann wurde die Mutter Courage vom Publikum bedauert ob ihres Unglücks, während Brecht uns zu verstehen gab, sie selbst sei schuld an ihrem Unglück, weil sie nicht begriff, daß es für eine Marketenderfrau ohne Kapital am Krieg nichts zu verdienen gibt. Andererseits lachte das Publikum fröhlich über den im Suff so charmanten Herrn Puntila und langweilte sich bei den vernünftigen und redlichen Repliken seines Knechtes Matti.

Selbst dort, wo Brecht im »Guten Menschen von Sezuan« wahrhaft dialektisch einen offenen Schluß präsentierte, also die dialektische Vieldeutigkeit seines Geschehens zu unterstreichen gedachte, kam nicht wirkliche Dialektik zustande, sondern bloß dramaturgische Manipulation. Der Epilog spiegelt die Verwirrung des Autors vor seinem Geschehen und endet mit folgenden Knittelversen:

Der einzige Ausweg wär aus diesem Ungemach:
Sie selber dächten auf der Stelle nach,
Auf welche Weis' dem guten Menschen man
Zu einem guten Ende helfen kann.
Verehrtes Publikum, los, such dir selbst den Schluß!
Es muß ein guter da sein, muß, muß, muß!

Das war ein Trick, denn natürlich glaubte der Stückeschreiber Brecht die Lösung zu kennen. Man kann eben kein Guter Mensch sein im kapitalistischen Sezuan. Genauso hatte Brecht schon um das Jahr 1930 seiner Heilsarmee-Idealistin, der Heiligen Johanna der Schlachthöfe, eingetrichtert, mit Idealismus komme man den Ausbeutern nur allzu gelegen. Im Falle der Shen-Te, also des Guten Menschen von Sezuan, sollte gelernt werden, nach dem Willen des Lehrers und Stückeschreibers, daß Gutsein nur schadet in der bürgerlich-kapitalistischen Gesellschaft. Der offene Schluß war keiner. Hat aber Brecht wirklich geglaubt, daß der Theaterbesucher, nachdem er sich das Parabelstück von der hilflosen Shen-Te und den nicht minder hilflosen Göttern angeschaut hat, zu Haus an den Bücherschrank geht, falls die Texte dort vorhanden sind, um das »Kapital« von Karl Marx oder »Staat und Revolution« von Lenin zu lesen? Hat Brecht selbst dieser Art seiner eigenen Dramaturgie wirklich getraut, auch gegen das Lebensende hin? Das ist wirklich eine offene Frage.

Ohnehin erwies sich sogar dieses in vielem widerspruchsvolle Denken des Dialektikers Brecht innerhalb der Deutschen Demokratischen Republik im ersten Jahrzehnt ihres Bestehens als schwere politische und ideologische Zumutung. Die Literatur der DDR war seit ihren Anfängen, noch vor Gründung des Staates selbst im Oktober 1949, *sowohl eine importierte wie eine oktroyierte Literatur.* Darin entsprach sie, mit geschichtlicher Notwendigkeit, der gesellschaftlichen und politischen Ordnung in der Sowjetischen Besatzungszone. Repräsentanten dieser Literatur wurden in erster Linie die aus dem Exil heimgekehrten kommunistischen Schriftsteller. Ihr literarisches und theoretisches Organ hieß einstmals »Die Linkskurve«. Dort las man um 1930 bereits die Texte von Johannes R. Becher und Ludwig Renn, von Anna Seghers und Willi Bredel, von Bodo Uhse oder Friedrich Wolf. Hier bereits zeigte sich, innerhalb des kommunistischen Literaturlagers, ein politisch folgenreicher Antagonismus. Becher nämlich und Friedrich Wolf oder Willi Bredel kamen zurück aus dem sowjetischen Exil. Die Seghers aber und Renn oder Alexander Abusch und Bodo Uhse hatten das Dritte Reich in der mexikanischen Emigration überdauert. Dort hatte *Anna Seghers,* aus dem Bewußtsein dieser Entwurzelung in ganz fremder Welt, eine ihrer schönsten Erzählungen geschrieben, noch dazu eine solche mit der seltenen autobiographischen Substanz: den »Ausflug der toten Mädchen«.

Nach Ansicht aber des obersten Machthabers im Kreml, des Generalissimus Stalin und Vaters der Völker, war *bloß* den Emigranten in der Sowjetunion zur Not zu trauen. Alle übrigen mußten virtuell als Saboteure und Agenten gelten, was die schnöden Berliner, denen die offizielle Presse- und Rundfunkpropaganda so oft von solchem Abschaum berichtete, der Einfachheit halber in das Wort »Sabogenten« zusammenzogen. In ähnlicher Weise verfuhr man gegen Ende der Vierziger Jahre, auf Stalins Geheiß, in den Schauprozessen von Budapest, Sofia oder Prag. Die Hinrichtung der Rädelsführer am Galgen war von vornherein programmiert. Der fällige Prozeß in Ost-Berlin, der bereits mit der Verhaftung künftiger Todeskandidaten begonnen hatte, wurde durch Walter Ulbricht hinausgezögert, weil er ihn politisch nicht brauchen konnte. Trotzdem starb *Leo Bauer*, einer der Angeklagten, fast zwanzig Jahre später, als er aus Sibirien zurückkommen durfte und in der Bundesrepublik lebte, an den Folgen seiner Haft und wohl auch der damit verbundenen Torturen.

Wie sollte unter solchen politischen und gesellschaftlichen Konstellationen eine »Literatur der DDR« entstehen? In ihren Anfängen war sie eine Weiterführung sowohl der kommunistischen Agitationsliteratur aus der Endzeit der Weimarer Republik wie eine Fortsetzung der antifaschistischen Exilliteratur. Es gab bedeutende Werke in diesen Konstellationen, die – im Kontrast zu den harmonischen und verlogenen »Träumereien« der Goebbels-Propaganda – nunmehr Wirkung taten. »Das Siebte Kreuz« von *Anna Seghers* und die kühlen Berichte von *Ludwig Renn* über den Ersten Weltkrieg und die Weimarer Republik. Das episch-dialektische Theater von Bertolt Brecht. Hinzu kam, daß die kommunistischen Schriftsteller um 1930 bereits enge Verbindung gehalten hatten zu »sympathisierenden« Autoren, die später, gegen Ende der Vierziger Jahre, also unter der amerikanischen Gesinnungsschnüffelei des Senators Joseph McCarthy aus dem Staate Wisconsin gegen alle Art von »unamerikanischem Verhalten«, einfach als »fellow travellers« bezeichnet wurden.

Wozu Brecht und der Musiker Hanns Eisler ebenso gehörten wie Charlie Chaplin oder der Filmemacher Joseph Losey. Auch *Heinrich Mann* hatte dazugehört, weshalb er gegen Ende seines Exils und kurz vor seinem Tode im Jahre 1950 streng observiert worden war. Ein anderer offensichtlicher fellow traveller wohnte in Los Angeles, wollte nicht von neuem emigrieren, hieß *Lion Feuchtwanger* und wurde bis zu seinem Tode, trotz aller Anträge, nicht eingebürgert in den Vereinigten Staaten. Auch *Arnold Zweig* hatte ihnen nahegestanden, den Leuten um Becher und Anna Seghers, gegen Ende der Weimarer Republik. Er war dann nach Palästina emigriert, kam dort notwendigerweise in Konflikt mit den eigentlichen Zionisten, so daß er im Spätsommer 1948, fast auf den Tag der Gründung des Staates Israel, aus Haifa die Rückreise nach Europa antrat, zunächst nach Prag. Von dort kam er im November 1948, auf Einladung von Johannes R. Becher, nach Ost-Berlin, um hier zu bleiben und zu arbeiten. Fast am gleichen Tage war auch Brecht eingetroffen: aus Zürich, wo er die Uraufführung seines »Puntila« inszeniert hatte. Er durfte, wie bereits erwähnt, nicht von Zürich über München und Hof die Reise nach Berlin antreten. Die Amerikanische Militärregierung gewährte Brecht und seiner Reisegesellschaft kein Durchreisevisum. So nahm auch er den Umweg über Prag.

Dies also war, mindestens ein Jahrzehnt lang, die *Grundkonstellation einer Literatur der DDR.* Die kommunistischen Emigranten von einst *und* ihre Freunde und Sympathisanten aus der Zeit der Weimarer Republik. Wozu übrigens nicht allein Heinrich Mann oder Feuchtwanger und Arnold Zweig gehörten. Heinrich Mann hatte bereits die Einladung der jungen DDR angenommen: nach Berlin zurückzukehren und dort als Präsident der neu- oder wiedergegründeten Akademie der Künste zu amtieren. Er starb während der Reisevorbereitungen. Die Aschenurne wurde später auf dem Dorotheenstädtischen Friedhof in Ost-Berlin beigesetzt. Nachbargräber tragen die Namen von Becher und Brecht.

Es gab auch Sympathisanten von einst, die während des Dritten

Reiches nicht ausgewandert waren, sondern irgendwie überdauern konnten. Der Lyriker *Peter Huchel* und der Literaturkritiker *Paul Rilla.* Auch *Ernst Bloch* hatte in den frühen Dreißiger Jahren zu diesem Kreis der sozialistischen Gesinnungsfreunde gehört. Auch er nahm, wie Heinrich Mann, die Einladung an, nach Deutschland zurückzukehren, und zwar in die Sowjetische Besatzungszone, die man in westlicher Propaganda spöttisch als SBZ abzukürzen, fast auszuspucken liebte. Bloch erschien im Frühjahr 1949 in Leipzig, um die Leitung des Instituts für Philosophie an der Universität zu übernehmen.

Erstaunlicherweise erwies sich diese politisch scheinbar homogene Gemeinschaft einstiger Gesinnungsfreunde aus den Zeiten des Antifaschismus und Exils als überaus vielschichtig und auch politisch höchst differenziert. Neben den mit Hilfe offizieller Direktiven produzierten Werken literarisch-politischer Propaganda, die wirkungslos blieben und rasch vergessen wurden, weil auch die politischen Direktiven zwischen 1949 und den Ereignissen des 17. Juni 1953 rasch zu wechseln pflegten, entstanden neue literarische Modelle und Schöpfungen. Eben dadurch aber waren auch die *ersten ästhetischen und literarischen Konflikte* von vornherein programmiert: zwischen Künstlern oder Schriftstellern und ihrer Staatsmacht oder Parteiführung.

Das *dialektische Theater Bertolt Brechts zum Beispiel* widersprach von Grund auf den sowjetischen Normen des Sozialistischen Realismus. Die Spielweise des Berliner Ensembles bedeutete den Widerspruch zur angepriesenen Theaterkunst von weiland Konstantin Stanislawski. Das *»Prinzip Hoffnung«* meinte den manifesten Widerspruch zur doktrinären Lehre des sowjetisch autorisierten Diamat, also des Dialektischen Materialismus nach dem Moskauer Lehrbuch. Ernst Bloch pflegte den Geist dieses Lehrbuchs bisweilen spöttisch mit der Musik von Kurkonzerten zu vergleichen oder mit einem Mineralwasser, das zu früh geöffnet wurde und zu lange herumstand.

Zu Beginn des Jahres 1949 erkämpfte sich *Johannes R. Becher* eine eigene Literaturzeitschrift. Er nannte sie »Sinn und Form« und wollte damit bewußt an Thomas Manns Exilzeitschrift »Maß und Wert« anknüpfen. Chefredakteur des Herausgebers Becher wurde Peter Huchel. Er hat die Zeitschrift, die in sechs Heften jährlich erschien, nicht eingerechnet einige Sonderhefte, bis Ende 1962 geleitet. Dann nahm man sie ihm weg. Wer die Jahrgänge heute anschaut, begehrte Raritäten, wird feststellen, daß hier, unter scheinbar hemmenden Arbeitsbedingungen, die bedeutendste deutsche Literaturzeitschrift der Nachkriegszeit entstanden war. Peter Huchel veröffentlichte selbstverständlich die wichtigsten Autoren des Ostblocks und der später sogenannten Dritten Welt, doch nicht einen einzigen Text der einfältigen Agitationsliteratur. Aber Walter Benjamin wurde dort zum ersten Mal wieder in Deutschland gedruckt oder Adorno und Bloch und der Österreicher Ernst Fischer und die russischen »Formalisten« der Zwanziger Jahre.

Etwa seit dem Jahre 1950, zu Lebzeiten noch von Josef Stalin und drei Jahre vor dem 17. Juni 1953, war im literarischen Schaffen der DDR ein Gegensatz entstanden: nicht zu verstehen als Spaltung in eine »westliche« und eine »östliche« Fraktion, denn alle Autoren waren entschlossen, in der jungen DDR zu arbeiten. Sie hatten in den meisten Fällen dafür persönliche Opfer gebracht. Das Leben und Arbeiten dort, um einen Wiener Ausdruck zu gebrauchen, den Brecht liebte, war kein Honiglecken.

Es war der Gegensatz etwa zwischen einer nach Direktiven loslegenden, von der politischen Obrigkeit gehätschelten, schönfärbenden und deshalb verlogenen Literatur und einem dialektischen Betrachten der realen Verhältnisse, das nicht bereit war, dort rosa Wölkchen aufsteigen zu lassen, wo der Himmel grau aussah, fast schwarz: wie vor einem schlimmen Gewitter. Offiziell hatte man auf Moskaus Geheiß erheblichen Widerwillen vor aller Kunst und Literatur, die sich an der westlichen »Moderne« orientierte. Bela Bartók war folglich verdächtig, von dem Renegaten Strawinski nicht zu reden; bei Picasso, dem kommunistischen Genossen, drückte man - ungern - das Auge zu.

Eine Aufführung der Oper »Das Verhör des Lukullus« von *Paul Dessau* nach einem Text von *Brecht*, die in der Ostberliner Staatsoper vorbereitet wurde, unter Leitung des Dirigenten *Hermann Scherchen,* sollte auf Ulbrichts Geheiß und nach dem Willen seiner Berater unter allen Umständen verhindert werden. Weil Brecht bereits zu mächtig geworden war, ließ man eine Generalprobe ansetzen und hoffte auf den organisierten Unwillen der geladenen Funktionäre. Man hatte sich verrechnet. Es wurde ein gewaltiger Erfolg, man entschloß sich daher zum Kompromiß. Brecht dichtete ein paar Zeilen neu und stimmte einem neuen Titel zu: also »Verurteilung« statt »Verhör« des Lukullus.

Druck erzeugt Gegendruck. Die offiziellen Dichter wurden immer offizieller. Die kritischen Autoren entdeckten, was nicht schwerfiel, immer neuen Anlaß für ihre - sozialistisch verstandene - Kritik.

Die Konfrontation einer offiziell verklärenden mit einer dialektisch-kritischen Dichtung war unvermeidbar. Schaut man zurück, so endete sie mit dem Überleben der dialektischen Literatur. *Die Jubler und Rhapsoden von damals wurden sogleich vergessen.* Daran hat sich auch nach dem 17. Juni 1953, nach dem ungarischen Aufstand von 1956, nach dem »Prager Frühling« von 1968 nichts geändert. Die politisch-literarische Konstellation wiederholte sich stets von neuem: mit Repressionen, Parteiausschlüssen, Totschweigen, Ausbürgerung auf der einen Seite, mit Nationalpreisen und subventionierten Riesenauflagen für die gut sozialistischen »Realisten« auf der anderen. Man suchte es zu machen, wie es der Brauch war bei den »Freunden«, den Russen also, wußte aber, daß es einen anderen Staat gab auf deutschem Boden und Antennen auf jedem Dach.

Die Preisgabe aller Dialektik zugunsten eines angeordneten Enthusiasmus führte literarisch dazu, daß eine so entstehende Literatur *mit Notwendigkeit irreal werden mußte:* aller Beteuerung des Realismus zum Trotz. Das begann bereits bei der von Becher auftragsgemäß, und allzu rasch, hingeschriebenen Nationalhymne der DDR im Jahre 1951:

> Denn es muß uns doch gelingen,
> daß die Sonne schön wie nie
> über Deutschland scheint...

Das Haupt der offiziellen Barden, der Schriftsteller *Kurt Barthel,* der sich albernerweise *Kuba* nannte, dekretierte in einem Poem: »Thälmann ist niemals gestorben ...« Es war eine Literatur der Heiligenlegende. Ihr Programm entwarf Walter Ulbricht im November 1965 auf einer Tagung seines Zentralkomitees. Es sollte den westdeutschen Schriftstellern antworten auf deren

Frage, was die »nationale Wahrheit« sein werde für alle Deutschen. Ulbricht dekretierte: »Die nationale Wahrheit ist, daß der Sozialismus in der Deutschen Demokratischen Republik siegt und die demokratischen Kräfte in Westdeutschland die Macht des Militarismus und der Konzernherrschaft überwinden werden, damit ein einheitliches, friedliches und fortschrittliches Deutschland erwächst.« Das ist nun lange Jahre her. Marxistische Dialektik pflegt anders zu arbeiten.

Im Dezember 1966 wurde in der DDR der Schriftsteller Helmut Preißler mit einem Heinrich-Heine-Preis ausgezeichnet. Eines der preisgekrönten Gedichte begann mit der Konzession »Sicher sangen die Stare/schon in vergangenen Jahrtausenden schön . . .«, um nach ein paar paraphrasierenden Zugeständnissen fortzufahren:

Aber ganz sicher
scheint all dies tausendfach schöner
den Nachgeborenen der Dichter, für die
ein Gespräch über Bäume
fast ein Verbrechen war, weil es ein Schweigen
über so viele Untaten einschloß.

Man versteht: die Stare singen schöner im Sozialismus, die Sonne wird schön wie nie über Deutschland scheinen. Thälmann ist niemals gestorben, und Brechts Hoffnung habe sich erfüllt: daß nämlich ein Gespräch über Bäume nunmehr möglich wurde, weil keine Untaten mehr den Blick auf die Schönheit der Natur verstellen.

Ungefähr gleichzeitig mit Preißler, kurz vor dem Jahre 1968, schrieb auch *Hans Magnus Enzensberger* eine poetische Reflexion nieder über Brechts Gedicht an die Nachgeborenen: mit dem Gespräch über Bäume, dem Auftauchen der Nachgeborenen aus der großen Flut, mitsamt Brechts »Bitte um Nachsicht«. Enzensberger repliziert mit solchen Zeilen:

wer soll da noch auftauchen aus der flut,
wenn wir darin untergehen?
noch ein paar fortschritte,
und wir werden weitersehen.

wer soll da unser gedenken
mit nachsicht?

das wird sich finden,
wenn es erst soweit ist.

Ein anderer Zeitgenosse Preißlers, auch ein Lyriker, *Peter Rühmkorf* in Hamburg, stellte damals die *umgekehrte These* auf: daß der heutige Lyriker *nicht mehr* die schöne Mondlandschaft des Matthias Claudius oder Joseph von Eichendorff beschwören könne, nicht einmal dürfe. Die Aufgabe westdeutscher Schriftsteller, darin unterscheiden sie sich in vielen Fällen, als Dialektiker, von der rot angestrichenen Idyllik einer Offizialliteratur in der DDR, bestehe darin, der westdeutschen Wirklichkeit die eigene Melodie vorzuspielen: auch wenn sie nicht schön klingt.

Dadurch empfinden sie sich nicht allein als Zeitgenossen, *sondern als Gleichstrebende* jener Schriftsteller in der DDR, die sich weigern, auf Direktiven zu achten und auf ein politisches Hörensagen.

Das letzte Gedicht in *Peter Huchels* Lyrikband »Gezählte Tage« von 1972, geschrieben wohl, als man ihn ziehen ließ, nachdem er sich gezwungen sah, die Ausreise aus seiner märkischen Heimat zu beantragen, trägt die Überschrift »Das Gericht«:

Nicht dafür geboren,
unter den Fittichen der Gewalt zu leben,
nahm ich die Unschuld des Schuldigen an.

Als Huchel noch die Zeitschrift »Sinn und Form« redigieren konnte, war dort ein Sechszeiler von *Günter Kunert* erschienen, der dem Schreibenden viel Ärger bereiten sollte. Ein Text in der Sklavensprache. List beim Schreiben der Wahrheit: nach den Rezepten von Brecht. Eine poetische (und poetologische) Notierung des Unterschieds zwischen Aufklärung und ihrem Gegenteil.

Als unnötigen Luxus
herzustellen verbot,
was die Leute Lampen nennen.
König Tharsos von Xantos, der
von Geburt
Blinde.

Die Konvergenz zwischen den offiziellen politischen Konzepten in Bonn und in Ost-Berlin ist erstaunlich. Die Kulturpolitik der Deutschen Demokratischen Republik geht aus vom ideologisch unvereinbaren Kontrast zwischen einer kapitalistischen und einer »real existierenden« sozialistischen Literatur. Die bundesrepublikanische These lautet, wenn man sich amtlicherseits überhaupt die Mühe macht, über dergleichen nachzudenken: es gebe nur eine deutsche Literatur, und das sei die freie, unzensurierte westdeutsche, einschließlich der »bei uns« gedruckten und rezensierten Autoren von drüben.

Beides ist offensichtlich falsch und irreal. *Weder* empfinden sich die Schriftsteller der DDR als Sprecher einer höherwertigen, gesellschaftlich widerspruchsfreien Gesellschaftsordnung, noch gar verstehen sie sich insgeheim als westdeutsche Autoren mit zufälligem Wohnsitz im anderen deutschen Staat. Das gilt auch wohl für viele jener Schriftsteller aus der DDR, die es in die Bundesrepublik verschlug: freiwillig oder mit Hilfe von Gewaltanwendung. Wie sehr auch sie geprägt wurden durch ihre gesellschaftlichen und geistigen Erfahrungen in der DDR, was vor allem auch heißen soll: durch ihre Kenntnis der dialektischen Denkmethoden, das zeigt sich an den fast planmäßig auftretenden geistigen Krisen dieser Autoren im bundesrepublikanischen Alltag. *Ihnen allen kam gleichsam das literarische Grundmuster abhanden.* Das wissen so grundverschiedene und einander doch so ähnliche Autoren wie *Wolf Biermann* und *Hans Joachim Schädlich,* wie *Hartmut Lange* oder *Stefan Schütz.*

Auch literarische Nationalpreisträger der DDR wissen genau, daß es nicht mehr angeht, angesichts von Endzeitvorbereitungen der Supermächte, die westdeutsche Kritik der Schriftsteller an ihrem Staat und an dessen Repräsentanten zwar zu loben, selbst aber untätig und unkritisch die nach Westen gerichteten Raketen und die adäquate Raketenpolitik entweder zu billigen oder vornehm zu ignorieren. In seiner Eröffnungsrede eines deutschen Schriftstellertreffens in der Ostberliner Akademie der Künste am 13. Dezember 1981 sprach *Stephan Hermlin* folgenden Satz: »Daß Rüstungskonzerne und Generalstäbe ihre mörderische Arbeit tun, ist bekannt. Sie könnten sie nicht leisten ohne den Konsens von riesigen Massen, deren instinktiver Lebenswille von unablässig aufgeputschtem Mißtrauen gegen den anderen jenseits der Grenze tödlich vergiftet wird.« Das klingt anders als Ulbrichts Vertrauen in die Eroberung Westdeutschlands durch seinen »Sozialismus«: mit Hilfe der Massen.

Fast zwei Jahre später, bei einer zweiten Berliner Begegnung deutscher Schriftsteller, diesmal in der Westberliner Akademie der Künste am 22. und 23. April 1983, kam *Günter Grass,* ohne es zu wissen, am Schluß der Tagung auf jenen Gedanken von Hermlin zurück. Er sagte: »Der Ort, an dem Brennstäbe aus Atomkraftwerken gelagert werden, wird verharmlosend – beinahe ein Kurpark – ›Entsorgungspark‹ genannt. Das ist Orwellsche ›Neusprache‹. Wenn der US-Präsident die MX-Raketen ›Peace-Maker‹ nennt, ist das auch ein Stück der Orwellschen Neusprache. Wir lachen darüber, aber viele sitzen dieser Orwellschen Neusprache auf und sind nicht in der Lage, die latente Gefahr zu erkennen.«

Wer Angst vor der Dialektik hat, als ein Deutscher heute in Deutschland, erst recht als ein deutscher Schriftsteller, *hat Angst vor der Wahrheit.* Die Deutsche Demokratische Republik besitzt ein ideologisches Staatsprogramm: sogar in den Bereichen der Kunst und der Literatur. Damit wurde der Konflikt mit ihren Künstlern und Schriftstellern unvermeidbar. Die Bundesrepublik Deutschland übt, erfreulicherweise, dank ihrem Grundgesetz, ideologische Askese: soweit es nicht um die Menschenrechte und die Menschenwürde geht. Kultur ist im wesentlichen Ländersache. Was Nachteile mit sich bringt, wie man weiß. Weil die Autoren der DDR, ganz ohne zynisch gewährte Narrenfreiheit, einstehen müssen mit ihrer Existenz für alles, was sie schreiben, erhalten ihre Arbeiten eine Substanzfülle und Authentizität der intellektuellen Redlichkeit, die man bei vielen westdeutschen, auf Profilierung und »Provokation« bedachten Schreibern vermißt. Spöttisch hat Enzensberger in solchen Fällen von »Gratismut« gesprochen.

Daraus folgt, daß die geistige und ästhetische Anziehungskraft von Autoren der DDR, wo immer sie zufällig leben mögen, im Westen immer stärker spürbar wird. Bei Lesern wie auch bei den westdeutschen Autoren selbst.

Das ist auf den ersten Blick insofern erstaunlich, als die wichtigsten Autoren mit einem geistigen und literarischen DDR-»Hintergrund« keineswegs darauf erpicht sind, die Gegenwart jenes anderen deutschen Staates in ihren Arbeiten darzustellen. Zwar wird ihnen immer wieder, mit fast monotoner Routine, durch die Parteipresse und die Sprecher von Partei und Regierung nahegelegt, mit Goethes Theaterdirektor aus dem Vorspiel zu »Faust« zu reden, ins »volle Menschenleben« zu greifen, das so interessant sei. Wobei Ideologen schon wieder den *Wunsch nach positiven Helden* zu äußern wagen, den man seit Stalins Zeiten für abgetan hielt. Doch abgesehen von Fleißaufgaben der literarischen Vorzugsschüler findet solcher Wunsch keinen Widerhall. Die Zeiten sind vorbei, da sich *Peter Hacks,* alles andere als ein Dissident, in Schwierigkeiten brachte mit Gegenwartsstücken wie dem »Moritz Tassow« oder gar mit einem Ulbricht-Zitat als Stücktitel, nämlich dem Text »Die Sorgen und die Macht«. Seit langem sind Texte von Hacks am Markenzeichen eines spielerisch-eleganten Bildungsklassizismus erkennbar. Das kommt gut an und bringt was ein. Sein Lehrer Brecht, meinte Hacks, habe »Gewerkschaftsstücke« geschrieben.

Hartmut Lange, dessen frühe Stücke undenkbar sind ohne die Auseinandersetzung mit Brecht, und das hieß auch: mit Brechts Vision einer Welt der Nicht-Entfremdung, reflektiert in seinem »Tagebuch eines Melancholikers«: »Der sozial befreite Mensch beginnt existentiell zu leiden.« Worüber wir aber noch nichts aussagen können, obwohl Lange vermutlich recht hat: weil es diese soziale Befreiung bisher noch nicht gab. Hartmut Lange unterscheidet sich heute, wie es scheint, von seinen einstigen literarischen Partnern in der DDR, also von Heiner Müller oder Stefan Schütz, vor allem darin, daß er sowohl den amtlichen Realismus für unfruchtbar hält, wie auch die mythischen Parabelstücke, denen der »römische« Brecht mit seinem Lukullus oder Coriolan noch fest vertraut hatte. Hartmut Lange hatte sich einstmals angeregt gefühlt durch die mythische Gestalt des Herakles oder Herkules, der gewaltsam, aus purer Stärke, gesellschaftliche Ordnung schaffen konnte. Bei Langes Herakles durfte an Väterchen Stalin gedacht werden. Im »Herakles« von Heiner Müller ging es um die fünfte Tat des starken Mannes: das Ausmisten des Stalles im Reich des Königs Augias, wo alles im Wortsinne zum Himmel stank.

Merkwürdig diese Konvergenz der Themen. Bei *Lange*, bei *Heiner Müller* und *Friedrich Dürrenmatt*. Augias und Herakles bleiben aktuell, solange alles zum Himmel stinkt und Zeus keinen Finger rührt, obwohl er den Herakles zeugte.

Sonderbare Konvergenz auch all dieser dialektisch geschulten Autoren, immer wieder zurückzukehren zu den Griechen: nach Troja und Mykenä, nach Theben und nach Kreta. Diese Literatur ist nicht »positiv«, denn sie versteht sich als *Warnliteratur*. Propheten und Warner sind ungern gesehen. Es gibt zu denken, daß eines der wichtigsten Stücke von *Stefan Schütz* von der fruchtlosen Warnung des Priesters Laokoon handelt, der Troja retten möchte, doch von den Schlangen des Meergottes erwürgt wird, weil Troja fallen soll. Liest man die Frankfurter Vorlesungen von *Christa Wolf*, so schildern sie, wie heutige Lebenserfahrung ihr die Parallelwarnerin aus Troja immer näherbrachte: die trojanische Prinzessin Kassandra. Die Wissenden als Warner: *Laokoon und Kassandra*. Denen keiner zuhört, wie sie wissen, und die ihr Wissen im gewaltsamen Tod besiegeln.

Man wird Hartmut Lange antworten müssen, daß wir vom existentiellen Leiden einer sozial befreiten Menschheit nichts sagen können. Weil sich auch unser aller existentielles heutiges Leiden an unserer sozialen *Unfreiheit* stets von neuem entzündet. Weil der redliche Schriftsteller gleichzeitig am eigenen Wissen leidet und an dessen scheinbarer Nutzlosigkeit. Trotzdem schreibt er weiter, auch wenn es ihm schlecht bekommt. Das ist weit entfernt von irgendeinem Gratismut. Vielleicht liegt gerade in dieser Dialektik die Strahlkraft jener Literatur begründet, denn sie wirkt weit hinaus über deutsch-deutsche Grenzen in beiden Richtungen. Und weiter hinaus.

Bleibt der Schriftsteller *Uwe Johnson*. Was ist er, oder was mag er gewesen sein? Ein Autor der DDR oder der BRD? Eine solche Fragestellung läßt die Absurdität dieser Grenzziehungen erkennen: bei einem Autor, der sein erstes veröffentlichtes Buch, die »Mutmaßungen über Jakob«, als Versuch eines Schriftsteller definierte, »eine Grenze zu beschreiben«. Unterscheidet man jedoch die Schriftsteller deutscher Sprache nach ihrem Willen und ihrer Fähigkeit, sich selbst und ihre Umwelt als widerspruchsvolle Einheit oder als Einheit von Widersprüchen zu verstehen, so wird man Uwe Johnson wohl - im weitesten Verstande - als *Autor der DDR* interpretieren müssen. Er selbst hat sich vermutlich so gesehen.

Diese norddeutsche Umwelt aber, die er kannte, weil er sie in sich trug und nie verlor, wurde verstanden als ein Zugleich aus Gegenwart, Geschichte und aus einer menschlichen künftigen Möglichkeit. Als ein Nochnicht. Die Menschen in Johnsons Erzählwerk »Jahrestage« leben mit der Gegenwärtigkeit aller Katastrophen der deutschen Geschichte in unserem Jahrhundert. Gesine Cresspahl kommt im Jahre 1933 zur Welt. Jakob Abs stirbt während des ungarischen Aufstands im Jahre 1956, und er stirbt daran. Gesines Eltern haben die Erbschaft des Kaiserreichs und eines Ersten Weltkriegs zu tragen. Jakobs Kindheit war Flucht aus der Heimat, Vertriebensein und Suchen nach einer neuen Heimat: in Mecklenburg. Die Jahrestage der in New York lebenden Gesine, August 1967 - August 1968, sind synchron dem Vietnam-Krieg und der tschechischen Revolte, die abermals mit dem Einrollen von Panzern abgeschlossen wurde.

Alles Vergangene ist in diesem Erzählen dialektisch aufgehoben. Die Vergangenheit ist gleichzeitig zum scheinbar bloß aktuellen Geschehen. Eines aber sollte auffallen: daß all dieses Erzählen begrenzt bleibt auf die *Welt der kleinen Leute.* Auch die Zeitungsausschnitte, die Gesine in New York täglich der »New York Times« entnimmt, handeln vom kleinen Glück oder großen Unglück der kleinen Leute. Keine Kaiser- und Führerwelt und keine Empfänge im Weißen Haus. Der Student Johnson hatte alles bereits gelesen, und er war mit seinem ersten Schreiben der Erzähler Uwe Johnson, den man seitdem kennt und nicht vergessen wird. Er hatte Brechts Gedicht »Fragen eines lesenden Arbeiters« gelesen und überdacht. Der liest im Geschichtsbuch von den Taten und Bauten der Helden, und er fragt nach den Spesen und nach denen, die sie aufbringen mußten.

Dialektische Gewalt der Literatur: sie kann mithelfen, die Orwellschen Sprachlügen zu durchschauen; die künstlichen Paradiese der Sehr Noblen, der Sehr Schönen und der Sehr Reichen zu meiden; den Lockungen irgendwelcher Führer zu entgehen.

Brecht hatte, scheinbar listig, den Zuhörern seines Parabelstükkes vom Guten Menschen freigestellt, sich selbst eine Lösung zu suchen: ob mit Göttern oder ohne sie. Um ein guter Mensch bleiben zu können. Geschrieben war das im Exil um das Jahr 1940. Brechts Schüler *Heiner Müller* antwortete dem Lehrer fünfundzwanzig Jahre später. Sein Stück *»Philoktet«,* Neufassung einer Tragödie des Sophokles, abermals mit dem Trojanischen Krieg als dem Krieg aller Kriege als Hintergrund, antwortet durch den Mund des Lügners und Mörders, anders gesagt: des Pragmatikers und Machers Odysseus:

> Spuck aus dein Mitgefühl, es schmeckt nach Blut
> Kein Platz für Tugend hier und keine Zeit jetzt
> Frag nach den Göttern nicht, mit Menschen lebst du
> Bei Göttern, wenn die Zeit ist, lern es anders.

Fünftes Kapitel
Die Austreibung

Halbzeit

Als zu Beginn des Jahres 1924 die beispielslose Geldentwertung durch Einführung einer deutschen Rentenmark beendet wurde und eine neue, scharf deflationistische Währungspolitik dafür sorgte, daß im Volk sichtbar werden konnte, was sich auf der Hinterbühne vorbereitet hatte, während vorne, nur allzu turbulent, das Widerspiel von Revolution und Gegenrevolution ablief, war es auch mit der *expressionistischen Revolte* in der Literatur vorbei. Einer der Wortführer jener Literatur- und Gesellschaftsbewegung der Ausdruckskunst, Kasimir Edschmid, hat viel später beim Rückblick fast belustigt festgestellt, wie die einstigen Expressionisten plötzlich demonstrierten, daß sie auch ganz anders zu schreiben vermochten. Das galt nicht bloß für die Jüngeren: für Hans Falladas Wandlung vom expressionistischen zum volkstümlich-realistischen Erzähler oder für Carl Zuckmayers Weg vom expressionistischen Spätling »Kreuzweg« zum Volksstück vom »Fröhlichen Weinberg«. Auch die dezidierten Vertreter expressionistischer Literatur wandelten sich zu Repräsentanten einer neusachlichen Gebrauchskunst: heiter-kritische Lustspielthemen statt der einstigen Haßstücke gegen Staat und Väterwelt bei Walter Hasenclever; kunsthistorische Gebrauchs-Essayistik bei Theodor Däubler. Diesen gelang der Übergang in die literarische Anpassung. Anderen nicht, weil sie nur expressiv oder gar nicht zu schreiben wußten: Fritz von Unruh etwa und Arnolt Bronnen.

Anders liefen die Dinge in der zweiten Nachkriegszeit. Es hatte seit 1945 nicht einmal eine scheinhafte Revolutionsbewegung gegeben, wie zwischen 1918 und 1923. Der Nachexpressionismus Wolfgang Borcherts und seiner Epigonen fand sich in eine Landschaft versetzt, die Ruinen in Fülle bot, nicht aber als Szenerie für Revolten taugte. Es war da, mit Brecht zu sprechen, »nur Unrecht und keine Empörung«. Andererseits blieben die älteren Schriftsteller, die endlich im Nachkrieg hervortreten durften, fixiert an jene Epoche und Szenerie. Sie wurden niemals zu neusachlichen Literaten mit dem Grundthema des »Establishments« oder auch des prinzipiellen »Anti-Establishments«.

Diese Aufgabe übernahmen Schriftsteller einer jüngeren Generation. Nun begannen Debüts der Autoren vom Jahrgang 1926 bis 1929: Ingeborg Bachmann, Günter Grass, Hans Magnus Enzensberger, Martin Walser. Sie waren durch das Dritte Reich nicht als Schriftsteller frustriert worden. Für sie gab es noch, unverdient und vielleicht sogar ungewollt, eine »Unschuld des Werdens«. Um nicht zu sagen: eine »Gnade der späten Geburt«. *Martin Walser* hat später, vom hamletischen Verhalten der Söhne sprechend, im Zusammenhang mit seinem Schauspiel »Der schwarze Schwan«, dies Privileg ausdrücklich in Anspruch genommen. Weshalb auch das Todesmoment keine neuen literarischen Impulse auslöste. Krieg und Vorkrieg wurden nicht mehr in tragischen Geschichten behandelt, sondern, wenn irgend möglich, durch Heiterkeit neutralisiert: was keineswegs mit Gutmütigkeit verwechselt werden sollte. So etwa versteht Martin Walser die Geschichte seines Alois Grübel in »Eiche und Angora« und Günter Grass das Treiben seines Oskar Matzerath.

Die deutschen Lebensbühne hatte sich in bedenklichem Maße gewandelt: Zu einem höchst unguten Guten. Wie es der Chor der Feuerwehrleute in *Max Frischs* Spiel von »Biedermann und die Brandstifter« konstatierte, schönerer Wiederaufbau der Stadt aus Glas, Chrom und Beton; aber im Herzen blieb sie die alte. So lebten sie dahin, die Menschen dieser Fünfziger Jahre, mit ihnen die Schriftsteller. Genußwilligkeit war in jedem Augenblick benachbart der Unlust am Genießen. Die Schriftsteller sahen und schilderten beides: Genuß wie Unlust. Hamlets Überdruß am allzu festen Fleisch. Man empfindet Leben und Schaffen als ein *Provisorium,* dessen Weiterwursteln, wie Dürrenmatt den Zustand in seinem Essay »Thesterprobleme« von 1955 bezeichnete, gleichzeitig ersehnt und gefürchtet wird.

Neue Schlagworte werden präsentiert: Wirtschaftswunder, keine Experimente, unbewältigte Vergangenheit. Nichts daran ist echt. Schnurres Losung »Man sollte dagegen sein« wird nicht mehr ernst genommen. Man ist dagegen – und trägt bisweilen durch ein Dagegenschreiben zur Abrundung des scheinbar bekämpften Zustandes bei. Alles wird von nun an »integriert« durch eine offizielle Gesellschaftstheorie, die gelernt hat, daß man die abgenutzten Redensarten von der Volksgemeinschaft und vom Ständestaat nicht mehr anbieten darf. Weshalb man auf den Terminus »formierte Gesellschaft« verfällt: *zur Bezeichnung des Gleichen.* Auch der Avantgardismus wird integriert und die Beatnikmentalität; die aleatorische Kunst nicht minder als die Literatur des Unbehagens an der neuen, unguten Prosperität.

Daneben die *Gegenwelt: vom 17. Juni 1953 bis zum 13. August 1961.* Stalin als Vater der Völker, größter Staatsmann, Feldherr, Philosoph, Ökonom und Linguist. Das Dreierkonsortium der Nachfolger: Malenkow, Molotow, Berija. Die Kugel für Berija, den Geheimdienstchef. Die Entmachtung Malenkows und Molotows. Aufstieg und Fall des Nikita Sergejewitsch Chruschtschow. Kulturelles Tauwetter, das schließlich keines war. »Sie schimpften nur einen Sommer«: so verspottete man vom Westen her jene Intellektuellen, die ernsthaft dem Losungswort vom Ende des Stalinismus vertraut hatten. In China ging man umsichtiger und grausamer zu Werke. Dort verkündete Mao das Existenzrecht der tausend Blumen, das Disputationsrecht für hundert miteinander ringende Lehrmeinungen. Gemeint war dies: die Gegner kennenzulernen und zu schlagen, nachdem man sie auf solche Art hervorgelockt hatte.

Provisorien der Prosperität und der Toleranz: in Deutschland und außerhalb. Schriftsteller, die nun debütierten, unterschieden sich auch durch den Ausbildungsgang von ihren Vorgängern. Sie wuchsen auf im Schatten der gleichfalls restaurierten westdeutschen Hochschulen hüben, einer planmäßigen, oft auch verplanten Entwicklung zur »sozialistischen Hochschule« drüben. Der Anteil promovierter und diplomierter Germanisten ist erstaunlich: Walser, Enzensberger, auch Jens (klassischer Philologe und Germanist), Reinhard Lettau, Peter Hacks, Uwe Johnson. Nicht zu reden von den jungen Vertretern eines neuen Kritikertyps, die sich zusammenfinden mit diesen Repräsentanten einer Literatur der skeptischen Halbzeitberechnung.

In Westdeutschland dominiert in der literarischen Themenstellung die Verachtung der Restauration, der materiellen Prosperität und manipulierten Kulturindustrie. Die Spaltung des Landes inspiriert vorerst kaum einen Schriftsteller. Den anderen Teil Deutschlands nimmt man beim Schreiben nicht zur Kenntnis. *Wohl das Atomrüsten.* Darin äußert sich, wie man zu erkennen glaubt, der Zustand einer bedingten Verurteilung der Menschheit, abermals ein Provisorium, das erst den totalen Aspekt jener provisorischen Prosperität, genannt Wirtschaftswunder, freigibt.

In *Ingeborg Bachmanns* Gedicht »Anrufung des Großen Bären« (1956) wird, vom sternenhaft-realen Bären her gesehen, unsere Welt als Baumzapfen verstanden: die Menschen sind Schuppen dieses Zapfens.

> Fürchtet euch oder fürchtet euch nicht!
> Zahlt in den Klingelbeutel und gebt
> dem blinden Mann ein gutes Wort,
> daß er den Bären an der Leine hält.
> Und würzt die Lämmer gut.
>
> ’s könnt sein, daß dieser Bär
> sich losreißt, nicht mehr droht
> und alle Zapfen jagt, die von den Tannen
> gefallen sind, den großen, geflügelten,
> die aus dem Paradiese stürzten.

Wie soll sich der Schriftsteller vor dieser Spiegelgalerie der Provisorien verhalten? Den Ideologieverdacht haben die Leute vom Jahrgang 1927 von ihren älteren Kollegen übernommen. Auch sie halten nicht allzuviel von Menschheistdämmerung und Welt-Freundschaft. Eher verfallen sie, in der Brecht-Nachfolge, auf Spekulationen über List und Schwierigkeiten beim Schreiben der Wahrheit. Ein Gedicht von *Hans Magnus Enzensberger* aus seinem ersten Versbuch »verteidigung der wölfe« von 1957 kann als programmatisch gelten für viele andere Schriftsteller jener Halbzeitgeneration.

> ins lesebuch für die oberstufe
>
> lies keine oden, mein sohn, lies die fahrpläne:
> sie sind genauer, roll die seekarten auf,
> eh es zu spät ist, sei wachsam, sing nicht.

der tag kommt, wo sie wieder listen ans tor
schlagen und malen den neinsagern auf die brust
zinken. lern unerkannt gehn, lern mehr als ich:
das viertel wechseln, den paß, das gesicht.
versteh dich auf den kleinen verrat,
die tägliche schmutzige rettung. nützlich
sind die enzykliken zum feueranzünden,
die manifeste: butter einzuwickeln und salz
für die wehrlosen, wut und geduld sind nötig,
in die lungen der macht zu blasen
den feinen tödlichen staub, gemahlen
von denen, die viel gelernt haben,
die genau sind, von dir.

Die *Brecht-Nachfolge* ist offensichtlich. Allerdings hat Enzensberger auch diesmal die Themen des Meisters umfunktioniert und für die neue Situation eines Jahrzehnts, das Brecht nicht mehr bis zu Ende erleben konnte, gleichzeitig modernisiert. Da ist noch, wie einst von der Mutter Courage verkündet, das Recht auf den kleinen schmutzigen Verrat, wenn man dadurch die große Kapitulation vermeiden kann. Schon in Brechts »Lesebüchern für Städtebewohner« war verkündet worden, wie jetzt in Enzensbergers Lesebuch, zu gewissen Zeiten bedeute die tägliche kleine Rettung (und geistige Salvierung) eine heroische Anstrengung. Der Ideologieverdacht scheint total zu sein. Man soll weder auf Enzykliken noch auf Manifeste vertrauen, auch nicht auf die Oden der Poeten. Brecht hatte sich noch in der letzten Lebenszeit abgemüht, aus dem »Kommunistischen Manifest« ein Lehrgedicht in Hexametern zu machen. Wie Brecht erkennt aber auch Enzensberger beim Anblick des restaurierten Deutschland: der Schoß sei fruchtbar noch, aus dem die Welt des Dritten Reiches im Jahre 1933 gekrochen war. Einberufungslisten, Pranger, Schandflecke an der Kleidung der Geächteten sind jederzeit reproduzierbar.

Was zu tun ist? Zu lernen. Hier hätte Brecht zugestimmt, wie bei Enzensbergers »Scheltrede auf die Lämmer« in scheinbarer Verteidigung der Wölfe, die mit dem Satz geschlossen hatte: »ihr ändert die welt nicht.« Auch in jenem anderen Gedicht war den Lämmern ihre Lernunwilligkeit vorgeworfen worden. Freilich hält Enzensberger einen anderen Lernstoff für wichtiger als der marxistische Dialektiker Brecht. Der Verfasser des Parabelstückes vom »Guten Menschen von Sezuan« glaubte noch an die Möglichkeit eines großen Finalkampfes der antagonistischen Klassen. Für Enzensberger scheint auch diese marxistische Orthodoxie zum Bereich eines falschen Bewußtseins zu gehören, das Ideologieverdacht erregt.

Der Lehr- und Lernstoff für die Oberstufe ist daher gedacht als *literarische Sabotage-Aktion:* tödlichen Staub in die Lungen der Macht zu blasen. Man sieht: Die Ideologiefeindschaft scheint nur noch einen Partisanenkampf zuzulassen. Damit wird bei vielen Autoren die gestundete Zeit zu einem Zustand, den man im Österreich des Karl Kraus mit der Formel »vorläufig definitiv« erfaßt hatte. Es ist »Halbzeit«, wie in Martin Walsers Roman von 1960: doch ein Ende des Spiels läßt sich, im Widerspruch zu allen Spielregeln, nicht absehen. Die Wetterlage zeigt auf veränderlich. *Walter Höllerer* wählte sich im Jahre 1956 das Wort »Transit« als Titel einer Anthologie zeitgenössischer Lyrik. »Transit« hat sowohl mit Übergang zu tun als auch mit Untergang. Übergang, doch ohne den Blick hinüber ins Futuristische, vielleicht gar in die Utopie. Für Brecht schien das Ziel deutlich sichtbar zu sein, »wenn auch für mich kaum zu erreichen«. Für die Dichter der Transit-Generation gibt es keine Zukunftsvision mit Apotheose.

Wo das Provisorische als unbehaglich empfunden wird, so daß es nicht einmal zum Thema einer Satire taugt, kann der Gedanke aufkommen, *Vergangenheit und Geschichte zu benutzen,* um jene Festigung des gegenwärtigen, transitorischen Zustands zu erreichen, wenn die Zukunft nicht auszuhelfen vermag. Es war ein ernsthaftes Unterfangen, alles andere als Bildungsfexerei, wenn in jenen Fünfziger Jahren immer wieder versucht wurde, *das Antike im Gegenwärtigen* aufzurufen: indem man die Übergangszeit als Wiederholung, gleichsam als neue Fassung eines uralten Topos, zu verstehen suchte. Das begann kurz nach dem Kriege bei *Max Frisch* in seiner Farce von der »Chinesischen Mauer«, worin Brutus und Pilatus, Napoleon und Cleopatra als Elemente des Zeitgenössischen verstanden wurden. *Dürrenmatts* Komödie »Romulus der Große«, vom Autor im Jahre 1957 neu gefaßt, suchte die kaiserlich-römische Endzeit als moderne Endzeit zu verstehen. *Ernst Schnabel* unternahm im Jahre 1956 in dem Roman »Der sechste Gesang« einen Neubericht der Heimkehrerschicksale des Odysseus, von Homer einst geschildert im sechsten Gesang der »Odyssee«. Zwei Jahre später (1958) erzählte Schnabel in dem Buch »Ich und die Könige« die Geschichte des Dädalus, Urbildes aller Ingenieure, des mythologischen homo faber, als überzeitlich-zeitgemäße Fabel.

Es gibt in jener Ära des Provisorischen auch Nachzügler und Vorwegnahmen. *Alfred Andersch* vom Jahrgang 1914 gehörte zur Generation der literarischen Spätbeginner. Mit Hans Werner Richter hatte er jene ephemere Jugendzeitung »Der Ruf« gegründet und war, zusammen mit Richter, Eich und Kolbenhoff, zum beinahe unfreiwilligen Begründer der Gruppe 47 geworden. Langsam begann Andersch eine späte Laufbahn als Erzähler. Es folgten Jahre einer kritischen, essayistischen und editorischen Tätigkeit. Das Buch »Die Kirschen der Freiheit« von 1952 ist weitgehend Autobiographie und dokumentarischer Bericht. Seinen ersten Roman »Sansibar oder der letzte Grund« veröffentlichte er im Jahre 1957, mit 43 Jahren. Auch thematisch ist dies Buch ein Nachzügler. Hier liest man einen Spätling: den gleichsam nachgelieferten Bericht über das Verhalten von Menschen in der Hitlerzeit. So entsteht die Geschichte vom Pfarrer Helander, den beiden kommunistischen Genossen in Zeiten der Illegalität, der Jüdin Judith und des »Jungen«, für den Sansibar gleichzeitig Punkt auf der Landkarte und vollkommenes Utopia, den dritten und letzten Grund darstellt, aus dem heimatlichen Rerik abhauen zu wollen.

Die Geschichte einer Flucht aus dem Dritten Reich. Nicht im großen sinfonischen Stil dargestellt, wie bei *Anna Seghers* im »Siebten Kreuz« von 1942, sondern gleichsam in kammermusikalischer Besetzung vorgetragen. Die Flucht Georg Heislers aus dem Lager Westhofen diente bei Anna Seghers dazu, die Wandlungen von Menschen im Dritten Reich, Standhaftigkeit und Versagen, zu schildern: mit dem Blick auf den künftigen Sieg der Solidarität. Ein episches Gesamtbild; das Werk einer Marxistin. Bei Andersch ist die Flucht nicht mit den Mitteln der epischen Verflechtung von Erzählbereichen dargestellt, sondern in eigentümlicher Mischung der dramatischen und erzählerischen Technik. *Es ist ein Buch ohne Hoffnung.* Die Entscheidungen der Figuren: des

Pfarrers, der Kommunisten, auch des Jungen, sind jäh und unvorhersehbar: wie in einem Theaterstück oder Roman von Jean-Paul Sartre. Ein existentialistisches Buch, wohl auch ein humanistisches, wenn Sartre recht hat mit der These, der Existentialismus sei gleichfalls Humanismus.

Flucht aus dem Dritten Reich. Ein Leser des Buches »Sansibar oder der letzte Grund« folgt dem Erzähler mit einer Emotion, die vielleicht nicht geringer ist als bei der Lektüre des Romans »Das siebte Kreuz« von Anna Seghers. Aber die Hoffnung des Lesers gilt, von Andersch provoziert, nur der Rettungsaktion, nicht ihren Folgen am nächsten Tag und im nächsten Jahr. Gerade die Ähnlichkeit der Thematik zeigt die Gegensätze zwischen einer Position der Kommunistin Anna Seghers und jener des ehemaligen Kommunisten Alfred Andersch.

Übergang von der Ausdruckskunst zur sachlichen Darstellung von Verhaltensweisen, im Falle einiger Schriftsteller verstanden zugleich als *Übergang von der Lyrik zur Epik.* Die Antike als Hilfsstellung für die Moderne, da die Zukunft nicht dienen kann. Literarischer Dienst in der neuen Wohlstandsgesellschaft, doch mit geheimen Sabotageabsichten. Alles ergibt kennzeichnende Themen und Gestaltungen im Zustand des – vorerst definitiven – Provisoriums.

Zwei schweizerische Parabelstücke hatten mit einem bösartigen Jux geendet: als Parodien des antiken Chors. *Der Modellfall des Herrn Biedermann,* welcher durch den von ihm zwar provozierten, doch nicht ernsthaft erwarteten Selbstmord seines weggejagten Mitarbeiters, aus schlechtem Gewissen also, derartig sentimental wurde, daß er den Brandstiftern alles zu Willen tat, war mit dem von *Frisch* nachgedichteten Schluß, der das Ehepaar Biedermann in der Hölle zeigt, im Jahre 1958 endgültig formuliert worden. Als »Lehrstück ohne Lehre«, wie Frisch verlauten ließ. Was von spöttischen Kritikern nicht unzutreffend interpretiert wurde als: ein Brecht-Stück ohne Marxismus. Es gipfelte im Chor der Feuerwehrleute und in Biedermanns kleinlauter Vermutung, auch in der Hölle trotz allem »gerettet« zu sein. Rettung hieß dabei: Fortbestehen des Wohlstands. *Dürrenmatts Komödie vom »Besuch der alten Dame«* hatte zwei Jahre vorher (1956) von Zürich aus den Weg über die Bühnen der Welt genommen. Auch hier stand, inbrünstig gesungen vom Ensemble der Güllener, als Kantate für Solostimmen und gemischten Chor, am Abschluß das Prosperirätsfinale.

Alle: Es bewahre uns aber
Der Pfarrer: Ein Gott
Alle: In stampfender, rollender Zeit
Der Bürgermeister: Den Wohlstand
Alle: Bewahre die heiligen Güter uns, bewahre Frieden
Bewahre die Freiheit
Nacht bleibe fern
Verdunkele nimmermehr unsere Stadt
Die neuerstandene prächtige,
Damit wir das Glückliche glücklich genießen.

Die Nacht blieb nicht fern. Neue Verdunkelungen ließen sich ahnen: im Getue mit künftigen Luftschutzgesetzen wie in besorgten Konjunkturgesprächen. Die *Sechziger Jahre besaßen ein durchaus anderes Wohlstandsklima* als die Zeiten, da man innig vom deutschen Wirtschaftswunder zu sprechen pflegte. Nun wurde die Erinnerung der Älteren zurückgelenkt auf die Jahre 1928/29, wo Wirtschaftskrise und millionenhafte Arbeitslosigkeit der melancholischen Skepsis neusachlicher Texte auch in der Literatur rasch den Garaus gemacht hatten. Damals hatte der Berliner Wirtschaftsprofessor Julius Hirsch gerade ein Buch mit dem Titel »Das amerikanische Wirtschaftswunder« abgeschlossen und zum Druck befördert, als in Amerika der »Schwarze Freitag« an der New Yorker Börse eine Lawine der Konkurse, Entlassungen, verzweifelten Selbstmorde auslöste: als die Weltwirklichkeit unter Aspekten erschien, die Brechts Lehrstück von der »Heiligen Johanna der Schlachthöfe« inspirieren sollten.

Schwarze Freitage hatte es in den Sechziger Jahren nicht gegeben. Sie waren vorerst nicht als Wirklichkeit vorhanden, sondern erst als Kategorie Möglichkeit. Immerhin sprach man seitdem, als würde es bei Frisch und Dürrenmatt abgeschrieben, von »Unterkonjunktur« oder »Rezession«, um durch euphemistische Sprachregelung den alten Begriff der Wirtschaftskrise zu vermeiden.

Im Jahrzehnt der Halbzeit und des Transits war in Deutschland der Aufstand des *17. Juni 1953* das beherrschende Ereignis gewesen. Die Literatur nahm jahrelang davon nicht Kenntnis, wie sie überhaupt bestrebt war – sieht man vom Spätling Alfred Andersch ab –, die Themen des Kriegs, Nachkriegs und der deutschen Aktualität in ihren schmerzhaften Aspekten zu verdrängen. Neue Sachlichkeit, ironisch angepaßt, an Stelle der einstigen Expressivität.

Die deutsche Zäsur des neuen Jahrzehnts hingegen wurde durch den *13. August 1961 bestimmt: durch die Mauer.* Nun sah es so aus, als wolle sich in der Literatur eine neue Hinwendung zur bedrückenden Aktualität vollziehen. Man mißtraute der scheinbar stabilen Wohlstandsgesellschaft und hatte in jenen Augusttagen des Jahres 1961 die Folgen eines politisch-sozialen Zustands kennengelernt, worin man stolz gewesen war auf die Losung »Keine Experimente!«

Die letzten Jahre der Weimarer Republik waren in der Literatur charakterisiert worden durch Hinwendung zu Texten des unmittelbar politischen Aktivismus: Zeitstücke, Dokumentarisches, Verbindung von Reportage und künstlerischer Erfindung, aggressive Gebrauchslyrik, Lehrstücke, Filme mit unmittelbarer Veränderungstendenz. Im amerikanischen Roman war damals Sinclair Lewis durch John Dos Passos abgelöst worden. In der deutschen Dramatik mußte Carl Zuckmayers Volksstück zurücktreten hinter Bert Brechts Lehrstücken.

Natürlich ist kein Verlaß auf Analogien. Dennoch läßt sich nicht leugnen, daß die Sechziger Jahre in durchaus neuer und historisch nicht unvertrauter Weise eine *Wiederholungstendenz* erkennen lassen. Abermals der Übergang *von einer zweiten Literatur neuer Sachlichkeit* zur Neubelebung von Formen und Funktionen *einer zweiten, gleichfalls dezidierten Zeitliteratur.* Sie hing zusammen mit Wandlungen in Ökonomie und Politik, deutschen wie außerdeutschen. Alles steht plötzlich von neuem in Frage. Weshalb – wie immer in Krankheitsfällen – alle Wunden gleichzeitig von neuem zu schmerzen anfangen: die Erinnerung an das Dritte Reich; an den Krieg; an den Nachkrieg; an die Spaltung des Landes. Plötzlich sind alle akut als literarische Themen und Stoffe. Mit Unbehagen betrachtet man die Nachzügler der melancholischen und ironischen Anpassungsliteratur aus der Transitära. Manche Neuerscheinung, die geglaubt hatte, richtig zu liegen, bekommt es zu spüren.

Neben dieser Prägung der Literatur durch neue Realitäten ist zweitens als Charakteristikum zu nennen *das Auftreten einer literarischen Mittelpunktsfigur.* Das war neu. Selten kam es vor seit den Zeiten der deutschen Klassik, daß sich eine Generation der Schreiber und Leser fast widerspruchslos im Werk *eines* Künstlers wiederzuerkennen glaubte. Beim Jungen Deutschland war es die Mittelpunktsfigur Heinrich Heine: er blieb trotzdem ein deutscher Skandal. Die jungen Naturalisten von 1889 verstanden sich selbst unter Berufung auf den jungen Gerhart Hauptmann. Aber dessen unbestrittene Herrschaft dauerte nicht über das Jahr 1896 hinaus: über die für ihn folgenschwere Niederlage seines »Florian Geyer«. Thomas Manns und Brechts Hegemonien waren in Deutschland niemals unbestritten. *Heinrich Böll* war nach dem Zweiten Weltkrieg zwar eine vielgenannte Figur des literarischen Lebens, doch seine Wirkung blieb vorerst beschränkt auf den Umkreis des literarischen Lebens. Die Phantasie der Liebhaber von Leitbildern unter seinen Zeitgenossen beschäftigte er kaum.

Das hatte sich seit dem Jahre 1959 geändert: seit dem Erscheinen des Romans vom Blechtrommelspieler Oskar Matzerath. Nun wurde *Günter Grass* zur Mittelpunktsfigur des deutschen literarischen Lebens. Was er schreibt, treibt und sagt, beschäftigt die Leute: weit über den Bereich des Literarischen hinaus. Widerspruch hin, Zustimmung her: durch die Person des Schriftstellers Günter Grass war eine neue Relation geschaffen worden zwischen den neuen deutschen »Wirklichkeiten« und ihrer Spiegelung in der Literatur. »Was halten Sie von Günter Grass?«, wurde Anknüpfung von Gesprächen, die nicht immer das Ziel haben sollten, bei der literarischen Plauderei stehenzubleiben. Die Funktion des »Aimez-vous Brahms?« wurde miterfüllt. Grass hatte mit seinen beiden Romanen und der Erzählung »Katz und Maus« die Phantasie beschäftigt. Endlose Gespräche über Obszönitäten und Schocktherapie wurden geführt. Nicht bloß in Deutschland, auch in Frankreich, wo der Blechtrommler Oskar Matzerath triumphal Einzug hielt und eine Beachtung fand, die man im Lande des »Nouveau roman« einer nichtfranzösischen epischen Kreation nur selten zu gewähren pflegte.

Grass ist zweifellos eine große literarische Begabung: allein er ist – jedenfalls in seinem erzählerischen Werk – *ein durchaus traditionsgebundener Schriftsteller.* Hierin liegt seine Eigentümlichkeit. Bei Schilderung dessen, was erzählt werden muß, schreckt er vor nichts zurück. Die Erzählweise aber versteht sich als Fortführung berühmter romanhafter Gattungsmodelle. Oskar Matzerath berichtet in der Ich-Form, um einen Schelmenroman vorzutragen. Seine Geschichte verläuft weitgehend in den Formen eines klassischen Bildungsromans. In seiner Erzählung von dem Danziger Jungen, der so gern – aus absonderlichen Beweggründen – ein »Ritterkreuzträger« werden wollte, in der Geschichte also mit dem Titel »Katz und Maus«, ließ sich Grass in der Formgebung durch den klassischen deutschen Novellentyp inspirieren. Auch sein zweiter Roman »Hundejahre« (1963) wurde in strenger, fast konservativer Formgesetzlichkeit gearbeitet. Verschiedene Gestalten berichten, die Perspektive wechselt; im Gegensatz zur »Blechtrommel«, wo man ausschließlich mit Oskar Matzerath zu tun hatte. Alles aber steht in deutscher Romantradition. Grass kennt seine E.T.A. Hoffmann und Jean Paul, die ihrerseits Laurence Sterne genau gelesen hatten.

Kann man aber die Inhalte und Formen des Erzählers Günter Grass (mit dem Lyriker Grass verhält es sich anders) als stellvertretend empfinden für damalige Tendenzen der jüngeren Schriftstellergeneration deutscher Sprache? Manches spricht dagegen. Grass strebte nach dem großen sozialkritischen Roman mit pikaresker Form und pädagogischer Struktur. Er versuchte als Dramatiker, die Formen der Tragödie und ihrer besonderen deutschen Abart, des deutschen Trauerspiels, mit neuem Inhalt zu erfüllen. Allein die jüngeren Erzähler oder Stückeschreiber, die etwa zum Jahrgang 1940 gehörten, waren durchaus nicht bereit, im Gefolge des »Blechtrommlers« an einer Erneuerung dieser Roman- und Dramenform zu arbeiten. Die *kleine Form*, die Kurzgeschichte, die knapp gehaltene, mit tausend Weglassungen oder übergenauen Einzelheiten arbeitende Experimentalprosa, wurden zum Kennzeichen neu auftretender deutscher Erzähler.

Die Arbeitsweise des Erzählers *Peter Bichsel* – ein Werkstattgeheimnis, das er preisgab – mag andeuten, was ihm und seinen neuen literarischen Zeitgenossen vorzuschweben schien. Ein handlungsreicher Roman wurde von Bichsel entworfen: mehrere hundert Manuskriptseiten lagen auf dem Schreibtisch. Es begann ein Prozeß des Streichens, Kondensierens und Filtrierens. Schließlich war der Erzähler zufrieden, als zwei Seiten das ganze Romangeschehen, das ihm erzählenswert gewesen war, umschlossen. Um es mit einem Beispiel aus der Musikgeschichte auszudrücken, das nichts über den Rang, sondern über die Technik – und Ästhetik – aussagen soll: als hätte Anton von Webern die Riesenpartitur von Schönbergs »Gurreliedern« auf die Dimensionen und Strukturen einer Webern-Partitur reduziert.

Hinter solchen Arbeitsweisen steckte natürlich, nicht immer bewußt praktiziert, eine Ästhetik. Auf die friedliche Erzählweise des allwissenden Romanautors ließ man sich nach wie vor nicht ein.

Fast alle Neuerscheinungen solcher Kurzprosa wurden als Ich-Erzählung präsentiert. Das erzählende Ich jedoch hatte nirgendwo die Funktion, wie etwa bei Goethe oder Gottfried Keller, noch bei Hermann Hesse, Autobiographisches mitzuteilen. Über Leben und Denken der neuen deutschen Erzähler erfuhr man aus ihren Büchern überhaupt nichts. Das Ich, das jeweils berichtete, war entweder reine Erzählform, oder es wurde *Rollenprosa* vorgetragen. In solchen Fällen lernen wir einen wunderlichen, oft betont widerwärtigen Menschen kennen, der etwas mitteilen möchte. Der Verfasser selbst aber hält es mit jenem Brecht, der gesagt haben soll: »Wen immer Ihr suchen möget, ich bin es nicht!«

Uwe Johnson, Mutmassungen über Jakob

Übrigens läßt sich auch die Geschichte, die Uwe Johnson in seinem ersten Roman zu erzählen gedachte (vielmehr in dem ersten Buch, das er drucken ließ, denn vorausgegangen war die Abfassung des Romanmanuskripts »Ingrid Babendererde«, das nach dem Tod des Autors publiziert wurde), als traditionelle Story berichten: mit Weil und Darauf, Andererseits und Bevor. Folglich mitsamt allen kausalen und temporalen Zuordnungen, wie es der Leser gern hat bei einer spannenden und leicht überschaubaren Fabel.

Sogar Eigentümlichkeiten der Berichtszeit wären ohne sonderliche Mühe ins Gewohnte zurückzulenken. Dann spräche man, und hätte sogleich eine gewohnte literarische Gattung benannt, von Rahmenerzählung oder vom Erinnerungsroman. In der Tat gibt die Geschichte vom Tode des Eisenbahners Jakob Abs, irgendwo an der Elbe in »Ostdeutschland« und im Herbst des Jahres 1956, ein ganzes Buch lang einigen Anlaß zu Rekonstruktionen des Todesfalls und seiner möglichen oder mutmaßlichen Ursachen. Rückblenden und so. Analytische Erzähltechnik, wo der zu erzählende Sachverhalt längst abgeschlossen wurde, aber durch den chronikartigen Bericht irgendeines epischen Ego oder durch den allwissenden, objektiven Berichterstatter nach dem Herzen eines Flaubert mitgeteilt werden kann.

Dann läse sich die Geschichte, die Johnson als »Mutmaßungen über Jakob« im Jahre 1959 publizierte, drei Jahre nach den Ereignissen, die den Hintergrund des Romangeschehens bilden, etwa so: In dem Städtchen Jerichow in Mecklenburg und an der Ostsee, politisch zugehörig dem Gebiet der Deutschen Demokratischen Republik, folglich zugleich dem militärischen und politischen Einflußbereich der Sowjetunion, lebt der Kunsttischler Heinrich Cresspahl. Seine Frau starb im Jahre 1938, seine Tochter Gesine, geboren 1933, im Augenblick der Geschichte also 23 Jahre alt, besuchte in Jerichow die Oberschule, begann darauf in Leipzig das Studium der Anglistik, ging aber, vermutlich nach den politischen Unruhen in der DDR im Juni 1953, nach Westdeutschland, wo sie zuerst in Frankfurt eine Dolmetscherschule absolvierte, anschließend als Übersetzerin eine Stelle beim Hauptquartier der NATO annahm.

Bei Kriegsende 1945 waren Flüchtlinge vor den Russen und Polen aus Pommern nach Jerichow gekommen. Darunter Frau Abs, deren Mann vermißt wurde, mit ihrem einzigen Kind: dem Sohn Jakob, geboren 1928, damals siebzehn Jahre alt. Cresspahl nimmt Mutter und Sohn bei sich auf. Jakob Abs und die fast fünf

Jahre jüngere Gesine wachsen wie Bruder und Schwester auf. Jakob geht 1949 zur Reichsbahn, nämlich zur zentralen Eisenbahnverwaltung der DDR, die eigensinnig, obgleich es seit Kriegsende kein »Deutsches Reich« mehr gab – der westdeutsche Bundesstaat sprach deshalb folgerichtig von seiner »Bundesbahn« –, am alten Namen einer Reichsbahn festhielt. Zuerst Ausbildung in Jerichow, seit einiger Zeit jedoch, denn Jakob darf nun den Titel eines Reichsbahninspektors führen, in einer großen Stadt an der Elbe. Gelegentliche Andeutungen im Roman weisen auf Dresden hin.

Seit Gesine in Westdeutschland lebt, Jakob irgendwo an der Elbe, sind nur noch Cresspahl und Frau Abs im Haus an der Ostsee. Auch das ändert sich im Herbst, wahrscheinlich Ende September oder Anfang Oktober 1956. Das »Ministerium für Staatssicherheit« der DDR, wie der offizielle Name lautet, fungiert gleichzeitig als zentrale politische Polizei im Innern wie als zentraler Nachrichtenapparat im Dienst der äußeren Sicherheit. In beiden Tätigkeiten eng koordiniert dem sowjetischen Polizei- und Informationsdienst. Beide Apparate sind über die Tätigkeit der aus Jerichow geflüchteten Gesine Cresspahl beim Hauptquartier der westlichen Militärorganisation unterrichtet. In Gesprächen zwischen russischen und deutschen Nachrichtenoffizieren, wobei die deutsche Seite repräsentiert wird durch den Hauptmann Rohlfs vom Sicherheitsministerium, taucht der Gedanke auf, Gesine Cresspahl als Informantin des Ostens zu gewinnen. Das Unternehmen »Taube auf dem Dach« hat begonnen.

Der Vater Cresspahl scheidet als Vermittler aus: er ist weder zu bestechen noch zu bedrohen. Der Weg scheint über Jakob zu führen, der allgemein als vorbildlicher Arbeiter und Bürger eines sozialistischen Staates gerühmt wird. Seine Mutter soll dem Hauptmann Rohlfs den Zugang zu Jakob erleichtern. Die erschreckte Frau vertraut sich Cresspahl an, flieht nach West-Berlin, wobei ihr der einstige Gastgeber und langjährige Hausgenosse Cresspahl hilft. Übrigens verfolgt der Geheimdienst den Vorgang, den er inhibieren könnte, was nicht geschieht. Mutter Abs kommt in West-Berlin zuerst, gleich vielen anderen Flüchtlingen jener Jahre, in ein »Flüchtlingslager«, wo auch sie durch westliche Nachrichtendienste ausgefragt wird.

Nun muß es Herr Rohlfs, der sich ständig mit anderen Namen vorstellt und vermutlich auch nicht Rohlfs heißt, unmittelbar mit Jakob versuchen, der ihn durchaus nicht schroff abweist, sondern verspricht, sich eine mögliche Tätigkeit als Informant des politischen Apparates in Ruhe zu überlegen. Inzwischen setzt eine unerwartete Gegenbewegung ein. Gesine wird von ihrem Vater aus Jerichow angerufen, wobei – das Gespräch ist natürlich von der Geheimpolizei überwacht und wird aufgezeichnet – die Ankunft der Mutter Abs im Westen angekündigt werden kann. Ganz unverschlüsselt hingegen telegraphiert Cresspahl an Jakob: »Deine Mutter ist zum Westen.«

Am Telefon hatte Gesine dem Vater von einem Reiseplan gesprochen. Er vermutete eine Reise mit einem Freunde, dem in Ost-Berlin an der Universität arbeitenden Assistenten Dr. Jonas Blach, der Gesine einst in West-Berlin auf der Straße ansprach und eine Zeitlang ihr Freund wurde, auch mit ihr (und – unerlaubterweise – mit einem westdeutschen Paß) nach Italien reiste. Gesine aber meint eine andere Reise: sie will den Vater wiedersehen, obwohl sie sich, nach den Gesetzen der DDR, durch die Flucht strafbar machte. Sie kommt an die Elbe, trifft Jakob zu Hause nicht an, hinterläßt ihm Nachricht, wohnt in einem großen Hotel der Stadt. Dort wartet sie auf Jakob, dort aber wartet auch der Hauptmann Rohlfs auf ihn, der die Dame am anderen Tisch seit Grenzübertritt überwachen ließ, jetzt eigentlich die »Taube auf dem Dach« in seiner Hand hätte, aber nicht hat, denn Verhaftung und Bedrohung wären sinnlos. Er braucht eine freiwillig mitarbeitende Informantin bei der NATO, keine zusätzliche Gefangene irgendwo in der DDR.

Von nun an konvergieren alle Wege in Jerichow. Rohlfs spricht mit Jakob und läßt die heimliche Reise von Jakob und Gesine nach Jerichow als zweckdienlich geschehen. Als beide, die Geschwister, die es nicht sind und im Verlauf der Geschichte dann Liebende werden, in Jerichow eintreffen, finden sie dort den früheren Freund der Gesine, Dr. Jonas Blach. Er hat in Berlin an einer Oppositionsbewegung von Intellektuellen gegen die Politik der Sowjetunion und der DDR teilgenommen. Man schreibt den Oktober 1956. In Polen, dann in Ungarn drohen Aufstände gegen die sowjetische Oberherrschaft, über Dresden müssen Jakob und seine Kollegen die russischen Militärzüge dirigieren, die Prag und Budapest zum Ziel haben.

Jonas ist politisch verdächtig geworden, auch seine Geheimakte hat Herr Rohlfs zu bearbeiten. Der junge Wissenschaftler selbst hält es für geraten, nicht gerade in Berlin gefunden zu werden. Warum nicht eine Zeitlang den Vater der Gesine besuchen? Jerichow ist eine kleine Stadt, wo man weniger leicht auffallen dürfte.

Plötzlich sind alle in Jerichow im Hause Cresspahl: Gesine und Jakob und Jonas und der Hausherr. Eintrifft aber auch Herr Rohlfs, der sich als Rohlfs vorstellt. Ideologische Debatte zwischen dem oppositionellen Philologen und dem Mann der Geheimpolizei. Gesine wird angedeutet, was man von ihr haben möchte, sie wird es sich überlegen. Rohlfs bringt sie selbst an die Westgrenze. Auch Jakob soll es sich überlegen. Er will seine Mutter im Flüchtlingslager besuchen, was Rohlfs genehmigt. Jakob reist dann mit amtlicher Genehmigung in den Westen: zu Gesine, zu seiner Mutter. Gesines Vorschlag, dazubleiben und mit ihr zusammen durch Rundfunkvorträge für den amerikanischen Soldatensender sein Geld zu verdienen, nimmt er nicht an, sondern fährt wieder zurück an die Elbe. Abermals ist er mit Herrn Rohlfs verabredet, geht im Novembernebel nach seiner alten Gewohnheit quer über die Geleise zum Dienst, und wird von einer auftauchenden Lokomotive überfahren. Er stirbt während der Operation.

Jonas hatte ihn noch besucht. Der ruft Gesine an, führt mit ihr ein langes Telefongespräch, während draußen, wie er vermuten muß und darf, Herr Rohlfs wartet, um ihn zu verhaften und ein Verfahren wegen Gefährdung der staatlichen Sicherheit der DDR zu eröffnen, denn der ungarische Aufstand wurde inzwischen, am 9. November 1956, niedergeschlagen. Herr Rohlfs kann die Akte Jonas Blach weglegen und auch die Akte Jakob Abs.

Nicht dagegen das Projekt »Taube auf dem Dach«. Er hatte sich, als er Gesine zur westlichen Grenze zurückfuhr, mit ihr in West-Berlin zu einer Beratung verabredet. Auf den 11. November. Jakob ist tot, Jonas verhaftet, der Hauptmann Rohlfs aber wartet trotzdem am vereinbarten Termin in einer Westberliner Weinstube auf Gesine Cresspahl, Dolmetscherin im Hauptquartier der NATO. »Sie kam wenige Minuten zu spät, und Herr Rohlfs stand auf, als er sie in der Tür sah. Ich wäre froh eine Schwester zu haben. – Und sie sah nicht aus wie eine, die geweint hat; das wollen wir doch mal sagen.« – Mit diesen Sätzen beendet Uwe Johnson seinen Roman »Mutmaßungen über Jakob«.

Das liest sich nicht schlecht. Eine spannende Geschichte mit allen Ingredienzien eines Romankonzepts nach dem Muster von *Graham Greene*: politisch-polizeiliche Komplikationen mit Geheimdienstgeruch, Liebesaffären zwischen privatem und öffentlichem Bereich, auch ein wenig Aura des Geheimnisvollen. Bei Greene – aber das könnte abgewandelt werden – meist verstanden als katholischer Weihrauchduft.

Nichts wäre falscher, als die »Mutmaßungen über Jakob« in solcher Weise qualifizieren zu wollen. Greene ist sicherlich kein Autor nach Johnsons Geschmack, dann weit eher (Johnson hat Germanistik und Anglisik studiert, kennt sich daher aus) der Amerikaner *William Faulkner*. Dennoch hat der Aufbau der »Mutmaßungen« keineswegs, wie man behauptet hat, besonders viel zu tun mit Faulknerwerken wie »Light in August«.

Überhaupt ist es an der Zeit, nüchtern festzustellen, daß jene knapp und in sich schlüssige Nacherzählung der Romanfabel, wie sie oben versucht wurde, der wirklichen Geschichte, die Johnson erzählte, durchaus nicht gerecht wird, im Grunde nur Mißverständnisse erzeugt. Das erweist sich sogleich beim Bemühen, in üblicher Art die Motive der Gestalten aus ihren Aktionen rekonstruieren, gar erklären zu wollen. Versucht man das nämlich, so handeln alle Romanfiguren absurd, unvernünftig, ohne Konformität mit Zeit, Ort und Umwelt.

Was kann eine Angestellte der NATO-Headquarters wie Gesine dazu bringen, heimlich in die DDR zu reisen, um ihren Vater wiederzusehen? Sie weiß doch, wohin sie reist und welche Gesetze dabei notwendigerweise verletzt werden. Cresspahl kennt alle Schliche dörflicher Diplomatie, wenn es gilt, der Tochter durch ein Telefongespräch, das überwacht ist, wie man ahnt, die Flucht der Mutter Abs mitzuteilen; gleichzeitig teilt er Jakob auf offenem Telegramm ganz ohne Beschönigung mit, die Mutter sei »zum Westen«. Dr. Blach ist ein geschulter Marxist und Parteiintellektueller, der die Grenzen der »sozialistischen Gesetzlichkeit« präzise überblickt und genau weiß, daß sein Verhalten als Redner bei einer Oppositionsveranstaltung in Ost-Berlin den Tatbestand der »Staatsgefährdung« erfüllt, also schwere Freiheitsstrafe bedeutet, wenn die Opposition keinen Erfolg hat. Die Nachrichten von der Niederschlagung der ungarischen Aufstandsbewegung dringen zu ihm; er hat ein langes Gespräch geführt mit einem Offizier der Staatssicherheit und hat es gewußt. Was also kann ihn veranlassen, nicht nach West-Berlin zu flüchten, sondern ein letztes Gespräch über Telefon mit Gesine in West-Berlin zu führen, das abermals überwacht wird und ihn, wie er wiederum vermutet, von neuem belasten muß? Statt dessen streckt er die Hände aus, um sich im Auto des Herrn Rohlfs die Handschellen anlegen zu lassen.

Gar nicht zu denken an die Seltsamkeiten im Verhalten eben jenes Rohlfs, das mit dem Schema eines »östlichen« Geheimdienstes wahrlich nicht zu vereinbaren ist, weshalb scharf anti-östliche Kritiker dieses Romans und seines Verfassers mißvergnügt reagierten. Nun wieder Gesine: was mochte sie dazu bringen, die Verabredung mit Rohlfs für den 11. November in West-Berlin einzuhalten? Warum nur? Jakob ist tot, der brüderliche Freund ihrer Kinderzeit und Geliebte. Muß es ausgeschlossen erscheinen, daß der Mann, dem sie da bei einem Glas Wein gegenübersitzt, daß Rolfs also mit diesem Tod etwas zu tun hat? Zumal er es war, der, wie Gesine erfahren haben mußte, Blach verhaftete, den Freund und zeitweiligen Geliebten. Warum nur trifft sie sich mit ihm?

Und gar Jakob: er hatte zwar, zu Besuch bei Gesine und der Mutter im Westen, auf die Bitte dazubleiben geantwortet, dafür gäbe es keinen ausreichenden Grund. Gab es den für seinen Tod auf den Geleisen? Freilich pflegte er sie stets »quer«, nämlich unvorschriftsmäßig, folglich fahrlässig zu überqueren, allein er kannte sich aus, wie alle wußten, hatte den Fahrplan sämtlicher Züge, die ankommen konnten, im Kopf. Trotzdem dieser tödliche Unglücksfall eines allwissenden Eisenbahninspektors. Hier beginnt sich die scheinbar so feste Kontur des Romangeschehens aufzulösen und nichts mehr zuzulassen als eben Mutmaßungen. Plötzlich ist die gesamte Struktur der Erzählung fraglich geworden, denn Jakobs Tod ist die vorgegebene Exposition: ihn zu motivieren, einsehbar zu machen, scheint das Buch geschrieben zu sein. Allein da wird nichts einsehbar.

An einer Stelle des Romans, wo man darauf Acht haben muß, daß nicht die Figuren denken und reden, sondern der Erzähler selbst berichtet und reflektiert, heißt es: »Denn Cresspahl in der Ferne und seine (Jakobs) verschwundene Mutter und Gesines wahnwitziger Besuch, das alles half gar nichts, das waren wieder alles Leute mit ihren Handlungen für sich allein, die einander nicht erklärten.«

Darum eben bleibt man in der Hauptfrage, der Ursache von Jakobs Tod, von aller Sicherheit der Argumentation und Motivation entfernt. Vergleichbar den Debatten eines antiken Chores beginnt, gleich nach der Mitteilung »Aber Jakob ist immer quer über die Geleise gegangen«, die Konfrontation von These und Antithese. Unglücksfall oder Selbstmord. Jakob kannte sich aus: er hat sich überfahren lassen. Nein, es herrschte dichter Nebel, zudem wurden außerplanmäßig Lokomotiven eingesetzt, kurz vorher war auch ein gleichfalls informierter Rangierer erfaßt worden. Also Unglücksfall. Aber Jakob war kurz vorher sehr verstört aus dem Westen heimgekehrt, weg von der Mutter und Gesine. Selbstmord? Dann hätte er im Westen bleiben können. Wenn er zurückkehrte, so stand ihm nicht der Sinn danach, sein Leben zu beenden. Aber vielleicht hatte ihn die Verstörung unvorsichtiger gemacht als sonst, so daß er nicht auf die Züge achtete. Vielleicht.

Wie gar, wenn Herr Rohlfs die Hand im Spiel hatte, so daß gar kein Unglücksfall geschehen war, sondern eine Beseitigung? Die Verbindung zu Gesine war hergestellt, das Unternehmen »Taube auf dem Dach« folglich angelaufen. Man brauchte Jakob nicht mehr, denn er hatte dem Geheimdienst sonst nichts zu bieten, war ein Mitwisser militärischer Geheimnisse, zudem in seiner Unbeirrbarkeit ein Sicherheitsrisiko an einer Eisenbahnstrecke, die damals gerade die sowjetischen Militärzüge nach Ungarn zu dirigieren hatte. Alles jedoch, was wir von Rohlfs wissen, spricht dagegen: auch das Verhalten von Gesine und Blach nach Jakobs Tode. Die wußten vielleicht nichts von den wahren Vorgängen. Vielleicht hatte Rohlfs »von oben«, wider seinen Willen und ohne daß der Roman davon berichtet, einen entsprechenden Auftrag erhalten. Vielleicht.

Andererseits spricht dagegen unsere Kenntnis des großen und epilogisierenden Gesprächs, das Rohlfs und Gesine in West-Berlin führen, wo der Mann der Staatspolizei feststellen muß: »Ich weiß sozusagen alles, und es nützt mir nichts.« Oder später: »... und es ist nicht bekannt, was Jakob eigens in die Wege geleitet hat und was sich zufällig ergab, wir mutmaßen also ...«

Mutmaßungen. Seit Johnsons Romantitel ist in der deutschen Nachkriegsbelletristik, und nicht nur dort, eine modische *Phalanx von Erzählungen und Erzählern einer koketten epischen Skepsis* aufmarschiert, die sich viel darauf zugute tat, unscharf zu referieren, dem Leser spannende Unauflösbarkeiten darzubieten, ein bißchen mit dem »Geheimnis« zu spielen. Da ist es an der Zeit, Johnson gegen seine Imitatoren zu verteidigen. Der Verfasser der »Mutmaßungen über Jakob« war ein sehr genauer Schriftsteller, der es sich mit seiner Präzision sauer werden ließ. Man denke an die von jedem Fachmann anerkannte Gründlichkeit im Beschreiben des Eisenbahnwesens. Wenn demnach alles Einzelwissen der Figuren und selbst ihres Verfassers nicht zum Gesamtwissen führt, sondern zu bloßen Mutmaßungen, so deshalb, weil sich die Gestalten vom Autor nicht dirigieren lassen, sondern immer wieder – in der Aktion wie Reflexion – ins Unkontrollierbare entgleiten.

Auch dies genügt nicht als Interpretation der Erzählung und Erzählweise. Die Unschärfe hat vielmehr mit dem gesellschaftlichen Hintergrund oder besser: Untergrund des Romans zu tun. *Dem geteilten Deutschland und der Notwendigkeit heutiger Deutscher, in diese Konstellation hineinzuleben.* Johnsohn hat sein Buch einmal als Versuch bezeichnet, »eine Grenze zu beschreiben«. Gemeint war nicht bloß jene Demarkationslinie, die sich durch das frühere Deutsche Reich zieht, auf östlicher Seite markiert mit Befestigungen der modernen Verteidigungstechnik, aber auch im westlichen Bereich gekennzeichnet durch starke Truppen eines sogenannten »Grenzschutzes«. Das zieht sich hin östlich der Städte Lübeck und Braunschweig, westlich von Magdeburg, trennt bei Hof im Frankenland die nunmehr »westlichen« Franken von »östlichen« Thüringern und Sachsen. Uwe Johnson hat auch diese materiellen Markierungen von Politik und Truppenmacht in seinem Roman beschrieben: den illegalen Grenzübergang der Gesine Cresspahl wie Jakobs gesetzestreue Bemühung um einen legalen Grenzübergang vom einen zum anderen

Deutschland. Er vergaß dabei auch nicht die Grenze inmitten der Stadt Berlin, der einstigen Reichshauptstadt, weshalb in seinem Buch stets in absurder, jedoch exakter Terminologie von den »Städten Berlin« geredet wird.

Jene Markierungslinie aber zwischen deutschen Staaten beschränkt sich nicht auf Geographie, Politik und Staatsrecht, sondern verläuft gleichzeitig, *als innere Grenzziehung*, durch die in zwei Staaten lebenden Überreste einer einstmals »Deutschen Nation«. Getrennt haben sich in ihren Lebensformen und Zukunftserwartungen die westlichen von den östlichen Deutschen, wie diese von jenen. Oft läuft jene Grenze, die Johnson zu beschreiben gedachte, mitten durch die östlichen und die westlichen Staatsbewohner: bisweilen gar als individuelle Daseinsaufspaltung. Gehört Gesine, die im Westen lebt, zum westlichen Denken und Fühlen, oder ein marxistischer Intellektueller der DDR wie Jonas Blach zu seinem Staat, der sich als »erster Staat der Arbeiter und Bauern auf deutschem Boden« selbst zu charakterisieren liebt? Wenn nicht, warum zog er die Haft im Osten der Flucht in den Westen vor?

An diesen Fällen – und Jakob Abs gehört in seiner Art gleichfalls dazu – wird deutlich, daß zur Grenzziehung in der Landschaft und auf dem Papier des völkerrechtlichen Abkommens von Potsdam zwischen den Siegermächten kein ähnlich scharfes Kriterium für die »innere Grenzziehung« gefunden werden könnte. Davon vor allem handelte Johnsons Beschreibungsversuch. Ihm ging es um die zahllosen Divergenzen zwischen innerem und äußerem Tatbestand mit Namen »Grenze«.

Durch Ernst und Vorsicht seiner Erzählversuche unterschied sich dieser Roman eines fünfundzwanzigjährigen Autors deutlich von früheren Erzählungen mit dem geteilten Deutschland als Thema. Westliche Epik hatte sich dieser Themenstellung zwischen 1945 und 1959 nahezu demonstrativ versagt: sieht man ab vom romanhaften Klischee der Storyfabrikanten, die spannend, mit Blick auf künftige Verfilmungsrechte, zu schildern unternehmen, wie ein Spion aus der Kälte der DDR ins wohltemperierte Klima des deutschen Westens kam. Die ostdeutsche offizielle Belletristik hatte gleichfalls ihre epischen Klischees zur Disposition: man findet sie sogar noch in *Christa Wolfs* ernsthafter Bemühung des Romans »Der geteilte Himmel«. Das Schema kannte nicht Unschärfe der Konturen: nach offizieller Doktrin entsprach der äußeren in allen Fällen auch eine markante innere Grenzziehung. Es sei denn, ein westlicher Agent oder ein virtueller Überläufer agiere mit dem Ziel, auf östlichem Boden den inneren gegen den äußeren Grenztatbestand auszuspielen. Damit würde dann ein äußerer Tatbestand geschaffen, nämlich polizeilicher Art, genannt »Gefährdung der Staatsicherheit«. So beurteilt, ganz folgerichtig, Herr Rohlfs im Roman die Aktionen des Dr. Jonas Blach. Verurteilung zu langer Haft ist zu erwarten.

Johnson demonstriert gerade an diesen beiden Figuren, wie willkürlich jede Interpretation der deutschen Realität verfährt, wenn sie in ähnlicher Weise versucht, die geistigen mit den politischen Tatbeständen gleichzuschalten. Der westlichen Denkträgheit widersetzt er sich gleichzeitig mit einer umsichtigen Schilderung, die nichts übrigläßt von sentimentalen Träumen, wonach Bewohner einer östlichen »Unrechtsherrschaft« nichts sehnlicher herbeiwünschen, als die endliche Befreiung und Wiedergutmachung »in Freiheit«: westlicher nämlich.

Leben und Tod des Jakob Abs lehren, wenn überhaupt irgend etwas, so das Gegenteil. Aus dem Flüchtlingskind wurde, mit staatlicher Förderung, ein fachkundiger Techniker und Verkehrsfachmann. Jakob mußte sich in der DDR nicht einschränken in seinen Berufsplänen: auf reiche Eltern kam es da nicht an. Reichsbahninspektor. Abs ist kein Mann für Feiertagsreden und Proklamationen, aber auch keinesfalls ein ohnmächtig gegen östliche Kommunisten und Russen konspirierender Rebell. Die Behörde des Herrn Rohlfs gehört, als evidenter Tatbestand, ebenso zu seiner Welt wie ein Dispatcherdienst für russische Truppentransporte. Diese nüchterne Annahme der eigenen Identität, die nicht mit emotionaler Harmonie verwechselt werden sollte, wird durch Rohlfs und Gesine fast gleichzeitig gestört. Die Identität wird unscharf. Weder Gesine noch Rohlfs. Ein Fall für Heinrich von Kleist als Vorgang einer »Verwirrung des Gefühls«. Der verstörte Jakob war nicht mehr umsichtig und verunglückte, denn es war doch wohl ein Unglücksfall, freilich keiner ohne Kausalitäten. Aber vielleicht sind auch das nur Mutmaßungen.

Peter Weiss war heimatlos aufgewachsen in vielfacher und schmerzhafter Weise. Sohn eines österreichischen Industriellen und Offiziers in der einstigen Donau-Monarchie, der freilich ein Jude war. Der Vater heiratete eine »deutsche Frau«, Schauspielerin, so daß dem Sohn Peter Weiss, aus einer früheren Ehe der Mutter, rein arische (auch in der Gesinnung) Stiefbrüder mit auf den Lebensweg gegeben wurden.

Eines der schrecklichsten Erlebnisse des Jungen, der in einem Vorort von Berlin zur Welt kam, dann in die Tschechoslowakei emigrieren muß mit den Eltern, von dort nach Schweden verschlagen wird, der nicht mehr weiß, welches seine Sprache ist, worauf er das Schwedische vorerst einmal zum heimischen Idiom macht, wird kühl mitgeteilt in dem Buch »Abschied von den Eltern«. Der Vater, nach wie vor Industrieller, der immer wieder von neuem beginnen und aufbauen muß, sucht sich Entlastung durch die Mitarbeit des Sohnes. Der aber bildet sich, abgeschirmt gegen das Elternhaus, zum bildenden Künstler aus. Die häuslichen Konflikte sind unvermeidbar. Einmal vergißt sich der Vater, er weiß plötzlich nicht mehr, was er sagt und wen er eigentlich meint. Da schreit er den eigenen Sohn an mit der Beschimpfung: »Judenjunge!«

Auch für *Peter Weiss*, geboren 1916, wird die deutsche Sprache wie für Elias Canetti vom Jahrgang 1905, ebenfalls einem Schriftsteller des Weltreichs Kakanien, zum Gegenstand einer Wahl und damit einer Lebensentscheidung. Eine solche Dezision aber muß bei Peter Weiss viel schwieriger gewesen sein als bei dem von Jugend auf vielsprachig erzogenen Canetti. Weiss hatte noch in Deutschland und als Halbwüchsiger einige Malerschulen besucht, kam später an die Kunstakademie in Prag. Sein erstes Buch in der Bundesrepublik, das ihn sogleich im Kreis der Literaten bekannt machte, hieß: »Der Schatten des Körpers des Kutschers«. Ein Gebilde aus experimenteller Prosa und Collagen des Graphikers Peter Weiss. Es handelte sich um eine Selbstbefreiung.

Im »Abschied von den Eltern« wird beschrieben, wie die Eltern ratlos vor einer Ausstellung von Bildern des Sohnes stehen, die er irgendwo, in einem Abseits des Elternhauses, vorbereitet hat und nun vorweist. »Du kannst so nicht weiterleben, sagte mein Vater, du kannst mir nicht länger zur Last liegen ...« Es ist eine wohlbekannte Geschichte, gerade auch in der deutschen Literatur: dieser Umweg eines Schriftstellers, die Visionen vorerst als Bilder festhalten zu wollen. Fast immer aus der Not, einer Umwelt und sich selbst zu beweisen, daß man trotzdem zu etwas taugt. Der Weg Gottfried Kellers wie Hermann Hesses. Es ist kein Zufall, daß sich der suchende Peter Weiss später nach Montagnola wandte, an Hesse, und daß ihm der Autor des »Demian« half, aus dem Ei zu kriechen.

Allein es mußte noch *ein Weg zur Sprache* gefunden werden. Seit 1939 lebte der Emigrant Weiss in Schweden, arbeitete in des Vaters Textilfabrik, als Holzarbeiter, später immerhin als Musterzeichner. Er spricht Schwedisch, ist Schwede geworden, seine erste Ausstellung kommt dort zustande, sein erstes Buch »Von Insel zu Insel« erscheint 1947 in schwedischer Sprache. Das Buch eines einunddreißigjährigen Debütanten, der jedoch in jenem unbeirrbaren Eigensinn, der zu Weiss gehört und der ein Element seiner Größe ausmacht, nach wie vor entschlossen scheint, das eigentliche Schreiben als ein Schreiben in deutscher Sprache zu verstehen. In einer Sprache nämlich, die man halb verlernt hat, auch niemals so berherrschte, daß an Literatur zu denken war.

In dem Roman »Fluchtpunkt« wird dieser Vorgang nacherzählt: »Um zu den Worten zu gelangen, die ich in der Kindheit gelernt hatte, und die mir zum Schreiben noch anwendbar schienen, mußte ich mich erst mit einer Anspannung des Willens von der Sprache entfernen, die mich umgab, und die ich täglich benutzte.« Noch grausamer, und übrigens treffender, heißt es kurz darauf im »Fluchtpunkt«, um die fast absurde Anstrengung des Schreibenden zu benennen: »Ich wollte mit dem Schreiben beginnen an einem Punkt, da mir klar wurde, daß ich keine einheitliche Sprache mehr besaß, und da es nahelag, daß ich mich auch eines Südseeidioms bedienen könnte, wenn ich zufällig in den Archipelen Tahitis gelandet wäre. An eine Rückkehr in das Land meiner Herkunft glaubte ich nicht ...«

Dann jedoch wird etwas geschildert, am Schluß des »Fluchtpunkts«, das nach wie vor zur Romanwelt gehört, zu einem Bildungsroman, der in reiner, wiedergelernter deutscher Prosa erzählt wird, doch in diesem Fall wird es vom Autor Peter Weiss berichtet: weil man so nicht erzählen kann, wenn es kein Vorbild gab in dem, was der Vater von Peter Weiss, wie so viele Väter, als das »reale Leben« zu bezeichnen pflegte. Jemand hat sich ganz frei gemacht, er fühlt sich, mit Sartre zu reden, zu dieser Freiheit gleichsam »verurteilt«. Da ist ein Tag in Paris, am Ufer der Seine, es ist das ganz Andere, und es bewirkt eben dadurch die Erwekkung zu seinem Gegensatz. Peter Weiss findet sie plötzlich für sich wieder, die verlorene Sprache: »Die Freiheit war absolut, ich konnte mich darin verlieren, und ich konnte mich darin wiederfinden, ich konnte alles aufgeben, alle Bestrebungen, alle Zusammengehörigkeit, und ich konnte wieder beginnen zu sprechen. Und die Sprache, die sich jetzt einstellte, war die Sprache, die ich am Anfang meines Lebens gelernt hatte, die natürliche Sprache, die mein Werkzeug war, die nur noch mir selbst gehörte ...« Und weiter: »An diesem Abend, im Frühjahr 1947, auf dem Seinedamm in Paris, im Alter von dreißig Jahren, sah ich, daß es sich auf der Erde leben und arbeiten ließ, und daß ich teilhaben konnte an einem Austausch von Gedanken, der ringsum stattfand, an kein Land gebunden.« Hier endet das Buch »Fluchtpunkt« aus dem Jahr 1962.

Seine Laufbahn als Schriftsteller begann Weiss sehr spät. Er wurde bildender Künstler und ist es geblieben, debütierte als schwedischer Schriftsteller und mußte sich die einstige deutsche Muttersprache von neuem erobern. »Mit dem Bleistift die Geschehnisse vor meinen Augen nachzeichnend, um damit dem Geschehen eine Kontur zu geben, und das Geschehene zu verdeutlichen, also das Sehen zu einer Beschäftigung machend, sitze ich neben dem Schuppen auf einem Holzstoß.« Das sind Sätze aus dem »Schatten des Körpers des Kutschers«. Ein Erzähler in der Ich-Form schreibt sie nieder, den man nicht mit dem »wirklichen« Autor Peter Weiss verwechseln sollte. Hier ist es einmal – nach allen Selbstaussagen des Verfassers, die inzwischen bekannt wurden – erlaubt, in solchen Thesen einen Teil der Ästhetik von Weiss zu erkennen.

»Das Sehen zu einer Beschäftigung machen«: künstlerisches Credo eines Malers oder Zeichners, das ins Literarische übertragen wurde. Peter Weiss gedenkt auch als Erzähler seinen bildnerischen Impulsen nachzugeben. So entstehen angeblich objektive Berichte, die scheinbar kein Subjekt eines »Berichterstatters« kennen. Dennoch ist der Erzähler weder ein verdinglichter Sehapparat noch – wie gelegentlich beim frühen Robbe-Grillet – ein Schlüssellochgucker. Das Sehen ist hier die – alleinige – Aktion; immerhin Aktion. Der epische Versuch glückt, da sich Weiss darauf beschränkt, den alltäglichen Vorgängen der Arbeit, Mahlzeit, Geschlechtlichkeit durch seine Niederschrift eine Kontur zu geben, um sie dergestalt zu »verdeutlichen«.

Verdeutlichung aber hat bei dem Erzähler Peter Weiss stets auch mit *Symbolisierung* zu tun. Er kennt seinen Strindberg, hat dessen »Traumspiel« ins Deutsche übersetzt und versteht sich ebensogut wie ein Edward Albee darauf, dargestellte Alltagshölle als mythischen Vorgang zu interpretieren. Im »Gespräch der drei Gehenden«, vom Autor ausdrücklich als »Fragment« bezeichnet, gelangt diese experimentierende Prosa zu neuen Resultaten. Das Buch vom »Schatten des Körpers des Kutschers« war von der Anlage her durchaus statisch gehalten worden. Diesmal scheint alles in Bewegung zu sein. Drei rastlos Gehende ohne Herkunft und Ziel sprechen sich aus oder berichten oder versuchen zu deuten. Einer spricht jeweils, die anderen beiden hören nicht zu. Ein Gespräch der drei Monologisten. Offen in der Form und endlos in der Zeit. Die drei Gehenden – Abel, Babel, Cabel – nehmen durcheinander das Wort; sie sind »einander ähnlich«, meldet der Erzähler, der nur auf der ersten Seite, gleichsam die Redner vorstellend, kurz auftritt, um sogleich den gehenden Rednern das Wort zu überlassen. Einander ähnlich? Wohl eher: miteinander identisch. Einer berichtet Lebensvorgänge; einer sucht sie zu deuten oder ihre Undeutbarkeit zu begründen; einer erhöht sie ins Sinnbildliche. Ein großer innerer Monolog, als Gespräch konzipiert, der dadurch aus dem Notzustand befreit wurde, bloßer Bewußtseinsstrom zu sein, wie bei Joyce. Man begreift, warum dies folgenlos bleiben und vom Anfang her bereits dahin tendieren mußte, als Fragment zu enden, oder eben nicht zu enden.

Der Übergang von einer Literatur der Entfremdung und Verdinglichung, scheinbar ohne Beteiligung eines Erzählers oder Autors, zu einer heftig subjektivierten und »sich selbst einbringenden« Literatur der späteren Sechziger Jahre vollzog sich nur langsam, und geraume Zeit fast unbemerkt. Es war keineswegs paradox, daß die Autoren jener Übergangszeit große Scheu zeigten beim Umgang mit *Kunstfiguren einer Grenzüberschreitung.* Man hatte sich nach wie vor den Magen verdorben an Helden und heldischem Gerede. In den frühen Sechziger Jahren liebten es die Erzähler, übrigens auch die Dramatiker, das *durchschnittliche Leben* als werthaft, sogar als einzig beachtenswert, darzustellen. Bei Alfred Andersch verkündete der ehemalige Kommunist das Lob der »Unauffälligen«. Die frühen Romanfiguren bei Christa Wolf, auch die Gestalten in Johnsons »Mutmaßungen über Jakob«, erst recht die Beumanns und Kristleins, einschließlich des hoch bezahlten Herrn Dieckow in Martin Walsers Romanen sind, gesellschaftlich gesehen, bloß mittlere Sozialkonfektion. Das ist den Autoren gerade recht, denn es geht ihnen um den *Kontrast zwischen dem Mitläufer* und einer extremen, aller Mittelmäßigkeit widersprechenden Lebenslage.

Der Umschlag vom entfremdeten kleinbürgerlichen Alltag zur jähen Anklage eines politischen Mitläufertums erfolgt erst um 1965. Zwanzig Jahre nach Kriegsende. Nun stellen die nachwachsenden, *nur scheinbar umerzogenen Schriftsteller*, angesichts einer fröhlichen Restauration die Frage nach der *Schuld der Schuldlosen.*

Als *Siegfried Lenz* den Bremer Literaturpreis 1962 für sein Stück »Zeit der Schuldlosen« erhielt, das zunächst als zweiteiliges Hörspiel (»Zeit der Schuldlosen - Zeit der Schuldigen«) konzipiert war, um dann, am 19. September 1961, im Deutschen Schauspielhaus Hamburg seine Uraufführung als Schauspielfassung zu erleben, sagte er in seiner Dankrede: »Der Schriftsteller handelt, indem er etwas aufdeckt: eine gemeinsame Not, gemeinsame Leidenschaften, Hoffnungen, Freuden, eine Bedrohung, die alle betrifft.« Dies mochte zunächst anmuten wie eine Paraphrase der Dichtung W. H. Audens über das »Zeitalter der Angst«. Auch der Schatten des Albert Camus wurde, wie so häufig, hinter den Werken und Worten von Lenz sichtbar. Dennoch gab es da eine neue

Aussage, die nicht bloß für diesen Preisträger und in diesem Augenblick galt, sondern als dichterische Zeitdiagnose verstanden werden mußte. Wie die programmatischen Dichterreden von Nossack und Eich oder Koeppen, die Kritiker- und Leseerfahrungen Bölls und Walsers, die Ansprachen von Frisch und Dürrenmatt.

Nicht das Engagement war wichtig, das Lenz auch in Bremen einbekannte. Nicht die subjektive Position war gemeint, sondern die Aufdeckung einer objektiven geistigen Lage. Der Schriftsteller wurde abermals als Vorredner verstanden, der als erster ausplaudert, was kurz darauf die allgemeine Meinung, schließlich ein Gemeinplatz sein wird. *Gestellt war die Frage nach der Schuld der Nichttäter.* Damit fand man zurück zur Ära der Völkermorde, Vernichtungslager, der Durchhalteterroristen. Das war nicht neu, und bemerkenswert bloß dadurch, daß die in der Halbzeit vergessenen traumatischen Vorgänge abermals ins Bewußtsein emporstrebten. Neu war dagegen ein anderes: *das Fragen nach einer Duldung*, die alle Verbrecheraktionen erst ermöglicht. Natürlich gab es äußere Ereignisse, dergleichen neu zu durchdenken: den *Fall Eichmann* beispielsweise, eines »Buchhalters des Todes«, wie man schlecht-poetisch formuliert hatte. Auch das Mannesalter derjenigen war wichtig, die jetzt erst, kaum mehr belastet von eigenen Erinnerungen und sicher nicht durch eigene Untaten, das Problem des Kriegs und der Diktatur neu analysieren mußten. Nun begannen die Jahrgänge 1926 bis 1929 zu sprechen: Siegfried Lenz, geboren 1926, oder Martin Walser vom Jahrgang 1927. Dahinter warteten bereits die Alexander Kluge (1932) und Uwe Johnson (1934).

Die dichterische Evokation des Dritten Reiches in Epik und Dramatik hatte bis dahin fast immer den Gegensatz der verbrecherischen Akteure und der leidenden oder widerstehenden Opfer beschworen. Bei Anna Seghers oder in dem Buch »Nackt unter Wölfen« von *Bruno Apitz*. Daraus war schließlich in den Filmen der Ostberliner DEFA ein unerträgliches Klischee geworden. Die westliche Variante folgte im wesentlichen dem Schema in Zuckmayers Schauspiel »Des Teufels General«: eine Mehrheit anständiger Menschen, bis hinauf zur hohen Generalität, hält insgeheim zusammen gegen eine schurkische Clique der Mörder und Geheimdienstspitzel. Daraus wurde in westdeutschen Filmen nach dem Canaris-Muster ein nicht minder unerträgliches Klischee.

Nun wird die Frage nach dem Tolerieren gestellt. Das alte römische Rechtssprichwort bekommt neue Bedeutung, wonach derjenige zuzustimmen scheint, der schweigt oder geschwiegen hat. Diese Frage wird von den Söhnen an die Väter gerichtet: bei Siegfried Lenz, bei Walser im »Schwarzen Schwan«, bei Hans Günter Michelsen in dem Parabelstück »Helm«, bei Alexander Kluge in seinen Büchern »Lebensläufe« und »Schlachtbeschreibung«.

Immer geht es um Vorgänge aus dem Dritten Reich; allein sie werden nicht psychologisch verstanden als Seelenanalyse einer deutschen Mentalität; auch nicht politisch konkretisiert als Antithese von Faschismus und Antifaschismus. Hatte Brecht die ökonomischen Zusammenhänge an einem Modell zu demonstrieren versucht, das er geographisch nicht genau situierte, sondern mit Namen wie Mahagonny oder Sezuan belegte, so versuchen die Schriftsteller dieser Sechziger Jahre auch das deutsche Geschehen zwischen 1933 und 1945 in ähnlicher Weise *parabolisch* zu verstehen: was nicht gleichbedeutend sein durfte mit Entschärfung.

In dem Spiel »Zeit der Schuldlosen« von Lenz wird ein Verhaltensmechanismus gezeigt, der in einer Rechtsdiktatur nicht wesentlich anders abzulaufen scheint als in einer Linksdiktatur. Die Schuldlosen erweisen sich als ideale Werkzeuge beim Schuldigwerden. Mit ihrer Hilfe kann die diktatorische Macht, in mittelbarer Täterschaft, alle Exekutionen vornehmen, die sie für wünschenswert hält. Der Gouverneur will sich seines politischen Gegners, eines Attentäters aus Gesinnung, entledigen. Dadurch allerdings, daß er scheinbar Unschuldige festnimmt. Die Abteilung für Sozialpsychologie im Geheimdienstministerium sorgt dafür, daß ein »repräsentativer Querschnitt der Bevölkerung« zur Stelle ist, wie bei den Demoskopen. Da gibt es Arbeiter und Bauern, Bankiers, Ärzte und Studenten. Sie alle sind manipulierbar und werden manipuliert. Die Schuldigen bedienen sich der Schuldlosen beim Morden.

Nicht das ist, wie Lenz und seine ähnlichen Fragestellungen nachgehenden Schriftstellerkollegen zeigen, das wahrhaft

Arge. Auch nach der schuldlos ausgeführten Exekution nämlich empfinden sich die Schuldlosen weiter als solche. Im »Schwarzen Schwan«, bei *Martin Walser* also, bedauert der verbrecherische Lagerarzt eigentlich ohne Heuchelei, mit den Gewissensfurien nach dem Muster eines Orest leider nicht dienen zu können. Er schlafe nachts trotzdem ziemlich gut. »Die Mörder sind unter uns« – so hatte der Titel eines ersten deutschen Nachkriegsfilms gelautet. Damals meinte man noch die detektivische Aufspürung des als Biedermann getarnten Massenmörders. Inzwischen hatte man lernen müssen, daß sie in der Tat unter uns leben: amnestiert und gutsituiert, und am südlichen Strand sitzen sie im Liegestuhl neben uns. Hier war ein Zustand offenbar geworden, dem mit der Individualethik nicht mehr beizukommen war. Übrigens auch nicht mit dem Strafgesetzbuch, wie sich herausstellen sollte. Wer als Schriftsteller diese Vorgänge zu gestalten suchte, sah sich genötigt, neben neuen ethischen Kategorien auch neue literarische Formen zu finden.

Daher die *Technik der Parabelspiele*, die ihrerseits bald schon Abnutzungsspuren aufwiesen. Gleichfalls hing es damit zusammen, wenn *Alexander Kluge* in seinem Buch »Lebensläufe« (1962) oder *Heinz von Cramer* in den Stücken des Buches »Leben wie im Paradies« von 1964 darauf ausgingen, durch eine Kombination aus Wissenschaft und Fiktion, Dokumentarischem und Erfundenem eine neue Form herzustellen.

Kluges Vorbemerkung sagt, was beabsichtigt war: »Die Erzählungen dieses Bandes stellen aus sehr verschiedenen Aspekten die Frage nach der Tradition. Es handelt sich um Lebensläufe, teils erfunden, teils nicht erfunden; zusammen ergeben sie eine traurige Geschichte.« Zweierlei ist damit gemeint. Zunächst sollen diese Lebensläufe den jeweiligen Akteur solcher Viten als Produkt seiner Familie, Genealogie, Herkunft und Erziehung zeigen. Dann wird bemerkt, die Gesamtheit dieser Lebensläufe, also dieser Traditionen, präsentiere sich als »eine traurige Geschichte«. Nämlich als *Geschichte der deutschen Misere*, wie bei Brecht, wie in dem Plebejerstück von Günter Grass. Die Geschichte vom »Berufswechsel« unter diesen Lebensläufen läßt erkennen, was Alexander Kluge zeigen möchte. Da wandelt sich jener Schwebkowski »von einem Schüler zu einem Nationalsozialisten, von einem Nationalsozialisten zu einem Freiheitsdurstigen, von einem Freiheitsdurstigen zu einem Studenten, von einem Studenten zu einem Angepaßten«. Um zu erkennen, was die meisten seiner Zeitgenossen, Schuldige wie Schuldlose, längst erkannt haben: daß die Verhältnisse hierzulande die *Daseinsform eines Doppellebens* trotz aller gesellschaftlichen Wandlungen nach wie vor als empfehlenswert erscheinen lassen.

Schon *Kurt Tucholsky* glaubte in den Zwanziger Jahren immer wieder ob dieser seelischen Schizophrenie verzweifeln zu müssen. Aufteilung der Deutschen in den Familienvater und den Beamten, den Vereinsfreund und Schützenkönig, Musikfreund und Befehlsempfänger. *Fälle der Selbstentfremdungen*, die niemals zulassen, daß ein »ganzer Mensch« in Erscheinung tritt und tätig wird. Darum also bildet die Gesamtheit solcher Lebensläufe des Doppellebens und der Entfremdung ein trauriges Kapitel neuerer Geschichte. Hier fehlen alle Voraussetzungen für das stellvertretende, individuelle Handeln der Einzelnen im Sinne von Kant und Schiller. Dies eben hatte Dürrenmatt gemeint mit der totalen Verantwortungslosigkeit und Verwurstung, oder Frisch mit den hoffnungslosen Experimenten Stillers und mit der Erschaffung eines Herrn Gantenbein. Es scheint unnötig, einen Doppelgänger namens Gantenbein erschaffen zu wollen, wenn die gesamte Existenz bereits als Doppelleben angelegt wurde.

Hier ist auch die Ursache dafür zu finden, daß in diesen Sechziger Jahren nicht mehr der Ausweg in die antike Mythologie gesucht wird, wie vor zehn Jahren, sondern weit eher – wie übrigens auch in den Dreißiger Jahren im Falle der Emigrationsliteratur – der *Weg zur Geschichte.* Die ersehnte Einheit aus Wissenschaft und Fiktion soll dadurch bewirkt werden, daß Geschichte oder besser: das historische Dokument mithilft, dem Gestrüpp bloßer Mutmaßungen zu entgehen. Daher eine vorübergehende Hausse an Historien und Dokumentarstücken. Allein es sollte sich, woran nicht zu zweifeln war, der Glaube an die Authentizität von Dokumenten als neue Ideologie herausstellen. Dann erst sollte auch die Literatur den Zweifel am Text kennenlernen, und dann erst – ganz ohne Frohlocken sei es gesagt – wäre in unserer Literatur das 19. Jahrhundert zu Ende.

Seine Anthologie »Die Wiener Gruppe« gab *Gerhard Rühm,* eines ihrer fünf im Titel genannten Mitglieder, im Jahre 1967 heraus. Gleichzeitigkeit also zur letzten regulären Tagung der Gruppe 47 in der fränkischen Pulvermühle. So lag es nahe, die beiden Institutionen, mitsamt ihrer jeweiligen Historie, einander anzunähern. Rühm wußte, als er das Material der eigenen Lebensgeschichte zusammen mit jenem seiner Wiener Freunde sammelte, daß alles zu Ende war. Vor allem: Konrad Bayer war tot. Hans Werner Richter hat hingegen wohl eine Weile nach den turbulenten Szenen in der Pulvermühle gehofft, weitermachen zu können. Übrigens brauchte er nicht auf die Literaturhistoriker zu warten: die waren längst am Werk. Sie hatten bereits, wie Büchner als Arzt das nannte, das »hippokratische Antlitz« wahrgenommen. Auch die Eule der Literaturwissenschaften beginnt, um Hegel nun auch noch zu zitieren, in der Dämmerung ihren Flug.

Daß der Topos »Gruppe« den jungen fünf Österreichern, die sich im Jahre 1952 in Wien zusammenfanden, durch Presseberichte über eine deutsche »Gruppe 47« nahegelegt wurde, darf angenommen werden. Im Jahre 1952 gab es bereits zwei Preisträger der Gruppe 47: Eich und Böll. Nun kam, bei der neuen Jahrestagung und als Ergebnis, wie üblich, der geheimen Abstimmung aller Tagungsteilnehmer, eine neue Laureatin hinzu. Eine Frau aus Wien: *Ilse Aichinger.*

Ob freilich den Leuten der »Wiener Gruppe« gerade die schöne und rätselhaft gebliebene »Spiegelgeschichte« der Aichinger, die den Preis erhielt, besonders gut gefallen hätte, ist schwer auszumachen. Dem Gerhard Rühm schon, wohl auch dem Konrad Bayer. Allein da war noch der Architekt und Bildner Friedrich Achleitner; es gab, gleichsam als Mentor und Zurechnungspunkt für die Jüngeren, den H. C. Artmann. Oswald Wiener, eine starke philosophische und literarische Begabung, war Spezialist für Logistik und Informatik bei der Firma Olivetti. Er gab den gutbezahlten Posten auf, um sich vorerst, denn die Wiener Gruppe löste sogleich heftigste Emotionen aus am Donaukanal, schwer durchzuschlagen als Schriftsteller.

Die Gegensätze zu den Deutschen und Nichtdeutschen um Hans Werner Richter sind bereits durch solche Hinweise auf Herkunft und Neigung der Wiener fixiert. Der *Musiker Rühm*; der *Bildner Achleitner; Oswald Wiener* als Repräsentant einer philosophisch-experimentellen Prosa. Der Titel seines späteren Buches »die verbesserung von mitteleuropa. roman«, 1969, ist, bei aller satirischen Zuspitzung, durchaus ernstgemeint: eine Gegenutopie im Zeichen der entfesselten Computer.

Natürlich gab es unter den ständigen Mitgliedern der Gruppe 47, die bekanntlich keine Mitglieder hatte, wie Richter uns allen stets zu verstehen gab, markante Doppelbegabungen der Bildenden Künste und der Literatur. Günter Grass. Peter Weiss. Wolfgang Hildesheimer. Trotzdem hat keiner von ihnen, auch kein anderer, den Versuch unternommen, sein Wirken in anderen Kunstbereichen gleichsam »einzubringen« bei einer Gruppentagung. Gruppe 47: das meinte die Literatur, meistens nicht einmal die ganze Literatur, aber nichts als die Literatur. Weshalb die Gruppe im Frankenland und im Jahre 1967, angeheizt natürlich durch Profilierungssüchte und durch die Nähe zu den Studenten der Universität Erlangen, schließlich zerfiel in literarische Aktivisten und Passivisten.

Das macht: die *literarischen Überlieferungen* der Gruppe 47 und ihre deutschen Gründer waren, wie bereits geschildert, bloß noch gerüchtweise verhaftet dem einstigen Expressionismus, mehr jedoch dem kritischen Realismus einer neupraktizierten Neuen Sachlichkeit.

Die Wiener Gruppe übernahm vom einstigen Expressionismus des »Blauen Reiter«, also von Marc und Kandinsky, die sich von Anfang an dem damaligen Wien verbunden fühlten, das Prinzip einer *Konvergenzbewegung der Künste.* Die Notenbeilagen zur zweiten Auflage des »Blauen Reiter« von 1914 stammten von: Schönberg, Webern, Alban Berg.

Oswald Wiener und *Konrad Bayer,* die sich 1952 zusammenfanden, hatten inzwischen, angewidert durch das offizielle Kulturtreiben in Wien mit Doderer und Brecht-Boykott und päpstlichen Verlautbarungen eines Friedrich Torberg, die frühexpressionistische Tradition, zu welcher auch Trakl gehört hatte, weit mehr jedoch die *dadaistische Ästhetik* im weitesten Verstande, also mit

Arp und Schwitters, mit Paul Scheerbart und Walter Serner oder Carl Einstein, für sich entdeckt.

Daraus ergaben sich zwei ästhetische Postulate, die völlig entgegengesetzt sein mußten dem literarischen Konsens der Leute um Richter. Einmal die Konvergenzbewegung aller Kunst und Künstler. Zum anderen die *Trivialisierung der Kunst im bürgerlichen Alltag.* Das extrem Künstliche, Unverständliche, Anstößige, Grausame sollte im Wiener Alltag sichtbar produziert werden. Um einem wohlgesitteten und scheinbar restaurierten Alltag dort, wo man im Jahre 1938 die ersten Obszönitäten und Grausamkeitsexzesse erleben konnte, seine geheimen Süchte und Phobien vorzustellen und vorzuspielen. Mit Hilfe von gut und sorgfältig erarbeiteter Kunst.

Das gelang über alle Maßen. Das vornehme und durch engen Anschluß an die damalige amerikanische Politik restaurierte Wien (nicht Österreich!) wurde durch die Leute der Wiener Gruppe und ihre »Sympathisanten« zwischen 1957 und 1959 zur Kenntlichkeit verändert. Die Folgen sind unabsehbar: weit über Wien und die Fünfziger Jahre hinaus. Das Wirken *Ernst Jandls* und *Friederike Mayröckers* hängt unmittelbar mit solchen Tendenzen zusammen. Das französisch-surrealistische Haßpotential von *Thomas Bernhard* fand hier eine seiner Wurzeln. Auch der Handke der »Publikumsbeschimpfung« absolvierte indirekt hier, bei den Wienern, seine Lehrjahre. Noch eine Tagung in der Mitte der Sechziger Jahre, irgendwo in der südlichen Steiermark, an welcher ich teilnahm, präsentierte die enge literarische Gemeinschaft und Konvergenz der Anwesenden: Jandl, Mayröcker, Handke, Okopenko, Prießnitz, Bernhard. Sie weigerten sich, Ernst Jandl trug die Entschließung vor, ihre Texte zu lesen, wenn der Vertreter des Österreichischen Rundfunks, ein Ideologe der Restauration, im Saal bleiben wolle ...

Die Gruppe 47 entstand als Reaktion auf Erfahrungen mit dem Dritten Reich, mit dem Krieg und der Gefangenschaft. Ältliche Debütanten. Diese Österreicher waren jünger. Junge Debütanten. Jahrgänge zwischen 1930 und 1935. Nur Artmann, geboren 1921, war älter.

Die Gruppe 47 konnte in der Bundesrepublik rasch florieren, weil es der Bonner Restauration ersichtlich nicht gelungen war und auch später nicht gelingen konnte, Schriftsteller von Rang für eine restaurative Politik und Kulturpolitik zu begeistern.

Anders im befreiten, dann durch Staatsvertrag mit den vier Besatzungsmächten neutralisierten Österreich. *Der Staatsvertrag von 1955 und die Anfänge der Wiener Gruppe sind synchron.* Wer im Frühsommer dieses Jahres 1955 den in Wien tagenden Internationalen Kongreß des PEN-Clubs erlebt hat, behält die Erinnerung an Kalte-Krieg-Reden, schöne Mozart-Oper im Theater an der Wien, an die Brüskierung der Delgierten aus der DDR, an Torberg und Hans Weigel, an den Klassiker Doderer und an einen englischen Club-Präsidenten, der auf die Frage, welchen Standpunkt er einnehme, mitzuteilen wußte: er sei ein treuer Untertan seiner Königin.

Im Vorwort zu seiner Anthologie »Die Wiener Gruppe« hat Gerhard Rühm jene Stimmung so beschrieben: »In der Presse erschienen hämische Artikel. Schnell wurde deutlich, daß die Mehrheit wohl vieles gegen die nazistische Kriegspolitik, aber im Grunde nichts gegen die ›gesunde‹ Kulturpolitik einzuwenden gehabt hatte.« Nazistische Grund- und Restbestände, unvergeßlich demonstriert durch *Helmut Qualtinger* in seinem »Herr Karl«, aber nicht weniger durch die Gestalten des Romans »Die Blendung« von *Elias Canetti*, verbanden sich ohne sonderliche Mühe den Ideologien des damaligen amerikanischen Antikommunismus im Zeichen Joseph McCarthys und seines Mitarbeiters Robert Kennedy.

In seinem Bericht über die »Wiener Gruppe« (Kindlers Literaturgeschichte der Gegenwart. Die Zeitgenössische Literatur Österreichs, Zürich/München 1976) zitiert *Paul Kruntorad* die hämischen und dümmlichen Exzesse eines bürgerlich-anspruchsvollen Feuilletonismus. Man kannte das: aus den Zwanziger Jahren. Man kannte auch die Folgen.

»Adolf – nicht genannt soll er werden – ist an allem schuld, weil er die Pubertät in falsche Bahnen gelenkt hat. Was sich nicht ausgelebt hat, wird heute aufgeklebt und ausgelassen unbekümmert. Gerhard Rühm – kein Prophet im eigenen Land – ein Geschickter, kein Gesandter (Bismarck) – Musiker – hat als Schrift-Steller die Bense'schen Strick-Muster um ein eklektisches vorausgeahnt, präsentiert sich in einem Glanz-Wichs-Schwarzen Schutzumschlag eigener Ausprägung als Typo-Graf der Wiener Werkel-Stätte ...«

Sehr lustig. Die Zusammenstellung von Glanz, Wichs und Schwarz zielte auf Angeberei, Pubertät und die schwarze Tinte der rasch berühmt gewordenen Artmann-Gedichte im ordinärsten Wiener Dialekt.

Alles andere an den Presse-Infamien war Unsinn. Dieser Hinweis jedoch traf: daß hier eine Nachfolge der Schwarzen europäischen Romantik *und zugleich einer plebejischen Tradition* der Literatur angestrebt wurde. Folgerichtiger übrigens, als bei André Breton und den Surrealisten der Zwanziger Jahre.

Konrad Bayer, wohl der eigentliche Poet der Wiener Gruppe, hat später seine Leseliste und seine Leuchttürme der Weltliteratur benannt. Weitgehend identisch mit den Traditionslisten Breton. Vermehrt jedoch durch die Überlieferung des Wiener Volkstheaters mit seinen, gerade auch bei Nestroy, evidenten Deutlichkeiten einer Sprache der Brutalität, der Geilheit, der Aufsässigkeit. Das meinte etwas anderes als den Raimund oder Nestroy am Wiener Burgtheater.

Wer das Manuskript von Bayers Prosadichtung, das unter dem Titel »der kopf des vitus bering, ein porträt in prosa« (1965) als gedrucktes Buch erschien, kennenlernt, der entdeckt natürlich die Sprachkraft und Bilderfülle, begreift auch die Verbindung zu den Bewußtseinsströmen bei Proust wie bei Joyce.

Dennoch fehlt die magische Kraft, die von dem lebendigen Konrad Bayer ausging. War er eigentlich schön? Den Dokumenten nach: wohl kaum. Trotzdem war Konrad Bayer, vermutlich ohne es gewollt oder gar postuliert zu haben, *in sich selbst ein dichterisches Kunstwerk.* Sein Auftreten auf der Herbsttagung der Gruppe 47 im schwäbischen Saulgau (1963) bewirkte eine Verzauberung, die kaum zu erklären war. Gewiß, man spürte Witz, literarisches Können, Bewußtseinsspiele: im Rahmen einer hochbesetzten Literaturtagung, wo Hubert Fichte aus dem »Waisenhaus« vorlas und Peter Weiss zum ersten Mal Fragmente seines »Marat« vorstellte.

Bayer zauberte: durch das Werk und durch das Sein. In Saulgau war auch *Ernst Bloch.* Aufmerksam hörte er zu. Gesprochen in der Diskussion hat er nur einmal: nach Konrad Bayers Lesung. Die hatte ihm sehr gefallen. Hier war der Anschluß vollzogen an den

Vorkriegsexpressionismus um 1913, zu Murnauer Bauernmalerei, Bali-Kunst, zu den Kriegs- und Untergangsvisionen von Georg Heym.

Dennoch wurde Konrad Bayers Begegnung mit der Gruppe 47 ein Unglück für ihn. Daß freilich sein Selbstmord am 10. Oktober 1964, wenige Wochen nach Bayers Rückkehr von einer Tagung der Gruppe 47, durch seinen Mißerfolg im schwedischen Sigtuna verursacht worden sei, dürfte Legende sein. Es gab andere Kausalitäten.

Nach seinem Erfolg in Saulgau war Bayer glücklich. Er hatte einen günstigen Verlagsvertrag für seine Arbeiten erhalten, auch die künftigen. Im November 1963 traf ich in Wien mit ihm von neuem zusammen. Ich sprach in der Universität, vor vielen jungen Leuten, die gehört hatten, es bestehe die Aussicht, mich nach der Aufgabe meiner Leipziger Professur nach Wien zu berufen. Auch Bayer war zur Vorlesung gekommen, er begrüßte mich, wir verabredeten uns für den nächsten Tag. Er kam ins Hotel und nahm mich mit ins nahe Residenzlokal der »Wiener Gruppe« unweit vom Stefansplatz und vom Graben. *Café Hawelka.* Nach vielen Jahren trat ich dort noch einmal ein. Überfüllt, sakralisiert nachträglich durch Bayer und die Wiener Gruppe, die es längst nicht mehr gab. Gleichsam ein Wiener Gegenstück zum Pariser Café de Flore nach dem Auszug von Sartre.

Konrad Bayers Lesung in Sigtuna war ein eklatanter Mißerfolg von durchaus bedenklicher Art. Das Talent war nach wie vor unverkennbar: dies war immer noch der Autor, der uns ein Jahr vorher so gut gefallen hatte. Allein es gab politisches Unbehagen. Die Lebenserfahrung der meisten Teilnehmer hatte Empfindlichkeiten geweckt gegenüber den leisesten Anspielungen auf »braune« Scherze, noch dazu über Jüdisches. In Bayers neuen Texten jedoch gab es unverkennbare Spiele mit wohlbekannten Judennamen, auch wohl, wie uns schien, mit jüdischen Lebensformen. Da hörte der Spaß auf. Ich selbst war nicht bereit, das Spiel, als ein ästhetisches, mitzuspielen, und ich sagte das Bayer auch in der Debatte. Leider gab es das an sich sinnvolle Ritual, daß der Lesende nicht antworten durfte. Diesmal wäre es heilvoll gewesen, wenn Bayer mit einem Wort die möglichen Mißverständnisse ausgeräumt hätte. Das tat er nicht. Aus Stolz? Weil er die Argumente gar nicht verstand? Kurzum: die Mehrheit der Kritiker war erregt und unzufrieden. Es mag auch Enttäuschung mitgespielt haben. Wir hatten uns auf Bayers Lesung gefreut.

Ich sprach nachher kurz mit Bayer, schlug ihm vor, wir sollten uns im Herbst, da wäre ich wieder in Wien, in Ruhe unterhalten. Aber da war er schon tot.

Mißverständnis? Doch wohl mehr und anderes. In der Bundesrepublik Deutschland, als der eigentlichen staatsrechtlichen Heimat der Gruppe 47, wirkten immer noch die Residuen der allzu fröhlichen Restauration der Fünfziger Jahre. Mit Globke und Oberländer, mit Pensionen für hohe Goldfasane des Dritten Reiches. Mit amtlichem Gerede von den Pinschern Hochhuth und Grass. Emigranten, noch dazu jüdische: die meisten Bundesbürger wollten sie zwar tolerieren, doch nicht achten oder gar wählen.

Österreich hingegen, das weit stärker als die Bundesrepublik damals kulturpolitisch den amerikanischen Direktiven folgte, (die Zeitschrift »Forum« von Friedrich Torberg gehörte zu jenen Presseorganen, die Melvin J. Lasky seit 1948 im Namen der »Kongresse für kulturelle Freiheit«, folglich mit amerikanischem Geld, gegründet hatte), erlebte damals ein bisweilen anmaßendes Gehabe heimgekehrter Emigranten, die handfest ideologisierten, wenn sie literarische Aufsässigkeit zu spüren glaubten. »Burschi, gib's auf«, so hatte Torberg einen Dissidenten-Emigranten angefahren, der nicht mitzumachen gedachte. *Er hieß Günther Anders.* Wenn man bei Oswald Wiener in der »verbesserung von mitteleuropa« sehr grobe und persönlich kränkende Bemerkungen liest gegen die damals in Wien einflußreiche Schriftstellerin *Hilde Spiel,* so erklärt sich auch dies aus den österreichischen Querelen.

Vielleicht ist Bayer in Sigtuna eben daran gescheitert. Alles hätte sich rasch klären lassen. Spätere Beziehungen von Mitgliedern der Gruppe 47 zu Rühm oder Wiener haben es bestätigt. Auch die Grazer Gruppe um *Alfred Kolleritsch* in Graz, sein »Forum Stadtpark« und seine Zeitschrift »Manuskripte«, die undenkbar waren ohne die Aktionen der einstigen Wiener, konnten es bezeugen. Wieder einmal, im Falle von Konrad Bayer: tragische Literaturgeschichte.

Mit zwanzig Jahren bejahte mein Vater den Sozialismus
mit dreißig fiel er in Rußland ein.
Als er zurück war, interessierte er sich nur noch für den
Schmied von gegenüber, der eine Ölmühle im Keller hatte.
Heute sagt er beim Abschied, wenn ich ihn besuche:
tu deine Pflicht sie lohnt sich
halt keine Reden
Revolution, Gerechtigkeit, Schwindel das alles,
ich lese Trotzki zur Entspannung
da
sagt er dann und gibt mir fünfzig Mark.

Ein Gedicht, mit dem Titel »Korruption«, das *Guntram Vesper,* Jahrgang 1941, auf der letzten Tagung der Gruppe 47 im Jahre 1967 vorlas. Gasthof und Pension Pulvermühle, 8551 Waischenfeld (Fränkische Schweiz).

Er hatte Erfolg. Den (letzten) Preis der Gruppe jedoch bekam der Kölner *Jürgen Becker.*

Diese Tagung der Austreibung und der Revolte hat Guntram Vesper in einer präzisen Schilderung, der man die Praxis des Hörfunkschreibers und »Featurers« anmerkt, beschrieben. Er wählte die Überschrift »Eingeladen meiner Hinrichtung beizuwohnen: Pulvermühle 1967«. Hier wird mit Pressemetaphern gespielt, wohlbekannt, allzu bekannt, seit die Gruppe notorisch geworden war, mitsamt all ihrem Tun. Den Stuhl oder Sessel des Vorlesenden mochte einer der 47er einmal als »Elektrischen Stuhl« bezeichnet haben, aus Jux. Der Spaß wurde dauerhaft: die Metapher war nicht mehr auszurotten.

Sie reflektierte eine ungute Verzerrung der Tagungsabläufe. Nicht die Autoren schienen nunmehr wichtig zu sein, sondern allein ihre Kritiker. Literatur, neue und ungedruckte Texte als Vorwand für Scharfsinn, Witz, Verstehen oder auch krasses Mißverstehen auf seiten der extemporierenden Kritiker, die selbst im allgemeinen nicht vorzulesen pflegten. Auch hier eine bedenkliche gesellschaftliche Arbeitsteilung.

(»Ich selber excludier' mich nicht«, bekennt der Baron Ochs auf Lerchenau im »Rosenkavalier«.)

Die Herbsttagung 1963 im oberschwäbischen Saulgau präsentierte zum letzten Mal innerhalb des rituellen Tagungsablaufs das notwendige Gleichgewicht zwischen Lesung und kritischer Erörterung des Gelesenen. Die Verdinglichung in Form einer absoluten Priorität des Lesenden und seines Textes konnte es niemals geben in der Gruppe 47. Hans Werner Richter war das Gegenteil eines Stefan George: womit eine literarische Charakterisierung versucht wird, fernab jeglicher Wertung. Die spätere entgegengesetzte Verdinglichung, zu verstehen als Priorität der Kritiker und Debattierer, etablierte sich erst im darauffolgenden Jahr 1964: beim Ausflug der Gruppe nach Schweden. In Saulgau hatte noch ein freundlicher und kollegialer Ton geherrscht, was scharfe Ablehnung im Einzelfalle nicht auschloß. Allein man freute sich über Debütanten wie Konrad Bayer oder Hubert Fichte. Als Peter Weiss seine Lesung aus dem Marat/Sade beendet hatte, die er bisweilen als geschulter Trommler unterbrach oder begleitete – die Trommel hatte er kurz vor der Lesung vor sich aufgebaut –, da war man natürlich beeindruckt durch die Originalität, Sprach- und Gedankenkraft des Textes, doch wurden auch kritische Einwände gemacht. Günter Grass vermißte die theatralische Kontur der Gestalten. Wobei ihm natürlich eine völlig andere Dramaturgie vorschwebte und wobei er überdies vergessen hatte, daß Peter Weiss in der Irrenanstalt zur Zeit des Kaisers Napoleon keinen »wirklichen« Jean-Paul Marat auf die Bühne holen konnte: handelte doch das Stück von dessen Ermordung im Jahre 1793.

Die Saulgauer Tagung blieb uns allen in guter Erinnerung. Ein letzter Höhepunkt in der Geschichte einer literarischen Gemeinschaft, die Freundlichkeit und sogar Freundschaft nicht ausgeschlossen hatte. Als es dann zu Ende war mit der Gruppe nach der fränkischen Tagung von 1967, fanden alle es selbstverständlich, daß Richter zehn Jahre später diejenigen seiner Freunde, die man mit einem Polizeiausdruck als »Harter Kern« bezeichnen könnte, wieder zu den freundlichen Wirten in Saulgau reisen ließ. Auch Hans Werner Richters runde Geburtstage in den Jahren 1978 und 1983 wurden dort gefeiert.

Im schwedischen Sigtuna jedoch und in Stockholm, wo die

Tagung zu Ende ging, herrschte *bereits ein Primat der Kritiker.* Die schwedischen Gäste bestaunten deren Fähigkeit und in langen Gruppenjahren erworbene Routine, sogleich nach dem Ende der Lesung mit Argumenten aufzuwarten: lobend oder mäkelnd oder mit Hilfe amüsanter Verrisse. Es herrschte Entfremdung. Auch wichtige Texte, die vorgetragen wurden, dienten plötzlich als Vorwand für essayistische Brillanz. Was die Anerkennung durchaus nicht ausschloß für das Debüt von Jürgen Becker, für Reinhard Lettau, für die sieben schönen Gedichte von Johannes Bobrowski aus Ost-Berlin, der erst in Stockholm dabeisein konnte.

Für die offizielle Bundesrepublik, also für Bonn, war die Gruppe 47 immer noch in diesem Jahr 1964 ein fragwürdiger, nicht ernst zu nehmender Verein. In jener Zeit fiel auch das Wort Ludwig Erhards über die Pinscher, die sich offenbar unten an einem Denkmal zu schaffen machten. Er meinte Günter Grass und Rolf Hochhuth. Wer aber stand damals auf dem Denkmalsockel?

Folglich war die Deutsche Botschaft in Stockholm offenbar entschlossen, die gut österreichische Formel »gar net ignorieren« zu befolgen. Das erwies sich als mißlich, denn als die Gruppe, nach einer schönen Schiffsreise von Sigtuna nach Stockholm, in der schwedischen Hauptstadt eintraf, wurde sie zu einem Empfang des Außenministers gebeten und dann zu einem festlichen Abendessen der Stadt Stockholm im Rathaus. Inzwischen hatte die Botschaft geschaltet und lud ihrerseits zu irgend etwas ein. Es war aber schon Abreisezeit, und die meisten sind nicht hingegangen.

Im Jahre 1965 tagte man in West-Berlin. Das wurde, dem Standort entsprechend, eine nützliche und literarisch ergiebige Tagung. Die kleinen Erzählungen des Schweizers *Peter Bichsel,* der auch schon in Schweden debütiert hatte, fanden viel Zustimmung und bekamen den Preis der Gruppe zugesprochen. Auch in West-Berlin, wie bereits in Saulgau zwei Jahre vorher, waren Schriftsteller aus der DDR gekommen, die auch vorlasen und kollegial (und im ganzen wohlwollend) rezensiert wurden.

Über die vorletzte Tagung auf Einladung der Universität *Princeton, New Jersey,* im Jahre 1966 ist viel geschrieben worden. Das war nun wirklich der Anfang vom Ende. Es mußte schiefgehen, und es ging schief. Es gab keine gemeinsame Terminologie zwischen den literarischen Strukturen der Amerikaner und der deutschsprachigen Europäer. Eine öffentliche Debatte über »commitment« oder »engagement« oder Parteilichkeit endete, wenn man sich die groteske Architektur des Tagungsraumes zum Leitbild nahm, als windschiefes Gespräch im Klubraum des Turms von Babylon. Dabei gab es Referenten wie Günter Grass und Peter Weiss und Hans Magnus Enzensberger. Auch *Susan Sontag* hielt ein Referat und der interessante amerikanische Literaturwissenschaftler *Leslie A. Fiedler* aus Buffalo.

Die Tagung scheiterte an zwei emotionalen Regungen: an der Angst und der übergroßen Gefälligkeit. Deutsche Gastprofessoren an amerikanischen Universitäten waren nicht nur, mit Recht, eingeladen worden; sie wollten unbedingt auch bei dieser Gelegenheit ihr Selbstgedichtetes vortragen. Richter war freundlich und gefällig. Er ließ sie lesen. Es war sehr schlimm. Die Musiker kennen den schnöden, oft zutreffenden Ausdruck »Kapellmeistermusik«. Es gibt aber auch eine spezifische Germanistenliteratur.

Verhängnisvoller war die Angst prominenter deutscher Schriftsteller, bei dieser sensationell aufgezogenen Literaten-Konkurrenz ungünstig abzuschneiden und dadurch unbeliebt zu werden bei den eigenen, mit angereisten Verlegern. Ich weiß noch, wie Hans Werner Richter vergeblich versuchte, sehr namhafte deutsche Autoren, die vorgehabt hatten, auch hier in Princeton vorzulesen, auf den Elektrischen Stuhl zu locken. Sie blieben standhaft. Es stand zu viel auf dem Spiel.

Ach ja, und dann gab es den Zwischenfall mit dem jungen und schüchtern-aufsässigen *Peter Handke.* Darüber ist ausgiebig geschrieben worden. Es muß nicht wiederholt werden. Übrigens hat Handke vermutlich nicht allein aus Lust nach Profilierung seine innere Ängstlichkeit überwunden, indem er still aber hartnäckig seine Publikumsbeschimpfung inszenierte. Er meldete sich zu Wort nach einer Lesung Walter Höllerers. Handkes inquisitorisches Verdikt gegen alle Art der Beschreibungsliteratur verstieß natürlich gegen das ungeschriebene Ritual der Gruppe. Handke hielt sich nicht bei Einzelheiten des Textes von Höllerer auf. Er wurde grundsätzlich. Und überhaupt. Wenn man heute darüber nachdenkt, so wird man zugeben müssen, daß sich bei dieser Gelegenheit *ein Antagonismus von zwei literarischen Traditionen* offenbarte. Hier die im Grunde nach wie vor kritisch-realistische Erzählweise der meisten Mitglieder der Gruppe, dort die surreal-provokatorischen Tendenzen der Wiener Gruppe. Das konnte nicht gutgehen.

Ein Jahr später, in der fränkischen Pulvermühle, wurde die Gruppe sodann nicht mit einem Happening innerhalb der Tagung selbst, sondern durch das Eindringen sogenannter »Außenwelt« konfrontiert. Irgendwelche Leute, denen das zupaß kam, hatten es organisiert. Erlanger Studenten offenbar. Eines ihrer Transparente gegen die angeblichen »Saubermänner« um Hans Werner Richter verkündete: »Lieber tot als Höllerer!« Ein kühnes Wort, sehr markig. Hans Magnus Enzensberger hätte abermals vom »Gratismut« sprechen können. Die Tagung ist dann wohl leidlich zu Ende gegangen. Gedichte von Guntram Vesper, einem Debütanten, wurden günstig aufgenommen. Den Preis, den letzten Preis der Gruppe, erhielt Jürgen Becker aus Köln, der auch Gedichte vorgelesen hatte.

Zehn Jahre später, abermals in Saulgau, fanden sich Richters Getreue zu einer heiteren, gar nicht von Nostalgie und Melancholie beeinträchtigten Freundschaftstagung zusammen. Man las vor, hatte keine Medien eingeladen und ließ nur solche Verleger mit in den Saal, die selbst Literaten waren und seit langem dazugehörten. Ganz ohne Preisverleihung und ganz ohne hybrides Kritikergehabe. Ein Jahr später war in Saulgau Geburtstagsfeier für den siebzigjährigen Chef der Gruppe. Es lasen dann auch noch ein paar Autoren für die Freunde etwas vor, um ein Urteil zu erhalten. Man war wieder zu den Gebräuchen der Anfänge zurückgekehrt.

Vor allem aber lauschte man, jenseits allen Wettbewerbs, einer ausführlichen Lesung von *Günter Grass*. Der hatte eine Erzählung geschrieben. Sie umfaßte 182 Seiten in der Erstausgabe von 1979. »Das Treffen in Teltge«. Der Ort Teltge liegt im Westfälischen, zwischen Münster und Osnabrück. Dort pflegten zur Zeit der westfälischen Friedensverhandlungen um 1647 die Delegationen der kriegführenden Parteien zu übernachten. Weil Katholiken und Protestanten nicht am selben Ort miteinander zu tagen gedachten. Der Westfälische Friede wurde dann bekanntlich 1648 sowohl in Münster wie in Osnabrück unterzeichnet.

Günter Grass hatte in seinen spekulativen Phantasien, nicht minder aus einer fast ebenso grenzenlosen Bildungssüchtigkeit, für sich ein Denkspiel, doch in epischer Gattung, verfaßt. Was wäre, wenn ...? Wenn die berühmten und bekannten Autoren deutscher Literatur im 17. Jahrhundert in ähnlicher Weise zusammengekommen wären und beraten hätten wie die Leute des Jahres 1947 ... Natürlich hatte Grass seine Freunde und Nicht-Freunde als Erzähler ins 17. Jahrhundert zurückversetzt. Hans Werner Richter als Simon Dach aus Memel. Günter Grass als der junge Stoffel Gelnhausen, also als Grimmelshausen. Es gab auch eine Landstörzerin Courage. Es gab Andreas Gryphius und den Musiker Heinrich Schütz, die Günter Grass in Teltge zusammenführte, um sich und seine Leser zu fragen, warum damals, mit Gryphius und Schütz, keine deutsche Oper entstehen konnte. Freilich, Claudio Monteverdi hat nicht an dem – erfundenen – Treffen in Teltge teilgenommen.

Elf Jahre nach dem Ende der Gruppe 47 ließ der Erzähler Grass seinen Simon Dach, gleichsam als Präexistenz eines Hans Werner Richter, folgende Erwägung anstellen: »Ob man das Ganze zu günstiger Zeit wiederholen solle, wisse er nicht oder noch nicht, sosehr man ihn dränge, einen Ort und Tag künftiger Anreise zu nennen. Mancherlei Anfechtung sei ihnen widerfahren. Er wolle die Ärgernisse nicht zählen. Doch gelohnt habe sich der Aufwand am Ende wohl doch. Fortan könne sich jeder weniger vereinzelt begreifen.«

Die Erzählung arbeitet mit der Kunstfigur eines Erzählers, der sich zu erkennen gibt und seinen Bericht vorlegt. Der Bericht schloß so: »Keiner ging uns verloren. Alle kamen wir an. Doch hat uns in jenem Jahrhundert nie wieder jemand in Teltge oder an anderem Ort versammelt. Ich weiß, wie sehr uns weitere Treffen gefehlt haben. Ich weiß, wer ich damals gewesen bin. Ich weiß noch mehr. Nur wer den Brückenkopf hat in Flammen aufgehen lassen, weiß ich nicht, weiß ich nicht ...«

Im Nachlaß von *Ingeborg Bachmann* fand sich ein Textfragment: offensichtlich der Entwurf eines Berichts über ihren ersten Besuch bei der Gruppe 47 im Jahre 1953. Sie las damals Gedichte und erhielt den Preis der Gruppe zugesprochen. Vermutlich hat sie nach der Rückkehr angefangen, den Bericht zu schreiben, der dann abgebrochen wurde. Er macht erkennen, was damals die Gruppe in ihren Anfängen zusammenhielt und so mächtig werden ließ im Zeitvergang. Es war gemeinsamer Widerstand gegen die Fröhliche Restauration der Fünfziger Jahre. Und es war Freundschaft.

Ingeborg Bachmann schrieb: »In Hamburg ging das Treffen weiter, man spielte Bänder vor, eine Funkoper ›Der Landarzt‹, es gab also Funkopern. Ein Feature, es gab also Features, ein Hörspiel ›Traum‹, es gab also solche Hörspiele, und dies ›Das gibt es also‹ ist auch nicht mehr nachzuvollziehen in der Erinnerung, wie die Neuigkeiten, Freundschaft, eine Wolke von Freundschaft, Lachen, Ernst, jetzt schon verklärt, längst modifiziert, längst verschoben.«

Anhang

Paul Celans Büchnerpreis-Rede 1960 »Der Meridian«

Mein Exemplar des »Meridian« aus dem S. Fischer Verlag von 1961 trägt folgende Widmung: »Für Hans Mayer, in dankbarer Erinnerung an sein Büchner-Seminar in der Rue d'Ulm. Paul Celan.«

Der – sehr höfliche – Verfasser dieser Rede über die Funktion der Kunst und zu Ehren Georg Büchners pflegte mit Bekundungen von Dankbarkeit sparsam umzugehen. Freilich war er herzlich dankbar überall dort, wo er Anlaß dafür zu finden glaubte. Er hat im Gespräch immer wieder eine Beziehung hergestellt zwischen seiner Darmstädter Rede und jenem Büchner-Seminar, das ich Anfang dieses Jahres 1960 in Paris gehalten hatte: vor Germanisten der Ecole Normale Supérieure in der Rue d'Ulm. Später pflegte Celan, wenn darauf das Gespräch kam, von »unserer Rede« zu sprechen. In der Tat hat jenes Büchner-Seminar, wie gezeigt werden kann, gleichsam als Initialzündung für die Meridian-Rede vom 22. Oktober 1960 fungiert.

Als jenes Büchner-Seminar abgehalten wurde – Claude David hatte es veranlaßt, er auch hatte mich den Studenten vorgestellt –, fand damit für Paul Celan, den Teilnehmer des Seminars, nichts anderes statt als eben ein Interpretationsversuch an einigen Texten Georg Büchners. Die Thematik war dadurch bestimmt, daß das Werk des Autors von »Dantons Tod« in jenem Studienjahr auf dem Pflichtprogramm französischer Germanisten zu finden war. Daß Paul Celan selbst im Herbst desselben Jahres aufgerufen sein würde, mit Georg Büchner sich zu befassen, war an jenem Februartag nicht vorauszusehen. Das Preisgericht der Deutschen Akademie für Sprache und Dichtung beschloß erst im Sommer, den Georg-Büchner-Preis des Jahres 1960 an Paul Celan in Paris zu vergeben.

Als ich mich der Aufgabe unterzog, vor einer kleinen Gruppe der an deutscher Literatur interessierten Normaliens über Büchner zu sprechen und dabei, nach gut französischer Tradition, der Textinterpretation den Vorrang einzuräumen gegenüber weitschweifigen Abstraktionen, kam mir der Gedanke, es sei vielleicht besonders reizvoll, jene kurzen Passagen zu erläutern, welche den ästhetischen Auffassungen Georg Bücheners gewidmet sind. Höchst eigentümlich ist es dabei für Büchners Arbeitsweise, daß er, im offenbaren Bestreben, diese Überzeugungen über die Rolle der Kunst und Literatur so eindringlich wie möglich mitzuteilen, der Beliebigkeit äußerer Anlässe sich anvertraut. Mal sind diese Maximen in einem Brief formuliert, dann tauchen sie auf mitten im dramatischen Werk oder im Zusammenhang der Erzählung »Lenz«: niemals tiefer motiviert durch eine dramaturgische oder epische Überlegung. Ungeduldig scheint der Schriftsteller Büchner für sich den Anlaß zu provozieren, von der Kunst zu sprechen, auch wohl, wenngleich mit geringerer Intensität, von Aktion und Funktion des Künstlers.

Drei Texte hatte ich ausgewählt, die mehr oder weniger ausführlich in der Rue d'Ulm interpretiert werden sollten: Das Kunstgespräch zwischen Danton und Camille, mit Lucile als gierig lauschender, doch nichtverstehender Zuhörerin. Den Brief des Sohnes und Sorgenkindes an die Eltern, geschrieben in Straßburg mit dem Zweck, Verständnis für sogenannte Kraßheiten und Obszönitäten in »Dantons Tod« zu erwecken.

Schließlich das Kunstgespräch zwischen Lenz und Kaufmann. Kurze Hinweise auf den Jahrmarkt-Ausrufer im »Woyzeck« und auf die Automatenszene aus »Leonce und Lena« hatten sich im Verlauf des wissenschaftlichen Gesprächs ergeben.

Dies alles muß erinnert werden, denn die Rede über den »Meridian« bietet sich, wie nunmehr rasch erkannt werden mag, gleichsam als konzentrierte Reflexion über die Texte und Ergebnisse dieses Seminars an. Celan übernimmt, für seine höchst persönlichen Meditationen, den Ausgangspunkt: Büchners Reflexion über Substanz und Funktion der Kunst. Wobei gleich angedeutet werden kann, daß diese selbst im »Meridian« sehr folgerichtig, weit stärker als bei Büchner, als Subjekt-Objekt-Beziehung konzipiert wird. Kunst *und* Künstler.

Wiederfinden kann man in Celans Text das Gespräch zwischen Danton und Camille. Damit setzt die Rede unmittelbar ein: ohne irgendeine Form der Introduktion. Dann der Jahrmarkt-Ausrufer aus dem »Woyzeck«. Übergang zu »Leonce und Lena«. Am intensivsten schließlich die Beschäftigung mit dem verwirrten Dichter Lenz und seinen helldunklen Anmerkungen über die Kunst und den Künstler.

Alle Texte jenes Seminars sind mithin als Bausteine der Darmstädter Rede verwendet worden, mit einer – kennzeichnenden – Ausnahme: der von mir sehr ausführlich interpretierte Danton-Brief bleibt, bis auf eine kleine stilistische Paraphrase, unerwähnt und unverarbeitet.

Paul Celan hat seine Büchner-Rede ausdrücklich als Ansprache an Adressaten formuliert. Die Anrede »Meine Damen und Herren!« ist zu Beginn mit dem Ausrufungszeichen ausdrücklich als Ansprache und Zusprache programmiert. Wie ein Leitmotiv wiederholt sie sich immer wieder im Verlauf des oratorischen Textes. Bald an der Spitze eines Absatzes, dann wieder mitten in den Text eines Gedankenganges eingeschaltet. Siebzehnmal kehrt die Formel »Meine Damen und Herren« zurück. Die Zuhörer in Darmstadt, vermutlich wenig vertraut mit Celans Ästhetik und Konzeption der dichterischen Aussage, mochten die vielen Anrufe als »übertrieben« empfinden. Wer Celans Ablehnung alles Redens von »monologischer Lyrik« kennt, mitsamt der Marburger Rede Gottfried Benns über »Probleme der Lyrik«, wird die obstinate Wiederholung der Anrede als folgerichtig empfinden bei einem Lyriker, der auch im Gedicht stets das Du sucht, das Gespräch: Adressaten und Partner.

Weil die Rede über den Meridian in einem tiefen und ausdrücklichen Verstande als Gegenentwurf Paul Celans verstanden werden darf zu Gottfried Benns Konzept einer monologischen Dichtung, hat die Leitmotivik dieser Anreden unmittelbar mit der Sache selbst zu tun: mit Reflexionen über heutige Möglichkeiten der Kunst und des Künstlers. Celan hielt die Darmstädter Rede, sicherlich zu Recht, für seine wichtigste theoretische Äußerung. Nirgendwo sonst hat er, soweit man sieht, sich genauer, offener, ausführlicher der ästhetischen Selbstinterpretation bedient als eben hier.

»Die Kunst« – wie nicht anders denkbar bei diesem überaus genau komponierten Text, stehen diese Worte als Grundthema unmittelbar hinter der Anrede mit dem Ausrufungszeichen. Dann kommen umspielende, den Sachkenner lockende Allusionen an Büchners (und Kleists) Marionettenthema, an Büchners Antipathie gegen Schillers fünffüßige Jamben, an die Unfruchtbarkeit der Mensch gewordenen Statue Galathea, geschaffen von Pygmalion. Worauf man bereits mitten ins Kunstgespräch zwischen Danton und Camille eingeführt ist. Der zweite Absatz situiert die Szene als eine solche aus dem Schauspiel »Dantons Tod«. Noch sind die Redenden in Freiheit statt in der Todeszelle der Conciergerie. Die Unterhaltung muß abgebrochen werden. »Es kommt etwas dazwischen.« Danton wird nämlich durch die Nachricht überrascht, der Wohlfahrtsausschuß habe seine Verhaftung beschlossen. Übrigens auch die von Camille. Es kommt etwas dazwischen: der Tod kündigt sich an, und Danton weiß es. Paul Celan geht nun, andeutend, paraphrasierend zur Jahrmarktsszene des »Woyzeck« über. Abermals wird hier die Kunst präsentiert, und zwar so: »Markstschreier vor einer Bude mit seiner Frau in Hosen und einem kostümierten Affen. Meine Herren, meine Herren! Sehn Sie die Kreatur, wie sie Gott gemacht: nix, gar nix. Sehn Sie jetzt die Kunst: geht aufrecht, hat Rock und Hosen, hat ein' Säbel!«

Die Kunst in Affengestalt, aber dennoch, meint Celan, »haben wir sie sogleich wiedererkannt«.

Unmittelbar schließt sich das dritte Beispiel der Rede (und unseres Seminars) auch hier an: als Erinnerung an die Automatenszene des Lustspiels vom Prinzen Leonce und der Prinzessin Lena.

Dreimal erscheint die Kunst, wie Celan meint, in scheinbar verwandelter, doch identischer Gestalt. Der zum Tode bestimmte Danton spricht von ihr, der Ausrufer, der Narr Valerio. Allein es ist »dieselbe« Kunst. Die wichtigsten Texte sind damit thematisch exponiert. Der Dichter Lenz wurde vorerst nicht angerufen. Der Redner wendet sich sogleich noch einmal zurück zum Kunstgespräch zwischen Danton und Camille. Da war noch jemand im Zimmer: Lucile Desmoulins. Sie »hört und lauscht und lauscht«, ohne im Alltagssinne zu verstehen. Von ihr wird plötzlich eindringlicher, geheimnisvoller gesprochen. Sie »sei zugleich auch Atem, das heißt Richtung und Schicksal«. Was hier, beim Lyriker der »Atemwende«, als Atem verstanden wird, muß unmittelbar den Redenden angehen. Lucile Desmoulins ist ihm keine Kunstfigur, sondern viel mehr.

Was aber? Ein höchst sonderbarer Satz macht es deutlich, worin Celan versucht, den Angeredeten in Darmstadt zu verdeutlichen, was er meint: »Das ist, Sie wissen es längst, sie kommt ja, die so oft und kaum von ungefähr Zitierte, mit jedem neuen Jahr zu Ihnen und das ist Lucile.«

Was denn? Die Dramengestalt der Lucile erscheint in jedem Jahr vor den ausdrücklich angeredeten Damen und Herren der Darmstädter Akademie? Das wäre nur verstehbar, wenn Celan sie gleichsetzt mit der Dichtung und dem Dichter. In der Tat wird jedes Jahr im Oktober, an Büchners Geburtstag, ein lebender Autor geehrt und aufgefordert, beim Empfang des Preises über Georg Büchner zu sprechen. Inkarnation damit, wie Celan es versteht, von Dichtung: ihrer Möglichkeit oder Unmöglichkeit im gegenwärtigen Leben. Lauschend, nichtverstehend und verwirrt.

Die Rede begleitet Lucile Desmoulins bis zum Schluß des Dramas. Hin zu jenem Abschluß, der ihr allein gehört: die Republikanerin Lucile ruft im Angesicht der Bürger und am Fuß der Guillotine, wo Camille umkam, ein Bekenntnis zu König und Monarchie. Sie wird festgenommen, und wird sterben. Celan erläutert, dies sei kein Bekenntnis zur Monarchie und irgendwelcher Restauration: »Gehuldigt wird hier der für die Gegenwart des Menschlichen zeugenden Majestät des Absurden.« Zum drittenmal die Anrede an die Damen und Herren. Paradoxie und Konstellation und Lucile werden als Majestät des Absurden verstanden; die aber wird – vorsichtig und mit tastender Bemühung um Verständlichkeit – als »Dichtung« interpretiert.

Bisher war an drei Beispielen und Dramenfetzen Georg Büchners gefragt worden, was das sein könnte: die Kunst. Nun schließt der Redner die Frage nach dem Künstler an. Das Stichwort ist gefallen für den Auftritt des Dichters Jakob Michael Reinhold Lenz.

Der nächste Absatz ist eigentlich eine Kurzfassung der literaturhistorischen Exkurse jenes Seminars in der Rue d'Ulm. Celan registriert in lockerem Tonfall, leicht ironisch getönt, um auch darauf hingewiesen zu haben, was es mit der Bedeutung von Lenz sowohl für den deutschen Sturm und Drang wie für die französische Literaturtheorie eines Sébastien Mercier auf sich habe. Auch der Wirkungsgeschichte bis hin zum Naturalismus wird gedacht.

Allein nicht Literaturgeschichte ist es, die den Redner immer wieder zurückführt zu Lenz wie zu Büchner. Abermals geht es um »die Kunst«. Büchner war, auch Paul Celan repetiert es, ein Gegner des Schillerschen Idealismus: »er setzt ihnen das Natürliche und Kreatürliche entgegen«. Celan stützt sich auf das berühmte Zitat, worin Büchner, indem er sich der Kunstfigur Lenz als seines Sprechers bedient, eine ländliche Volksszene beschreibt. Um dann fortzufahren: »Man möchte manchmal ein Medusenhaupt sein, um so eine Gruppe in Stein verwandeln zu können, und den Leuten zurufen.«

Nun erst ist Celan beim eigentlichen Thema. Man soll das erkennen: weshalb eine neuerliche Ansprache an die Damen und Herren vorangestellt wird. Da waren die Marionetten und Automaten, kostümierter Affe und Hausnarr. Nun das Medusenhaupt. Immer war von »der Kunst« die Rede.

Celan interpretiert den merkwürdigen Satz Büchners (oder Lenzens) zunächst nachdenklich. Man möchte also, im Angesicht einer solchen natürlichen Szene, die versteinernde Wirkung der Medusa ausüben? Um? »Um ... das Natürliche mittels der Kunst zu erfassen!«

Ein Ausrufungszeichen am Ende dieser Folgerung. Wieder folgt ein ebenso bedeutsamer wie zweideutiger Satz. »Man möchte, heißt es hier freilich, nicht: ich möchte.« Wer ist Ich? Es könnte Büchner gemeint sein, der Lenz reden läßt, ohne ihm zuzustimmen. Was aber nicht angeht, denn Büchner spricht durch den Mund des Dichters Lenz. Ich also als Paul Celan? Der sich an dieser Stelle ausdrücklich von Georg Büchners dem Natürlichen zustrebenden, den Idealismus mißachtenden Kunstbegriff losgesagt hätte?

Trotzdem auch wieder, wie sogleich erläutert wird, die Stimme Büchners, der es, wie Celan dem Text abgelauscht hat, als unheimlich empfinden muß, daß Kunst danach streben könnte, die Natur durch Versteinerung zu entmenschlichen. Kunst wäre dann zwar dem Menschlichen zugewandt, selbst aber insgeheim ein eher unmenschlicher Bereich.

Nun erst ist Celan, scheinbar bloß im Nachvollzug eines vorwegnehmenden Denkens Georg Büchners, beim eigentlichen Thema. Es ist gleichbedeutend mit der Frage nach der Funktion heutiger Kunst. Nach der Kunst »in der Luft, die wir zu atmen haben«.

Zum ersten Mal in dieser Rede spricht der Redner im eigenen Namen: als Paul Celan. Er stellt eine Frage. Für ihn, den Dichter, die Frage aller Fragen: »Gibt es nicht – so muß ich jetzt fragen – gibt es nicht bei Georg Büchner, bei dem Dichter der Kreatur, eine vielleicht nur halblaute, vielleicht nur halbbewußte, aber darum nicht minder radikale – oder gerade deshalb im eigentlichsten Sinne radikale In-Frage-Stellung der Kunst, eine In-Frage-Stellung aus dieser Richtung? Eine In-Frage-Stellung, zu der alle heutige Dichtung zurück muß, wenn sie weiterfragen will?«

Vorgriff gleichzeitig und Rückgriff. Mallarmé müsse konsequent zu Ende gedacht werden. Was hier wohl nur heißen kann, die Frage nach dem Zusammenhang von künstlerischer Gegenschöpfung zur Welt und der Rolle des Zufalls zu Ende zu denken.

Abermals wird abgebrochen: man kam schon ein gutes Stück weiter im sokratischen Fragen. Noch einmal geht's zurück zum Kunstgespräch zwischen Lenz und Kaufmann. Auch Lenz ist Inkarnation der Dichtung *und* des Dichters, wie Lucile. Auch er ist »selbstvergessen«. Celan scheint es zu billigen: »Kunst schafft Ich-Ferne. Kunst fordert hier in einer bestimmten Richtung eine bestimmte Distanz, einen bestimmten Weg. Und Dichtung? Dichtung, die noch den Weg der Kunst zu gehen hat? Dann wäre hier ja wirklich der Weg zu Medusenhaupt und Automat gegeben!«

Abermals das Ausrufungszeichen. Wiederum ein Abbrechen vor der Konsequenz. Celan hat offensichtlich zwischen Objektivität der Kunst und dem subjektiven Weg des Dichters, also Künstlers, unterschieden. Der Künstler als »selbstvergessenes Ich« wie Lucile oder Lenz: auf dem Wege zur Kunst als einem Unheimlichen und Fremden.

Das Abbrechen verzichtet an dieser Stelle auf weitere, offensichtlich doch fruchtlose, weil unaussagbare Umschreibungen dessen, was »die Kunst noch sein könnte«. Der Weg führt zurück zu den Menschen. Zu einem Menschen, zum Dichter Lenz, und zwar nicht zur Kunstfigur Georg Büchners, sondern zu dem Poeten des Sturm und Drang, geboren im Livländischen, gestorben in Moskau und in offenkundiger Verwirrung des Geistes. Die neue

Anrede des Aufmerkens: Nun soll vom Schicksal des Dichters Lenz gesprochen werden. Das berühmte Zitat am Ende von Büchners Erzählung »... so lebte er hin ...« Der Redner erweist sich auch als Kenner der Lenz-Forschung. Er schildert mit einem Zitat des Moskauer Germanisten Rosanow, in welcher Weise Lenz schließlich hingelebt hatte.

Jäh muß aber erkannt werden, daß Celan nur scheinbar dem unheimlichen Ort, auch Kunst genannt, zugunsten des konkreten Künstlers ausgewichen war. Nun braucht er das andere berühmte Zitat aus Büchners Erzählung, das am Anfang steht und die Innenwelt des Dichters Lenz beschreibt, der im Winter und im Vogesengebirge umherirrt, »... nur war es ihm manchmal unangenehm, daß er nicht auf dem Kopf gehn konnte.« Wieder sind sie als Partner verstanden: der verwirrte Lenz und die verwirrte Lucile. Zwei Inkarnationen der Dichtung.

Paul Celan wiederholt noch einmal den Satz vom Dichter, dem es unangenehm war, daß er nicht auf dem Kopf gehen konnte. Eine Anrede ist abermals fällig an die Damen und Herren; sie erfolgt, denn der Träger des Büchner-Preises äußert den wichtigsten Satz seines Redetextes. Auf ihn hatte alles ersichtlich hingewirkt. Hier ist die Mitte der Rede, des Fragens nach dem Unheimlichen und des Weges nach dem Unheimlichen, der Dichtungswelt, erreicht. »Wer auf dem Kopf geht, meine Damen und Herren, – wer auf dem Kopf geht, der hat den Himmel als Abgrund unter sich.«

Dieser Satz wird einfach hingestellt, nicht weiter erläutert. Es ist keine These, sondern eine Aussage. Jetzt geht es Celan wie Lenz in der Erzählung: »Man sprach von Literatur, er war auf seinem Gebiete ...« Unverkennbar dennoch die Divergenzen zwischen ihnen: zwischen Lenz und Celan. Für Lenz scheint Natürlichkeit alles zu sein; Celan spricht von notwendiger Dunkelheit. Aber er sieht nicht die Dunkelheit des Einsamen, sondern eine Dunkelheit in der Begegnung. Man befindet sich an dieser Stelle der Rede im Bereich des Celanschen »Gesprächs im Gebirge«, das auch (und abermals) auf den Dichter Lenz zurückweist.

Lenz aber sei weiter gegangen als Lucile. Im Sterbewort der verwirrten Frau wurde Dichtung noch artikuliert und formuliert. Der dahinlebende Lenz lebte daheim im »furchtbaren Verstummen«.

Längst spricht Paul Celan bereits von der Dichtung Paul Celans: »Das kann eine Atemwende bedeuten.« Titel eines Gedichtbandes eben dieses Redners. Zentralbegriff in seiner Konzeption eines Gedichts. Alles wird für den Augenblick hypothetisch formuliert, als ein Vielleicht. Alles gehört zusammen: Automaten, Medusenhaupt, der Himmel als Abgrund über dem auf dem Kopf gehenden Dichter. Trotzdem scheint Celan vorsichtig andeuten zu wollen, daß alledem nicht Versteinerung und schöpfungslose Verwirrung entspringe, sondern vielleicht, einem Vorgang der Atemwende vergleichbar, ein anderes Lebendiges? Das Gedicht? So daß jedes heutige Gedicht den Weg des verwirrten Lenz durch das winterliche Gebirge von neuem zu nehmen hätte. Immer wieder mit der Sehnsucht, auf dem Kopf gehen zu dürfen: mit dem Abgrund des überwölbenden Himmels.

Das Gedicht aber, das heutige Gedicht, ist nicht versteinert, und es hat auch nichts versteinert. Es lebt und spricht. Der davon spricht, ist seit einigen Augenblicken der Rede auch seinerseits »selbstvergessen«, wie Lucile und Lenz. Keine neue Anrede, scheinbar monologisches Denken, das sich jedoch, wie bald deutlich wird, mit äußerster Anstrengung um den Dialog müht, ein Verstandenwerden, die Begegnung.

Celan beginnt mit der für ihn zweifelhaften Aussage, daß das Gedicht zwar spricht, aber in eigenster Sache, um fortzufahren: »Aber ich denke – und dieser Gedanke kann Sie jetzt kaum überraschen –, ich denke, daß es von jeher zu den Hoffnungen des Gedichts gehört hat, gerade auf diese Weise in eines Anderen Sache zu sprechen – wer weiß, vielleicht in eines ganz Anderen Sache.« Dies alles ist weit entfernt von lyrischer Assoziation: wie es die Beliebigkeit der surrealistischen dictée automatique in Celans Dichtung überhaupt nicht gibt, wo alles auf Präzision angelegt wurde. Das gilt auch hier für diesen – scheinbar – dunklen Absatz, der von Celans Konzept des Lyrischen spricht. Die Gegenüberstellung lautet, vom Redner absichtlich dadurch verwischt, daß ein gleichlautender Genitiv (eines Anderen Sache und in eines ganz Anderen Sache) verwendet wird: Der Andere und Das ganz Andere. Sehr vorsichtig. Abermals mit Hoffnung, wer weiß, und vielleicht.

Das Gedicht spricht, davon ist auszugehen. Nicht bloß für sich selbst und in allereigenster Sache, sondern vielleicht auch in fremder. Welcher, wessen, wäre nun zu fragen. Ausdrückbar scheint das nicht zu sein, doch zu erhoffen. Poesie als stellvertretende Aussage: auch für andere. Die Hoffnung, bei Goethe, des verwirrten und verzweifelten Torquato Tasso. Spricht das Gedicht aber auch *für* andere, und wäre auch denkbar, daß es *von* ganz anderen Zuständen zu sprechen imstande wäre, die vielleicht »nicht allzu fern« sein könnten? Möglicherweise »ganz nahe«. Dann wäre das Gedicht, dem Wunsch und Hoffen nach, nicht bloß Wort in eigener Sache, auch nicht allein für andere, die wortlos sind, sondern gleichzeitig Vorwegnahme, Antizipation. »Aber schreiben wir uns nicht alle von solchen Daten her? Und welchen Daten schreiben wir uns zu?« Das Gedicht meditiert diese Möglichkeit, der Dichter verhofft sie.

Durchaus nicht sorglos, eher in hoher Sorge. Das Gedicht scheint möglich nur als Atemwende: auch damit scheint es bald zu Ende zu gehen. Vielleicht ist dieser Atemwende nur noch, in der Luft, worin wir leben, eine »Atempause« gewährt.

Es seien nicht die Schwierigkeiten des poetischen Handwerks, fährt der Redner fort, der die Anrede an die Damen und Herren immer noch ausspart, wenngleich auch sie nicht unterschätzt werden dürften. Was die Atempause offenbare, ist mehr: »Das Gedicht zeigt, das ist unverkennbar, eine starke Neigung zum Verstummen.« An Beispielen dafür in der Lyrik Celans, es sei bloß an das Tübinger Gedicht erinnert, fehlt es nicht. Aber der Redner könnte an dieser Stelle mit gleicher Genauigkeit auch auf Samuel Beckett hinweisen, und andere.

Was hier im Wort des Redners abgewandelt wird, ist abermals eine *Engführung*. Das Gedicht nicht bloß selbst, in jeder einzelnen Kreation, verstanden als Atemwende, sondern auch als Zeit für die Dichtung: zwischen dem Schon-nicht-mehr und dem Immernoch.

Diese Zeitlichkeit ist in doppelter Weise zu interpretieren: als gesellschaftlicher Zustand, worin Gedichte immer mehr verstummen müssen, und als Lebensmoment des Dichters. Wieder bindet diese Büchnerpreis-Rede die Frage nach der »Kunst« zusammen mit jener nach dem »Künstler«: »Dieses Immer-noch des Gedichts« kann ja wohl nur in dem Gedicht dessen zu finden sein, der nicht vergißt, daß er »unter dem Neigungswinkel seines Daseins, dem Neigungswinkel seiner Kreatürlichkeit spricht.«

Daraus entspringt eine doppelte Forderung. Sie ist gleichzeitig Paradoxie und Notwendigkeit. Das Gedicht ist nur als ein einsames möglich. Gleichzeitig nur als Bemühen um das Andere und den Anderen. Abermals in doppelter Weise zu interpretieren. Jedes Ding und jeder Mensch sind ein Anderes für das Gedicht, sie sind Anlässe, Objekte, dadurch gleichzeitig poetische Möglichkeiten. Alle Wirklichkeit ist gleichzeitig auch schon Dichtung in nuce. So hatte es Lenz in Büchners Erzählung formuliert und an die Versteinerungskraft der Medusa erinnert. Celans Gedicht möchte nicht versteinern, kann aber gleichfalls nicht existieren ohne jenes Andere.

Anzumerken ist sogleich, daß Celan sehr vorsichtig der Entscheidung ausweicht, ob dieses Andere, das im Gedicht »durch Nennung gleichsam zum Du« zu werden vermag, nur ein Mensch sein könnte. Mensch oder Ding dieser Außenwelt, es scheint gleich viel zu gelten. Das Gedicht, nur darauf scheint es anzukommen, braucht dieses Andere oder diesen Anderen. Würde es ihn (oder es) ansprechen, so erschaffte es, in seiner eigenen poetischen Sphäre, auch wieder »dessen Zeit«. Die Zeit wäre wiedergefunden. Der selbstvergessene Redner hat sich mittlerweile sehr weit vom Auditorium in Darmstadt entfernt. Er bemerkt es, scheint zu erwachen, kehrt zurück. Zwei Fragen, die theoretisch gemeint sind, und höhnisch: »Das Gedicht / Das Gedicht mit seinen Bildern und Tropen?« (Als gäbe es für Paul Celan ein mögliches Gedicht mit Bildern und Tropen.)

Nun wieder die Anrede an die Damen und Herren. Die Meditation hat scheinbar zu einem Ergebnis geführt: »Ich spreche ja von dem Gedicht, das es nicht gibt!« Dann noch ein schroffer einziger Satz: die Gegenposition zu Gottfried Benns monologischer Dichtung und zu dessen Forderung nach dem absoluten Gedicht: »Das absolute Gedicht, nein, das gibt es gewiß nicht, das kann es nicht geben!« Denn es würde sich darstellen, darf man erläuternd hinzufügen, als ein ding- und menschenloses Poem, ohne das Andere und den Anderen.

Also eine Dichtung ohne Bilder?, würden die Damen und Herren in Darmstadt zurückfragen. Der Redner erläutert. Das

Gedicht hat immer nur eine einmalige und punktuelle Gegenwart. Für Celan ist alle Dichtung nur denkbar als Gelegenheitsdichtung einer einmaligen Wahrnehmung. Tübingen, Jänner. Oder Köln, Am Hof. Oder das Gasthaus zum Storchen in Zürich. Die Berliner Oranienstraße. Der Berliner Landwehrkanal mit der Leiche der Rosa Luxemburg. Neue und mögliche Gegenfrage aus dem Auditorium. Wo bleiben die traditionellen Bilder und Gehalte? Verzichtet diese Dichtung auf Toposforschung? Celan beruhigt keineswegs. Die Topoi seien zu erforschen »im Lichte der U-topie«. Menschen ebenso wie Dinge.

Nun scheint der Redner keine virtuellen Fragen mehr beantworten zu mögen und bricht ab. Leistet sich eine neue Anrede ans Publikum, setzt an zur rhetorischen Konklusion. Man sei am Ende, nämlich wieder am Anfang. Der Redner läßt, gleichsam im Zeitraffer, noch einmal den Weg dieser Rede zurücklegen. Erweiterung der Kunst: als Aufgabe gestellt von Mercier bis Büchner. Die Gegenwelt der Lucile. Sie schien anzudeuten, gar zu klären, daß man die Kunst nicht erweitern, sondern in die eigenste Individuation zurückführen, dadurch freisetzen müsse, als Engführung. Lucile und Lenz schienen die Atemwende möglich zu machen. Dann hatte die Meditation zu den Anderen und zum Anderen geführt, zu den Dingen und der Kreatur. Man gelangte »in die Nähe eines Offenen und Freien« . . . »und zuletzt in die Nähe der Utopie«.

Es war eine Kreisbewegung. Dazu ein abschließendes Wort: »Die Dichtung, meine Damen und Herren –: diese Unendlichsprechung von lauter Sterblichkeit und Umsonst!«

Der Kreis ist durchschritten. Der Redner in Darmstadt kehrte zum Anfang seines Diskurses zurück, nun macht er sich noch einmal auf den Weg. Diesmal in neuer, verwandelter Gestalt. Ernst Bloch würde es nennen: »Zur Kenntlichkeit verändern«. Bisher hatte ein Fragender, ein Dichter gesprochen, aber gleichsam als platonische Idee eines solchen: mehr Möglichkeit als Wirklichkeit. Von nun an, bis zum Schluß der Ansprache, spricht Paul Celan zu uns. Das Ich, das jetzt verstanden werden möchte, ist durchaus dasjenige dieses einen und einzigen Sprechers. Zum ersten Mal zitiert Paul Celan einen Vierzeiler von Paul Celan, deutet er Autobiographisches: den Augenblick einer versäumten

Begegnung im Engadin, die, in Erinnerung der Kunstfigur Lenz bei Büchner, das »Gespräch im Gebirge« entstehen ließ. Es handelt von einer Selbstbegegnung. Woraus vielleicht zu folgern wäre, daß auch der Weg des Gedichts, mit allen virtuellen Umwegen, zur Selbstbegegnung führen müßte. Durch das Andere und die Anderen hindurch.

Demnach »Eine Art Heimkehr«. Mit anmutiger Schlußwendung kommt Celan zurück auf »Leonce und Lena«, auf Fragen der Büchner-Forschung, gar auf die erste kritische Gesamtausgabe Büchners von 1879. Besorgt durch Karl Emil Franzos, der zum ersten Mal auch das »Woyzeck«-Fragment gedruckt hatte, das er noch als »Wozzeck« las.

Die philologische Abschweifung erweist sich sogleich als rührende Reminiszenz, als Notwendigkeit: »Ich suche die Gegend, aus der Reinhold Lenz und Karl Emil Franzos, die mir auf dem Weg hierher und bei Georg Büchner begegneten, kommen. Ich suche auch, denn ich bin ja wieder da, wo ich begonnen habe, den Ort meiner eigenen Herkunft.«

Man muß wissen, daß Karl Emil Franzos (1848-1904) in Czwortzkow in Galizien zur Welt kam, in Czernowitz aufwuchs und zur Schule ging: dem Geburtsort Paul Celans. Jude wie Celan, bekannt und bedeutend als Schilderer dieser kleinen jüdischen Bürger- und Handwerkerwelt.

Toposforschung mithin verstanden als Suche nach der Welt jenes Ostens, welcher als Herkunftsland des Livländers Lenz, des Galiziers Franzos und von Paul Celan aus der Bukowina eine Einheit zu bedeutend scheint. Aber er ist, dieser Topos, kein geographisch fixierbarer Ort. Auch er findet sich in der U-topie.

Diesen Ort gibt es nicht, aber etwas anderes ist gefunden worden. Eine Anrede macht dem Hörenden deutlich, daß es sich ereignet hat. Gefunden wurde ein Verbindliches gleich der Sprache: immateriell, doch irdisch, kreisförmig wie diese Rede, doch in anderer Form; den Redner zugleich auch mit dem Dichter Lenz verbindend, gleichgültig nun, ob er auf dem Kopf geht oder nicht. Der astronomische circulus meridianus berührt, auch vom Punkt des Redenden her, den Zenit, durchkreuzt die Tropen, kehrt kreisförmig wieder zurück. Der Meridian, den diese Rede im Titel führt, ist damit folgerichtigerweise das letzte Wort des eigentlichen rhetorischen Textes: und mit der gleichen Notwendigkeit, mit welcher die Rede durch »Die Kunst« eröffnet worden war. Der Meridian als Kreisbewegung. Berührung der Sphären wohl auch von Dichter und Dichtung, Kreatur und Himmel als Abgrund, dem Anderen und den Anderen, von Lenz und Büchner, Franzos und Celan. Vielleicht auch von Celan und den »Damen und Herren«. Dann wäre der Augenblick dieser Rede zugleich eine punktuelle Gelegenheit, welche Dichtung freizusetzen vermochte. Die Rede vom »Meridian« mithin, wenngleich sie ausdrücklich Rede war und Meditation, auch eine Art der Dichtung.

Celan scheint es »verhoffen« zu wollen, wenn er nun zur Danksagung übergeht. Auch diese Danksagung ist komponiert und genau gegliedert. Der allgemeine Dank für eine Auszeichnung im Namen Georg Büchners. Das Land Hessen, die Stadt Darmstadt, wo Büchner aufwuchs, die Deutsche Akademie für Sprache und Dichtung. Dank dem Präsidenten dieser Akademie Hermann Kasack. Der letzte Dank gilt der Dichterin Marie Luise Kaschnitz. Abermals der Meridian: die Kreisbewegung als Verbindendes zwischen Dichter und Dichter.

(1972)

Vor einer Lesung aus dem Werk von Marie Luise Kaschnitz

Es sollte genügen, zwei Sätze der Präsentation zu sagen, worin mitgeteilt würde, was ohnehin jeder weiß, daß Maria Wimmer aus dem Werk der Marie Luise Kaschnitz lesen wird. Maria Wimmer bedarf keiner Vorstellung, und die Kaschnitz auch nicht. Hier aber, im Falle der Kaschnitz, sollte man sich, was das literarische Ansehen betrifft, nichts vormachen. Ist diese große Schriftstellerin, der so viele Literaturpreise zufielen, im öffentlichen Bewußtsein wirklich etwas anderes als ein Gerücht? Vor wenigen Wochen erst schrieb ein Berichterstatter, der es besser wissen sollte, über dies Haus hier und seine Aktivitäten. Dabei wurde auch der heutige Abend – als bloße Planung – bereits einbezogen: etwas herablassend. Gewiß, so etwas müsse offenbar nach wie vor stattfinden, weil man es bei der Berliner Akademie stets so gehalten habe. Ein Oberton klang mit. Man konnte auch den nichtgeschriebenen Satz mitlesen: Muß denn das so weitergetrieben werden?

Darauf sollte man antworten, weil es sich um die Kaschnitz handelt. Ihr Werk bedarf nicht der Pietät. Wer diese Verse und Prosastücke, die Hörspiele und Essays, dieses so vielfältige Œuvre genau liest, wird einen wichtigen Autor entdecken, doch eines gewiß nicht: irgendeine Form der Honoratiorenliteratur.

Im Falle der Kaschnitz steht dreierlei dem Verstehen, und damit der Wirkung, ihres Werkes entgegen. *Einmal* die Tatsache, um es unbeschönigt zu sagen, daß sie eine Frau war. Im Gegensatz zu Frankreich und England sind Dichterinnen hierzulande niemals besonders ernst genommen und anerkannt worden. Die Droste oder die Lasker-Schüler: ist ihr Ruhm wirklich so unangefochten wie der ihrer Zeitgenossen Mörike oder Trakl? Mißverständnisse im Ruhm auch bei Ricarda Huch und Anna Seghers.

Allen Klischees widerspricht *ferner* die außerordentliche Diversität im Schaffen von Marie Luise Kaschnitz. Sie entzieht sich aller literarischer Arbeitsteilung und versucht sich auf immer neuen Gebieten, die sie immer neu bewältigt. Wobei sie sich als eine jeweils Neue und Unvertraute dem Leser darstellt: im Gedicht und Essay, im Dokumentarbericht und Hörspiel, in der Autobiographik und im Fernsehfilm.

Die *dritte* und vielleicht wichtigste Eigentümlichkeit dieser Autorin hat als erster Hermann Kesten erkannt, als er in einer Studie zu ihrem 70. Geburtstag im Jahre 1971 seine Laudatio so begann: »Marie Luise Kaschnitz hat das literarische Glück, daß sie von Buch zu Buch wächst. Die Reife bekommt ihr, weil sie Kunstverstand hat.« Es war nicht allein der Kunstverstand, was dem Spätwerk seine spezifische Größe verlieh, sondern das Lebensleid, das im Schreiben nicht überwunden, doch transformiert werden mußte.

Zwei Zäsuren, als Verstummen erkennbar, markieren diesen Lebenslauf. Zunächst scheint alles leicht. Eine Offizierstochter, Marie Luise von Holzing, die Familie stammt aus dem Badischen, macht eine Buchhandelslehre durch, heiratet aber mit vierundzwanzig Jahren den Archäologen Guido von Kaschnitz-Weinberg, den späteren Universitätsprofessor und Leiter des Deutschen Archäologischen Instituts in Rom. Frau von Kaschnitz veröffentlicht Anfang der Dreißiger Jahre ihre ersten Verse und Erzählungen, doch ein Gedichtband erscheint erst 1947. Er beginnt mit dem Gedicht »Bollschweil«. Es ist der Name eines kleinen Dorfes in Baden, die Szenerie ihrer Kindheit. Es ist immer präsent: nicht allein in der »Beschreibung eines Dorfes«; die süddeutsche Szenerie bildet auch den Kontrapunkt zur römisch-italienischen Welt, die jahrelang die Lyrik der Kaschnitz inspirierte.

Ihr erstes Verstummen seit 1937, Wiedererwachen der Schreiblust nach 1946; Gedichte; die rasch berühmt gewordenen Erzählungen des Bandes »Lange Schatten«; eine Roman-Biographie des Malers Gustave Courbet, Malers der Arbeiterschaft und der Pariser Commune.

Nach langer Krankheit stirbt Guido von Kaschnitz im Jahre 1958. Drei Jahre dauerte diesmal die Zäsur des Schweigens. In den Aufzeichnungen »Wohin denn ich«, einem ihrer schönsten Bücher, wird das langsame Erwachen aus dem Stupor des Dahinlebens und Nichtschaffens beschrieben. Es geriet, dies Erwachen einer Schriftstellerin, die früh schon das reale Geschehen ins Mythische zu transzendieren suchte, *als ein bewußtes Überleben der Alkestis* nach dem Tode des Admet. Die Geschichte von der

»Reise des Herrn Admet« endet zwar sanft und human. Aber der Kritiker und klassische Philologe Walter Jens hat richtig erkannt, daß ein Rest des Unheimlichen zurückbleibt. »Es könnte auch anders sein ...«

Die Kunst der Kaschnitz ist unheimlich. Fast immer beginnt es, im Vers wie in der Prosa, als Erlebnis des Schönen, allein am Rande wartet bereits das Entsetzliche. Keiner hat in seinem Dichten den Vers aus Rilkes Erster Duineser Elegie

> Denn das Schöne ist nichts
> als des Schrecklichen Anfang ...

so genau verstanden und schreibend befolgt wie diese Frau.

Der Band »Steht noch dahin« mit dem Untertitel »Neue Prosa« erschien vor sechs Jahren. Die Prosa ist klar, doch nicht hart; berichtet wird vom Entsetzen im Alltag, aber durch Aufschreiben und Aussprechen soll das Entsetzliche – vielleicht – gebannt werden.

Die paar Zeilen des Eröffnungstextes möchte ich zitieren, nicht rezitieren. Wer sie hört, weiß sogleich, warum wir heute zusammenkamen.

Steht noch dahin

»Ob wir davonkommen, ohne gefoltert zu werden, ob wir eines natürlichen Todes sterben, ob wir nicht wieder hungern, die Abfalleimer nach Kartoffelschalen durchsuchen, ob wir getrieben werden in Rudeln, wir haben's gesehen. Ob wir nicht noch die Zellenklopfsprache lernen, den Nächsten belauern, vom Nächsten belauert werden, und bei dem Wort Freiheit weinen müssen. Ob wir uns fortstehlen rechtzeitig auf ein weißes Bett oder zugrundegehen am hundertfachen Atomblitz, ob wir es fertigbringen mit einer Hoffnung zu sterben, steht noch dahin, steht alles noch dahin.«

(1976)

Leseliste

Vorgeschlagen von Wolfgang Hofer und Hans Mayer

Borchert, Wolfgang: Das ist unser Manifest.
Entstanden 1947. – In: Das Gesamtwerk, Rowohlt Verlag, Reinbek bei Hamburg 1957, S. 308-315.

Böll, Heinrich: Bekenntnis zur Trümmerliteratur.
Entstanden 1952. – In: Werke, Essayistische Schriften und Reden 1, Kiepenheuer & Witsch, Köln, o. J., S. 31-35.

Eich, Günter: Der Schriftsteller vor der Realität.
Entstanden 1956. – In: Gesammelte Werke, Bd. IV, Vermischte Schriften, Suhrkamp Verlag, Frankfurt/M., 1973, S. 441f.

Bachmann, Ingeborg: Die Gruppe 47.
Nicht vor Frühjahr 1956 entstanden. – In: Werke, Bd. 4, Piper Verlag, München 1982, S. 323-325.

Adorno, Theodor W.: Rede über Lyrik und Gesellschaft.
Zuerst in: Akzente, H. 1/1957. – In: Noten zur Literatur, Suhrkamp, Frankfurt 1981, S. 48-68.

Celan, Paul: Rede anläßlich des Bremer Literaturpreises vom 26.1.1958. – In: Gesammelte Werke, Bd. 3, Suhrkamp, Frankfurt 1983, S. 185f.

Nossack, Hans Erich: Nachruf auf Hanns Henny Jahnn.
Zuerst in: Jahresring, Stuttgart 1960. – In: Die schwache Position der Literatur, Suhrkamp, Frankfurt 1966, S. 114-121.

Jens, Walter: Gegen die Überschätzung Gerd Gaisers.
In: Die ZEIT, Nr. 48, 1960.

Koeppen, Wolfgang: Rede zur Verleihung des Georg Büchner-Preises 1962. – In: Deutsche Akademie für Sprache und Dichtung, Darmstadt, Jahrbuch 1962, S. 100-110.

Weiss, Peter: Anmerkungen zum geschichtlichen Hintergrund unseres Stückes (Marat/de Sade). – In: Die Verfolgung und Ermordung des Jean Paul Marat. Suhrkamp, Frankfurt 1964, S. 134-139.

Baumgart, Reinhard: Deutsche Gesellschaft in deutschen Romanen. In: Neue Rundschau, Heft 4, 1964.

Frisch, Max: Der Autor und das Theater. Rede auf der Frankfurter

Dramaturgentagung 1964. In: Gesammelte Werke in zeitlicher Folge, Bd. V, Suhrkamp, Frankfurt 1976, S. 339-354.
Anna Seghers: Gespräch mit Christa Wolf. In: Neue Deutsche Literatur, Berlin/DDR, 5/1965, S. 7ff., Nachdruck in: A.S., Woher sie kommen, wohin sie gehen. Essays aus vier Jahrzehnten, Luchterhand, Neuwied und Darmstadt, 1980.
Adorno Theodor W. und *Szondi, Peter:* Rundfunkgespräch über die »Unruhe der Studenten«. Ursprünglich eine Sendung des WDR vom 30.10.1967. – In: Peter Szondi: Über eine »Freie (d.h. freie) Universität«. Suhrkamp, Frankfurt 1973, S. 88-105.
Boehlich, Walter: Autodafé.
Kursbogen zum Kursbuch 15/1968, Suhrkamp, Frankfurt 1968.
Grass, Günter: Vom Stillstand und Fortschritt. Variationen zu Albrecht Dürers Kupferstich »Melancolia I«. – In: Aus dem Tagebuch einer Schnecke. Luchterhand Verlag, Neuwied und Darmstadt 1972.
Böll, Heinrich: Rede zur Verleihung des Nobelpreises am 10.12.1972. In: Werke, Essayistische Schriften und Reden 2. Kiepenheuer & Witsch, Köln o.J., S. 621-623.
Wendt, Ernst: Trauer über eine unglückliche Jugend. Über Thomas Bernhard: Die Ursache. – In: Die ZEIT, 29.8.1975.
Canetti, Elias: Der Beruf des Dichters. Münchner Rede, Januar 1976. – In: Das Gewissen der Worte, Hanser Verlag, München/Wien 1976, S. 257-267.
Enzensberger, Hans Magnus: Von der Unaufhaltsamkeit des Kleinbürgertums. Eine soziologische Grille. – Zuerst in: Kursbuch 45/1976. – In: Politische Brosamen, Suhrkamp, Frankfurt 1982, S. 195-206.
Walser, Martin: Über Päpste.
Entstanden 1976. – In: Wer ist ein Schriftsteller? Suhrkamp, Frankfurt 1979, S. 47-54.
Fühmann, Franz: Toleranz – ein deutsches Fremdwort.
Berliner Rede zur Verleihung des Kritikerpreises 1977 für Literatur. – In: F.F., Wandlung, Wahrheit, Würde. Aufsätze und Gespräche 1964-1981. 1985.
Jandl, Ernst: Laudatio auf H.C. Artmann. Zur Verleihung des Preises der Stadt Wien am 31.5.1977. – In: Literatur und Kritik, H. 119/1977, S. 535-538.

Hermlin, Stephan: In den Kämpfen dieser Zeit. Rede vor dem Schriftstellerkongreß der DDR am 30.5.1978. - In: Traum der Einsamkeit. Ein Lesebuch, 1985.

Fassbinder, Rainer Werner: Über Alfred Döblin: Berlin Alexanderplatz. Entstanden 1979. - In: ZEIT-Bibliothek der 100 Bücher, Suhrkamp, Frankfurt 1981, S. 361-369.

Johnson, Uwe: »Freiberufliche«.
In: Begleitumstände, Frankfurter Vorlesungen. Suhrkamp, Frankfurt 1980, S. 159-167.

Kaiser, Joachim: Botho Strauß geht aufs Ganze.
(Über B. Strauß: Paare, Passanten). In: Süddeutsche Zeitung, 14.10.1981.

Heissenbüttel, Helmut: Fichte definitiv.
In: Text + Kritik, Hubert Fichte, München 1981.

Lesebuch der Gruppe 47.
Herausgegeben von Hans A. Neunzig, 1983, dtv 10246.

Wolf, Christa: Kleists Penthesilea.
Ursprünglich ein Vortrag im Wiener Akademietheater, März 1984. - In: Vorschauheft Burgtheater, Saison 1984/85, H. 1, Wien 1984, S. 20-30.

Bichsel, Peter: Schulmeistereien.
Luchterhand 1985.

Koeppen, Wolfgang: Gedanken und Gedenken. Über Arno Schmidt. Gedenkrede aus Anlaß der Arno Schmidt-Preisverleihung am 22.1.1984 in Celle. - In: Wolfgang Koeppen, Gesammelte Werke 6, S. 426ff., 1986.

Müller, Heiner: Die Wunde Woyzeck. Büchner-Preis-Rede 1985. - In: Süddeutsche Zeitung Nr. 242, 19./20.10.1985, S. 15.

Kluge, Alexander: Im Prinzip bin ich Autor.
Berliner Rede anläßlich des Kleist-Preises, 22.11.1985. - In: Freibeuter 27/1986, Wagenbach Verlag, Berlin 1986, S. 29-41.

Register

Hans Mayer
im Suhrkamp Verlag und im Insel Verlag

Abend der Vernunft. Reden und Vorträge 1985-1990. Leinen
Anmerkungen zu Brecht. es 143
Ansichten von Deutschland. Bürgerliches Heldenleben. BS 984
Augenblicke. Ein Lesebuch. Herausgegeben von Wolfgang Hofer und Hans Dieter Zimmermann. Leinen
Außenseiter. Leinen und st 736
Ein Deutscher auf Widerruf. Erinnerungen. Band I. Leinen und st 1500
Ein Deutscher auf Widerruf. Erinnerungen. Band II. Leinen und st 1501
Gelebte Literatur. Frankfurter Vorlesungen. es 1427
Georg Büchner und seine Zeit. st 58
Das Geschehen und das Schweigen. Aspekte der Literatur. es 342
Reden I. Nach Jahr und Tag. 1945-1977. Leinen
Reden II. Aufklärung heute. 1978-1984. Leinen
Reden I und II in Kassette. Leinen
Reden über Ernst Bloch. Engl. Broschur
Richard Wagner in Bayreuth. 1876-1978. st 480
Stadtansichten. Berlin, Köln, Leipzig, München, Zürich. Leinen
Thomas Mann. Leinen und st 1047
Der Turm von Babel. Erinnerung an eine Deutsche Demokratische Republik. Leinen
Die umerzogene Literatur. Deutsche Schriftsteller und Bücher 1945-1967. st 1923
Das unglückliche Bewußtsein. Zur deutschen Literaturgeschichte von Lessing bis Heine. Leinen und st 1634
Versuche über die Oper. es 1050
Versuche über Schiller. BS 945
Weltliteratur. Studien und Versuche. Leinen

Vor- und Nachworte, Editionen

Johannes R. Becher: Gedichte. Ausgewählt und mit einem Nachwort von Hans Mayer. BS 453
Volker Braun: Der Stoff zum Leben. Gedichte. Mit einem Nachwort von Hans Mayer. BS 1039
Bernard von Brentano: August Wilhelm Schlegel. Geschichte eines romantischen Geistes. Mit einem Nachwort von Hans Mayer. Leinen
Max Frisch: Gesammelte Werke in zeitlicher Folge. Jubiläumsausgabe in sieben Bänden. 1931-1985. Herausgegeben von Hans Mayer unter Mitwirkung von Walter Schmitz. st 1401-1407 $A0$Goethe im zwanzigsten Jahrhundert. Spiegelungen und Deutungen. Herausgegeben von Hans Mayer. Leinen und it 1300

34/1/6.91

Hans Mayer
im Suhrkamp Verlag und im Insel Verlag

Heinrich Heine: Werke. Insel-Heine. 4 Bände. Herausgegeben von Christoph Siegrist, Wolfgang Preisendanz, Eberhard Galley und Helmut Schanze. Mit einer Einleitung von Hans Mayer. Leinen

Hermann Hesse. Sein Leben in Bildern und Texten. Mit einem Vorwort von Hans Mayer. Herausgegeben von Volker Michels. Leinen und it 1111

E. T. A. Hoffmann: Insel-E.T.A. Hoffmann. Texte neu durchgesehen, mit Anmerkungen versehen und herausgegeben von Herbert Kraft unter Mitwirkung von Manfred Wacker. Mit einem Nachwort von Hans Mayer. Leinen

Peter Huchel: Margarethe Minde. Eine Dichtung für den Rundfunk. Mit einem Nachwort von Hans Mayer. BS 868

Heinrich von Kleist: Prinz Friedrich von Homburg. Ein Schauspiel. Mit Lithographien von Karl Walser und einem Nachwort von Hans Mayer. IB 1029

Karl Kraus: Nestroy und die Nachwelt. Mit einem Nachwort von Hans Mayer. BS 387

Johann Gottfried Schnabel: Die Insel Felsenburg. Roman. Mit einem Nachwort von Hans Mayer. it 953

Zu Hans Mayer

Hans Mayer zu ehren. Vorwort von Karin Kiwus und Hans Dieter Zimmermann. Gebunden

Über Hans Mayer. Herausgegeben von Inge Jens. es 887

Fritz J. Raddatz: Zeit-Gespräche 3. Dialog mit Günther Anders, Raymond Aron, Jorge Luis Borges, Willy Brandt, Günter Grass, Milan Kundera, Jack Lang, Siegfried Lenz, Claude Lévi-Strauss, Hans Mayer, Paul Wunderlich, Friedrich Dürrenmatt. st 1245

34/2/6.91